N5-N1
新日檢慣用語大全

精選出題頻率最高的必考慣用表現，全級數一次通過！

全音檔下載導向頁面

https://www.booknews.com.tw/mp3/9789864543977.htm

掃描QR碼進入網頁後，按「全書音檔下載請按此」連結，可一次性下載音檔壓縮檔，或點選檔名線上播放。
全MP3一次下載為zip壓縮檔，部分智慧型手機需安裝解壓縮程式方可開啟，iOS系統請升級至iOS 13以上。
此為大型檔案，建議使用WIFI連線下載，以免占用流量，並請確認連線狀況，以利下載順暢。

前言

　　《N5-N1 新日檢慣用語大全》涵蓋了從 N5 到 N1 所需的所有詞彙，深受學習者們的好評。本書從單字為中心擴展到以句子為中心，主要是希望學習者們在實際的情境當中也能有自信地發揮使用。和過去以詞彙為中心的教材不同，本書在設計上注重以句子為主的學習方式，總體豐富地包含了考試中經常出現的必背句子、慣用語以及四字成語等內容。

　　本書按照主題分為八個章節，到第七章為止的學習難易度較高。在使用本書時，建議以個人希望達到的 JLPT 水準級別，按照本書提供的學習計劃表規律地進行學習。關於學習範圍，以考試合格為首要目標的考生，我認為從第一章到第四章當中選擇符合自己水準的內容來學習，應該可以獲得充分的成果。此外，以追求高得分為目標的考生，建議熟悉掌握第五章以後的慣用語以及四字成語等內容。

　　本書在相當程度上整理出，截至今在學習日語過程中所接觸到的各種成語及慣用表達方式。此外，對於像日本語能力試驗（JLPT）、日本留學試驗（EJU）、JPT 等，從基礎到高級表達需要高度理解力的考試，也會很有幫助。

　　最後，我想對在本書出版之前不遺餘力給予協助的鄭恩英表達感謝，並對在這本書出版過程中，給予許多鼓勵和幫助的多樂園的鄭奎道社長以及日語出版部相關人員，借此機會表達深深地感謝。

作者　金星坤

注意事項

（關於閱讀本書的參考事項）

❶ ── 本書整理了日語能力試驗中經常出現的表達詞彙。按照單元別，從簡單的級別開始列出，請依照符合自己水準的級別進行學習。

❷ ── 比起個別學習單字，透過短句或成語形態的方式，更容易記憶且更能清楚掌握意思。特別是在慣用語單元整理出來表達詞語的部分，就算理解每個單字的意思，但還是有很多無法清楚解釋對應成中文的部分，都加以細部說明其意義。因此請務必仔細學習，以利應對測驗。

❸ ── 有關例句中出現連程度較高的學習者也難以理解的詞彙，或直譯時不容易理解的表達方式，我們有追加簡單的說明。

❹ ── 以動詞結尾的標題語主要以原形來呈現，但如果有特別常用的形式的情況，則會以該形式呈現。越是困難的表達方式，越要看慣用語的主條目在例句中以何種文法形式呈現，並請務必確認是使用哪種語氣來表達。

❺ ── 日語有平假名、片假名及漢字三種標記方式。因為這些標記方式依每個日本人的使用不一定是絕對的，因此我們使選擇日語表達時較常使用方式來標記。不過，隨著學習等級的提升，我們認為學習者先掌握漢字是比較有利的，因此以漢字表記為主。碰到難讀漢字的情況，即使無法背誦書寫，也請希望學習者至少做到看到時可以讀出來的程度。

❻ ── 索引的部分以平假名標記，可以作為學習結束後確認自己是否理解詞義的工具，並能快速查詢。因此，利用平假名標記來確認自己是否聽得懂和理解，將會有一定程度上的幫助。

使用說明

善用本書，不僅可以在日常生活的表達中提升日藉人士對你的語言能力評價，更重要的是可以幫你在應考中掌握每個得分關鍵；熟記書中每個詞彙，緊要關頭不迷惘，順利逐題解題成功。

每個應考必知的主要慣用語條目。

掃描QR碼，便可立即聽到本頁的發音內容。

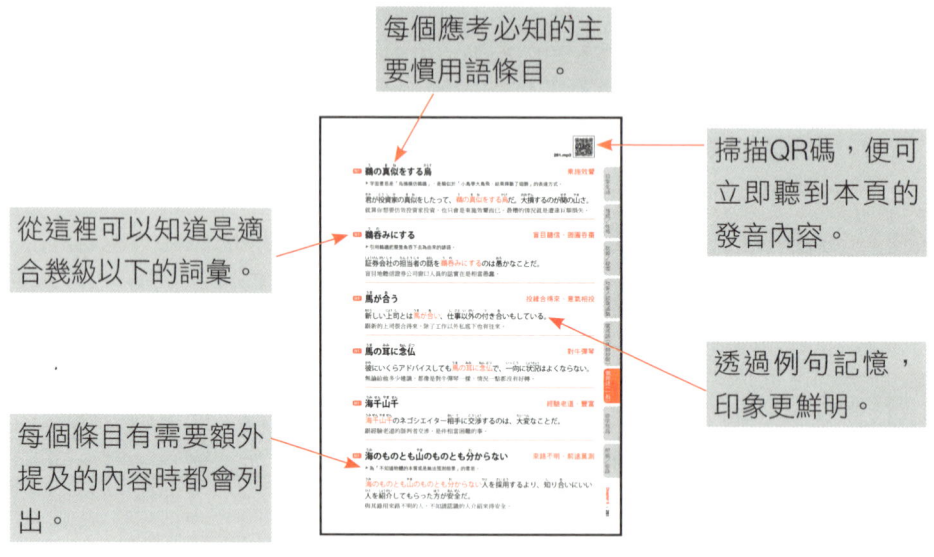

從這裡可以知道是適合幾級以下的詞彙。

透過例句記憶，印象更鮮明。

每個條目有需要額外提及的內容時都會列出。

書名頁中有全書音檔下載的QR碼，只要掃描就能進入下載說明網頁。

全書所有出現的學習條目集中在索引之中，方便好查。

學習計劃表

每天按照計劃表完成一天的學習份量後，便能培養出充足的應考實力。

※數字表示相對應的頁碼.

N5・N4

第1天	第2天	第3天	第4天	第5天	第6天
日常生活 10-11	日常生活 12-13	日常生活 14-15	日常生活 16	日常生活 17	日常生活 18
第7天	第8天	第9天	第10天	第11天	第12天
日常生活 19-20	日常生活 21-22	日常生活 23-24	日常生活 25-26	日常生活 27-28	日常生活 29-30
第13天	第14天	第15天	第16天	第17天	第18天
日常生活 31-32	日常生活 33-34	日常生活 35-36	日常生活 37-38	日常生活 39-40	日常生活 41-42
第19天	第20天	第21天	第22天	第23天	第24天
日常生活 43-44	日常生活 45-46	日常生活 90-91	日常生活 120	日常生活 121-122	日常生活 123-124
第25天	第26天	第27天	第28天	第29天	第30天
日常生活 125-126	日常生活 164	日常生活 210	日常生活 368	日常生活 369-370	日常生活 371-372

學習計劃

N3

第 1 天	第 2 天	第 3 天	第 4 天	第 5 天	第 6 天
日常生活 47-48	日常生活 49-50	日常生活 51-52	日常生活 53	日常生活 54	日常生活 55
第 7 天	第 8 天	第 9 天	第 10 天	第 11 天	第 12 天
日常生活 56-57	日常生活 58	日常生活 59	日常生活 60	日常生活 61	日常生活 62
第 13 天	第 14 天	第 15 天	第 16 天	第 17 天	第 18 天
日常生活 63-64	感情／性格 91	感情／性格 92	感情／性格 93-94	狀態／程度 126	狀態／程度 127
第 19 天	第 20 天	第 21 天	第 22 天	第 23 天	第 24 天
狀態／程度 128	狀態／程度 129	狀態／程度 130	狀態／程度 131	狀態／程度 132	社會／經濟活動 164-165
第 25 天	第 26 天	第 27 天	第 28 天	第 29 天	第 30 天
社會／經濟活動 166	社會／經濟活動 167	社會／經濟活動 168	社會／經濟活動 169	慣用語 （身體相關） 210-211	問候語／敬語 372-373

N2

第 1 天	第 2 天	第 3 天	第 4 天	第 5 天	第 6 天
日常生活 64-65	日常生活 66-67	日常生活 68-69	日常生活 70-71	日常生活 72-73	日常生活 74-75
第 7 天	第 8 天	第 9 天	第 10 天	第 11 天	第 12 天
日常生活 76-77	日常生活 78-79	日常生活 80-81	日常生活 82-83	感情／性格 94-95	感情／性格 96-97
第 13 天	第 14 天	第 15 天	第 16 天	第 17 天	第 18 天
感情／性格 98-99	感情／性格 100-101	感情／性格 102-104	狀態／程度 132-134	狀態／程度 135-136	狀態／程度 137-138
第 19 天	第 20 天	第 21 天	第 22 天	第 23 天	第 24 天
狀態／程度 139-140	狀態／程度 141-142	社會／經濟活動 170-171	社會／經濟活動 172-173	社會／經濟活動 174-175	社會／經濟活動 176-177
第 25 天	第 26 天	第 27 天	第 28 天	第 29 天	第 30 天
社會／經濟活動 178-180	社會／經濟活動 181-183	慣用語 （身體相關） 211-214	慣用語（一般） 246-248	四字成語 338-339	問候語／敬語 374-376

N1

第 1 天	第 2 天	第 3 天	第 4 天	第 5 天	第 6 天
日常生活 83-87	感情／性格 104-106	感情／性格 107-110	感情／性格 111-114	感情／性格 115-117	狀態／程度 143-145
第 7 天	第 8 天	第 9 天	第 10 天	第 11 天	第 12 天
狀態／程度 146-149	狀態／程度 150-153	狀態／程度 154-157	狀態／程度 158-161	社會／經濟活動 184-187	社會／經濟活動 188-191
第 13 天	第 14 天	第 15 天	第 16 天	第 17 天	第 18 天
社會／經濟活動 192-195	社會／經濟活動 196-199	社會／經濟活動 200-203	社會／經濟活動 204-207	慣用語 （身體相關） 214-217	慣用語 （身體相關） 218-221
第 19 天	第 20 天	第 21 天	第 22 天	第 23 天	第 24 天
慣用語 （身體相關） 222-225	慣用語 （身體相關） 226-229	慣用語 （身體相關） 230-233	慣用語 （身體相關） 234-237	慣用語 （身體相關） 238-240	慣用語 （身體相關） 241-243
第 25 天	第 26 天	第 27 天	第 28 天	第 29 天	第 30 天
慣用語（一般） 248-251	慣用語（一般） 252-254	慣用語（一般） 255-257	慣用語（一般） 258-260	慣用語（一般） 261-263	慣用語（一般） 264-266
第 31 天	第 32 天	第 33 天	第 34 天	第 35 天	第 36 天
慣用語（一般） 267-269	慣用語（一般） 270-272	慣用語（一般） 273-275	慣用語（一般） 276-278	慣用語（一般） 279-280	慣用語（一般） 281-283
第 37 天	第 38 天	第 39 天	第 40 天	第 41 天	第 42 天
慣用語（一般） 284-286	慣用語（一般） 287-289	慣用語（一般） 290-292	慣用語（一般） 293-295	慣用語（一般） 296-298	慣用語（一般） 299-301
第 43 天	第 44 天	第 45 天	第 46 天	第 47 天	第 48 天
慣用語（一般） 302-304	慣用語（一般） 305-307	慣用語（一般） 308-310	慣用語（一般） 311-313	慣用語（一般） 314-317	慣用語（一般） 318-321
第 49 天	第 50 天	第 51 天	第 52 天	第 53 天	第 54 天
慣用語（一般） 322-325	慣用語（一般） 326-328	慣用語（一般） 329-332	慣用語（一般） 333-335	慣用語（一般） 339-342	慣用語（一般） 343-345
第 55 天	第 56 天	第 57 天	第 58 天	第 59 天	第 60 天
慣用語（一般） 346-349	慣用語（一般） 350-353	慣用語（一般） 354-357	慣用語（一般） 358-361	慣用語（一般） 362-365	問候語／敬語 376-377

目次

前言 002

注意事項 003

使用說明 004

學習計劃表 005

目次 008

Chapter 1　日常生活 009

Chapter 2　感情／性格 089

Chapter 3　狀態／程度 119

Chapter 4　社會／經濟活動 163

Chapter 5　慣用語（身體相關） 209

Chapter 6　慣用語（一般） 245

Chapter 7　四字成語 337

Chapter 8　問候語／敬語 367

索引 378

Chapter

日常生活

按照級別收錄 546 個與
日常生活有關的表達。

010.mp3

N5 家に帰る 　　　　　　　　　　　　　　　　　　　　　回家

今日は早く家に帰りたいです。
今天想早一點回家。

N5 家を出る 　　　　　　　　　　　　　　　　　　　離開家、出門

彼は８時に家を出て、学校に行きます。
他八點離開家門去學校了。

N5 医者になる 　　　　　　　　　　　　　　　　　　　　成為醫生

将来は医者になりたいです。
將來想成為醫生。

N5 いすに座る 　　　　　　　　　　　　　　　　坐在椅子上、坐、就座

こちらのいすに座ってください。
請坐在這張椅子上。

N5 いっしょに行く 　　　　　　　　　　　　　　　　　　　　一起去

公園に友だちといっしょに行きました。
和朋友一起去公園。

N5 歌を歌う 　　　　　　　　　　　　　　　　　　　　　　唱歌

カラオケに行って、日本のアニメの歌を歌った。
去 KTV 唱了日本動畫的歌曲。

N5 うちへ帰る 　　　　　　　　　　　　　　　　　　　　　回家

▶與「家に帰る」意思相同，其中「うち」指的是「我們家」的意思。

私は授業が終わって、すぐにうちへ帰りました。
課程結束後，我就馬上回家了。

N5 運動をする … 做運動

近くの公園で運動をします。
在附近的公園做運動。

N5 映画を見る … 看電影

お菓子を食べながら映画を見ました。
一邊吃點心，一邊看電影。

N5 お医者さんに行く … 去看醫生

お医者さんに行って診察を受けた。
去看醫生接受診療（去看診）。

N5 お菓子を作る … 做點心

母はキッチンでお菓子を作っています。
媽媽正在廚房做點心。

N5 お金が要る … 需要錢

家を買うには、たくさんのお金が要ります。
買房子需要很多錢。

N5 お酒を飲む … 喝酒

昨日は友だちに会って、お酒を飲んだ。
昨天和朋友見面，喝了酒。

N5 お腹が痛い … 肚子痛

お腹が痛くて病院に行った。
因為肚子痛所以去了醫院。

012.mp3

N5 お風呂に入る 泡澡

寝る前にお風呂に入った。
睡覺之前泡了澡。

N5 音楽を聞く 聽音樂

音楽を聞きながら窓の外を見る。
一邊聽著音樂，一邊看著窗戶外面。

N5 会議が終わる 會議結束

会議が終わったら、すぐ電話します。
會議結束之後，馬上打電話。

N5 会議をする 開會

来週の火曜日に会議をします。
下週的星期二要開會。

N5 外国で働く 在國外工作

私は将来、外国で働きたいと思っています。
我將來想要在國外工作。

N5 会社に来る 來公司

彼はまだ会社に来ていません。
他還沒有來公司。

N5 会社を出る 去公司（上班）

今日は6時に会社を出ました。
今天六點就去公司上班了。

013.mp3

N5 階段を上がる　　　　　　　　　　　　　　　　爬樓梯
彼女は急いで階段を上がって行った。
她急忙地爬著樓梯上去了。

N5 買い物をする　　　　　　　　　　　　　　　買東西、購物
デパートへ行って、買い物をしました。
我去百貨公司買了東西。

N5 傘を持っていく　　　　　　　　　　　　　　帶雨傘去
雨が降っているから、傘を持っていってください。
現在正在下雨，請帶把雨傘去。

N5 風が強い　　　　　　　　　　　　　　　　　風勢強
明日は、風が強く、雨も降るでしょう。
明天風勢強，應該也會下雨吧！

N5 風邪を引く　　　　　　　　　　　　　　　　感冒
風邪を引いてしまい、病院に行った。
我感冒了，（所以）去了趟醫院。

N5 学校を休む　　　　　　　　　　　　　　　向學校請假
水野さんは風邪で学校を休んだ。
水野同學因為感冒向學校請假了。

N5 カフェに入る　　　　　　　　　　　　　　　進咖啡廳
カフェに入ってコーヒーを飲んだ。
進咖啡廳點了咖啡喝。

014.mp3

N5 漢字を覚える　　　　　　　　　　　　　　　　　　背漢字

漢字を覚えるのは大変なことです。
背漢字是一件很累的事。

N5 切手をはる　　　　　　　　　　　　　　　　　　　貼郵票

ふうとうに８０円切手をはって、送ってください。
請在信封貼上80日圓的郵票後寄出。

N5 きれいにする　　　　　　　　　　　　　　　　　　打掃乾淨

彼女はいつも部屋をきれいにしている。
她總是把房間打掃得很乾淨。

N5 薬を飲む　　　　　　　　　　　　　　　　　　　　吃藥、服藥

夜寝る前に、この薬を飲んでください。
請在晚上睡覺前服用這個藥。

N5 国へ帰る　　　　　　　　　　　　　　　　　　　　回國

夏休みに国へ帰ったら、何をしますか。
暑假回國的話，要做什麼？

N5 車が止まる　　　　　　　　　　　　　　　　　　　停車

前を走っていた車が止まった。
行駛在前方的車子停了下來。

N5 ケーキを切る　　　　　　　　　　　　　　　　　　切蛋糕

このナイフでそのケーキを切ってください。
請用這把刀來切蛋糕。

N5 公園を散歩する　　　　　　　　　　　　在公園散歩

祖父は毎朝公園を散歩します。
祖父每天早上在公園散步。

N5 コートをかける　　　　　　　　　　　　掛外套

玄関の壁にコートをかけました。
我把外套掛在大門的牆壁上。

N5 コーヒーを飲む　　　　　　　　　　　　喝咖啡

とても眠かったので、コーヒーを飲みました。
因為我非常想睡覺，所以喝了咖啡。

N5 子どもがいる　　　　　　　　　　　　　有小孩

うちには幼い子どもがいます。
我們家有年幼的小孩。

N5 ご飯を食べる　　　　　　　　　　　　　吃飯

ご飯を食べないで会社に行った。
不吃飯就去公司。

N5 財布を忘れる　　　　　　　　　　　　忘記（帶）錢包

家に財布を忘れて買い物に行ってしまった。
我把錢包忘在家裡就去買東西了。

N5 魚が好きだ　　　　　　　　　　　　　　喜歡魚

私は魚が好きで、よく食べる。
我喜歡吃魚，所以很常吃。

016.mp3

N5 散歩に出かける 　　　　　　　　　　　　　　　　出門散步

天気がよかったので、散歩に出かけた。
天氣很好，所以出門去散步。

N5 時間がある 　　　　　　　　　　　　　　　　　　有時間

まだ時間がありますので、ゆっくり考えましょう。
還有時間，讓我們慢慢考慮吧！

N5 時間がかかる 　　　　　　　　　　　　　　花費時間、花時間

通勤にとても時間がかかります。
通勤非常耗費時間。

N5 自己紹介をする 　　　　　　　　　　　　　　　　自我介紹

まず私が自己紹介をします。
首先由我來做自我介紹。

N5 仕事が大変だ 　　　　　　　　　　　　　　　　　工作很辛苦

そのアルバイトは、仕事が大変できつい。
那份打工，工作內容既辛苦又累。

N5 仕事で疲れる 　　　　　　　　　　　　　　　　　因工作疲憊

仕事で疲れてしまって、家に帰ると何もできない。
因為工作疲憊，所以回到家什麼都做不了。

N5 辞書を使う 　　　　　　　　　　　　　　　　　　使用字典

試験中には辞書を使ってもいいです。
考試中可以使用字典。

N5 静かにする　　　　　　　　　　　　　　　　　　　　保持安靜

夜はもう少し静かにしてくれませんか。
晚上能保持安靜一點嗎？

N5 自転車を借りる　　　　　　　　　　　　　　　　　　借腳踏車

ここで自転車を借りることができます。
在這裡可以借腳踏車。

N5 シャワーを浴びる　　　　　　　　　　　　　　　　　　淋浴

家に帰ってシャワーを浴びました。
回家之後就淋浴了。

N5 ジュースを作る　　　　　　　　　　　　　　　　　　　打果汁

果物のジュースを作りました。どうぞ飲んでください。
我打了果汁，請享用。

N5 授業が始まる　　　　　　　　　　　　　　　　　　　開始上課

もうすぐ午後の授業が始まります。
馬上就要開始下午的課程。

N5 宿題が多い　　　　　　　　　　　　　　　　　　　　　功課多

今日は宿題が多いからたいへんだ。
因為今天功課很多，所以累死人了！

N5 新聞を読む　　　　　　　　　　　　　　　　　　閱讀報紙、讀報

あなたは日本語の新聞を読むことができますか。
你會看日文的報紙嗎？

018.mp3

N5 スポーツをする　　　　　　　　　　　　　　做運動

▶「スポーツをする」是指參與棒球、足球等團隊性或做射箭、田徑等專業性以興趣或作為生計前提的運動。若是一般人日常為了身體健康出外跑步等運動，則是第10頁所提到的「運動をする」。

中山さんはどんなスポーツをしていますか。
中山先生都做什麼運動呢？

N5 ズボンをはく　　　　　　　　　　　　　　穿褲子

子どもは長いズボンをはいていた。
小孩穿著長褲。

N5 セーターを着る　　　　　　　　　　　　　　穿毛衣

今日は寒いから、セーターを着ている人が多い。
今天很冷，所以穿毛衣的人很多。

N5 外が暗くなる　　　　　　　　　　　　　　外面天色變暗

日が暮れて、外が暗くなってきました。
太陽下山了，所以外面天色逐漸變暗。

N5 たくさんある　　　　　　　　　　　　　　有很多

先生、荷物がたくさんありますね。何か持っていきます。
老師，您的行李真多。我來幫您帶一些過去。

N5 タバコを吸う　　　　　　　　　　　　　　抽菸

ここでタバコを吸ってはいけません。
不可以在這裡抽菸。

N5 ダンスをする　　　　　　　　　　　　　　跳舞

ダンスをするときは、みんな同じ服を着ます。
跳舞的時候，大家都穿相同的衣服。

018

019.mp3

N5 小さく切る 切成小塊

食べ物を小さく切って食べる。
把食物切成小塊之後再吃。

N5 手紙を出す 寄信

外国に住む友だちに手紙を出しました。
寄信給住在國外的朋友。

N5 テストをする 考試

来週テストをしますから、家でたくさん勉強してくださいね。
下週要考試，所以請留在家裡唸書。

N5 テニスをする 打網球

ときどき友だちとテニスをします。
有時候會和朋友打網球。

N5 デパートに行く 去百貨公司

コートを買いにデパートに行きました。
去百貨公司買外套了。

N5 手袋をする 戴手套

寒いときは手袋をして出かけます。
冷的時候戴手套出門。

N5 テレビを消す 關掉電視

寝る前にテレビを消してください。
睡覺前請關掉電視。

020.mp3

N5 天気がいい　　　　　　　　　　　　　　　　天氣好

天気がよかったので、近くの山に登山に行ってきた。
因為天氣很好，我去爬了附近的一座山。

N5 電気を消す　　　　　　　　　　　　　　　　關燈

部屋を出るときは電気を消してください。
離開房間時請把燈關掉。

N5 電気をつける　　　　　　　　　　　　　　　開燈

今日から電気をつけたまま寝るのをやめます。
從今天開始，我不開燈睡覺。

N5 電車が来る　　　　　　　　　　　　　　　　火車來

いつまで待っても電車が来ない。
不管等了多久電車遲遲不來。

N5 電車に乗る　　　　　　　　　　　　　　　　搭火車

この駅から電車に乗って、３つ目の駅でおります。
從這個車站搭火車，在第三個車站下車。

N5 天ぷらがおいしい　　　　　　　　　　　　　天婦羅很好吃

この店は天ぷらがおいしい。
這家店的天婦羅很好吃。

N5 電話をかける　　　　　　　　　　　　　　　打電話

友だちに電話をかけた。
打電話給朋友。

N5 ドアが開く (門開著）開門

部屋のドアが開いています。
房間的門是開著的。

N5 ドアが閉まる (門關著）關門

このボタンを押すと、自動的にドアが閉まります。
按下這個按鈕，門就會自動關上。

N5 東京に住む 住在東京

東京に住んでもう２年になる。
我住在東京已經滿兩年了。

N5 隣にある 在隔壁

コンビニは郵便局の隣にあります。
便利商店在郵局的隔壁。

N5 友だちと遊ぶ 和朋友玩

友だちと遊んでとても楽しかった。
和朋友玩非常開心。

N5 友だちと話す 和朋友說話

友だちと話しながら学校に行きます。
和朋友邊說話邊去上學。

N5 友だちを待つ 等朋友

公園でベンチに座って友だちを待っている。
我坐在公園的長椅上等朋友。

022.mp3

N5 中に入れる　　　　　　　　　　　　　　　　　　　　放進裡面

明日持っていくものをかばんの中に入れる。
把明天要帶去的東西放進包包裡。

N5 名前を書く　　　　　　　　　　　　　　　　　　　　寫名字

この紙に、ボールペンで名前を書いてください。
請用原子筆在這張紙上寫下名字。

N5 荷物を持つ　　　　　　　　　　　　　　　　　　　　拿行李

田中さん、その荷物を持ちましょうか。
田中先生，需要我來幫您拿那個行李嗎？

N5 熱が出る　　　　　　　　　　　　　　　　　　　　　發燒

風邪を引いたのか熱が出ています。
有發燒，是不是感冒了？

N5 ノートをコピーする　　　　　　　　　　　　　　　　影印筆記

このノートをコピーしてもいいですか。
我可以影印這一份筆記嗎？

N5 橋を渡る　　　　　　　　　　　　　　　　　　　　　過橋

橋を渡って右側に駐車場があります。
過橋之後，右手邊就會看到停車場。

N5 バスが出る　　　　　　　　　　　　　　　　　　　　公車發車

駅の前からバスが出ています。
公車從車站前出發。

N5 早く起きる　　　　　　　　　　　　　　　　　　　　　　早起

今日はいつもより早く起きてしまった。
今天比平常還早起了。

N5 晴れている　　　　　　　　　　　　　　　　　　　　　　放晴

今日は晴れているので気持ちがいいです。
今天天氣放晴，心情很好。

N5 歯を磨く　　　　　　　　　　　　　　　　　　　　　　刷牙

寝る前に歯を磨きます。
睡覺前刷牙。

N5 半分あげる　　　　　　　　　　　　　　　　　　　　　分一半給

お菓子を友だちに半分あげた。
把點心分一半給朋友。

N5 ピアノが上手だ　　　　　　　　　　　　　　　　　　　鋼琴拿手

姉はピアノが上手です。
姊姊彈鋼琴很拿手。

N5 左に曲がる　　　　　　　　　　　　　　　　　　　　　左轉

次の交差点を左に曲がってください。
請在下一個十字路口左轉。

N5 プールで泳ぐ　　　　　　　　　　　　　　　　　　在游泳池裡游泳

毎週プールで泳いでいますが、他のスポーツは全然していません。
雖然他每個星期去游泳池游泳，但完全不做其他的運動。

024.mp3

N5 服を着る　　　　　　　　　　　　　　　　　　　穿衣服

今日は寒いから、暖かい服を着なさい。
因為今天天氣很冷，請穿保暖的衣服。

N5 プレゼントを買う　　　　　　　　　　　　　　　買禮物

友だちの誕生日のパーティーなのでプレゼントを買いに行きます。
因為要參加朋友的生日派對，所以去買禮物。

N5 プレゼントをもらう　　　　　　　　　　　　　　收到禮物

プレゼントをもらって、妹はとても喜んでいます。
妹妹收到禮物非常開心。

N5 部屋がきれいだ　　　　　　　　　　　　　　　　房間很乾淨

新しい建物なので部屋がきれいです。
因為是新的建築物所以房間很乾淨。

N5 勉強をする　　　　　　　　　　　　　　　　　　唸書

彼は大学で経済の勉強をしている。
他在大學裡攻讀經濟。

N5 ペンを貸す　　　　　　　　　　　　　　　　　　借筆

すみません。ちょっとペンを貸してください。
不好意思。請借筆給我一下。

N5 帽子をかぶる　　　　　　　　　　　　　　　　　戴帽子

男の子はみんな帽子をかぶっている。
男生們每一個人都戴著帽子。

N5 ホテルを探す　　　　　　　　　　　　　　　　找飯店

駅から近いホテルを探しています。
我正在找離車站近的飯店。

N5 本を置く　　　　　　　　　　　　　　　　　　放書

テーブルの上に本を置いてください。
請把書放在桌子上。

N5 本を返す　　　　　　　　　　　　　　　　　　還書

図書館に本を返しました。
書還給圖書館了。

N5 本を渡す　　　　　　　　　　　　　　　　　　交書給

山田さんにこの本を渡してください。
請把這本書交給山田先生。

N5 前を通る　　　　　　　　　　　　　　　　經過⋯的前面

このバスは小学校の前を通ります。
這台公車會經過小學的前面。

N5 まっすぐ行く　　　　　　　　　　　　　　　　直走

この道をまっすぐ行くと、右に銀行があります。
從這條路直直走的話，右手邊可以看到銀行。

N5 窓を開ける　　　　　　　　　　　　　　　　　開窗

暑いので、ちょっと窓を開けてもいいですか。
因為很熱，可以稍微開一下窗戶嗎？

026.mp3

N5 窓を閉める 關窗

雨が降っているので窓を閉めました。
因為下雨了，所以我把窗戶關起來。

N5 マフラーをする 圍圍巾

寒いから、マフラーをして出ます。
天氣冷，所以圍上圍巾出門。

N5 店に入る 走進店裡

店に入ってケーキを買いました。
走進店裡買了蛋糕。

N5 道を歩く 走在路上

道を歩きながら、タバコを吸ってはいけない。
不可以一邊走路一邊抽菸。

N5 道を渡る 過馬路

道を渡るときは、車が来ないことを確認しましょう。
過馬路時，要確認是否沒有來車。

N5 メールを書く 寫電子郵件

山田先生にお礼のメールを書きました。
我寫了一封感謝的電子郵件給山田老師。

N5 もう一度話す 再說一次

すみません。もう一度話してください。
不好意思，麻煩請再說一次。

N5 野菜が嫌いだ — 討厭蔬菜
私は野菜が嫌いであまり食べない。
我討厭蔬菜所以不怎麼吃。

N5 郵便局で働く — 在郵局工作
父は郵便局で働いています。
父親在郵局工作。

N5 雪が降る — 下雪
今、外は雪が降っている。
現在，外面正在下雪。

N5 料理が下手だ — 不擅長做菜
料理が下手で悩んでいます。
煩惱廚藝不好。

N5 料理を作る — 做菜
親が子どものために料理を作る。
父母為孩子做菜。

N4 アイロンをかける — 熨衣服、燙衣服
学校に着て行くシャツにアイロンをかけておいた。
要穿去學校的襯衫已經熨好了。

N4 赤ちゃんが泣く — 嬰兒哭泣
電車の中で赤ちゃんが泣いて困ってしまった。
嬰兒在火車上哭泣感到很困擾。

N4 甘いものが好きだ 喜歡甜食

チョコレートのような甘いものが好きです。
我喜歡像巧克力那樣的甜食。

N4 雨が降り出す 下起雨來

空が暗くて、今にも雨が降り出しそうだ。
天色變暗，馬上就快要下雨的樣子。

N4 生け花を習う 學習插花

生け花を習い始めて１０年目になります。
我開始學習插花至今已滿十年。

N4 いすを運ぶ 搬椅子

すみません。明日の会議のためにいすを運んでください。
不好意思，麻煩請幫忙搬明天會議要用的椅子。

N4 急いで連絡する 緊急聯絡

実は、山田部長に急いで連絡したいことがあるんですけど。
事實上，我有急事想與山田社長聯絡。

N4 いっしょうけんめい勉強する 努力唸書

大学に入るために、いっしょうけんめい勉強しています。
為了進大學拚命努力地唸書。

N4 犬にかまれる 被狗咬

田中さんは、散歩中に犬にかまれてけがをしました。
田中先生在散步時被狗咬受傷了。

029.mp3

N4 受付を通る　　　　　　　　　　　　　　　　　經過櫃檯

1階の受付を通ってから、会場に入った。
經過一樓的櫃檯之後，進入會場。

N4 うそをつく　　　　　　　　　　　　　　　　　說謊

うそをつくことは、どんな理由でも許されない。
無論是什麼理由，說謊都是不被允許的。

N4 海が見える　　　　　　　　　　　　　　　　　看得見海

山の上から海が見えます。
從山上看得見海。

N4 英語を教える　　　　　　　　　　　　　　　　教英語

母は高校で英語を教えています。
母親在高中教英語。

N4 駅で乗り換える　　　　　　　　　　　　　　　在車站轉乘

中山へいらっしゃる方は次の駅で乗り換えてください。
前往中山的旅客請在下個車站換車。

N4 駅に着く　　　　　　　　　　　　　　　　　　抵達車站

駅に着いたら電話してください。
抵達車站後請打電話給我。

N4 駅を出発する　　　　　　　　　　　　　　　　從車站出發

特急電車は5分前に駅を出発した。
特急列車（自強號）五分鐘前從車站出發了。

030.mp3

N4 絵に触る　　　　　　　　　　　　　　　　　　　　觸摸畫作

汚れるといけないから、絵に触らないでください。
要是弄髒就糟糕了，請不要觸摸畫作。

N4 お金がかかる　　　　　　　　　　　　　　　　　　花費金錢

外食するとけっこうお金がかかります。
一旦開始吃外食，就會相當花費金錢。

N4 お金を使う　　　　　　　　　　　　　　　　　　　花錢

買い物にたくさんお金を使ってしまった。
在購物方面花了很多錢。

N4 お金を払う　　　　　　　　　　　　　　　　　　　付錢

このバスは乗るときにお金を払います。
這台公車搭乘時要付錢。

N4 遅れて始まる　　　　　　　　　　　　　　　　　　延後開始

会議は予定より2時間も遅れて始まるそうです。
聽說會議會比預定晚兩個小時開始進行的樣子。

N4 お皿を並べる　　　　　　　　　　　　　　　　　　擺盤子

▶是指將好幾個盤子成列擺放的意思。

テーブルの上にお皿を並べてください。
請在餐桌上擺盤子。

N4 遅くまで起きている　　　　　　　　　　　　　　　熬夜到很晚

昨日遅くまで起きていたので、今日は一日中眠い。
昨天熬夜到很晚，所以今天一整天都很睏。

N4 音が出る 發出聲音

この絵本はタッチすると音が出る。
這本圖畫書觸碰的時候會發出聲音。

N4 お腹がいっぱいになる 肚子很飽

ご飯をたくさん食べてお腹がいっぱいになりました。
我吃了很多飯肚子很飽。

N4 お見舞いに行く 去探病

友だちが入院しているので、お見舞いに行った。
朋友住院了，所以去探望她。

N4 お土産をくれる 送我伴手禮

中山さんは私に旅行のお土産をくれました。
中山先生送給我旅行時買的伴手禮。

N4 お礼を言う 道謝

お世話になった田中先生にお礼を言った。
向曾經照顧過我的田中老師道謝。

N4 係をする 擔任、負責（某工作）

先輩、私、発表会で受付の係をするんですが、服はスーツがいいですか。
前輩，我負責發表會的報到接待，衣服是穿西裝比較好嗎？

N4 書き方を教える 教導寫法

子どもに漢字の書き方を教えている。
我正在教小孩漢字的寫法。

032.mp3

N4 傘をさす 　　　　　　　　　　　　　　　　　　　　撐傘

あの人は雨が降っているのに、傘をささずに歩いている。
明明正在下雨，那個人卻不撐傘走路。

N4 ガス料金を支払う 　　　　　　　　　　　　　　　　支付瓦斯費用

毎月、ガス料金を支払います。
每個月都要支付瓦斯費用。

N4 形をしている 　　　　　　　　　　　　　　長得像…形狀、以…的形式

あの鉛筆のような形をしている建物は図書館です。
長得像那隻鉛筆一樣形狀的建築物是圖書館。

N4 学校に通う 　　　　　　　　　　　　　　　　　　　　上學

弟は近くの学校に通っています。
弟弟在附近的學校上學。

N4 角を曲がる 　　　　　　　　　　　　　　　　　　　在轉角轉彎

あそこの角を曲がると、市役所が見えます。
在那裡的轉角轉彎的話，就可以看到市政府。

N4 壁を塗る 　　　　　　　　　　　　　　　　　　　　粉刷牆壁

ペンキで部屋の壁を塗ってみた。
我嘗試用油漆粉刷了房間的牆壁。

N4 ギターを弾く 　　　　　　　　　　　　　　　　　　彈吉他

田中さんがギターを弾きながら歌っている。
田中先生一邊彈吉他一邊唱歌。

N4 銀行に勤める　　　　　　　　　　　　　　　　　　　　　任職銀行

この銀行に勤めて５年になります。
我在這間銀行任職滿五年。

N4 クーラーがつく　　　　　　　　　　　　　　　　　　　開冷氣、開空調

クーラーがついていないので、とても暑いです。
因為沒開冷氣，所以非常熱。

N4 くつをはく　　　　　　　　　　　　　　　　　　　　　　　穿鞋子

▶「はく」有時會以漢字「履く」的方式來表達。

弟は、新しいくつをはいて出かけた。
弟弟穿上新鞋出門了。

N4 曇っている　　　　　　　　　　　　　　　　　　　　　　多雲、陰天

今日は曇っていて少し寒いです。
今天天氣多雲，有些寒冷。

N4 車が通る　　　　　　　　　　　　　　　　　　　　　　　車子經過

この家は大きな車が通るたびに揺れる。
這個房子每當有大台車子經過時就會搖晃。

N4 車がほしい　　　　　　　　　　　　　　　　　　　　　　想要車子

新しい車がほしいけど、お金が心配だ。
我想要新的車子，但是擔心錢不夠。

N4 車を止める　　　　　　　　　　　　　　　　　　　　　　　停車

駐車場に車を止めて店に入った。
把車子停在停車場之後進入店裡。

N4 けがが治る　　　　　傷勢痊癒
けがが治って退院することになりました。
傷勢痊癒要出院了。

N4 けがをする　　　　　受傷
道で転んで軽いけがをした。
在路上跌倒受了輕傷。

N4 けんかをする　　　　争吵
二人は大きな声でけんかをしている。
兩個人正在大聲爭吵。

N4 工場を見学する　　　參觀工廠
明日の午前中に自動車工場を見学します。
明天中午前要參觀汽車工廠。

N4 黒板を消す　　　　　擦黑板
田中さん、黒板を消してくれますか。
田中先生，可以幫我擦黑板嗎？

N4 ごちそうを食べる　　吃大餐
ごちそうを食べすぎて、お腹が痛くなりました。
吃太多大餐，肚子痛了起來。

N4 コップが割れる　　　摔破杯子
ガラスのコップが割れてしまった。
不小心摔破了玻璃杯。

035.mp3

N4 子どもを産む 生小孩

子どもを産んで育てるのは大変なことである。
生養小孩是一件非常辛苦的事。

N4 ゴミを捨てる 丟垃圾

ゴミを捨てるときは決められた場所に捨てましょう。
丟垃圾時，請丟在指定地點。

N4 砂糖を入れる 加砂糖

コーヒーに砂糖を入れて飲みました。
把糖加到咖啡裡喝吧。

N4 皿を洗う 洗盤子

食事の後、皿を洗うのはとても面倒なことだ。
用完餐之後，洗盤子是一件麻煩的事。

N4 皿を割る 打破盤子

大事にしていた皿を割ってしまった。
我不小心把愛惜的盤子打破了。

N4 試合を見る 看比賽

昨日、テレビでサッカーの試合を見た。
昨天，在電視上看了足球比賽。

N4 塩をとる 拿鹽巴

すみません。塩をとってくださいませんか。
不好意思，是否可以請你把鹽巴拿給我。

036.mp3

N4 仕方を教える　　　　　　　　　　　　　　教導做法

コピーの仕方を教えてください。
請教我影印的方法。

N4 時間に間に合う　　　　　　　　　　　　　趕得上時間

会議の時間に間に合わないので、会社に電話をした。
因為趕不上會議的時間，所以打電話給公司。

N4 時間をかける　　　　　　　　　　　　　　花費時間

この料理は時間をかけて作ったからおいしい。
這道菜很好吃是因為很花時間做出來的。

N4 時間を間違える　　　　　　　　　　　　　搞錯時間

私は授業の時間を間違えて英語の授業に参加できませんでした。
我搞錯了上課時間，所以沒上到英文課。

N4 仕事を手伝う　　　　　　　　　　　　　　幫忙工作

水野さんが私の仕事を手伝ってくれた。
水野先生幫忙做我的工作。

N4 辞書を引く　　　　　　　　　　　　　　　查字典

知らない言葉は辞書を引いて調べます。
翻字典查詢不認識的單字。

N4 写真を撮る　　　　　　　　　　　　　　　拍照

ここで写真を撮ってはいけません。
在這裡不可以拍照。

N4 **準備運動をする** 做暖身運動

運動をする前にしっかり準備運動をして、けがをしないようにしましょう。
運動之前確實要做好暖身運動，以避免受傷。

N4 **しょうゆを入れる** 加醬油

この料理は、最後にしょうゆを入れます。
這道菜，最後要淋上醬油。

N4 **食事を楽しむ** 享受美食

両親といっしょに外出して買い物や食事を楽しんだ。
和父母一起外出購物和享受美食。

N4 **スキーをする** 滑雪

私は今までスキーをしたことがありません。
我到目前為止還沒有滑過雪。

N4 **スポーツができる** 可以運動

区立スポーツセンターでは、水泳やテニスなど様々なスポーツができます。
在區立的運動中心裡可以進行游泳及打網球等等的運動。

N4 **生活に慣れる** 習慣生活

日本に来て、日本の生活に慣れましたが、学校の勉強は大変です。
來到日本，是已經習慣了日本的生活了，但學校的課業很辛苦。

N4 **席が空く** 空位

席が空いていないので、少々お待ちください。
目前沒有空位，麻煩請您再稍候一下。

038.mp3

N4 咳が出る 　　咳嗽

夜になると咳が出て止まりません。
一到了晚上，我就會咳個不停。

N4 席に案内する 　　餐廳帶位

駐車場がいっぱいで心配したけど、すぐ席に案内された。
停車場滿了原本有些擔心，但很快就被帶到了位子上。

N4 席に座る 　　坐在位子、就座

こちらの席に座ってもいいですか。
坐在這裡的位子可以嗎？

N4 説明をする 　　進行說明

先生が学生に説明をしています。
老師正在向學生進行說明。

N4 背広を着る 　　穿西裝

▶「西裝」較常用的日語是「スーツ」這個詞，「背広」一詞雖然使用頻率較少，但我們也是簡單記一下。

父は背広を着て出勤することが多い。
父親經常穿西裝上班。

N4 先生に会う 　　見到老師

学校の階段のところで木村先生に会いました。
在學校樓梯間遇到了木村老師。

N4 先生に相談する 　　向老師諮詢

一人で悩んでいないで、先生に相談したらどうですか。
不要一個人煩惱，向老師諮詢看看如何呢？

N4 先生に注意される　　　　　　　　　　　被老師警告

テストの点数が悪くて、また先生に注意されたんです。
考試的分數不好，又被老師警告了。

N4 洗濯をする　　　　　　　　　　　　　　洗衣服

家に帰って洗濯をしました。
回家之後洗了衣服。

N4 掃除をする　　　　　　　　　　　　　　打掃

宿題が終わった後で、部屋の掃除をしました。
做完功課後，打掃了房間。

N4 大学を卒業する　　　　　　　　　　　　大學畢業

私は３年前に大学を卒業しました。
我三年前從大學畢業。

N4 体重が増える　　　　　　　　　　　　　體重增加

１か月で３キロも体重が増えてしまった。
才一個月我的體重就增加了三公斤之多。

N4 頼んでおく　　　　　　　　　　　　　　事先拜託

お茶の準備は中田さんに頼んでおくよ。
事先拜託中田先生準備茶水。

N4 チケットを予約する　　　　　　　　　　預約票券

インターネットで飛行機のチケットを予約した。
在網路上預約了機票。

040.mp3

N4 **注射をする** 打針

治療のために週に２回、通院して注射をしてもらいます。
為了治療，每週會到醫院打兩次針。

N4 **駐車をする** 停車

駐車場に車がいっぱいで、駐車をすることができなかった。
停車場停滿了車子，我沒有停到車。

N4 **調子が悪い** 狀況不好

昨夜から体の調子が悪かったので、出かけないで家で休んだ。
昨晚開始身體的狀況不好，所以沒出門在家休息。

N4 **デートに誘う** 邀請約會

迷っていないで、デートに誘ってみたらどうですか。
不要猶豫，試著去邀請約會如何？

N4 **テーブルを拭く** 擦桌子

ちょっと手伝ってくれますか。青木さんはテーブルを拭いてください。
能幫我一下嗎？青木先生請擦桌子。

N4 **テストを受ける** 參加考試

この授業では、初日レベル分けのテストを受けることになっている。
這堂課程，第一天是要參加分級考試。

N4 **テレビが故障する** 電視故障

テレビが故障して修理してもらった。
電視故障請人修理了。

N4 手を洗う　　　　　　　　　　　　　　　　　　　　　　　洗手

家に帰ったらしっかり手を洗いましょう。
回家之後，要徹底洗手。

N4 電話に出る　　　　　　　　　　　　　　　　　　　　　接聽電話

会議中だったので、電話に出られなかった。
因為在會議中，所以沒辦法接聽電話。

N4 電話をする　　　　　　　　　　　　　　　　　　　　　　打電話

田中さんが来たら私に電話をするように、伝えてください。
請轉達田中先生，他來了的話請打電話給我。

N4 点をつける　　　　　　　　　　　　　　　　　　　　　　打分數

テストの点をつけて生徒たちに渡す。
考卷打分數之後交（還）給學生們。

N4 友だちに謝る　　　　　　　　　　　　　　　　　　　向朋友道歉

「私が悪かった」と友だちに素直に謝った。
坦誠地向朋友道歉並說：「是我的不對！」

N4 泥棒が入る　　　　　　　　　　　　　　　　　　　　　　遭小偷

昨日、隣の家に泥棒が入ったそうだ。
聽說昨天鄰居家遭了小偷。

N4 眺めがいい　　　　　　　　　　　　　　　　　　　　風景視野好

ここは眺めがいいので、写真を撮る人が多いです。
這裡的風景視野很好，所以拍照的人很多。

042.mp3

N4 名前を知っている　　　　　　　　　　　　　　　　　　　　　知道名字

だれか彼女の名前を知っていたら教えてください。
有誰知道她的名字的話請告訴我。

N4 名前を呼ぶ　　　　　　　　　　　　　　　　　　　　　　　　叫名字

名前を呼ばれたら、立って「はい」と返事をしてください。
叫到名字的話，請起立並答「有」。

N4 人気がある　　　　　　　　　　　　　　　　　　　　　　　　受歡迎

孫の誕生日に、最近人気がある電車のおもちゃをプレゼントした。
孫子生日時，我送了他最近很受歡迎的玩具火車當禮物。

N4 人気を集める　　　　　　　　　　　　　　　　　　　　　　　大受歡迎

最近、手軽なコンビニの弁当が人気を集めている。
最近便利商店輕巧的便當大受歡迎。

N4 寝坊をする　　　　　　　　　　　　　　　　　　　　　　　　睡過頭

今朝は寝坊をして会社に遅刻してしまいました。
今天早上睡過頭上班遲到了。

N4 のりをつける　　　　　　　　　　　　　　　　　　　　　　　塗膠水

カードにのりをつけて、ノートにはった。
在卡片塗上膠水，貼在筆記本上。

N4 パーティーを開く　　　　　　　　　　　　　　　　　　　　　開派對

私たちはパーティーを開いて彼の誕生日を祝いました。
我們開派對慶祝了他的生日。

N4 バイトを探す　　　　　　　　　　　　　找打工

旅行に行きたいので、高収入のバイトを探している。
因為想去旅行，所以正在找薪水高的打工。

N4 バスを降りる　　　　　　　　　　　　　下公車

学校の前でバスを降りました。
在學校前面下了公車。

N4 花見をする　　　　　　　　　　　　　　賞花

友だちといっしょに近くの公園で花見をしました。
和朋友一起去附近的公園賞了花。

N4 番号を呼ぶ　　　　　　　　　　　　　　叫號

スタッフが番号を呼びますので、少々お待ち下さい。
工作人員會叫號，請稍侯片刻。

N4 ピアノを弾く　　　　　　　　　　　　　彈鋼琴

私はピアノを弾くのが、とても好きです。
我非常喜歡彈鋼琴。

N4 一晩泊まる　　　　　　　　　　　　　　住宿一晚

出張で大阪へ行って、一晩泊まって、東京に帰ります。
因為出差要去大阪住一晚，之後回東京。

N4 太ってくる　　　　　　　　　　　　　　胖了起來

最近太ってきたので、毎朝ジョギングをしています。
最近胖起來的關係，所以我每天早上都會去慢跑。

044.mp3

N4 プレゼントを包む　　　　　　　　　　　　　包裝禮物

きれいな紙でプレゼントを包みました。
用漂亮的包裝紙包裝了禮物。

N4 部屋を片付ける　　　　　　　　　　　　　収拾房間

会議が終わったら、部屋を片付けてください。
會議結束之後，請收拾房間。

N4 ボタンを押す　　　　　　　　　　　　　　按按鈕

このボタンを押すと、切符が出ます。
按這個按鈕的話，票就會出來。

N4 本屋に寄る　　　　　　　　　　　　　　　順道去書店

学校が終わったら、本屋に寄って家に帰るつもりだ。
下課後，打算順道去一趟書店之後再回家。

N4 真ん中に置く　　　　　　　　　　　　　　放在正中間

テーブルは部屋の真ん中に置いてください。
桌子請放在房間的正中間。

N4 水をやる　　　　　　　　　　　　　　　　澆水

この花は、水をやりすぎると根が腐ってしまうので、注意してください。
請特別留意，這個花水澆太多的話根部會爛掉。

N4 店ができる　　　　　　　　　　　　　　　店舖開張

駅前にカレーの店ができました。
車站前開了一間咖哩店。

N4 道が滑る　　　　　　　　　　　　　　　　　　　　道路溼滑

昨日降った雪で道が滑りやすくなっている。
因為昨天下雪，所以道路變得很溼滑。

N4 迎えに行く　　　　　　　　　　　　　　　　　　　前往迎接

迎えに行きますから、駅に着いたら、電話してください。
我會去接你，到車站之後，請打電話給我。

N4 メールをする　　　　　　　　　　　　　　　　　　寄送郵件

レポートについて、おとといメールをしたんですが、届いたでしょうか。
有關報告，我前天就發送郵件給你了，有收到嗎？

N4 ものを捨てる　　　　　　　　　　　　　　　　　　丟東西

引っ越しのとき、要らないものを捨てました。
搬家時，把不需要的東西給丟掉了。

N4 山に登る　　　　　　　　　　　　　　　　　　　　爬山

来週の金曜日は山に登ります。
下星期五要去爬山。

N4 ゆっくり休む　　　　　　　　　　　　　　　　　　好好休息

疲れたでしょう。ゆっくり休んでくださいね。
很累吧。請好好休息。

N4 用事がある　　　　　　　　　　　　　　　　　　　有事

明日は大切な用事があって遅刻してはいけない。
明天有重要的事不可以遲到。

N4 予約をキャンセルする　　　　　　　　　　　　　　　　取消預約

急に用事が入ったので、今日の予約をキャンセルしたいんですが。
突然有緊急的事要處理，所以想要取消今天的預約。

N4 料理が得意だ　　　　　　　　　　　　　　　　　　　　擅長做菜

姉は日本料理が得意です。
姊姊很擅長做日本料理。

N4 留守にする　　　　　　　　　　　　　　　　　　　　　不在家

明日から急な出張で、一週間ほど留守にするんです。
明天開始因為緊急出差的關係，大概有一個星期左右會不在家。

N4 冷蔵庫に入れる　　　　　　　　　　　　　　　　　　　放進冰箱

残ったケーキを冷蔵庫に入れておいた。
把剩下的蛋糕放進冰箱。

N4 レポートを出す　　　　　　　　　　　　　　　　　　　提交報告

先生に宿題のレポートを出した。
提交作業的報告給老師。

N4 練習をする　　　　　　　　　　　　　　　　　　　　　做練習

週に3回テニスの練習をします。
每週練習三次網球。

N4 忘れ物をする　　　　　　　　　　　　　　　　　　　　忘掉東西

息子は、朝学校に行くときに、よく忘れ物をしている。
兒子早上去學校時，經常會忘東忘西。

N3 味がする　　　　　　　　　　　　　　　　　　　　　　有味道

このジュースはレモンの味がします。
這個果汁有檸檬的味道。

N3 味をつける　　　　　　　　　　　　　　　　　　　　　　調味

魚に塩とこしょうで味をつけた。
魚用鹽巴和胡椒來調味。

N3 汗をかく　　　　　　　　　　　　　　　　　　　　　　流汗；發汗

スポーツで汗をかいたので、シャワーを浴びた。
因為運動有流汗的關係，我沖了澡。

N3 汗を流す　　　　　　　　　　　　　　　　　　　　　　　流汗

目立たないところで汗を流して働いている人々がいる。
有些人們在毫不起眼的地方默默地揮汗工作著。

N3 息をする　　　　　　　　　　　　　　　　　　　　　　　呼吸

風邪なのか息をするのが苦しい。
不知道是不是感冒了，感到呼吸困難。

N3 息を吐く　　　　　　　　　　　　　　　　　　　　　　　吐氣

深く息を吸ったり吐いたりすると、気持ちが落ち着いてくる。
深呼吸和吐氣之後，心情會慢慢地平靜下來。

N3 一方通行になっている　　　　　　　　　　　　　　　　單向通行

本日は大変混雑しているため、見学通路は一方通行になっています。
今天交通非常地壅塞，參觀路線變成單向通行。

N3 犬を飼う　　　　　　　　　　　　　　　　　　　　　　養狗

うちでは犬を飼っているけれど、ほとんど私が面倒を見ている。
我們家雖然有養狗，但幾乎都是我在照顧的。

N3 うろうろする　　　　　　　　　　　　　　　　　　　　徘徊

怪しい人が家の前をうろうろしている。
有可疑的人在我們家面前徘徊。

N3 影響を与える　　　　　　　　　　　　　　　　　　　　造成影響

地球温暖化は、私たちにさまざまな影響を与えている。
地球暖化對我們產生了諸多的影響。

N3 餌をやる　　　　　　　　　　　　　　　　　　　　　　餵（食）飼料

この動物園では、動物に直接餌をやる体験ができる。
在這間動物園裡，可以體驗直接餵食動物飼料。

N3 おかしいと思う　　　　　　　　　　　　　　　　　　　覺得奇怪

まったく非がないのにあやまり続けるのはおかしいと思う。
我覺得完全沒錯卻要一直不停地道歉這件事很奇怪。

N3 お金を預ける　　　　　　　　　　　　　　　　　　　　存錢

近くの銀行にお金を預けた。
把錢寄存放在附近的銀行了。

N3 お金を出す　　　　　　　　　　　　　　　　　　　　　出錢

クラス全員でお金を出して、担任の先生に花束を贈ることにした。
全班決定了，要一起出錢買一束花送給班導。

N3 お金を引き出す　　　　　　　　　　　　　　　　　　　領錢

このカードでお金を引き出すことができます。
用這張卡可以領錢出來。

N3 おしゃべりをする　　　　　　　　　　　　　　　閒話家常、聊天

私は友だちとおしゃべりをするのが好きです。
我喜歡和朋友聊天。

N3 お茶を出す　　　　　　　　　　　　　　　　　　　　端茶

会社を訪問したお客さんにお茶を出した。
端茶給到公司拜訪的客戶。

N3 お腹が空く　　　　　　　　　　　　　　　　　　　　肚子餓

我慢できないほどお腹が空いたときには、何を食べればいいのでしょう？
肚子餓到無法忍受時，要吃些什麼才好呢？

N3 お弁当を準備する　　　　　　　　　　　　　　　　　準備便當

母は、早起きしてお弁当を準備しています。
媽媽早起準備便當。

N3 お湯が沸く　　　　　　　　　　　　　　　　　　　水沸騰煮開

お湯が沸いたら、材料を入れて火を少し弱くしてください。
水沸騰煮開之後，請放入材料之後再轉小火。

N3 お湯を沸かす　　　　　　　　　　　　　　　　　　　燒開水

毎朝、お湯を沸かしてお茶を飲みます。
每天早上燒開水泡茶來喝。

N3 温泉に入る					泡溫泉

長旅で疲れていたのですが、温泉に入ったら疲れもとれました。
雖然因長途旅行感到疲累，但泡了溫泉之後疲憊感都消失了。

N3 カードを作る					申辦卡片

図書館の利用カードを作るときは、申込書を書いてください。
要申辦圖書館借書證時，請填寫申請書。

N3 会社に戻る					回公司

調査が終わったら、3時までに会社に戻ります。
調查結束後，三點前會回公司。

N3 回数を増やす					增加次數

歯を守るには、歯磨きはもちろん、かむ回数を増やす努力も重要だ。
保護牙齒，不僅是要刷牙，還要增加咀嚼的次數。

N3 鍵をかける					鎖門

出かけるときは、忘れずにドアに鍵をかけてください。
外出時，請不要忘記鎖門。

N3 鍵を閉める					關上鎖門

玄関の鍵を閉めてから会社に行った。
把大門的關上鎖門之後就去了公司。

N3 鍵を無くす					弄丟鑰匙

鍵を無くしてしまって、家に入ることができなかった。
我把鑰匙弄丟了，所以沒辦法進入家門。

N3 風邪が治る　　　　　　　　　　　　　　　　感冒痊癒
薬を飲んだのに、なかなか風邪が治らない。
明明吃了藥，感冒卻遲遲不好。

N3 雷が鳴る　　　　　　　　　　　　　　　　　打雷
急に空が曇ってきて、雷が鳴り始めた。
天空突然烏雲密佈，開始打雷。

N3 ガラスが割れる　　　　　　　　　　　　　　玻璃破裂
台風で窓のガラスが割れて危ないです。
因為颱風的關係，窗戶的玻璃都破掉了很危險。

N3 彼と付き合う　　　　　　　　　　　　　　　和他交往
彼と付き合ってもうすぐ３年になります。
和他交往快要滿三年了。

N3 感想を言う　　　　　　　　　　　　　說出感想、發表感言
自分の作った料理の感想を言ってもらえるとうれしい。
如果能對我親自做的料理發表感想的話我會很開心。

N3 キーボードを打つ　　　　　　　　　　　　　打鍵盤
姉はキーボードを打つのがとても速い。
姊姊打鍵盤的速度非常快。

N3 機会ができる　　　　　　　　　　　　　　　有機會
海外旅行をする機会ができたら、行ってみたいところがありますか。
如果有去海外旅行的機會的話，你有想去的地方嗎？

N3 薬を塗る　　　　　　　　　　　　　　　　　　　　　抹藥、塗藥

かゆくなったらこの薬を塗ってください。
覺得癢的話，請塗這個藥。

N3 車で送る　　　　　　　　　　　　　　　　　　　　　開車接送

家に遊びに来ていた友だちを車で送った。
開車接送來家裡玩的朋友。

N3 経験がない　　　　　　　　　　　　　　　　　　　　沒有經驗

和食の初級クラスは、料理の経験がない方のためのクラスです。
和食的初級班適合沒有烹飪經驗的人。

N3 景色を眺める　　　　　　　　　　　　　　　　　　　眺望景色

外の景色を眺めながら、ゆっくり食事を楽しんだ。
一邊眺望外面的風景，一邊悠閒地享受餐點。

N3 原因を調べる　　　　　　　　　　　　　　　　　　　調查原因

パソコンの調子が悪いんですが、自分で原因を調べる方法はありませんか。
我的電腦狀況不好，是否有方法可以自行調查原因？

N3 健康診断を受ける　　　　　　　　　　　　　　　　　接受健康檢查

健康診断を受けるたびに、医者に運動するように言われる。
每次我做健康檢查時，醫生都會叫我要盡量運動。

N3 効果が出る　　　　　　　　　　　　　　　　　　　　有效果

このトレーニングの効果が出るのは３か月以降らしい。
這次訓練的成效似乎會在三個月後顯現出來。

N3 声をかける　　　　　　　　　　　　　　　搭話、打招呼

店に入るとすぐ、店員さんが声をかけてくれました。
一進到店裡，店員馬上跟我打招呼。

N3 コーヒーを入れる　　　　　　　　　　　　　泡咖啡

お客さんにコーヒーを入れた。
泡咖啡給客人。

N3 コーヒーをこぼす　　　　　　　　　　　　　打翻咖啡

白いシャツにコーヒーをこぼしてしまった。
我不小心打翻咖啡灑在白色襯衫上。

N3 子どもが生まれる　　　　　　　　　　　　　孩子出生

友だちに子どもが生まれたんだけど、お祝い何がいいと思う？
我的朋友生了孩子，你覺得該送什麼賀禮好呢？

N3 ゴミを出す　　　　　　　　　　　　　　　　丟垃圾

うちの市は朝9時までにゴミを出すことになっています。
我們市區規定上午九點之前要丟垃圾。

N3 材料を混ぜる　　　　　　　　　　　　混合材料、混合原料

このお菓子は材料を混ぜて焼くだけで簡単に作れます。
這個點心只要把原料混合後再去烘烤，就能輕鬆完成。

N3 魚をとる　　　　　　　　　　　　　　　　　抓魚

昨日は友だちといっしょに魚をとりに行きました。
昨天和朋友一起去抓魚了。

N3 時間が過ぎる 　　　　　　　　　　　　　　　　　　　　時間流逝

飲み会が楽しくて、時間が過ぎるのがとても早く感じられた。
聚餐很開心，能感覺到時間過得非常快。

N3 試験に受かる 　　　　　　　　　　　　　　　　　　　通過考試、考上

先生のご指導のおかげで、試験に受かりました。ありがとうございます。
感謝老師您的指導，我通過考試了。謝謝您。

N3 事故に遭う 　　　　　　　　　　　　　　　　　　　　　遭遇事故

隣の田中さんが交通事故に遭って入院したそうだ。
聽說住在隔壁的田中先生發生車禍住院了。

N3 支度をする 　　　　　　　　　　　　　　　　　　　　　準備打點

母は台所で食事の支度をしている。
母親正在廚房裡準備餐點。

N3 質問を受ける 　　　　　　　　　　　　　　　　　　　受訪、接受提問

山川選手は試合の後、多くの記者に囲まれて質問を受けていた。
山川選手在比賽之後，被許多記者包圍受訪。

N3 習慣をつける 　　　　　　　　　　　　　　　　　　　　　培養習慣

甘いものを食べた後に、水やお茶を飲む習慣をつけましょう。
吃完甜食之後，養成喝水或喝茶的習慣吧！

N3 修理してもらう 　　　　　　　　　　　　　　　　　　　　請人修理

内田さんに壊れた自転車を修理してもらった。
請內田先生幫忙修理壞掉的腳踏車。

N3 順番を待つ　　　　　　　　　　　　　　　　　等待叫號

店が混んでいたので、並んで順番を待つことにした。
店裡人潮眾多，所以決定排隊等待叫號。

N3 食事が済む　　　　　　　　　　　　　　　　　用餐完畢

食事が済んだら、食器はここに戻してください。
用餐完畢後，請把餐具歸位到此處。

N3 食事に誘う　　　　　　　　　　　　　　　　　邀請用餐

せっかく食事に誘ってくれたのに、行けなくてごめんね。
難得你邀我去吃飯，但我沒辦法前往真是抱歉。

N3 食欲がない　　　　　　　　　　　　　　　　　沒有食欲

朝は食欲がなくて、朝食を食べる気になりません。
我早上沒有食欲，不想吃早餐。

N3 神経を使う　　　　　　　　　　　　　　　　　集中精神

工事のときは、正確さや安全に対して神経を使わなければならない。
進行工程時，必須集中精神在精確度以及安全性上。

N3 酢をかける　　　　　　　　　　　　　　　　　淋醋

料理のときに材料のにおいを防ぐために、酢をかける方法もある。
烹飪時，為防止食材的味道沾染上，也可以使用淋醋的方法。

N3 生活を送る　　　　　　　　　　　　　　　　　過生活

健康のために規則正しい生活を送りましょう。
為了健康，過著規律的生活吧！

N3 成績を取る 取得成績

いい成績を取って、希望の学校に入りたい。
想取得好成績,進入志願的學校。

N3 晴天が続く 連續晴天

梅雨も明けて最近は晴天が続いている。
梅雨季結束最近一直持續著晴天。

N3 席を空ける 隔著座位

病院内では、できるだけ席を空けてお座りください。
在醫院裡,請盡量隔著座位來坐。

N3 席を取る 佔座位

先に店に行って、席を取っておくね。
我先去店裡佔位子哦!

N3 席を譲る 讓位

電車で若者はお年寄りに席を譲った。
在火車上年輕人讓位給年長者。

N3 世話になる 受到照顧

鈴木先生にはいつも世話になっている。
總是受到鈴木老師的照顧。

N3 世話をする (施予)照顧

風邪をひいた子どもの世話をしました。
照顧了感冒的孩子。

N3 相談に乗る　　　　　　　　　　　　　　　　　　　　　　　　　提供諮詢

この大学では、専門のカウンセラーがいつでも相談に乗ります。
這間大學，有專業的諮詢師隨時提供諮詢。

N3 大会に出る　　　　　　　　　　　　　　　　　　　　　参加比賽、參加…大賽

来月、大学のスピーチ大会に出るつもりだ。
下個月，打算參加大學的演講大賽。

N3 大量に使う　　　　　　　　　　　　　　　　　　　　　　　　　大量使用

このパンは砂糖とバターを大量に使って作ったものです。
這個麵包是大量使用砂糖及奶油製作而成的。

N3 タクシーを呼ぶ　　　　　　　　　　　　　　　　　　　　　　　叫計程車

タクシーを呼びたい場合、どうしたらいいですか。
想叫計程車時，該怎麼辦才好？

N3 食べ物が腐る　　　　　　　　　　　　　　　　　　　　　　　　食物腐敗

夏は、気温が高く食べ物が腐りやすい。
夏天的氣溫高，食物容易腐敗。

N3 連れていく　　　　　　　　　　　　　　　　　　　　　　　　　　帶去

子どもが熱を出し、病院に連れていった。
小孩子發燒，我帶去醫院了。

N3 連れてくる　　　　　　　　　　　　　　　　　　　　　　　　　　帶來

子どもが友だちを連れてきたので、お菓子を出した。
因為孩子帶朋友回家，所以拿出了點心。

N3 テーマが決まる　　　　　　　　　決定主題
論文のテーマが決まったら、そのテーマに関する資料を集める必要がある。
論文的主題決定之後，需要收集與那項主題相關的資料。

N3 デザインを変える　　　　　　　　變更設計
ブログのデザインを変えて、明るい雰囲気にしてみた。
嘗試變更部落格的設計，讓整個氛圍變得明亮。

N3 店員を呼ぶ　　　　　　　　　　　呼叫店員
メニューから食べたい料理を決め、店員を呼んで注文した。
看菜單決定想吃的菜色後，叫店員來點了餐。

N3 天気予報を見る　　　　　　　　　看天氣預報
天気予報を見たら、明日は晴れるって言ってたよ。
看天氣預報說明天會放晴哦！

N3 伝言を頼む　　　　　　　　　　　拜託留言
伝言を頼まれたときは、必ずメモをとりましょう。
別人請求幫忙留言時，請務必要做筆記。

N3 電池が切れる　　　　　　　　　　電池沒電
時計の電池が切れたので新しいものに交換した。
時鐘的電池沒電了，所以換一個新的。

N3 テンポが速い　　　　　　　　　　節奏很快
この曲はテンポが速くて歌うのが難しい。
這首曲子的節奏很快所以很難唱。

N3 年を取る　　　　　　　　　　　　　　　　　　　上了年紀

年を取ると朝早く目が覚めてしまう。
上了年紀後一大早就會醒過來。

N3 においを消す　　　　　　　　　　　　　　　消除氣味、消除異味

台所からにおいを消すために窓を開けた。
為了消除從廚房飄出來的異味把窗戶打開。

N3 日程を変更する　　　　　　　　　　　　　　　　　　變更行程

大変申し訳ありませんが、会議の日程を変更していただけないでしょうか。
真的非常地抱歉，是否可以請您變更會議的行程？

N3 荷物を受け取る　　　　　　　　　　　　　　　　　　領取貨物

私が不在だったので、家族がサインして、荷物を受け取りました。
因為我不在家，所以家人簽名領取了貨物。

N3 入会を申し込む　　　　　　　　　　　　　　　　　　申請入會

入会を申し込むときは、次の書類を提出してください。
申請入會時，請提交以下文件。

N3 寝つきが悪い　　　　　　　　　　　　　　　　　　　難以入睡

昼寝をたっぷりとると、その夜は寝つきが悪くなったりする。
白天睡太多的話，那天晚上就會很難入睡。

N3 パーマをかける　　　　　　　　　　　　　　　　　　燙頭髮

パーマをかけたその日はシャンプーはしない方がいいらしい。
燙了頭髮的當天似乎是最好不要洗頭比較好的樣子。

N3 配達を頼む
料理の材料を注文して、配達を頼んだ。
訂購了做菜所需要的食材，並叫了貨運宅配。

叫貨運宅配

N3 箱に詰める
引っ越しのために、本を箱に詰めておいた。
為了搬家，先把書裝箱打包。

裝箱

N3 パソコンを買い替える
古くなったパソコンを買い替えることにした。
決定把變舊的電腦淘汰換掉購買新的。

換購電腦

N3 花を飾る
お部屋に花を飾ると、気持ちが落ち着いた。
在房間裝飾擺放花之後，心情平靜下來了。

裝飾花朵

N3 ハンコを押す
ここに名前を書いてハンコを押してください。
請在此處寫上名字並蓋上印章。

蓋印章

N3 犯罪を犯す
彼は犯罪を犯して警察に捕まった。
他犯罪被警察逮捕了。

犯罪

N3 ピアノを演奏する
今日のコンサートで有名なピアニストがピアノを演奏する。
今天的音樂會將由知名的鋼琴家演奏鋼琴。

演奏鋼琴

N3 日帰りで出かける　　　　　　　　　　　　　　　出門當天來回
今度の週末は近くの山に日帰りで出かけようと思います。
這個週末我打算出門去附近的山當天來回。

N3 ひげをそる　　　　　　　　　　　　　　　　　　　　　刮鬍子
毎朝、顔を洗ってからひげをそる。
每天早上洗完臉之後刮鬍子。

N3 昼寝をする　　　　　　　　　　　　　　　　　　　　　睡午覺
２０分ぐらい昼寝をしたら、気持ちがよくなった。
午休睡了二十分鐘左右，精神整個好了起來。

N3 服が濡れる　　　　　　　　　　　　　　　　　　　　衣服溼掉
雨で服が濡れたので着替えた。
衣服被雨淋溼所以換了衣服。

N3 部屋を予約する　　　　　　　　　　　　　　預約房間、訂房
窓から海の見える部屋を予約しました。
訂了從窗戶看得見大海的房間。

N3 包帯を巻く　　　　　　　　　　　　　　　　　　　　包紮繃帶
怪我をして、病院で包帯を巻いてもらった。
受了傷，在醫院請人幫忙包紮繃帶。

N3 ポスターをはる　　　　　　　　　　　　　　　　　　　貼海報
掲示板にポスターをはりました。
在公布欄上貼了海報。

N3 ボタンが取れる　　　　　　　　　　　　　　　　　　　　　　　鈕扣脫落

ボタンが取れていたので自分でつけました。
鈕扣掉了，所以我自己縫好了。

N3 本棚を組み立てる　　　　　　　　　　　　　　　　　　　　　　組裝書架

本棚を組み立てて、ペンキを塗った。
組裝書架，並刷上油漆。

N3 待ち合わせをする　　　　　　　　　　　　　　　　　　　　　　約碰面

私は今日、友だちと渋谷駅で待ち合わせをして、映画館に行きました。
我今天和朋友約好在澀谷見面，然後去了電影院。

N3 祭りが行われる　　　　　　　　　　　　　　　　　　　　　　　舉行慶典

私の町では毎年7月最後の日曜日に夏祭りが行われます。
我們的小鎮每年七月的最後一個星期日會舉行夏季慶典。

N3 水がこぼれる　　　　　　　　　　　　　　　　　　　　　　水灑出來、溢出來

花瓶が倒れて、水がこぼれてしまった。
花瓶倒下，水溢出來了。

N3 道に迷う　　　　　　　　　　　　　　　　　　　　　　　　　　　迷路

地図を持っていたのに、道に迷ってしまった。
明明帶著地圖，卻還是迷路了。

N3 身につける　　　　　　　　　　　　　　　　　　　　　　　學會、培養…能力

専門学校でいろいろな技術を身につけて、いい会社に入りたい。
想在專科學校習得各種技術之後，進入好的公司。

N3 メガネをかける　　　　　　　　　　　　　　　　　戴眼鏡

昨日はメガネをかけたまま寝てしまいました。
我昨天戴著眼鏡睡著了。

N3 メガネを外す　　　　　　　　　　　　　　　　　　摘下眼鏡

私は目が悪いので、メガネを外すと何も見えません。
我眼睛不好，摘下眼鏡後什麼都看不到。

N3 面倒を見る　　　　　　　　　　　　　　　　　　　照顧

姉が入院したので、私が姉の子どもたちの面倒を見ている。
姊姊住院了，所以由我來照顧姊姊的孩子們。

N3 元に戻す　　　　　　　　　　　　　　　　　　　恢復原狀

会議が終わったら、椅子を元に戻してください。
會議結束之後，請將椅子歸回原位。

N3 約束を破る　　　　　　　　　　　　　　違背諾言、爽約、食言

彼は絶対に約束を破らない人だ。
他是一個絕對不會違背諾言的人。

N3 休みを取る　　　　　　　　　　　　　　　　　　　請假

たまには長い休みを取って、海外旅行に行きたいです。
想偶爾請個長假，去海外旅行。

N3 家賃が高い　　　　　　　　　　　　　　　　　　　房租貴

この部屋は、部屋の中でも人気があるので家賃が高い。
這間房，在房間的物件裡很受歡迎因此房租很貴。

N3 夢を見る 　　　　做夢

怖い夢を見て目が覚めてしまった。
夢到一個可怕的夢嚇醒過來。

N3 用事ができる 　　　　臨時有事

急に用事ができたので、レストランの予約をキャンセルした。
由於突然臨時有事，所以取消了餐廳的預約。

N3 用事を済ませる 　　　　辦完事

この用事を済ませてから食事をするつもりです。
打算辦完這件事之後再用餐。

N3 預金をおろす 　　　　領錢

銀行に行って預金をおろして来た。
去銀行領完錢之後才來。

N3 連絡を取る 　　　　取得聯絡

長い間連絡を取っていなかった友だちに電話をした。
打電話給很長一段時間沒有聯絡的朋友。

N2 アイディアを思いつく 　　　　想到點子、想到主意

いいアイディアを思いついても、実際に活用するのはなかなか難しい。
就算想到一個好點子，但要實際運用還是相當困難。

N2 仰向けになる 　　　　仰躺

彼は仰向けになって空を見上げた。
他仰躺著看天空。

N2 **アクセルを踏む** 　　　　　　　　　　　　　　　　　　　踩油門

アクセルを踏んでスピードをあげる。
踩油門加速。

N2 **あくびが出る** 　　　　　　　　　　　　　　　　　　　打哈欠

朝まで寝ないで勉強していたので、授業中に何度もあくびが出た。
因為我熬夜沒睡唸書到早上，所以上課時打了好幾次哈欠。

N2 **あっと言わせる** 　　　　　　　　　　　　　　　　　令人感到驚訝

次はもっと面白いゲームを作ってユーザーをあっと言わせてやりたい。
下次想做更有趣能讓玩家大吃一驚的遊戲。

N2 **油で揚げる** 　　　　　　　　　　　　　　　　　　　用油炸

新鮮な油で揚げた天ぷらは味が格別です。
用新鮮的油炸的天婦羅味道格外地好吃。

N2 **ありのままに話す** 　　　　　　　　　　　　　　　　　坦誠說出

思ったことをありのままに話してしまうと相手を傷付けることがある。
如果將心裡想的事情坦誠說出來的話，有時會傷害到對方。

N2 **暗証番号を押す** 　　　　　　　　　　　　　　　　　　按密碼

確認のため、もう一度暗証番号を押してください。
為了確認，麻煩請再按一次密碼。

N2 **いい加減にする** 　　　　　　　　　　　　　　　　　　適可而止

もう冗談を言うのはいい加減にしてほしい。
希望你可以適可而止不要再開玩笑了。

N2 一行を空ける　　　　　　　　　　　　　　　　　　　　　　空一行

作文はここに名前を書いてから、一行を空けて本文に入ってください。
作文請這裡寫上名字之後，空一行再寫本文。

N2 一段落する　　　　　　　　　　　　　　　　　　　　　　　告一段落

ちょうど仕事が一段落したところだから、ちょっと休憩しよう。
剛好工作告一段落，稍微休息一下吧。

N2 一体感が生まれる　　　　　　　　　　　　　　　　　　　産生團結共識

社員同士の交流が少ない状態では、なかなか一体感は生まれない。
員工之間交流少的情況，很難產生團結共識。

N2 印象を与える　　　　　　　　　　　　　　　　　　　　　　給予印象

よく知らない人にいい印象を与えるには、初対面の印象が肝心である。
要給不熟的人留下好印象，第一次見面的印象是最重要的。

N2 うがいをする　　　　　　　　　　　　　　　　　　　　　　　漱口

うがいをすることで風邪を予防することができるらしい。
透過漱口似乎可以預防感冒。

N2 うまくいく　　　　　　　　　　　　　　　　　　　　　　　　順利進行

ところで、仕事の方はうまくいっていますか。
話說回來，你工作方面進行得還順利嗎？

N2 お金が絡む　　　　　　　　　　　　　　　　　　　　　　　涉及金錢

お金が絡むことだから、見積もりの作成は慎重にしましょう。
因為涉及金錢，所以報價單請謹慎製作吧！

N2 思い切って捨てる　　　　　　　　　　　　　　　　　　　　断然捨棄

引っ越しの際、いらないものを思い切って捨てました。
搬家時，用不到的東西就直接丟掉了。

N2 風が当たる　　　　　　　　　　　　　　　　　　　受風直接吹拂、迎風

観葉植物に風が当たり続けると、枯れてしまうことがある。
觀葉植物一直受風直接吹拂的話，很容易枯萎。

N2 肩を痛める　　　　　　　　　　　　　　　　　　　傷害肩膀、損傷肩膀

野球やテニスのようなスポーツ活動で肩を痛めることが多い。
進行棒球或網球這類的運動很容易傷到肩膀。

N2 格好をする　　　　　　　　　　　　　　　　　　　　　　　　裝扮打扮

会議に参加するときは、あまり派手な格好をしないでください。
參加會議時，請不要打扮得過於花俏。

N2 活発に活動する　　　　　　　　　　　　　　　　　　　　　　積極活動

このボランティア団体は、１０年前に設立し現在も活発に活動している。
這個義工團體，從十年前設立至今，依然積極地進行活動中。

N2 カロリーが高い　　　　　　　　　　　　　　　　　　　　　　卡路里高

医者に、太りすぎだからカロリーの高くない食事をしろと言われた。
因為過胖，所以醫生叫我攝取卡路里不高（低卡路里）的食物。

N2 皮をむく　　　　　　　　　　　　　　　　　　　　　　　　　　削皮

歯を丈夫にするために、りんごの皮をむかないで食べている。
為了讓牙齒健康，蘋果不削皮直接吃。

068.mp3

N2 環境を整える　　　　　　　　　　　　　　　　　　整頓環境
企業は、社員が創造力を発揮できるような環境を整えるべきだ。
企業應該整頓好環境，讓員工可以發揮創造力。

N2 看病をする　　　　　　　　　　　　　　　　　　　照料看顧
北野さんは病気の母親の看病をしている。
北野先生正在照料生病的母親。

N2 期限が切れる　　　　　　　　　　　　　　　　　　期限過期
消火器の期限が切れてしまったので、新しいのに取り替えた。
滅火器的期限過期了，所以更換一個新的。

N2 機嫌が悪い　　　　　　　　　　　　　　　　　　　心情不好
田中先生は時間にきびしく、少しでも遅刻すると機嫌が悪くなるそうだ。
田中老師對時間很嚴格，聽說只要稍微遲到一點心情就會變得很差。

N2 興味を引く　　　　　　　　　　　　　　　　　　　引起興趣
体験談や思い出話は、相手の興味を引く話題になる。
經驗談和回憶的內容，可以成為引起對方注意的話題。

N2 協力を得る　　　　　　　　　　　　　　　　　　　得到協助
外部専門家の協力を得て、新商品の開発を進めている。
得到外部專家的協助，正在進行新產品的開發工作。

N2 草取りをする　　　　　　　　　　　　　　　　　　拔草
今日はみんなで庭の草取りをしたり、庭木に水をやったりした。
今天大家都在庭院裡拔草，和替院子裡的樹木澆水。

N2 草を刈る　　　　　　　　　　　　　　　　　　　　　割草

草を刈ってきれいになった庭を見て、気持ちがよくなった。
看到割完草乾淨整齊的庭院，心情變得很好。

N2 くしゃみをする　　　　　　　　　　　　　　　　　　打噴嚏

料理中にくしゃみをしたら、小麦粉が飛び散ってしまった。
做菜時打了個噴嚏，使得麵粉飛散得到處都是。

N2 苦情を言う　　　　　　　　　　　　　　　　　　　　投訴

隣の人がうるさいので管理人さんに苦情を言いに行きます。
因為鄰居太吵了，所以要去跟管理員投訴。

N2 車を飛ばす　　　　　　　　　　　　　　　　　　　開快車

祖父の入院の知らせを受け、車を飛ばして病院に向かった。
接到祖父住院的通知後，便飛車疾駛地奔向醫院。

N2 計画を立てる　　　　　　　　　　　　　　　　　　擬定計劃

新しいビジネスを始めるときは、しっかりと計画を立てる必要がある。
開始新的事業計劃時，需要確實周詳地擬定計劃。

N2 経験が豊富だ　　　　　　　　　　　　　　　　　　經驗豐富

このレストランでは、経験が豊富なシェフが調理を担当している。
這間餐廳，由經驗豐富的主廚擔任烹調。

N2 携帯が鳴る　　　　　　　　　　　　　　　　　　　手機響了

クラシックコンサート中に客席から携帯が鳴って大変迷惑だった。
在古典樂的音樂會上，觀眾席中傳出了手機的響聲非常令人困擾。

N2 健康を保つ 保持健康

健康を保つためには、バランスのいい食事と運動が大切だ。
為了保持健康，均衡的優質飲食和運動是很重要的。

N2 交番に届ける 交到派出所

落し物を拾って交番に届けたことがある。
我曾經撿到遺失物送去派出所過。

N2 候補を絞る 篩選候補

今、子供を通わせる幼稚園の候補を絞っているところです。
現在，正在替孩篩選要上的幼稚園候補名單。

N2 交流を深める 加深交流

社員同士の交流を深める目的で、食事会を企画した。
以加深員工之間交流為目的，計劃了餐會活動。

N2 故郷を離れる 遠離故鄉

就職して故郷を離れ、一人暮らしをしている。
就職後遠離故鄉，現在一個人生活。

N2 個性を磨く 磨練個性

他人と比べることなく自分の個性を磨こう。
不與他人做比較磨練自己的個性。

N2 ご馳走する 請客

ここは私にご馳走させてください。
這裡請讓我來請客。

N2 ご馳走になる　　　　　　　　　　　　　接受款待

先日はご馳走になり、ありがとうございます。
前幾天受到您的招待，非常感謝。

N2 コツをつかむ　　　　　　　　　　　　　掌握訣竅

一度自転車に乗るコツをつかめば、二度と忘れることはないだろう。
一旦掌握了騎腳踏車的訣竅，應該就不會再忘記吧！

N2 コツを学ぶ　　　　　　　　　　　　　　學習技巧

▶「プレゼン」是「プレゼンテーション」的縮寫，意思可以是「簡報」或「簡報資料」。

先輩にプレゼンをより分かりやすく作るコツを学んだ。
向前輩學習如何將簡報做得更簡單明瞭的技巧。

N2 ご飯を炊く　　　　　　　　　　　　　　煮飯

朝、ご飯を炊いてお弁当を作って持って行きます。
早上煮飯做便當帶去。

N2 ゴミを拾う　　　　　　　　　　　　　　撿垃圾

本校では、川から流れてくるゴミを拾う活動を行っています。
本校實施撿拾河川漂流垃圾的活動。

N2 困難を乗り越える　　　　　　　　　　　克服困難

人は自分の能力で困難を乗り越えたとき、喜びを感じるのだ。
人們在靠自己的力量克服困難時，會感到喜悅。

N2 差がある　　　　　　　　　　　　　　　有差異

個個人の幸福についての考え方に、差があってもいいのではないか。
每個人對幸福的思考方式，多少有些差異應該也無妨吧。

072.mp3

N2 差し入れをもらう　　　　　　　　　　　　　収到慰勞品
部長、今、営業部の山田君から差し入れのお菓子をもらいました。
部長，剛才收到營業部的山田送來的慰勞點心。

N2 座席が埋まる　　　　　　　　　　　　　　座位坐滿
この店は、眺めのいい窓際の所から座席が埋まっていくようだ。
這家店，似乎會從風景好的窗邊座位開始坐滿。

N2 参考にする　　　　　　　　　　　　　　　做參考
この服のデザインは、ヨーロッパの流行を参考にしているそうです。
這件衣服的設計，聽說是參考歐洲的流行趨勢而設計的。

N2 資格を取る　　　　　　　　　　　　　　　取得資格
資格を取るために、この一年間、毎日いっしょうけんめい勉強してきた。
為了考取資格，這一年以來，每天都拚命地唸書。

N2 時間が経つ　　　　　　　　　　　　　　　時間流逝
時間が経つのは本当に早いですね。
時間過得真的非常快。

N2 時間に追われる　　　　　　　　　　　　　被時間追趕
最近、会議とか出張とかで時間に追われて不規則な生活をしている。
最近因會議和出差等等被時間追趕，過著不規律的生活。

N2 時間の無駄だ　　　　　　　　　　　　　　浪費時間
社内のメールに時間をかけすぎるのは時間の無駄だと思う。
我覺得在公司內部的郵件上花太多時間是件浪費時間的事。

N2 事故を起こす　　　　　　　　　　　　　　　　引發事故

雪の夜は、運転をしない方がいい。事故を起こすおそれがある。
下雪的夜晚，不要開車比較好。可能會引發事故。

N2 姿勢を示す　　　　　　　　　　　　　　　　表現出…姿態

野党は首相の外交方針に対して、批判的な姿勢を示した。
在野黨對首相的外交政策展現出批判的姿態。

N2 支払いが済む　　　　　　　　　　　　　　　　完成付款

契約をし、支払いが済んだら、受け取った領収書などを保管します。
簽定契約，完成付款之後，請妥善保管好拿到的收據等證明。

N2 自分で確かめる　　　　　　　　　　　　　　　自我確認

その情報が本当かどうか、自分で確かめないといけない。
那個情報是真是假，必須由自己親身確認才行。

N2 柔軟に対応する　　　　　　　　　　　　　　　靈活應對

今回のことについては、もう少し柔軟に対応するべきだ。
有關這次的事件，應該再靈活應對一些才是。

N2 修理に出す　　　　　　　　　　　　　　　　　送修

プリンターが壊れたので、修理に出した。
因為列表機壞掉了，所以拿去送修了。

N2 授業に出る　　　　　　　　　　　　　　　　　參加課程

大学の日本語の授業に出て、日本語を勉強し始めた。
我參加了大學的日語課程，開始學習日語。

074.mp3

N2 条件に左右される 　　　　　　　　　　　受…的條件影響

花の開花は、気温のような気象条件に左右される。
花的綻放，會受到氣溫之類的氣候條件所影響。

N2 症状が現れる 　　　　　　　　　　　　　出現症狀

年を重ねるにつれて、体の様々な所に老化の症状が現れる。
隨著年齡增長，身體開始出現各種老化的症狀。

N2 情報を悪用する 　　　　　　　　　　　　濫用資訊

盗み出した個人情報を悪用した犯罪が増えている。
偷竊濫用個資的犯罪正在逐漸增加中。

N2 情報を得る 　　　　　　　　　　　　　　獲得情報

大きい地震の際には、まず、被害に関する確かな情報を得ることが大切だ。
發生大地震時，首先獲得災害相關的正確情報是非常重要的。

N2 賞を取る 　　　　　　　　　　　　　　　拿到獎項

今年の作文のコンクールで賞を取った。
在今年作文比賽拿到獎項了。

N2 食卓を囲む 　　　　　　　　　　　　　　圍著餐桌

最近、家族で食卓を囲むという光景が見えにくくなっている。
最近，越來越難看到一家人圍著餐桌吃飯的景象了。

N2 心配をかける 　　　　　　　　　　　　　讓人擔心

皆さん、この度は心配をかけて本当に申し訳ありません。
這次讓各位擔心感到萬分地抱歉。

N2 **新聞に載る** 　　　　　　　　　　　　　　　　　刊登在報紙、上報

まさか自分の投書が新聞に載るなんて夢にも思わなかった。
我做夢萬萬沒想到自己投稿的內容會刊登在報紙上。

N2 **生計を立てる** 　　　　　　　　　　　　　　　　維持生計

彼はコンビニでアルバイトをして生計を立てている。
他在超商打工維持生計。

N2 **正座をする** 　　　　　　　　　　　　　　　　　跪坐

日本では生活の西洋化が進んで、あまり正座をしなくなった。
在日本，隨著生活西式化的普及，跪坐的習慣已逐漸減少。

N2 **席に通す** 　　　　　　　　　　　　　　　　　　安排座位

店の人に、川の風景を眺められるテーブルの席に通してもらった。
請店員幫忙安排可以欣賞到河川景色的位子。

N2 **席を外す** 　　　　　　　　　　　　　　　　　　離開座位

申し訳ありません。山下はただいま会議で席を外しております。
非常抱歉，山下現在正在開會不在位子上。

N2 **専門を生かす** 　　　　　　　　　　　　　　　　發揮專業

自分の専門を生かせる職場で力を試してみたいと思っています。
我想在可以發揮自己專業的職場上磨練實力。

N2 **操作が複雑だ** 　　　　　　　　　　　　　　　　操作複雜

この製品は操作が複雑でマニュアルも分かりにくいことから評判が悪い。
這項商品因為操作複雜且手冊也很難理解所以評價不好。

N2 掃除機をかける
打開吸塵器

掃除をするときには、部屋を片付けてから掃除機をかけましょう。
打掃時，收拾好房間之後再打開吸塵器吧！

N2 存在感がある
有存在感

デビュー２０年目を迎える彼は、存在感がある俳優として活躍している。
迎接出道二十年的他，作為一名具有存在感的演員仍然活躍於舞台上。

N2 田植えをする
插秧

この地方では、５月に田植えをする農家が多いそうだ。
聽說這個地區，許多農家在五月開始插秧。

N2 絶えず努力する
不斷地努力

当社では、より良い製品、より良い品質のために絶えず努力しております。
本公司為了提供更好的產品，更高的品質，一直不斷地努力著。

N2 朝食をとる
吃早餐

小学生が朝食をとらない一番大きな理由は朝寝坊らしい。
小學生不吃早餐最大的理由似乎是早上睡過頭。

N2 机に向かう
坐在書桌前

毎晩机に向かっても集中できなくて、勉強が進まない。
即使每天晚上坐在書桌前也無法集中精神，以致於學習遲遲無法有進展。

N2 土を掘る
挖土

庭に木を植えようと土を掘った。
挖了土打算在庭院裡種樹。

N2 できる限りやってみる 　　　　　　　　　　盡可能地嘗試

諦めたくないので、可能性を信じてできる限りやってみます。
因為不想放棄，所以我願相信有可能性且盡量地去嘗試。

N2 電車に乗り遅れる 　　　　　　　　　　　　錯過電車

最終電車に乗り遅れてしまったので、歩いて帰るしかない。
由於我錯過了末班車，所以只能走路回家。

N2 電話がつながる 　　　　　　　　　　　　　接通電話

大地震のような非常時には、携帯電話がつながらないことがある。
像大地震之類的緊急時刻，手機電話很可能會打不通。

N2 動画を作る 　　　　　　　　　　　　　　　製作影片

この講座では、魅力的でかっこいい動画を作る方法を解説していきます。
這個講座會講解如何製作有魅力且帥氣的影片。

N2 流れに乗る 　　　　　　　　　　　　　　　順應潮流

時代の流れに乗って教育制度を見直す必要がある。
順應時代潮流，需要重新審視教育制度。

N2 流れを変える 　　　　　　　　　　　　　　改變局勢

田中選手は、試合途中から出場して試合の流れを変えた。
田中選手從比賽中途上場後，改變了比賽的局勢。

N2 名札をつける 　　　　　　　　　　　　　　掛名牌

この学校では、先生たちも学校の中では名札をつけています。
在這間學校裡，老師們在校園裡也會掛著名牌。

078.mp3

N2 名前を付ける　　　　　　　　　　　　　　　　　　　　命名

パソコンで作業した内容を名前を付けて保存する。
將在電腦上完成的工作內容命名後保存下來。

N2 熱を加える　　　　　　　　　　　　　　　　　　　　　加熱

私は生野菜が苦手だ。でも熱を加えて調理すれば大丈夫だ。
我不敢吃生菜，但只要加熱調理就沒問題。

N2 喉が渇く　　　　　　　　　　　　　　　　　　　　　　口渴

喉が渇いたのでジュースを飲んだ。
因為口渴了，所以喝了果汁。

N2 吐き気がする　　　　　　　　　　　　　　　　　　　感到噁心

レポートの資料を一日中見ていたら、頭痛や吐き気がしてきた。
看了一整天報告的資料後，感到頭痛想吐。

N2 拍手を送る　　　　　　　　　　　　　　　　　　　　送上掌聲

演奏が終わると、観客は舞台に向かって大きな拍手を送った。
演奏結束之後，觀眾朝著舞台送上大大的掌聲。

N2 話を詰める　　　　　　　　　　　　　　　　　　　　詳細討論

もう少し話を詰めてから報告したいと思います。
我想要詳細討論之後再報告。

N2 花火を打ち上げる　　　　　　　　　　　　　　　　　施放煙火

今週の土曜日の午後7時から花火を打ち上げ、花火大会を始めます。
本週六的晚上七點開始施放煙火，開始進行煙火大會。

N2 張り紙を貼る 　　　　　　　　　　　　　　　　　　張貼海報

店の前にアルバイト募集の張り紙を貼っておきました。
我在店的前面貼了招聘工讀生的海報。

N2 日当たりが悪い 　　　　　　　　　　　　　　　　日照不好

日当たりが悪いので、この部屋は昼でも薄暗い。
因為日照不好的關係，這間房間即使白天也很昏暗。

N2 火が通る 　　　　　　　　　　　　　　　　　　　加熱煮熟

じゃがいもと玉ねぎは、火が通りやすいように薄く切ってください。
馬鈴薯和洋蔥請切成薄片，使其容易加熱煮熟。

N2 ひげを生やす 　　　　　　　　　　　　　　　　　留鬍子、蓄鬍

最近はひげを生やす人は少なくなってきた。
最近留鬍子的人越來越少了。

N2 日にちが決まる 　　　　　　　　　　　　　　　　決定日期

発表会の日にちが決まったら、会場を予約しますね。
發表會的日期決定之後，我來預約會場吧！

N2 批判を受ける 　　　　　　　　　　　　　　　　　遭受批評

大学の研究はすぐに社会に役立つものが少ないと批判を受ける。
大學的研究遭受批評因多半無法立即對社會作出貢獻。

N2 二つに分かれる 　　　　　　　　　　　　　　　　一分為二

会議では、意見が二つに分かれて、今後検討していく必要がある。
在會議上，意見分歧成為兩派，今後有必要再進一步的檢討。

080.mp3

N2 蓋をする　　　　　　　　　　　　　　蓋上蓋子
冷凍餃子は、フライパンにお湯を注ぎ、蓋をして強火で焼きましょう。
將冷凍的煎餃放在平底鍋加入開水，蓋上蓋子用大火來煎。

N2 ふりがなを振る　　　　　　　　　　　標註假名
子供でも漢字が読めるようにふりがなを振ることにした。
為了讓小孩也能看得懂漢字，決定標上假名。

N2 ふりをする　　　　　　　　　　　　　裝模做樣
知らないくせに知っているふりをするものじゃない。
明明不知道不要裝作一副很懂的樣子。

N2 プレッシャーをかける　　　　　　　　施加壓力
「成果を期待しているよ」と、上司にプレッシャーをかけられた。
上司對我施加壓力，說了「很期待你做出來的成果喔！」的話。

N2 雰囲気が盛り上がる　　　　　　　　　炒熱氣氛
歌や踊りでパーティーの雰囲気が盛り上がった。
唱歌和跳舞讓派對的氣氛熱鬧了起來。

N2 下手をする　　　　　　　　　　　　　一不小心失誤
下手をすると彼を怒らせてしまうかもしれないから、注意した方がいい。
如果一不小心失誤的話可能會惹他生氣，還是留意一下比較好。

N2 ベルが鳴る　　　　　　　　　　　　　鈴聲響了
電車の発車のベルが鳴ってすぐドアが閉まった。
火車發車的鈴聲響了之後門就立刻就關上了。

| N2 | **ペンキを塗る** | 刷油漆 |

部屋の隅に置いてある本棚に<u>ペンキを塗</u>った。
替放在房間角落的書架刷上油漆。

| N2 | **放送が流れる** | 播放廣播 |

店内に閉店を知らせる<u>放送が流れ</u>始めた。
店裡開始播放打烊通知的廣播。

| N2 | **ほうっておく** | 放著不管 |

彼を説得することは難しいから、しばらく<u>ほうっておく</u>しかないと思う。
我想說要說服他很難，所以暫時就只能放著不管。

| N2 | **ボリュームがある** | 有份量 |

このレストランの料理は、<u>ボリュームがある</u>し、サービスもいい。
這間餐廳的菜色，份量很夠，服務也好。

| N2 | **水をまく** | 灑水 |

暑い日は庭や玄関先に<u>水をまいて</u>もすぐ乾いてしまう。
炎熱的天氣即使在庭院中及門前處灑水也會馬上就乾了。

| N2 | **道が渋滞する** | 道路壅塞 |

学校までの<u>道が渋滞して</u>、テストに遅刻してしまいました。
去學校的路上塞車，結果考試遲到了。

| N2 | **向いている** | 適合 |

また失敗しちゃった。この仕事、私には<u>向いていない</u>のかな。
我又失敗了。這份工作可能不適合我。

082.mp3

N2 向こうに着く　　　　　　　　　　　　　　　　　到了那邊（目的地）
今回の旅行は、計画を立てずに、向こうに着いてから決めよう。
這次旅行，不事先計劃，到了那邊（目的地）之後再決定。

N2 メッセージを込める　　　　　　　　　　　　　　包含訊息
この歌には、挑戦し続けてほしいというメッセージが込められている。
這首歌包含著希望能持續挑戰的訊息。

N2 役に立てる　　　　　　　　　　　　　　　　　　有幫助
お役に立てることがあれば、何でも言ってください。
若有任何幫得上忙的地方，請盡量跟我說。

N2 安く済む　　　　　　　　　　　　　　　　　　　便宜的價格完成
中古車なら新車より初期費用が安く済むでしょう。
二手車的話初期費用比新車便宜吧！

N2 様子を見る　　　　　　　　　　　　　　　　　　看情況
出かけるかどうかは天気の様子を見て決めましょう。
要不要出門看天氣如何再決定吧！

N2 よさをアピールする　　　　　　　　　　　　　　展示優點
職場環境のよさをアピールして人材獲得につなげたい。
展示職場環境的優點，希望藉此吸引到人才。

N2 理解を深める　　　　　　　　　　　　　　　　　加深理解
これからも様々な国との相互理解を深めていこうと思う。
希望今後也能繼續加深各國之間相互的理解。

N2 リクエストをする　　　　　　　　　　　　　　　　　　　　提出要求

図書館にない資料については、リクエストをしてください。
關於圖書館裡找不到的資料，請提出申請。

N2 料金を請求する　　　　　　　　　　　　　　　　　　　　費用請款

特別なサービスに関しては、追加料金を請求することになります。
關於特別服務方面，將另外收取額外的費用。

N2 旅館に泊まる　　　　　　　　　　　　　　　　　　　　　住旅館

せっかく旅行に行くなら温泉のある旅館に泊まりたい。
難得去旅行想住在附有溫泉的旅館。

N2 練習を重ねる　　　　　　　　　　　　　　　　　　　　　反覆練習

選手たちは、試合のために練習に練習を重ねて頑張っている。
選手們為了比賽正努力地反覆不斷地練習。

N2 連絡を入れる　　　　　　　　　　　　　　　　　　　　　聯絡

やむを得ず欠勤する場合は、必ず連絡を入れるようにしましょう。
不得不缺勤的情況，請務必聯絡。

N2 割り勘にする　　　　　　　　　　　　　　　　　　　　　分攤費用

飲み会の費用を5人で割り勘にした。
聚餐的費用由五個人分攤。

N1 あっさり捨てる　　　　　　　　　　　　　　　　　　　　爽快地丟棄

もうすぐ引っ越しなので、不要な物はあっさり捨てることにした。
已經快要搬家了，不要的東西決定爽快地丟掉。

084.mp3

N1 脂っこいものを控える　　　　　　　　節制油膩的食物

夕食は、消化に時間のかかる揚げ物などの脂っこいものは控えましょう。
晚餐請節制難以消化的油炸食物吧！

N1 一切認めない　　　　　　　　一概否認、一切都不認同

彼は、他人の意見をあまり聞かないし、自分の非を一切認めない。
他聽不進別人的意見，對自己的錯誤一概否認。

N1 ウエストを詰める　　　　　　　　修改腰圍

スカートのウエストが緩かったので、ウエストを詰めてもらった。
因為裙子的腰圍鬆了，所以請人把腰圍修改縮小。

N1 おまけがつく　　　　　　　　附帶贈品

このコーヒーセットは、カップのおまけがついてお得だ。
這組咖啡禮盒，有贈送咖啡杯非常划算。

N1 思い出に浸る　　　　　　　　沈浸在回憶中

古いアルバムを見て、子供のころの楽しい思い出に浸った。
看著老舊的相簿，沈浸在兒時的快樂中。

N1 影をひそめる　　　　　　　　消失無蹤

取り締まりの効果なのか、違法駐車もすっかり影をひそめている。
不知道是不是取締有效，已經沒有再看到違法停車的情況了。

N1 筋肉を鍛える　　　　　　　　鍛鍊肌肉

筋肉を鍛えるためには適度な運動を継続して行う必要がある。
為了鍛鍊肌肉需要持續進行適當的運動。

N1 空腹を覚える 　　　　　　　　　　　　　　　　　　　感到飢餓

目覚めたときに空腹を覚えるのは健康な証拠と言えるだろう。
早上醒來感到飢餓是健康的象徵。

N1 工夫を凝らす 　　　　　　　　　　　　　　　　　　　下工夫

駅前商店街の活性化のために、様々な工夫を凝らしている。
為了促進車站前商店街的繁榮，下了各式各樣的工夫。

N1 敬遠する 　　　　　　　　　　　　　　　　　　　　　敬而遠之

自分のミスを認めずに言い訳ばかりする人は、敬遠されやすい。
不承認自己的錯誤滿是藉口的人，容易被人疏遠（敬而遠之）。

N1 喧嘩を売る 　　　　　　　　　　　　　　　　　　挑起紛爭、找架打

喧嘩が嫌いなので、私の方から喧嘩を売ることは絶対にしない。
因為我不喜歡吵架，所以絕對不會由我自己挑起紛爭。

N1 試験を控える 　　　　　　　　　　　　　　　　　　　考期將近

大切な試験を控えていると、不安や緊張感が日々増していくものだ。
面對重要考試來臨，不安及緊張的感覺日益增加。

N1 支障をきたす 　　　　　　　　　　　　　　　　　　　造成妨礙

最近、売上が減少し、経営の安定に支障をきたすおそれがある。
最近銷售額減少，恐怕會對公司穩定的經營造成妨礙。

N1 実感を持つ 　　　　　　　　　　　　　　　　　　　　切身感受

被災地支援活動を通し、震災について実感を持って学ぶことができた。
透過參與受災區的支援活動，能切身地感受並學習到震災相關知識。

N1 衝動買いをする　　　　　　　　　　　　　　　　　衝動購物

衝動買いをしてしまう一番の理由は、言うまでもなく価格でしょう。
容易衝動購物最大的理由，不用說絕對是價格的關係吧！

N1 隙を狙う　　　　　　　　　　　　　　　　　　　趁隙而入

飲食店で客が席を離れた隙を狙ったカバンの置き引きが相次いでいる。
在餐飲店陸續發生趁客人離開座位之際包包遭到竊取的情況！

N1 セールにつられる　　　　　　　　　　　　　　　被促銷吸引

セールにつられてあれこれたくさん買ってしまった。
被促銷吸引買了許多有的沒的的東西。

N1 席を詰める　　　　　　　　　　　　　　　　　　擠一下座位

少し席を詰めていただけますか。
可以請您稍微擠一下座位嗎？

N1 そっとしておく　　　　　　　　　　　　　放著不管、不打擾

彼は上司に注意されて不機嫌なので、今はそっとしておいた方がいい。
他被上司罵了心情不好，現在暫時不要打擾他比較好。

N1 ついていけない　　　　　　　　　　　　　無法跟上、跟不上

ニュースも音楽も芸能も最近の話題にはついていけない。
不管是電視新聞、音樂還是娛樂，我都跟不上最近的話題。

N1 つきものだ　　　　　　　　　　　　　　不可避免、伴隨而來

スポーツに怪我はつきものだと思う。
我想運動不可避免地伴隨著的會有運動傷害。

N1 煮炊きをする　　　　　　　　　　　　　　　　　煮飯做菜
一人暮らしを始めて、自分で煮炊きをしなければならない。
開始一個人生活後，就必須自己煮飯做菜。

N1 人間ドックを受ける　　　　　　　　　　　　　接受健康檢查
人間ドックを受ける人には、１万円を上限とする補助を行う。
對接受健康檢查的人，給予上限一萬元日幣的補助。

N1 話が脱線する　　　　　　　　　　　　　　　　　偏離話題
時間が限られているのに、話が脱線して結論になかなかたどり着けない。
時間很有限，但話題總是偏離，以致於遲遲無法得到結論。

N1 火の始末をする　　　　　　　　　　　　　　　　處理火源
地震の時は、揺れがおさまってから落ち着いて火の始末をする。
地震時，等搖晃平息之後再去處理火源。

N1 まねをする　　　　　　　　　　　　　　　　　　　　模仿
子供は、一番身近にいる親のまねをしながら成長していく。
成長的過程中，孩子會模仿身邊最親近的父母。

N1 予約を承る　　　　　　　　　　　　　　　　　　接受預約
当店では、忘年会のご予約を承っております。
本店有接受尾牙的預約。

N1 礼儀作法を身につける　　　　　　　　　　　　學習禮儀規範
子供に挨拶やお礼の仕方など礼儀作法を身につけさせたいと考えている。
我希望讓孩子學習如何打招呼以及表達感謝的方式等禮儀規範。

Chapter

2

感情／性格

按照級別收錄 194 個與感情和
性格有關的表達。

N4 格好が悪い　　　　　　　　　　　　　　　　　　　　　　　丟臉、難看

そういう行動は格好が悪いからやめたほうがいい。
那樣的行為很丟臉，最好是不要做比較好。

N4 気が強い　　　　　　　　　　　　　　　　　　　　　　　　個性強硬、個性強勢

彼女は気が強いので、上司にもはっきり意見を言う。
她的個性強硬，因此對上司也會直言不諱地說出意見。

N4 気持ちがいい　　　　　　　　　　　　　　　　　　　　　　心情舒暢、心情好

川の景色を見ながら走ることは、気持ちがいい。
一邊看著河川的景色一邊跑步，心情很舒暢。

N4 気をつける　　　　　　　　　　　　　　　　　　　　　　　注意、小心

この道はカーブが多いので、運転に気をつけてください。
這條路有很多彎道，請小心駕駛。

N4 景色を楽しむ　　　　　　　　　　　　　　　　　　　　　　享受風景

ここでは海の美しい景色を楽しむことができます。
在這裡可以享受到美麗的海景。

N4 ストレスがたまる　　　　　　　　　　　　　　　　　　　　壓力累積

最近、残業続きでストレスがたまる一方だ。
最近一直在加班，所以壓力不斷地在累積。

N4 大切にする　　　　　　　　　　　　　　　　　　　　　　　珍惜、重視

これからもお客さんに対する感謝の気持ちを大切にしていきたいです。
今後也會繼續重視對顧客的感謝之心情。

N4 びっくりする
大吃一驚

みんなそのニュースを聞いてびっくりした。
大家聽到那則新聞都大吃一驚。

N3 思い出になる
成為回憶

苦しい経験もいい思い出になるだろう。
痛苦的經驗終將成為美好的回憶吧！

N3 歌手に憧れる
對歌手憧憬、嚮往歌手

私は歌手に憧れてこの道に入りました。
我嚮往成為歌手因此踏上了這條路。

N3 がっかりする
失望、失落

楽しみにしていたコンサートが中止になってがっかりした。
期待已久的演唱會被取消了，因此非常失望。

N3 関心を持つ
有興趣

彼はあの国の文化に深い関心を持っている。
他對那個國家的文化有著濃厚的興趣。

N3 気が重い
心情沈重

明日は面接がある。自信がないので、気が重い。
明天有面試。因為沒信心，所以感到心情沈重。

N3 気がつく
意識到、注意到、察覺得到

日本へ来て、多くの人が天気の話をすることに気がつきました。
來到日本後，我注意到大多數的人都會談論有關天氣的話題。

092.mp3

`N3` **気に入る** 　　　　　　　　　　　　　　　　　　　　中意、喜歡

インターネットで気に入った服を見つけると、つい買ってしまう。
在網路上一看到喜歡的衣服，總是會忍不住買了下來。

`N3` **気にする** 　　　　　　　　　　　　　　　　　　關心、擔心、在意

試験の結果を気にして、夜眠れなくなった。
擔心考試的結果，結果晚上就睡不著了。

`N3` **気になる** 　　　　　　　　　　　　　　　　　　　　　　在意

山田さんが引っ越すといううわさを聞いたが、本当かどうか気になる。
我聽說山田先生要搬家，我很在意不知道是真的還是假的。

`N3` **興味がある** 　　　　　　　　　　　　　　　　　　　　有興趣

彼は、看板に興味があって、おもしろい看板があったらすぐ写真を撮る。
他對招牌很感興趣，一看到有趣的招牌就會馬上拍照。

`N3` **興味を持つ** 　　　　　　　　　　　　　　　　　　　　抱持興趣

興味を持って何かをしているとき、人はいろんなアイディアを思いつく。
當人們抱持興趣並投入做某些事情時，總是會浮現各種想法。

`N3` **心を開く** 　　　　　　　　　　　　　　　　　　　　　敞開心胸

私には心を開いて何でも話せる友達がほとんどいない。
我幾乎沒有能讓我敞開心胸可以無話不說的朋友。

`N3` **しっかりしている** 　　　　　　　　　　　　　　　可靠；牢靠、堅實

あの子は小さいけれどもしっかりしている。
那個孩子小小年紀但卻很可靠。

N3 好き嫌いがある　　　　　　　　　　　　　各有喜好和討厭

人は誰にでも好き嫌いがあるものだ。
人不論是誰，都各會有喜歡和討厭的事物。

N3 責任感が強い　　　　　　　　　　　　　責任感強、責任心重

彼は責任感が強いので、クラスのみんなから信頼されている。
因為他的責任感很強，所以得到全班同學們的信賴。

N3 楽しみにする　　　　　　　　　　　　　　　　満心期待

楽しみにしていたコンサートが中止になってがっかりした。
期待已久的演唱會被取消了，非常失望。

N3 食べても飽きない　　　　　　　　　　　　　　　吃不膩

毎日食べても飽きない食べ物といえば、やはりご飯でしょうね。
若要說到每天吃都不會膩的食物，應該還是米飯吧！

N3 どきどきする　　　　　　　　　　　　心跳加快、心臓怦怦跳

大勢の人の前でスピーチをしたとき、緊張で胸がどきどきした。
在眾多的人面前致詞時，緊張到心臟怦怦跳。

N3 にこにこ笑う　　　　　　　　　　　　　　　　面帶微笑

森さんはいつもにこにこ笑っているので、こちらまで幸せな気分になる。
由於森先生總是笑瞇瞇地，因此連我也不禁地感受到幸福的氣息。

N3 はらはらする　　　　　　　　　　　　　　　　緊張不安

はらはらしながら結果発表を待っている。
緊張不安地等待結果的公佈。

N3 迷惑をかける
増添麻煩

みんなに迷惑をかけて、本当にすまないと思っています。
給大家增添了麻煩，我感到十分地抱歉。

N3 文句を言う
抱怨

彼はいつも人のやることに文句を言うばかりで自分では何もしない。
他總是對別人做的事抱怨連連，自己卻什麼事都不做。

N3 よしとする
接受、認可、可認同

試合に負けたが、実力は発揮できたのでよしとしよう。
雖然輸掉了比賽，但有發揮出實力了就接受吧！

N3 ワクワクする
感到興奮、雀躍

ワクワクしながらプレゼント箱を開けた。
帶著雀躍的心情拆開了禮物盒。

N2 愛着がわく
產生感情、越來越喜歡

▶「わく」也可以使用漢字「湧く」來表達。

この木のお皿は、使えば使うほど愛着がわいてくる。
這個木製的盤子，我越用越喜歡上它。

N2 今一だ
不怎麼樣

駅前にできたレストランは値段が高い割に味は今一だった。
車站前開的餐廳價格昂貴，味道卻不怎麼樣。

N2 今一つだ
少了些什麼、欠缺了什麼

森監督が作った最新の映画見ましたけど、今一つでしたよ。
我看了森導演拍的最新的電影，但總覺得欠缺了些什麼。

N2 **いらいらする** 　　　　　　　　　　　　　　　　感到煩燥

彼の説明はいつも長くてくどいので、いらいらする。
他的解釋總是冗長又繁瑣，令人感到煩燥。

N2 **違和感がある** 　　　　　不習慣、尷尬、不適應、哪裡不對勁、怪怪的

寿司は初めて食べる際には少し違和感があるかもしれない。
第一次吃壽司的時候，可能多少會有些不習慣。

N2 **大喜びする** 　　　　　　　　　　　　　　　　　　十分開心

おもちゃをプレゼントすると、子供たちは大喜びしてくれました。
送玩具當禮物時，孩子們都感到十分地開心。

N2 **お気に入り** 　　　　　　　　　　　　　　　　　喜歡、中意

スマホでお気に入りの場所を登録しておいた。
在手機上先標記好中意的場所。

N2 **恐れがある** 　　　　　　　　　　　　　　　　　有…可能、恐怕

今晩、大型の台風がこの地方へ近づく恐れがあります。
今晚，恐怕會有大型颱風接近這個地區。

N2 **落ち着きがない** 　　　　　　　　　　　　　　　　好動不安靜

うちの子は落ち着きがないので心配です。
我們家的孩子好動不安靜，真令人擔心。

N2 **勘弁する** 　　　　　　　　　　　　　　　　　　饒恕、原諒

前回のことは反省していますので、勘弁してください。
上回的事我已經在反省了，請原諒我吧！

N2 **気が重い** 　　　　　　　　　　　　　　　　　　　心情沈重、感到負擔

就職活動はグループディスカッションや面接など気が重くなることが多い。
找工作時會有許多團體討論和面試等等令人感到負擔的事。

N2 **気が利く** 　　　　　　　　　　　　　　　　　　　機靈、靈敏

これをプレゼントすれば、気が利いたプレゼントとして喜ばれるだろう。
送這個當禮物的話，會被認為是一份貼心的禮物而感到開心吧！

N2 **気が気でない** 　　　　　　　　　　　　　　　　　焦慮不安、十分擔心

試験の結果が心配で、発表の日は朝から気が気でなかった。
因為擔心考試的結果，公佈成績的當天早上開始就焦慮不安。

N2 **気が進まない** 　　　　　　　　　　　　　　　　　提不起勁、沒有心思

気が進まないなら無理に参加する必要はありません。
提不起勁的話就沒必要勉強參加。

N2 **気が済む** 　　　　　　　　　　　　　　　　　　　滿意

神は人間に、一体どれほどの試練を与えれば気が済むというのか。
神明對人類究竟要給予多少磨練考驗才會感到滿意呢？

N2 **気がする** 　　　　　　　　　　　　　　　　　　　覺得、感覺

あの人とは以前どこかで会ったような気がする。
我總覺得跟那個人之前好像在哪裡見過面的樣子。

N2 **気が回る** 　　　　　　　　　　　　　　　　　　　注意、留意

仕事で忙しく、細かいところまで気が回らなかった。
因工作忙碌，所以沒有注意到細節的地方。

気が短い　　　　　　　　　　　　　　　　　　　急躁、缺乏耐心

気が短くて怒りっぽいと、自分も周りの人も疲れてしまう。
急躁易怒的話，自己和身邊周遭的人都會感到很疲憊。

気が向く　　　　　　　　　　　　　　心情一來、想到的話、心血來潮

あの人は旅行が好きで、気が向くと雨だろうと風だろうと出て行く。
那個人喜歡旅行，一旦心血來潮，無論是刮風還是下雨都會出門。

気が緩む　　　　　　　　　　　　　　　　　　　　　放鬆、疏忽

一次試験が終わっただけなのに、すっかり気が緩んでしまった。
只是剛考完第一次的考試而已，就整個鬆懈了下來。

機嫌をとる　　　　　　　　　　　　　　　　　　　　　討人歡心

彼はいつも上司の機嫌をとろうとしている。
他總是想著討上司的歡心。

気にかかる　　　　　　　　　　　　　　　　讓人在意、覺得不對勁

気にかかることがあって会議の資料をもう一度確認した。
有一些令人在意的地方，所以再次確認了會議的資料。

気味が悪い　　　　　　　　　　　　　　　　　　　　感到恐怖不安

ここは静かすぎてなんだか気味が悪い。
這裡太過安靜總覺得有些可怕。

共感を呼ぶ　　　　　　　　　　　　　　　　　　　　　引起共鳴

このドラマは国境を越えて共感を呼んでいる。
這部連續劇跨越國界引起共鳴。

N2 気を配る　　　　　　　　　　　　　　　　　　關心、照料

人に会うとき、特に初対面のときは細かいところまで気を配る必要がある。
與他人見面時，特別是初次見面時連微小細節處都要注意。

N2 気を遣う　　　　　　　　　　　　　　　　　　　顧慮、注重

▶ 漢字也可以使用「気を使う」。

当店では味はもちろん、店の雰囲気作りにも気を遣っています。
本店裡，口味自然不在話下，同時也店裡氛圍設計也是精心打造。

N2 気を取られる　　　　　　　　　　　　　　分心、注意力被吸走

スマホに気を取られて、ほかの歩行者にぶつかってしまった。
因為注意力都放在手機上，所以不小心去撞到其他的行人。

N2 愚痴を言う　　　　　　　　　　　　　　　　　　　　　抱怨

彼女はいつも愚痴を言うだけで、アドバイスを聞こうとしない。
她總是一昧地抱怨，卻從來不聽取他人的建議。

N2 気配がない　　　　　　　　　　　　　　　　　　　　沒有跡象

この雨、ぜんぜん弱まる気配がないね。
這場雨完全沒有要減弱的跡象。

N2 見当がつく　　　　　　　　　　　　　　　　　　　有頭緒、判斷

この作品にどのくらいの価値があるのか見当がつかない。
我無法判斷這個作品到底有多少價值。

N2 好意を持つ　　　　　　　　　　　　　　　　　　　　　有好感

相手に好意を持ってほしいなら、まず自分が親切になることだ。
希望對方對你有好感的話，首先自己要先展現出親切的一面。

N2 講演が退屈だ　　　　　　　　　　　　　　　　演講很枯燥乏味
山田氏の講演は退屈で眠っている参加者もいた。
山田的演講很無聊，甚至有些聽眾都睡著了。

N2 好奇心旺盛だ　　　　　　　　　　　　　　　　好奇心旺盛
好奇心旺盛な子は、周りの環境の変化に敏感なのだそうだ。
好奇心旺盛的小孩，據說對周遭環境的變化會很敏銳。

N2 誤解が生じる　　　　　　　　　　　　　　　　產生誤會
海外の生活では、習慣の違いから誤解が生じることがある。
在海外生活，有時會因為生活習慣的不同而產生誤會。

N2 ご機嫌だ　　　　　　　　　　　　　　　　　　心情很好
ねえ、山下さん、課長、今日ご機嫌だと思わない？
那個，山下先生，你不覺得課長今天心情很好嗎？

N2 心が痛む　　　　　　　　　　　　　　　　　　心痛
今回の震災の報道を見るたび本当に心が痛みます。
只要看到這次地震的報導，就會感到非常心痛。

N2 心を痛める　　　　　　　　　　　　　　　　　讓人心痛
今回のビル火災は犠牲者が多く、人々は心を痛めている。
這次大樓火災的犠牲者很多，人們都因此感到心如刀割。

N2 根気がある　　　　　　　　　　　　　　　　　有毅力
やる気と根気がある人と仕事をするのは楽しい。
和有幹勁且有毅力的人一起工作很愉快。

N2 邪魔になる 妨礙、礙事

この掃除機は小さいので、どこに置いても邪魔になりません。
這台吸塵器很小，所以不管放在哪裡都不會佔空間。

N2 しょんぼりする 感到沮喪、洩氣

息子はしょんぼりして学校から帰ってきた。
兒子沮喪地從學校回到了家。

N2 すっきりする 感到舒暢、清爽

不要な物を捨てて、散らかった部屋を整理したら、気分がすっきりした。
把不要的東西丟掉，整理好凌亂的房間後，心情感到很舒暢。

N2 すっとする 變得輕鬆自在

友達に悩みを聞いてもらって胸がすっとした。
向朋友訴說煩惱之後，心情變得輕鬆自在了。

N2 ストレスを解消する 舒壓、減輕壓力

田中さんはストレスを解消するために、何かしていますか。
田中先生有做什麼來減輕壓力嗎？

N2 説得力がある 有說服力

それに対する彼の主張は説得力があると思う。
針對那點，我覺得他的主張很有說服力。

N2 センスがある 有品味、有眼光

中山君は仕事のセンスがあるので何でも安心して任せられる。
中山小弟工作有一定的眼光，所以任何事都可以安心地交辦給他。

N2 ぞくぞくする　　　　　　　　　　　　　　毛骨悚然

友達からとても怖い話を聞いてぞくぞくした。
從朋友那邊聽到非常可怕的故事，令我感到毛骨悚然。

N2 ため息をつく　　　　　　　　　　　　　　嘆息

彼はため息をつきながら報告書を見ていた。
他一邊嘆息一邊看著報告書。

N2 頼りにする　　　　　　　　　　　　　　依靠

ペットを家族のように頼りにしている人が多いようだ。
好像有許多人把寵物當作像家人一樣加以依靠的樣子。

N2 注意を払う　　　　　　　　　　　　　　集中注意力

美術品の運搬には、特別に注意を払う必要がある。
搬運美術品時，需要特別小心留意。

N2 無い物ねだりをする　　　　　　　強求沒有的東西、強人所難

無い物ねだりをしていても事態はよくならないだろう。
一直強求沒有的事物，情況也不會好轉吧！

N2 仲がいい　　　　　　　　　　　　　　　感情融洽

この営業所の社員はみんな仲がいいので、働きやすい環境です。
這間營業所員工們之間感情很好，是個工作環境很好的地方。

N2 仲直りをする　　　　　　　　　　　　　和好、和解

あの二人はしょっちゅう喧嘩しているけど、すぐ仲直りをする。
他們二個人雖然經常吵架，但馬上就會和好。

N2 念のため　　　　　　　　　　　　以防萬一、慎重起見
念のため、私の電話番号を教えておきます。
以防萬一，先告訴你我的電話號碼。

N2 恥をかく　　　　　　　　　　　　丟臉
失敗して恥をかいたが、先輩の優しい一言に慰められた。
雖然失敗覺得很丟臉，但前輩的一句溫暖的話語安慰了我。

N2 発想を変える　　　　　　　　　　改變思考方式
新規事業を立ち上げる場合には、今までの発想を変える必要がある。
在成立新業務時，需要改變以往的思考方式。

N2 はっとする　　　　　　　　　　　嚇一大跳、驚嚇
２０分寝ようと思ったのに、起きたら２時間も経っていて、はっとした。
原本打算只睡二十分鐘，醒過來後已經過了兩個小時，嚇了一大跳。

N2 不安を感じる　　　　　　　　　　感到緊張不安
私はストレスに敏感で、不安を感じると、よくお腹が痛くなる。
我對壓力很敏感，只要感到緊張不安，就容易肚子痛。

N2 負担がかかる　　　　　　　　　　造成負擔
仕事中の姿勢が悪いと体に負担がかかる。
工作時姿勢不良的話會對身體造成負擔。

N2 ほっとする　　　　　　　　　　　鬆一口氣、放鬆
仕事が終わって、家に帰るとほっとする。
工作結束，回到家後就放鬆下來。

N2 魅力を感じる　　　　　　　　　　　　　感到魅力

今の仕事に魅力を感じないから、会社を辞めることにした。
現在的工作不吸引我，所以決定辭掉工作。

N2 面倒をかける　　　　　　　　　　　　　添加麻煩

この度はいろいろと面倒をかけてすみませんでした。
這次給您增添許多麻煩，真的非常抱歉。

N2 申し訳ない　　　　　　　　　　　　　　　抱歉

大変申し訳ないんだけど、この資料、作り直してもらえるかな。
真的很抱歉，可以請你重新製作這份資料嗎？

N2 やりがいがある　　　　　　　　　　值得做…、有成就感

僕は今の仕事が好きだし、やりがいがあると思っている。
我喜歡現在的工作，覺得做起來有成就感。

N2 やる気が出る　　　　　　　　　　　　　提起幹勁

このところ仕事が大変で、やる気が出ないんです。
最近工作很辛苦，提不起幹勁。

N2 欲が深い　　　　　　　　　　　　　　　貪得無厭

彼は自己中心的で欲が深い。
他以自我為中心且貪得無厭。

N2 余裕を持つ　　　　　　　　　　　　寬裕、遊刃有餘

当日は、混雑が予想されるため、時間に余裕を持ってお越しください。
由於估計當天會人潮擁擠，因此請提前保留充裕的時間前來。

N2 流行を意識する　　　　　　　　　　　　　　　追隨流行趨勢

流行を意識せずに自分の個性を大切にしましょう。
要重視自己的風格，不要刻意追趕流行。

N2 我を忘れる　　　　　　　　　　　　　　　　　忘我

子供たちは我を忘れて遊びに夢中になっている。
孩子們忘我地沈浸在玩耍當中。

N1 愛想がいい　　　　　　　　　　　　　　和藹可親、態度良善

彼女は愛想がよくて、誰のことでも好意を持って話す。
她很和藹可親，對任何人都帶釋出善意交談。

N1 愛想が尽きる　　　　　　　　　厭煩、失去耐心、不抱期望

何度忠告しても聞き入れないので、彼にはもう愛想が尽きた。
他總是屢勸不聽，我對他已經失去耐心了。

N1 飽きがくる　　　　　　　　　　　　　　　　感到厭倦

毎日使っても飽きがこないシンプルなデザインのコーヒーカップを買った。
我買了一個每天用都不會膩，且設計簡約的咖啡杯。

N1 当てにならない　　　　　　　　　　　　　　不準、不可靠

最近の天気予報は全然当てにならない。
最近的天氣預報完全不準。

N1 露にする　　　　　　　　　　　　　　表達出…、曝露…

彼女はでたらめな報道に対して怒りを露にした。
她對荒唐的報導表達出憤怒。

N1 息を呑む　　　　　　　　　　　　　　　　　　　屏息、嘆為觀止

ホテルの部屋からの景色は息を呑むほどの美しさだった。
飯店房間的景色美麗得令人嘆為觀止。

N1 意気地がない　　　　　　　　　　　　　　　　　沒出息、懦弱

意気地のない話ですが、私は歯医者さんが恐いです。
說來有點沒出息，我害怕看牙醫。

N1 居心地がいい　　　　　　　　　　　　　（環境、情況）感到舒適

居心地のいい部屋にするためには掃除は大切だと思う。
為了保持房間的舒適，打掃是很重要的。

N1 意表を突く　　　　　　　　　　　　　　　　　　　出乎意料

論文の発表者は、意表を突いた質問を受け、戸惑ってしまった。
發表論文的人，被問到出乎意料的問題，感到不知所措。

N1 違和感を覚える　　　　　　　　　　　　　　　　不適應、不自在

製品のデザインを変えると、今までのお客さんは違和感を覚えるだろう。
變更產品設計的話，現有的顧客可能會感到不適應吧！

N1 うかつに言う　　　　　　　　　　　　　　　　輕易地說、冒然地說

どちらが正しいかというのは、うかつに言えない。
無法冒然地說出哪一方是正確的。

N1 内気になる　　　　　　　　　　　　　　　　　　　變得內向

▶「内気」是「內向」的意思。但在此例句中，是指因長年的疾病造成個性變得抗拒接觸人的症狀。

長い入院生活の間にすっかり内気になってしまった。
經過漫長的住院生活，我整個人變得不愛接觸人。

N1 移り気だ　　　　　　　　　　　　　　　　　　　善變

読者の好みは気ままで移り気だから、売れる本を予測するのは難しい。
讀者的喜好善變且隨性，所以要預測暢銷書相當困難。

N1 うんざりする　　　　　　　　　　　　　　　　　感到厭煩

最近モバイルサイトの利用者は大量の広告にうんざりしている。
最近手機網站的使用者對大量的廣告感到厭煩。

N1 縁起がいい　　　　　　　　　　　　　　　　　　吉祥、好兆頭

馬は縁起がいい動物としてシンボルマークに用いられることが多い。
馬經常被當作象徵吉祥的動物標章來用。

N1 大風呂敷を広げる　　　　　　　　　　　　　　　誇大其詞、講話誇張

彼は自分の評価を上げるために、大風呂敷を広げて話をした。
他為了提升自我評價，故意誇大其詞。

N1 おずおずとする　　　　　　　　　　　　　　　　膽怯、畏畏縮縮

先生の質問に何人かの子供たちがおずおずとしながら手を上げた。
對於老師的提問，有幾個孩子們畏畏縮縮地舉起了手。

N1 思いを馳せる　　　　　　　　　　　　　　　　　懷念、思念

家族へ思いを馳せる時間さえないほど、忙しい毎日を送っている。
最近每天都忙到，連思念家人的時間都沒有。

N1 思う存分楽しむ　　　　　　　　　　　　　　　　盡情享受

温泉旅行に行って、家族との時間を思う存分楽しみたい。
去溫泉旅行，盡情地享受和家人的時光。

107.mp3

N1 折り目正しい　　　　　　　　　　　　　　　　　　　　端端正正、循規蹈矩

田中さんは、まじめで折り目正しい人だと思います。
我覺得田中先生是一位認真且端正的人。

N1 恩に着せる　　　　　　　　　　　　　　　　　　　　　施捨人情（給人）

彼女から何かしてもらったら、どこまでも恩に着せるから嫌なんだよ。
我很討厭只要請她幫忙做些什麼，總是一副欠她人情的樣子。

N1 御の字だ　　　　　　　　　　　　　　　　　　　　　　心滿意足、謝天謝地

十分練習できなかったので、一次選考に通過しただけでも御の字だ。
因為沒有充份的練習，即使僅只通過第一次審查就很心滿意足了。

N1 我が強い　　　　　　　　　　　　　　　　　　　　　　自我主見強

営業部の川田さんは我が強くて他のメンバーともよく衝突する。
業務部的川田先生自我主見強，經常與其他同事發生衝突。

N1 かけがえのない　　　　　　　　　　　　　　　　　　　無可取代

私にとって家族はかけがえのない存在です。
對我來說，家人是無可取代的存在。

N1 固唾を呑む　　　　　　　　　　　　　　　　　　　　　全神貫注、屏息

観客は固唾を呑んで試合を見守った。
觀眾全神貫注地觀看比賽。

N1 かっとする　　　　　　　　　　　　　　　　　　　　　發脾氣

彼は短気ですぐにかっとしてしまう。
他很性急，一下子就會發脾氣。

N1 我を通す　　　　　　　　　　　　　　　　　　　堅持己見

ときには我を通して強く出ることも必要ですよ。
有時候也要強勢地表達出堅決的態度喲！

N1 気概がある　　　　　　　　　　　　　　　　　　有氣概、有決心

彼には必ず物事を成功させるという気概がある。
他有著讓事物必定成功的氣概。

N1 気がとがめる　　　　　　　　　　　　　　　　　內心感到愧疚

部屋にペットを残したまま外出するのは気がとがめる。
把寵物留在房裡就出門讓我很愧疚。

N1 気兼ねをする　　　　　　　　　　　　　　　　　顧慮他人、看他人眼光

誰に気兼ねをすることもなく、自分一人の自由な生活を送りたい。
我想要過著可以不用顧慮他人，一個人自由自在的生活。

N1 ぎくしゃくする　　　　　　　　　　　　　　　　不圓融、不順利

進学のことで、親子の関係がぎくしゃくしている。
因為升學的事，讓親子關係變得不融洽。

N1 期待を裏切る　　　　　　　　　　　　　　　　　違背期待、和預期的不同

この小説は、読者の予想や期待を裏切る展開が続くのでおもしろい。
這部小說不斷地超出讀者們的預想及期待，所以很有趣。

N1 機転が利く　　　　　　　　　　　　　　　　　　機智靈活

山下君はまじめで粘り強い一方、機転が利かない面がある。
山下同學雖然認真且有韌性，但卻不夠機智靈活。

N1 気に障る　　　　　　　　　　　　　　　　　　冒犯、惹人生氣

ねえ、さっき会議で僕が言ったこと、気に障ったんじゃない？
嘿，剛剛在會議中我說的話，有冒犯到你嗎？

N1 気に病む　　　　　　　　　　　　過於在意、過於擔心、過於煩惱

過去の失敗を気に病んで、積極的に行動できないこともある。
有時會過於在意過去的失敗，而無法積極地展開行動。

N1 気の病　　　　　　　　　　　　　　　　　　　　　　　心病

彼の病気は気の病だから、そう簡単には解決されないだろう。
由於他得的是心病，沒辦法那麼輕易地解決吧！

N1 気持ちを汲む　　　　　　　　　　　　　　　　　　體諒心情

父はちっとも私の気持ちを汲んでくれない。
父親一點都不體諒我的心情。

N1 気持ちを引き起こす　　　　　　　　　　　　　　　　激發情緒

彼女のスピーチは、みんなで頑張ろうという気持ちを引き起こしてくれた。
她的演講激發了大家要一起努力的情緒。

N1 逆上する　　　　　　　　　　　　　　　　　情緒失控、生氣至極

みんなの前で悪口を言われ、逆上してしまった。
在大家的面前被說壞話，讓我情緒失控。

N1 気を許す　　　　　　　　　　敞開心胸、放鬆；鬆懈、鬆下戒心

学生時代の友人には、つい気を許して話したくなる。
學生時期的朋友，總是會讓人不由自主地想敞開心胸談話。

N1 琴線に触れる　　　　　　　　　　　　　　　　　　　　觸動心弦
新製品がより多くの消費者の琴線に触れることを期待している。
期待著新的產品能夠觸動更多消費者的心弦。

N1 くすくす笑う　　　　　　　　　　　　　　　　　　　　輕聲偷笑
子供がくすくす笑いながら本を読んでいる。
孩子一邊輕聲偷笑一邊看書。

N1 愚直なまでに　　　　　　　　　　　　　　　　　　　　過於憨直不圓融
誠実といえば聞こえはいいが、彼は愚直なまでに生真面目で頑固だ。
要講好聽一點是誠實，但他根本就是過度認真且固執的憨直了。

N1 屈託がない　　　　　　　　　　　　　　　　　　　　　沒有顧慮、爽朗
鈴木さんは、いつも屈託がなく、誰に対しても明るく接する。
鈴木先生，總是無所顧慮，對任何人都友善相待。

N1 苦にする　　　　　　　　　　　　　　　　　　　　　　苦於、因…而苦惱
彼女は成績が悪いことを苦にして悩んでいる。
她因為成績不好而感到苦惱。

N1 激情に駆られる　　　　　　　　　　　　　　　　　　　一時衝動、被感情驅使
人は激情に駆られると、正しい判断ができなくなる。
人一時衝動時，會變得無法做出正確的判斷。

N1 ゲラゲラ笑う　　　　　　　　　　　　　　　　　　　　放聲大笑
酔っ払った男女が大声でゲラゲラ笑いながら会話をしていた。
喝醉酒的男女正在放聲大笑地交談著。

N1 誤解を招く　　　　　　　　　　　　　　　　　　　　招來誤解

そのようなあいまいな言い方は、他人の誤解を招きかねる。
用如此模糊的說法可能會招來他人的誤解。

N1 ご機嫌斜めだ　　　　　　　　　　　　　　　　　　不高興、心情不好

社長は今日、ずいぶんご機嫌斜めですね。
社長今天心情相當不好。

N1 心を癒す　　　　　　　　　　　　　　　　　　　　　療癒心靈

この町の歴史ある町並みや美しい自然が、訪れる人の心を癒してくれる。
這個城市具有歷史的街景以及美麗的自然景色，療癒了到此參訪人們的心靈。

N1 心を鬼にする　　　　　　　　　　　　　　　　　　　狠下心來

最近太り気味なので、これからは心を鬼にしてダイエットに励むつもりだ。
最近變胖了，所以我打算狠下心來努力地減肥。

N1 心を砕く　　　　　　　　　　　　　　　　　　　　費盡心思、操心

子供の交通安全のために町の多くの方が心を砕いている。
為了孩子們交通安全，許多市民都費盡心思。

N1 衝撃を受ける　　　　　　　　　　　　　　　　　　　受到衝擊

彼は、親友の死の知らせに大きな衝撃を受けた。
他接到了好友的死訊，受了很大的衝擊。

N1 尻込みをする　　　　　　　　　　　　　　　　　　　畏縮不前

新しい挑戦に尻込みをするのは、失敗に対する恐怖心があるからだ。
因為心存對恐懼失敗的關係，所以面對新挑戰會畏縮不前。

N1 ジレンマに陥る　　　　　　　　　　　　　　　　　　　　　　進退兩難

転職するべきか今の会社に残るべきかジレンマに陥っている。
是該換工作還是留在現在的公司，我陷入了進退兩難的窘境。

N1 ずけずけ言う　　　　　　　　　　　　　　　　　　　　　　直言不諱

あの人はなんでもずけずけ言うから苦手だ。
那個人什麼都直言不諱，所以我有點難跟他相處。

N1 そっちのけ　　　　　　　　　　　　　　　　　　　丟在一邊、開不管

中山さん、頼んだ書類の整理はそっちのけで、何やってるの？
中山先生，麻煩你整理的資料都丟在一旁，你到底在做什麼？

N1 粗末に扱う　　　　　　　　　　　　　　　　　　　不愛惜、隨意對待

ただ安いからって物を買うと、粗末に扱いがちだ。
只因為便宜就買的話，往往都會不愛惜使用。

N1 尊敬の念を抱く　　　　　　　　　　　　　　　　　　　　懷抱敬意

社長の成し遂げた実績に対しては、尊敬の念を抱いております。
我對社長所達成的成就，懷抱著深深的敬意。

N1 大変恐縮だ　　　　　　　　　　　　　　　　　　　　　　深感抱歉

大変恐縮ですが、会議の日程をご変更いただけませんか。
非常抱歉，是否能請您變更會議的行程？

N1 高く買う　　　　　　　　　　　　　　　　　　　　　　　高度評價

批評家たちは彼の新しい作品を高く買っている。
評論家們對他的新作品給予高度的評價。

N1 注意を喚起する　　　　　　　　　　　　　　　　　　　呼籲、提醒

消費者の注意を喚起し、被害の拡大を防ぐため、政府は対策を発表した。
為了提醒消費者防止損害擴大，政府宣布了對策。

N1 抵抗を感じる　　　　　　　　　　　　　　　　　　　　感到抗拒

書評サイトで本の優劣を断定しているものには激しい抵抗を感じる。
我對於書評網站上僅斷定書籍好壞的做法感到非常地抗拒。

N1 名残惜しい　　　　　　　　　　　　　　　　　　　　　依依不捨

高校を卒業し、友達と別れるのは名残惜しいものだ。
高中畢業，和朋友分開非常地依依不捨。

N1 情けをかける　　　　　　　　　　　　　　　　　　　　給予同情

情けをかけると、それを当てにして怠け者になるという考えもある。
有些人認為，施予他人同情，反而讓其藉此成為懶惰的人。

N1 悩みの種　　　　　　　　　　　　　　　　　　　　　　煩惱根源

仕事は楽しいが、給料がなかなか上がらないことが悩みの種だ。
工作雖然開心，但薪水遲遲不調漲才是煩惱的根源。

N1 荷が重い　　　　　　　　　　　　　　　　　　　　　　負擔沈重

新商品のプレゼン、新人の佐藤君に任せたんだけど、荷が重いかな。
把新產品的簡報交給新人佐藤來做，會不會負擔太重呢？

N1 にやにやする　　　　　　　　　　　　　　　　嗤笑、竊笑、咧嘴傻笑

彼はいつもにやにやしていて、気持ち悪い。
他總是在那暗自竊笑，讓人感到很不舒服。

| N1 | **念頭におく** | 放在心裡、牢記在心 |

職場に満足していたので、その当時は転職など念頭におかなかった。
因為對職場很滿意，所以當初心裡並沒有要換工作的想法。

| N1 | **ぱっと見る** | 一眼望去 |

和食は目で食べるともいうから、ぱっと見た感じも大事です。
和食被稱為「用眼睛享用」的料理，因此第一眼看上去的印象也很重要。

| N1 | **話が弾む** | 對談流利、談得起勁 |

久しぶりの再会に話が弾んでとても楽しかった。
和許久未見的朋友重逢聊得很開心。

| N1 | **張りが生まれる** | 充滿活力 |

運動やコミュニケーション活動により、日々の生活に張りが生まれる。
運動和溝通交流等活動，讓生活充滿活力。

| N1 | **反発を覚える** | 感到反感 |

みんな彼の無礼な態度に反発を覚えているのだろう。
大家對他無禮的態度感到反感。

| N1 | **人見知りをする** | 怕生 |

赤ちゃんは、初めて会う人には警戒心から人見知りをしてしまいます。
嬰兒對第一次見面的人會因為戒備心而顯得怕生。

| N1 | **悲鳴を上げる** | 發出慘叫 |

▶「悲鳴」雖然是「慘叫」的意思，但「うれしい悲鳴」這個詞彙則為「開心的慘叫」，通常是針對某些好的結果但同時帶來的辛勞而發出的（其實是好事）的哀鳴或呼聲。

新しい商品に注文が殺到し、うれしい悲鳴を上げている。
新商品的訂單蜂擁而至，發出欣喜的歡呼。

N1 ひやひやする　　　　　　　　　　　　　　　　心驚膽跳；（肌膚感受）冷感

信号のない横断歩道を渡るときは、いつもひやひやする。
穿越沒有紅綠燈的斑馬線時，總是感到心驚膽跳。

N1 不安が増す　　　　　　　　　　　　　　　　　　　　　　　　増添不安

様々な情報で、かえって不安が増す場合がある。
因為各式各樣的資訊，有時反而會增添不安。

N1 不安を招く　　　　　　　　　　　　　　　　　　　　　　　　引起不安

最近、個人情報を悪用した事件が増え、人々に大きな不安を招いている。
最近，增加了許多濫用個人資訊的事件，引發民眾極大的不安。

N1 不満を持つ　　　　　　　　　　　　　　　　　　　　　　　　心懷不滿

彼は今の仕事に不満を持っていて、転職を考えているらしい。
他對現在的工作不滿，似乎在考慮換工作。

N1 紛れもない　　　　　　　　　　　　　　　　　　　　　　　　不容置疑

まさかと思ったことが、紛れもなく事実だったので本当に驚いた。
原本以為不可能的事，竟然是不容置疑的事實令我非常驚訝。

N1 負け惜しみを言う　　　　　　　　　　　　　　　　　　　不服輸、嘴硬

自分の失敗を認めず、負け惜しみを言うことほどかっこ悪いことはない。
沒有什麼比不承認自己的失敗，還不服輸更遜的事了。

N1 むきになる　　　　　　　　　　　　　　　　　　　　　　　　容易動怒

今の若い人は、仕事でちょっと注意されたら、むきになる人が多い。
現在的年輕人，在工作上只要稍微被指責一下，就馬上動怒的人很多。

N1 むしゃくしゃする　　　　　　　　　　　　　　心煩意亂

むしゃくしゃした気分を晴らすために、散歩に出かけた。
為了消除心煩意亂的情緒，出門去散步了。

N1 物心がつく　　　　　　　　　　　　　　　　　懂事

僕は物心がついたときから、絵を描くのが好きだった。
我從懂事的時候開始，就喜歡畫畫。

N1 もやもやする　　　　　　　　　　　　感到心煩意亂、感到煩燥

会社の人間関係を考えると、何だかもやもやしてくる。
一想到公司的人際關係，就覺得有些煩燥。

N1 躍起になる　　　　　　　　　　　　　　　拚命、積極

警察が躍起になって捜査しているが、まだ解決の糸口は見つからない。
警方已經很積極地在調查，但仍然還未找到任何解決的線索。

N1 やる気が失せる　　　　　　　　　　　精疲力盡、失去動力

数学の難しい問題を見ると、全然分からなくてやる気が失せてしまう。
一看到數學的難題完全不懂時，就會失去動力。

N1 融通が利く　　　　　　　　　　　　通融性高、懂得變通

あの人は穏やかでいい人だが、融通が利かないところがある。
他很溫和又是個好人，但有時缺乏通融性。

N1 夢うつつ　　　　　　　　　　　　　半夢半醒、睡眼矇矓

夢うつつの状態だったので、誰かが入って来るのに気付かなかった。
因為是在睡眼矇矓的狀態，所以沒發現有人進來。

N1 夢にも思わない　　　做夢也沒想到、意料之外

私がオリンピックに出るなんて、夢にも思わなかった。
做夢也沒想到我竟然能參加奧運。

N1 欲を張る　　　貪心

欲を張りすぎると、かえって損をすることがある。
太過貪心的話，反而會吃虧。

N1 弱気になる　　　變得膽怯、懦弱

強いチームが対戦相手だと弱気になってしまう。
面對實力堅強的隊伍時，會變得膽怯。

N1 理解に苦しむ　　　難以理解

なぜこの事態の責任者が謝罪しないのか理解に苦しむ。
難以理解為何這樣的情況負責人卻不道歉。

N1 連帯感が生まれる　　　團結向心力

みんなで協力して仕事をしたら、連帯感が生まれた。
大家合作完成工作後，形成了一種團結向心力。

Chapter

3

狀態／程度

按照級別收錄 292 個與狀態和
程度有關的表達。

N5 雨が多い　　　　　　　　　　　　　　　　　　　　多雨、常下雨

今年は去年より雨が多くなるでしょう。
今年應該會比去年常下雨吧！

N5 風が吹く　　　　　　　　　　　　　　　　　　　　　　風吹

今日は風が吹いて涼しかった。
今天有風在吹很涼爽。

N5 よくわからない　　　　　　　　　　　　　　　　　　不太清楚

道がよくわからないので、コンビニに入って店員さんに聞いた。
由於不知清楚路怎麼走，所以進去便利商店跟店員問路。

N4 頭が痛い　　　　　　　　　　　　　　　　　　　　　　頭痛

お酒をたくさん飲んだので、頭が痛い。
喝太多酒了，所以頭很痛。

N4 雨が止む　　　　　　　　　　　　　　　　　　　　　　雨停

もう雨が止んでいるから、傘はいりません。
雨已經停了，所以不需要雨傘了。

N4 色が変わる　　　　　　　　　　　　　　　　　　　　　變色

秋になると葉っぱの色が変わります。
一到了秋天，葉子的顏色就會變化。

N4 運転がうまい　　　　　　　　　　　　　　　　　　開車技術好

兄は私より運転がうまいです。
哥哥開車技術比我好。

N4 落ちるはずがない　　　　　　　　　　　　　　　　　不可能落榜

彼が試験に落ちるはずがない。
他考試不可能落榜。

N4 音がうるさい　　　　　　　　　　　　　　　　　　聲音吵雜

外の音がうるさくて勉強に集中できない。
外面聲音太過吵雜，所以無法集中精神唸書。

N4 髪が長い　　　　　　　　　　　　　　　　　　　　頭髮長、長髮

髪が長くなったので、美容院に行った。
頭髮變長了，所以去了髮廊。

N4 髪を切る　　　　　　　　　　　　　　　　　　　　剪頭髮

髪を切ったら、若くなったような気がする。
剪了頭髮之後，感覺變年輕了。

N4 木が倒れる　　　　　　　　　　　　　　　　　　　樹木倒了

強い風で、木が倒れてしまった。
因為強風，樹木倒了。

N4 きちんと片づける　　　　　　　　　　　　　　　　好好收拾

部屋をきちんと片づけておきなさい。
請好好收拾房間。

N4 切符が取れる　　　　　　　　　　　　　　　　　　訂車票

大阪行きの新幹線の切符が取れなくて、飛行機で行った。
因為沒訂到前往大阪的新幹線車票，所以搭飛機去了。

N4 具合が悪い
狀況不好

今日は、体の具合が悪くて、学校を休んだ。
今天身體狀況不好,所以向學校請假了。

N4 空気が悪い
空氣很糟

部屋の中は空気が悪くて、咳が止まらなかった。
房間裡的空氣很糟,咳個不停。

N4 元気がない
沒精神、沒活力

最近父は元気がないようで心配です。
最近爸爸看起來沒什麼精神,有點讓人擔心。

N4 寒さが厳しい
天氣寒冷嚴峻

今日は風も強く吹き、寒さが厳しいでしょう。
今天風吹得很強,天氣應該很嚴寒吧!

N4 時間が空く
時間有空檔

時間が空いたら、ちょっと手伝ってください。
時間有空檔的話,麻煩請幫忙一下。

N4 自転車が壊れる
腳踏車壞了

自転車が壊れて、新しいのを買うことにした。
腳踏車壞了,所以決定買新的了。

N4 睡眠が足りない
睡眠不足

睡眠が足りないと、集中力が落ちることになる。
睡眠不足的話,會導致注意力會下降。

N4 背が高い　　　　　　　　　　　　　　　　　身高高

今は息子の方が私より背が高いかもしれない。
也許現在兒子的身高比我高了。

N4 背が低い　　　　　　　　　　　　　　　　　身高矮

私は背が低いので、高いところの掃除が大変だった。
因為我長得矮，所以要打掃高的地方很辛苦。

N4 建物が古い　　　　　　　　　　　　　　　建築物老舊

建物が古いので新しくしてはどうでしょうか。
建築物老舊了，要不要考慮修繕翻新呢？

N4 力が強い　　　　　　　　　　　　　　　　　力氣大

兄は私より背が高くて力も強い。
哥哥比我高且力氣也大。

N4 都合が悪い　　　　　　　　　　　　　　　　不方便

▶ 大多使用於表示日程、行程表等的情況。

都合が悪くなったときは、連絡してください。
若有不方便的地方，麻煩請跟我們聯絡。

N4 電車がこむ　　　　　　　　　　　　　　　　火車擁擠

▶「こむ」的漢字可用「込む」或「混む」來表達。

電車がこんでいたので、駅のホームで次の電車を待ちました。
因為火車太擁擠了，所以在車站月台等候下一班的火車。

N4 どんどん進む　　　　　　　　　　　　一個接著一個前進

楽しい仕事はどんどん進んですぐに終わる。
有趣的工作會一個接著一個進行，馬上就完成了。

N4 なくてはならない 不可或缺

現代人にとってスマホは、なくてはならないものになっている。
對於現代人來說智慧型手機是不可或缺的物品。

N4 においがする 有…的味道

公園を歩いていると、どこからか花のいいにおいがしてきた。
走在公園時，不知從哪裡傳來花朵的香味。

N4 喉が痛い 喉嚨痛

喉が痛いときはこの薬を飲んでください。
喉嚨痛的時候請服用這個藥。

N4 はっきり言う 明確告知

何が気に入らないのか、自分の意見をはっきり言ってほしい。
你有哪裡不喜歡的，希望你能明確地表達出自己的意見。

N4 鼻水が出る 流鼻水

風邪をひいて、熱もあるし、鼻水も出てきた。
感冒了，也發燒了，還流鼻水。

N4 日が暮れる 太陽下山

日が暮れると、気温が下がり始めた。
太陽下山後，氣溫開始下降。

N4 病気になる 生病

そんな食事をしていると、病気になってしまいますよ。
吃那樣的餐點的話，是會生病的。

N4 服が汚れる　　衣服髒了
服が汚れてしまい、クリーニングに出した。
衣服髒掉了，所以送到洗衣工坊去洗。

N4 部屋が狭い　　房間狹窄
子どもが生まれて、部屋が狭くなったので引っ越しをした。
孩子出生後，房間變得狹窄所以搬家了。

N4 ペラペラになる　　變得流利
日本にいながら、英語がペラペラになることなんて出来ますか。
待在日本，也可以說一口流利的英語嗎？

N4 目覚まし時計が鳴る　　鬧鐘響了
目覚まし時計が鳴ってもなかなか起きることができない。
即使鬧鐘響了，還是遲遲起不了床。

N4 役に立つ　　有幫助
今勉強したことは、きっと役に立つと思う。
今天學到的東西，一定會有幫助的。

N4 やせている　　身形瘦
妹は私よりやせている。
妹妹比我瘦。

N4 やめた方がいい　　最好不要
人の失敗を笑うのはやめた方がいいでしょう。
最好不要嘲笑他人的失敗吧！

N4 雪が積もる　　　　積雪

今朝起きて外を見たら、雪が積もっていた。
今天早上起床往外一看，積雪了。

N3 あっという間に　　　　一下子、一瞬間

楽しかった夏休みは、あっという間に終わってしまった。
開心的暑假，一下子就結束了。

N3 色が薄い　　　　顏色變淺

植木の葉の色が薄いのは肥料不足かもしれません。
灌木的葉子顏色變淺可能是因為肥料不夠。

N3 うとうとする　　　　打瞌睡

疲れていたので、電車の中でうとうとしてしまった。
因為很累，所以在火車上打瞌睡。

N3 運がいい　　　　運氣好

自転車とぶつかって転んだが、運がよくてたいした怪我はしなかった。
雖然撞到腳踏車跌倒了，但運氣好沒有受太大的傷。

N3 映像が映る　　　　顯示畫面

テレビが故障したのか、音声は聞こえるが映像が映らない。
電視不知道是不是故障了，聲音是聽得到但無法顯示畫面。

N3 お腹がペコペコだ　　　　飢腸轆轆、肚子餓扁

朝から何も食べなかったので、今お腹がペコペコだ。
從早上開始就沒有吃任何東西，所以現在肚子很餓。

N3 風邪を防ぐ　　　　　　　　　　　　　　　　預防感冒

風邪を防ぐために、きちんと手洗いをする。
為了預防感冒，要確實地洗手。

N3 雷が落ちる　　　　　　　　　打雷；（居上位者）震怒斥責

近くに雷が落ちたため、停電してしまった。
這附近打了雷，所以停電了。

N3 ガラガラに空いている　　　　　　　　　　　　空蕩蕩的

デパートの駐車場はガラガラに空いていた。
百貨公司的停車場一整片空蕩蕩的。

N3 体が硬い　　　　　　　　　　　　　　　　　　身體僵硬

体が硬いと怪我するので、準備運動をしましょう。
身體僵硬的話會受傷，做點暖身運動吧！

N3 曲が流れる　　　　　　　　　　　　　　　　　播放歌曲

喫茶店に入ったとき、懐かしい曲が流れてきた。
進入咖啡廳時，播放著令人懷念的歌曲。

N3 ぐっすり眠る　　　　　　　　　　　　　　熟睡、沈睡

ぐっすり眠るために、ストレッチをする。
為了可以好好熟睡，做些伸展操。

N3 ぐらぐら揺れる　　　　　　　　　　　　　　　搖搖欲墜

地震で家がぐらぐら揺れて怖かった。
因為地震房子變搖搖欲墜非常害怕。

| N3 | **ぐるぐる回る** | 轉圈、轉來轉去 |

ホテルの周りを**ぐるぐる回って**ようやく駐車場の入り口を見つけた。
在飯店周圍轉來轉去好不容易找到停車場的入口了。

| N3 | **車に酔う** | 暈車 |

私は**車に酔う**ので、バスに長く乗れません。
我會暈車,所以無法長時間搭乘巴士。

| N3 | **じっとする** | 靜止不動 |

今日はとても暑くて、**じっとしていても**汗が流れてくる。
今天非常地炎熱,就算什麼都不做也會流汗。

| N3 | **しばらくの間** | 暫時 |

退院しても、**しばらくの間**、激しい運動はしないでください。
就算出院了,也請暫時不要從事劇烈的運動。

| N3 | **種類が多い** | 種類很多 |

最近は本の**種類が多すぎて**、どの本を選んでいいか分からないことがある。
最近的書籍種類太多了,有時會不知道該選哪一本。

| N3 | **袖を短くする** | 把袖子改短 |

制服の**袖を短くした**。
我把制服的袖子改短了。

| N3 | **台風が近づく** | 颱風接近 |

台風が近づいているので、飛行機が飛ぶかどうか心配だ。
颱風逐漸接近中,我擔心飛機是否能起飛。

N3 力が出る　　　　　　　　　　　　　　　使出力氣

朝ご飯を食べていないので、全然力が出ない。
因為我沒有吃早餐，所以完全使不出力氣。

N3 力を入れる　　　　　　　　　　　　　　致力於

会社の将来を担う人材の育成に、力を入れていきます。
我們致力於培養將來可成為公司支柱的人才。

N3 調子が戻る　　　　　　　　　　　　　　恢復水準

今日の試合を見たら、田中選手の調子が戻ってきたようだ。
看完今天的比賽之後，田中選手似乎恢復水準了。

N3 疲れが取れる　　　　　　　　　　　　　疲勞減輕

温泉に入ったら疲れが取れた。
泡了溫泉之後，疲勞減輕了。

N3 疲れを取る　　　　　　　　　　　　　　消除疲勞

疲れを取るために最も大切なのは、十分な睡眠でしょう。
消除疲勞最重要的，應該是充份的睡眠吧！

N3 梅雨が明ける　　　　　　　　　　　　　梅雨季結束

梅雨が明けると、本格的な夏が始まります。
梅雨季一結束後，就會開始步入真正的炎夏時節。

N3 天気が崩れる　　　　　　　　　　　　　天氣變差

明日の午前中は晴れますが、午後から天気が崩れそうです。
明天上午會放晴，但聽說下午之後天氣會變差。

波が荒い
波浪變大

台風が来るとやはり波が荒くなる。
當颱風來的時候，海浪的確會變得很大。

荷物が届く
貨物寄達

ネットで注文した荷物が届いた。
在網路下單的貨物寄到了。

喉がカラカラだ
喉嚨乾渴

暖房をつけっぱなしにしたら、喉がカラカラだ。
一直開著暖氣，所以喉嚨乾渴不已。

のんびりする
悠閒放鬆

久しぶりに休暇がとれたので、一日中何もしないでのんびりした。
久違難得休假，一整天什麼都不做悠閒地放鬆。

入ってはいけない
不可以進入

この部屋には、関係者以外入ってはいけないことになっている。
這個房間規定，除了相關人員其他人不得進入。

パソコンに詳しい
熟悉電腦

山田さん、パソコンに詳しいって聞いたんだけど、ちょっと聞いてもいい？
山田先生，聽說你對電腦很熟，可以借問一下嗎？

ばらばらになる
變得散亂、散亂一地

資料がばらばらにならないように、クリップで留める。
為了不讓資料變得散亂，用迴紋針夾住。

バランスが崩れる　　　　　　　　　　　　　　　失衡

自分の好きなものばかり食べ続けると、栄養のバランスが崩れてしまう。
如果一昧地只吃自己喜歡的食物，就會變成營養不均衡。

日が当たる　　　　　　　　　　　　　　　　　照得到陽光

１階は寒いが、２階は日が当たって暖かい。
一樓雖然很冷，但二樓有陽光照射所以很溫暖。

一回り大きい　　　　　　　　　　　　　　　　大一號尺寸

今のシャツより一回り大きいものを注文した。
我訂了比現在大一號尺寸的襯衫。

病気を治す　　　　　　　　　　　　　　　　　治療疾病

この病気を治すためには、手術が必要です。
為了治療這個疾病，需要手術。

表紙が破れる　　　　　　　　　　　　　　　　封面破了

本の表紙が破れてしまい、テープで貼っておいた。
這本書的封面破了，所以先用膠帶貼起來。

ぶつぶつと言う　　　　　　　　　　　　　喃喃自語；碎碎唸

あの人は何かぶつぶつと言いながら歩いている。
那個人一邊走著，一邊喃喃自語著在說些什麼。

ぶらぶら散歩する　　　　　　　　　　　　　　散步閒晃

天気がよかったので、近くの公園をぶらぶら散歩してきた。
因為天氣很好，所以到附近的公園散步閒晃。

N3 ふらふらする
頭昏眼花

風邪で高い熱があるので、体がふらふらする。
因感冒發高燒，身體感到頭昏眼花。

N3 ふわふわと浮かぶ
輕飄飄地浮起來

空を見上げると、白い雲がふわふわと浮かんでいた。
抬頭看天空，白雲輕飄飄地浮著。

N3 雰囲気がいい
氣氛好

このレストランは夜のほうが雰囲気がいいです。
這間餐廳晚上的氣氛比較好。

N3 まごまごする
手足無措

初めて降りた駅でまごまごしていたら、駅員が親切に案内してくれた。
在第一次下的車站有些不知道該怎麼走，車站人員親切地為我帶路。

N3 夢中になる
全神貫注、沉迷、耽溺

子供は夢中になってマンガを読んでいる。
孩子全神貫注地看著漫畫。

N3 量が多い
份量多

この店のランチは、量が多くてとてもおいしい。
這家店的午餐份量很多而且非常美味。

N2 味が濃い
味道很重、味道很濃

この店のオムライスは味が濃いので、すぐ飽きてしまう。
這家店的蛋包飯口味很重，因此很快就會膩。

N2 息が詰まる — 呼吸困難

満員電車の中は息が詰まりそうだった。

在擁擠的火車裡，感覺快要喘不過氣來了。

N2 息抜きする — 放鬆、休息

この部屋は狭いけど、僕にとっては息抜きできる貴重な空間だ。

這個房間雖然狹小，但對我而言是可以放鬆的珍貴空間。

N2 うずうずする — 蠢蠢欲動

天気がいい日は外に出たくてうずうずする。

天氣好的日子，一個勁地就只想要外出而已。

N2 影響を受ける — 受到影響

大雪の影響を受けて、列車が遅れたり運休したりしている。

受到大雪的影響，有的列車延誤，也有的列車停駛。

N2 栄養が偏る — 營養不均衡

栄養が偏らないように、いろいろな食品を食べた方がいい。

為了避免營養不均衡，要多方面攝取食品比較好。

N2 落ち葉を掃く — 掃落葉

父は庭の落ち葉を掃いている。

父親正在庭院掃落葉。

N2 会議が長引く — 會議延長

会議が長引いて、友達との待ち合わせに遅れてしまった。

會議延長了，結果和朋友的約會我遲到了。

欠かせない　　　　不可或缺

醤油は日本の食卓に欠かせない存在である。
醬油是日本餐桌上不可或缺的調味料。

体がだるい　　　　身體倦怠

風邪を引いたのか、頭痛がして、体がだるいんです。
可能是感冒了，頭很痛，身體也感到倦怠。

空っぽになる　　　　空無一物

クッキーがおいしくて、あっという間に箱の中は空っぽになってしまった。
餅乾太好吃了，沒過一會兒盒子裡的東西就吃光了。

カンカン日が照る　　　　日照強烈

カンカン日が照る庭よりも、日陰の庭の方がしっとりして好きだ。
比起日照強烈的庭院，我更喜歡陰涼的濕潤感。

環境に優しい　　　　對環境友善

環境に優しい車として電気自動車が注目されている。
作為環保車，電動汽車備受注目。

ぐっとよくなる　　　　格外地、一下子變好

この料理は最後にごま油をかけると、味がぐっとよくなります。
這道菜最後淋上麻油，味道會變得格外美味。

傾向がある　　　　有…傾向

年を取ると睡眠時間が短くなる傾向がある。
隨著年紀增長，睡眠時間有越變越短的傾向。

こそこそ話す　　　　　　　　　　　　　　竊竊私語

二人は周りの人に聞こえないようにこそこそ話している。
二個人為了讓周圍的人聽不見而正在竊竊私語著。

ごちゃごちゃする　　　　　　　　　　　　亂七八糟

山田さんの机は、いつ見てもごちゃごちゃしている。
山田先生的桌子無論何時看都亂七八糟。

ざあざあ降る　　　　　　　　　　　　　　傾盆大雨

今日は一日中、雨がざあざあ降っていて、外に出られなかった。
今天下了一整天傾盆大雨，所以無法出門。

さっさと宿題をする　　　　　　　　　　　趕快做作業

テレビばかり見てないで、さっさと宿題をしなさい。
不要一直看電視，趕快寫作業。

仕方がない　　　　　　　　　　　　　　　沒辦法

もう終わったことだから、悩んでも仕方がない。
已經結束的事，糾結也沒辦法。

しとしと降る　　　　　　　　　　　　　　靜靜地下雨

その日は朝から雨がしとしと降っていた。
那天從早上開始就靜靜地下著雨。

霜が降りる　　　　　　　　　　　　　　　降霜

朝起きたら、霜が降りて、車や庭が白くなっていた。
早上起床時，發現霜降下來了，車子和庭院都變得一片雪白。

N2 **重傷を負う** 身負重傷

強い風により看板が落下し、通行人が重傷を負った。
由於強風造成招牌掉落，使得路人受到重傷。

N2 **食が進む** 促進食慾

今日は暑くて、あまり食が進まない。
今天太熱，完全沒有食慾。

N2 **じわじわと広がる** 慢慢擴散開來；（液體）慢慢向外滲出

ノンアルコールビールの人気がじわじわと広がっている。
無酒精啤酒正在慢慢流行開來。

N2 **親身になる** 親自、親身

私の上司は親身になって相談に乗ってくれる。
我的上司願意親自提供諮詢給我。

N2 **水分を保つ** 保持水分

水分量が多い野菜は、水分を保つように保存することが大切だ。
含水量多的蔬菜，如何在保存時保持其水分是相當重要的。

N2 **すくすく育つ** 茁壯成長

赤ちゃんが元気よくすくすく育つことを祈っております。
祈望寶寶成健康地茁壯長大。

N2 **頭痛がする** 頭痛

風邪をひいて、頭痛もするし咳も出たので、旅行に参加できなかった。
因為感冒頭痛且咳嗽，所以沒能參加到旅行。

N2 ズボンがだぶだぶになる　　　　　　　　　　　　　褲子變得鬆鬆垮垮的

最近やせてきて、ズボンがだぶだぶになった。
最近瘦下來，褲子變得鬆鬆垮垮的。

N2 勢力を増す　　　　　　　　　　　　　　　　　　　　増加勢力

大型台風は、勢力を増しながら、関東に接近している。
大型颱風的風勢正在增強，並接近關東地區。

N2 体調が優れない　　　　　　　　　　　　　　　　　　身體不適

体調が優れない場合は、健康診断の日時を変更してください。
身體不適的情況，請變更健康檢查的日程時間。

N2 たらたらと汗を流す　　　　　　　　　　　　　　　　汗流浹背

たらたらと汗を流しながら荷物を運んでいる。
汗流浹背地搬著行李。

N2 ちらちら降る　　　　　　　　　　　　　　　　　　　一片片飄落

今も外は雪がちらちら降っているが、午後は晴れるそうだ。
雖然現在外面雪花正一片片飄落，但聽說下午會放晴。

N2 ついている　　　　　　　　　　　　　　　　　　走運、運氣好

欲しかったアルバムが手に入るとは、今日はついているね。
終於找到一直想要的專輯，今天運氣真好。

N2 都合がつかない　　　　　　　　　　　　　　　　　　時間不方便

その日は都合がつきませんが、別の日でしたら大丈夫です。
那天時間不方便，但別天的話沒問題。

N2 天候に影響される　　　　　　　　受天候影響

農業は天候に影響されやすい。
農業容易受到天候的影響。

N2 とてもじゃないけど　　　　不是說不可能（只是…、但是…）

こんなにたくさんの資料、とてもじゃないけど一週間じゃ無理だよ。
這麼多的資料，雖然不是說不可能，但一星期是沒辦法的。

N2 とんとん叩く　　　　　　　　　咚咚地敲門

誰かが部屋のドアをとんとん叩く音がする。
不知道誰咚咚地在敲著房門。

N2 中が丸見えだ　　　　　　　　　一覧無遺

カーテンをつけていないので、家の中が丸見えです。
因為沒有裝窗簾，房子裡的樣子一覽無遺。

N2 寝込んでしまう　　　　　　生病倒下、因病臥床不起

彼は疲労のあまり寝込んでしまった。
他因為過度勞累生病倒下。

N2 のろのろと走る　　　　　　　　緩慢行走

車が雪のせいでのろのろと走っている。
車子因為下雪只能緩慢地行駛。

N2 馬鹿にならない　　　　　　不容小覷、不能輕忽

車を通勤や買い物で利用していると、ガソリン代も馬鹿にならない。
一旦開車去通勤或購物的話，油錢的部分也不容小覷。

N2 馬鹿を言う 　　　　　　　　　　　　　　　　　　　　　　　說傻話

せっかく入った会社を辞めるなんて、馬鹿を言うにもほどがあるよ。
好不容易才進去的公司竟然要離職，說傻話也要有個限度呀！

N2 はきはきと話す 　　　　　　　　　　　　　　　　清楚地說、把話講明白

質問に答えるときは、相手の目を見て大きな声ではきはきと話しましょう。
在回答問題時，看著對方的眼睛清楚地大聲說出來吧！

N2 ばたばたする 　　　　　　　　　　　　　　　　　　　手忙腳亂、忙進忙出

今日は朝からばたばたして、昼ご飯が少し遅くなってしまった。
今天一早就忙裡忙外，所以午餐就吃得有點晚了。

N2 ばたばたと音を立てる 　　　　　　　　　　　　　　　　啪嗒啪嗒地發出聲響

生徒たちがばたばたと音を立てながら廊下を走っていた。
學生們發出啪嗒啪嗒的聲響，在走廊上奔跑著。

N2 幅を利かせる 　　　　　　　　　　　　　　　　　　　掌握大局、展示權威

この会社では、創業当初からいる社員が幅を利かせている。
在這間公司，從創業初期就在的員工掌握大局。

N2 ぱらぱら読む 　　　　　　　　　　　　　　　　　　　　　　　　快速瀏覽

▶ 指輕輕快速地翻書閱讀過的樣子或翻書聲。

雑誌をおもしろそうな所からぱらぱら読んでみた。
雜誌試著從有趣的地方快速翻過看了一下。

N2 日が沈む 　　　　　　　　　　　　　　　　　　　　　　　　　　太陽下山

この時期になると日が沈むのが早くなる。
一到了這個時節太陽很快就會下山。

N2 日差しが強い　　　　　　　　　　　　　日照強烈

今日は日差しが強いから帽子をかぶりなさい。
今天日照很強，戴上帽子吧！

N2 ぴたりと止まる　　　　　　　突然停下；緊密地停止不動狀

事故による渋滞で、車がぴたりと止まったまま動かない。
因為車禍造成塞車，車子緊密地擠在一起，動彈不得。

N2 ぴょんぴょんと跳ねる　　　　　　　　　　活蹦亂跳

元気のいい子供たちが、歩道の縁を片足でぴょんぴょんと跳ねていた。
活潑的孩子們，用單腳在步道的邊緣蹦蹦跳跳著。

N2 ひらひらと飛ぶ　　　　　　　輕飄飄地舞動；漫天飛舞

電車から外を見ると、桜の花びらがひらひらと飛んでいた。
從火車往外一看，櫻花的花瓣輕飄飄地飛舞。

N2 部品が不足する　　　　　　　　　　　　　零件不夠

部品が不足している場合は、修理に時間がかかります。
零件不足的情況，修理需要花費時間。

N2 ぶるぶる震える　　　　　　　　　　　　　　顫抖

寒さのあまり、体がぶるぶる震えた。
因為太過寒冷而全身發抖。

N2 ページが抜ける　　　　　　　　　　　　　　缺頁

この本は１５ページが抜けている。
這本書缺少了第十五頁。

他に道はない　　　除此之外，別無他法

天然資源の乏しい日本は、人材を資源として活用するより他に道はない。
天然資源匱乏的日本，除了把人才作為資源運用以外，沒有其他辦法。

ほどなく完成する　　　即將完成

新しい建物はほどなく完成する予定です。
新的建築物預計即將完成了。

ぼろぼろになる　　　變得破爛

本棚にある古い辞書は、破れてぼろぼろになっていた。
書架上的舊字典，已變得破爛不堪。

ますます進歩する　　　日漸進步

これからも技術はますます進歩していくだろう。
今後的技術也會日漸進步下去吧！

真っ二つに割れる　　　一分為二

会議では意見が真っ二つに割れた。
會議上的意思見分歧，一分為二。

丸ごと食べる　　　整個吃

小さい魚は丸ごと食べた方が健康にいいですよ。
把小魚整條吃下去對健康比較好哦！

芽が出る　　　發芽

先日花の種をまいたら、もう芽が出てきた。
前幾天撒下的花的種子，已經冒出新芽了。

N2 めちゃくちゃになる　　　　　變得亂七八糟、變得凌亂

風で髪の毛がめちゃくちゃになってしまった。
因為風吹的關係，頭髮變得亂七八糟。

N2 山ほどある　　　　　堆積如山、像山一樣多

今の君に伝えたいことが山ほどあるんだ。
我有一大堆的事想告訴現在的你。

N2 ゆらゆら揺れる　　　　　搖搖晃晃

波が高くなって、船がゆらゆら揺れている。
海浪變高了，因而船隨之搖搖晃晃。

N2 よく似ている　　　　　十分相像

長男は、顔つきはもちろん性格も父親によく似ている。
長男的長相自然不必多說，而且個性也和父親十分相像。

N2 横になる　　　　　躺下

少し横になったらどうですか。
要不要稍微躺一下？

N2 リラックスする　　　　　放鬆

週末は家で好きな音楽でも聞いてリラックスしたい。
週末我想要在家裡聽著喜歡的音樂之類的放鬆一下。

N2 割合を占める　　　　　佔比例

この国は２０代の年齢層が非常に高い割合を占めている。
這個國家裡，二十歲的年齡人佔有相當高的比例。

当たり障りがない
不得罪人、無害的

相手の質問に当たり障りのない返事をした。
就對方的提問，給了不得罪人的回答。

甘さを控えめに作る
減低甜度製作

当店のケーキは甘さを控えめにお作りしております。
本店的蛋糕皆為低糖製作。

雨漏りがする
下雨漏水

雨漏りがして家の中がびしょびしょになった。
房子下雨漏水，弄得家裡到處溼答答地。

ありきたりだ
隨處可見、平凡無奇

今日の会議で出た意見は、ありきたりのものが多かった。
今天會議上提出之意見，大多都是很常見的沒有特色。

ありとあらゆる情報が溢れる
充斥著各種資訊

インターネット時代になり、ありとあらゆる情報が溢れている。
網路時代充斥著各式各樣的資訊。

言うまでもない
不用說、不言而喻

健康のために十分な睡眠が欠かせないのは、言うまでもない。
不用說也知道，為了健康充份的睡眠是不可或缺的。

如何ともしがたい
無能為力、力不從心

新製品の売上増は、営業部だけの努力では如何ともしがたいところがある。
要增加新產品的銷售額，光靠業務部的努力多少有些無能為力之處。

N1 一目散に
一溜煙地、匆忙地

▶指完全不關注旁側，不分心一個勁地快速行動。

授業が終わると、みんな一目散に学校を飛び出した。
課堂一結束，大家就一溜煙地衝出學校。

N1 一途を辿る
邁向（惡化）、不斷地（惡化）

▶指途中都沒有轉變，盡是向著一個方向不斷地變差的樣態。

港町として栄えたこの町も、今は衰退の一途を辿っている。
這座昔日繁榮的港口城鎮，如今正邁向了衰敗一途。

N1 稲光が走る
閃電不斷

夕方から突然の雨とともに稲光が走った。
傍晚突如其來的雨伴隨著閃電不斷。

N1 裏打ちする
保證、背書；加襯底

この本は作家の人生体験に裏打ちされているので、説得力がある。
這本書有作家人生經歷的背書，因此非常有說服力。

N1 上の空
心不在焉

何か悩み事でもあるのか、彼は上の空状態になっている。
不知道是不是有什麼煩惱的事？他處於心不在焉的狀況。

N1 公になる
公諸於世

最近、内部告発によって企業の不正が公になることが多くなってきた。
近來，因為內部告發，讓許多企業不正當的行為公諸於世。

N1 お互い様だ
彼此彼此

不景気で大変なのはお互い様でしょう。一緒に頑張りましょう。
因為經濟不景氣而辛苦大家都一樣吧！一起加油吧！

N1 快方に向かう　　　　　　　　　　　　　　　　　　　病情好轉

入院生活をしている祖父の病状は、快方に向かっている。
住院中的祖父病情正在好轉中。

N1 害を及ぼす　　　　　　　　　　　　　　　　　　　造成傷害

長時間の労働は、健康に害を及ぼすことになる。
長時間勞動會對健康造成危害。

N1 影を潜める　　　　　　　　　　　　　　　　　　　銷聲匿跡

最近、地球温暖化の話題が影を潜めているように感じる。
近來，感覺地球暖化的話題似乎銷聲匿跡了。

N1 カサカサと音がする　　　　　　　　　　　　　　　發出沙沙的聲音

落ち葉の上を歩くと、カサカサと音がした。
一旦走在落葉上，就會聽到沙沙的聲響。

N1 ガタガタと音を立てる　　　　　　　　　　　　　　發出嘎啦嘎啦的聲響

強い風で窓がガタガタと音を立てている。
窗戶被強風吹得嘎嘎作響。

N1 形が歪む　　　　　　　　　　　　　　　　　　　　形狀歪斜

こちらは箱の形が歪んでいますが、商品に問題はございません。
這邊箱子雖然形狀歪斜，但產品沒有問題。

N1 ガタンと音を立てる　　　　　　　　　　　　　　　發出喀噠聲

ガタンと音を立ててドアが閉まった。
門發出喀噠聲便關上了。

N1 カチカチに凍る　　　　　　　　　　　　　　　　　凍得硬邦邦

冷蔵庫から出したアイスクリームはカチカチに凍っている。
剛從冷凍庫拿出來的冰淇淋冰得硬邦邦的。

N1 葛藤が生まれる　　　　　　　　　　　　　　　産生糾葛、產生矛盾

あの人とは意見がなかなか合わず、葛藤が生まれたりする。
我和那個人意見不合，經常產生糾葛。

N1 がやがや騒ぐ　　　　　　　　　　　　　　　　　　吵吵鬧鬧

パーティーは、みんなでがやがや騒ぎながら、飲んで食べて楽しかった。
派對上大家一起喧鬧，吃吃喝喝地相當開心。

N1 間一髪で間に合う　　　　　　　　　　　　　勉強趕上、千鈞一髮

電車が遅れたが、駅から走って、会議に間一髪で間に合った。
火車誤點了，從車站跑過來，勉強趕上了會議。

N1 がんじがらめになる　　　　　　　被束縛住；（具體的用繩索）被綁住

ルールや法則でがんじがらめになっているだけでは、何も生まれない。
只是一昧地被規矩和法則束縛著，什麼也創造不出來。

N1 鑑賞にたえる　　　　　　　　　　　　　　　　　　　值得觀賞

▶「たえる」以漢字表示是為「堪える」。

この展覧会に出された作品には、鑑賞にたえるものは少ない。
在這個展示會展出作品，沒有幾個值得觀賞的。

N1 切っても切れない　　　　　　　　　　　　　　密不可分、無法切斷

インターネットは、私たちの生活とは切っても切れない関係にあります。
網路和我們的生活有著密不可分的關係。

N1 客観性に欠ける　　　　　　　　　　　　　　　欠缺客觀性

この本は、自己主張ばかり書いてあって、客観性に欠ける。
這本書，只有寫作者主觀的看法，欠缺客觀性。

N1 きゅうきゅうとした生活　　　　　　　　　　　窘迫的生活

いつも節約、節約ときゅうきゅうとした生活を送るのはつらいことです。
總是一直節約、節約地過著窘迫的生活是件辛苦的事。

N1 ぎゅうぎゅうになる　　　　　　　　　整個塞滿、擠得水泄不通

通勤電車の中は、ぎゅうぎゅうになって身動きも取れない状態だ。
通勤電車裡，擠得水泄不通，身體動彈不得。

N1 急を要する　　　　　　　　　　　　　　　　　當務之急

急速に進む高齢化社会への対応は急を要する課題である。
面對急速老化的高齡社會並做出對應是當務之急的課題。

N1 ぐうぐう寝ている　　　　　　　　　　　　　　呼呼大睡

息子は疲れたのか、自分の部屋でぐうぐう寝ている。
兒子或許是太累了，在自己的房間呼呼大睡。

N1 草が生い茂る　　　　　　　　　　　　　　　　雜草叢生

家の近くの空き地に草が生い茂っている。
家附近的空地雜草叢生。

N1 くしゃくしゃになる　　　　　　　　　　　　　皺巴巴

シャツがくしゃくしゃになっていたので、アイロンをかけた。
襯衫變皺了，所以要用熨斗燙一下。

N1 **ぐずぐずする** 　　　　　　　　　　　　　　　　　拖拖拉拉；碎碎唸

そんなに**ぐずぐずしている**と遅刻するよ。
如此拖拖拉拉的話是會遲到的哦！

N1 **靴がぶかぶかだ** 　　　　　　　　　　　　　　　鞋子鬆垮、鞋子太大

この**靴はぶかぶかで**、歩くと脱げてしまう。
這雙鞋子太大了，走路時容易脫落。

N1 **ぐんぐん伸びる** 　　　　　　　　直線上升；（事情）情勢順利地發展

まじめに勉強した成果が出て、成績が**ぐんぐん伸びた**。
認真地唸書的效果顯現出來，成績直線上升。

N1 **群を抜く** 　　　　　　　　　　　　　　　　　　出類拔萃、首屈一指

このケーキ屋の味は、全国でも**群を抜いて**いる。
這家蛋糕店的味道在全國也是首屈一指的。

N1 **氷が張る** 　　　　　　　　　　　　　　　　　　　　　　　　結冰

今朝はとても寒くて、公園の池に**氷が張って**いた。
今天早上非常寒冷，所以公園水池結冰了。

N1 **語学に堪能だ** 　　　　　　　　　　　　　　　　　　　　　精通語學

当社では、英語や中国語などの**語学に堪能な**人を募集しています。
本公司招募精通英文及中文等語學的人才。

N1 **呼吸が落ち着く** 　　　　　　　　　　　　　　　　　　　呼吸平穩下來

薬が効いて、患者の**呼吸が落ち着いて**きた。
藥效發揮後，患者的呼吸平穩下來了。

N1 ごたごたしている
混亂的、複雜的

ごたごたしている人間関係から離れて、のんびり旅行したい。
想遠離複雜的人際關係，一個人悠哉地旅行。

N1 こつこつと勉強する
勤奮地學習

資格をとるために、この一年間、こつこつと勉強してきた。
為了取了證照資格，這一年來，不斷地勤奮學習過來。

N1 ごてごてする
雜亂無章

彼の部屋はいろんなものを飾りすぎて、ごてごてした感じになっていた。
他的房間裝飾了太多東西，感覺變得相當地雜亂無章。

N1 コントロールが利かない
失控、無法控制

最近、ストレスのせいか、感情のコントロールが利かないときがある。
最近，可能是因為壓力的關係，變得有時無法控制情緒。

N1 さらさらと流れる
（液體無阻塞地）潺潺流動

山の中に小川があって、きれいな水がさらさらと流れていた。
山裡有小河流，潺潺地流動著乾淨的水。

N1 時間を持て余す
有的是時間、閒得發慌

隣の田中さんは定年退職し、時間を持て余しているらしい。
隔壁的田中先生退休了，似乎閒得發慌。

N1 じゃぶじゃぶと歩く
濺起水花地走著

子供が長靴を履いて、じゃぶじゃぶと歩いている。
孩子穿著雨鞋，濺起水花地走著。

N1 首尾よく進む　　　　　　　　　　　　順利進行

交渉が首尾よく進んで、このまま契約がまとまりそうだ。

交涉順利進行，照這樣下去契約應該能完成簽訂。

N1 旬の味を楽しむ　　　　　　　　　　　享受時令美味

この店では、毎月違った旬の味を楽しむことができる。

在這家店，每個月都可以享受到不同的時令美味。

N1 称賛に値する　　　　　　　　　　　　值得讚許

彼の勇気ある行動は称賛に値する。

他勇敢的行為值得讚許。

N1 真髄を極める　　　　　　　　　　　　極致精髓

当店で、日本料理の真髄を極めたお食事をお楽しみください。

請在本店享受極致精髓的日本料理。

N1 真正性がある　　　　　　　　　　　　具有真實性

専門家たちは、産業災害予防に向けた真正性のある対策を求めた。

專家們要求針對產業災害的預防採取具體可靠的對策。

N1 姿を現す　　　　　　　　　　　　　　出現身影、現身

雲の切れ間に太陽が姿を現した。

雲朵的間隙中太陽露出了身影。

N1 姿を消す　　　　　　　　　　　　　　消失蹤影

宅地開発に伴う工事で森は姿を消してしまった。

伴隨著住宅開發的工程使得森林消失了蹤影。

N1 ずきずきする
抽痛、一陣陣疼痛

二日酔いで頭がずきずきする。
因為宿醉頭一陣陣地疼痛。

N1 ずるずると長引く
拖拖拉拉延長

会議は結論がでないまま、ずるずると長引いている。
會議不斷地拖拖拉拉，一直得不出結論。

N1 するすると開く
輕鬆地打開

エレベーターを待っていたら、目の前のドアがするすると開いた。
在等電梯的期間，眼前的門突然就輕輕地打開了。

N1 ズレが生じる
出現偏差、不一致

外国の文学を読む場合、どうしても視点のズレが生じることになる。
在讀外國文學的情況，難免會產生不同的觀點。

N1 すれすれに着く
驚險抵達

間に合わないと心配していたが、発車時間すれすれに着いた。
原本還擔心會趕不上，驚險趕上發車的時間。

N1 是が非でも
無論如何

第一志望の大学に是が非でも合格したい。
無論如何都要考上第一志願的大學。

N1 大したことはない
不算是什麼大事

今度の地震は東京では大したことはなかった。
這次的地震在東京不算是什麼大事。

N1 断トツで高い　　　　　　　　　　　　　壓倒性地高

ベッドは家具の中でも使用頻度が断トツで高いので、慎重に選ぶべきだ。
床鋪在家具之中算是使用頻率明顯偏高，應該要慎重挑選。

N1 ちびちびと飲む　　　　　　　　　　　　小口小口地喝

お酒をちびちび飲みながら音楽を聴く。
一邊小口小口地喝酒，一邊聽著音樂。

N1 宙に浮く　　　　　　　　　　　　　　浮在半空中；停滯不前

その計画は担当者の交替で宙に浮いた状態です。
那個計劃因為更換負責人的關係，現在處於停滯不前的狀態。

N1 注目が高まる　　　　　　　　　　　　　引起高度關注

小麦価格の高騰を受け、お米に注目が高まっている。
由於受小麥價格高漲的影響，因此對稻米的關注度也在提升。

N1 ちょこちょこ歩く　　　　　　　　　（站不穩地）搖搖晃晃

かわいい赤ちゃんがちょこちょこ歩いている。
可愛的嬰兒正在搖搖晃晃地走著。

N1 ちょっとした油断　　　　　　　　　　稍有不慎、疏乎大意

ちょっとした油断が大きな事故を招く。
稍有不慎很可能會引起重大事故。

N1 チラリと見る　　　　　　　　　　　　　　偷瞄一眼

話しの最中に、時計をチラリと見るのは相手に失礼だ。
在談話中，偷瞄手錶是對談話對象很不禮貌的行為。

N1 ちんぷんかんぷんだ　　　　　　　　　　　糊里糊塗、搞不清楚狀況

彼の話はちんぷんかんぷんで何が言いたいのか分からない。
他說的話亂七八糟的，不懂他到底想說什麼。

N1 使い物にならない　　　　　　　　　　　　不好用、派不上用場

付属の電池は使い物にならないので、使わない方がいいです。
附贈的電池不好用，最好不要用。

N1 つるつる滑る　　　　　　　　　　　　　　光滑、滑溜

雪で道がつるつる滑るので歩くのが大変だ。
因為下雪道路變得很滑溜，走起路來很辛苦。

N1 手落ちがある　　　　　　　　　　　　　　遺漏、疏忽

準備に手落ちがあり資料が欠けていました。申し訳ありません。
在準備時有所疏忽，資料有不足的地方。非常抱歉。

N1 出来立てほやほや　　　　　　　　　　　　剛做好熱騰騰

この店では、出来立てほやほやの料理を召し上がっていただけます。
在這間店，可以吃到剛做好熱騰騰的菜餚。

N1 てきぱきと片づける　　　　　　　　　　　迅速地收拾、手腳俐落

彼はたまった仕事をてきぱきと片づけた。
他手腳俐落地處理完累積的工作。

N1 手際がいい　　　　　　　　　　　　　　　做事有效率

引越センターのスタッフは手際がよく、あっという間に引っ越しが終わった。
搬家公司的員工做事效率高，一下子就完成搬家作業了。

N1 天気に敏感だ　　　　　　　　　　　　　對天氣敏感

このセミは天気に敏感で、雨が降りそうになると鳴き止むという。
這隻蟬對天氣敏感，聽說只要看起快下雨的話就會停止鳴叫。

N1 土壇場で逆転する　　　　　　　　　在緊要關頭逆轉局勢

緊迫した争いの中で、我がチームが土壇場で逆転し、優勝した。
在緊迫的競賽當中，我們隊伍在最後的緊要關頭逆轉局勢，獲勝了。

N1 とめどがない　　　　　　　　　　　　　　沒完沒了

彼の話はとめどがないから、適当なところで打ち切る必要がある。
他說起話來沒完沒了，因此需要適時地結束話題。

N1 とんとんになる　　　　　　　　　　收支平衡、收支打平

開業して初年度は赤字だったけれども、2年目にはとんとんになった。
創業後的首年度雖然是虧損，但到了第二年就收支平衡了。

N1 なおさらのことだ　　　　　　　　　　　　　更是如此

買い物で損をしたくないのは、誰でも同じだ。それが住宅ならなおさらのことだろう。
買東西不想吃虧，這點每個人都一樣。換作是房子，更是如此吧！

N1 なす術がない　　　　　　　　　　　　　　　無計可施

試せることは全て試してみたし、もうこれ以上なす術がない。
能嘗試的辦法都試過了，已經無計可施了。

N1 何から何まで　　　　　　　　　　從頭到腳、徹頭徹尾

彼の話は何から何まで嘘だらけだった。
他說的話徹頭徹尾滿是謊言。

N1 何はさておき
暫且不論；不管怎樣

何はさておき乾杯しましょう。
先別管其他的，讓我們來乾杯吧！

N1 何よりだ
再好不過

無事に退院なさったそうで、何よりです。
聽說您已平安出院了，沒有比這件事更好的了。

N1 名の知れた
知名的、聞名的

彼は日本では名の知れた歌手だ。
他在日本是知名的歌手。

N1 生半可な知識
一知半解

この業務は、少し調べただけの生半可な知識では対応できない。
這項業務，只靠稍微查到的一知半解的知識是無法應付的。

N1 なんてもんじゃない
…極了

▶指不僅僅是那樣程度是意思，為強調的表達方式。

その景色は、美しいなんてもんじゃない。一枚の絵のようだ。
那個景色，真是美極了。就像一幅畫一樣。

N1 似たり寄ったりだ
大同小異

候補者3人の訴えがどれも似たり寄ったりで、選択に迷っている。
三位候選人的訴求都大同小異，我不知道該選哪一人。

N1 ねばねばになる
變得黏稠、變得黏黏的

納豆を食べたら口の中がねばねばになった。
吃了納豆之後，嘴巴裡面變得黏黏的。

N1 場合ではない　　　　　　　　　　　　　　　　　不是…的時候

▶「場合ではない」是用於暗示情況嚴重及緊急的表達方式。

水曜日には別の試合が待っているから、今落ち込んでいる場合ではない。

星期三還有其他的考試在等著，現在還不是沮喪的時候。

N1 葉が茂る　　　　　　　　　　　　　　　　　　　枝葉茂盛

植物は葉が茂ってから花が咲くのが普通だが、桜は先に花が咲く。

植物通常是由枝葉茂密之後才開花的，但櫻花卻是先從花朵綻放開始。

N1 漠然と考える　　　　　　　　　　　模糊地思考、沒有明確的計劃

高校生の頃、将来は海外で働きたいと漠然と考えていた。

高中時，曾經有模糊地思考過將來想要到海外工作。

N1 ばっちり決める　　　　　　　　　　　　　　　　完美地決定

この調味料は、難しい和食の味付けをばっちり決めてくれます。

這種調味料連很難調味的和食都能完美地解決。

N1 ぱっとしない　　　　　　　　　　　　　　　　不突出、不出色

新製品を売り始めたが、これまでのところ売り上げはぱっとしない。

新產品雖然開始販售，但至今為止銷售額還不算太出色。

N1 果てしなく広がる　　　　　　　　　　　　　　　　無限遼闊

目の前には広大なぶどう畑が、果てしなく広がっていた。

眼前寬廣的葡萄園，無限遼闊地延伸下去。

N1 半端ではない　　　　　　　　　　　　　　　　不得了、很厲害

店舗の出店にかかる費用は半端ではない。

開店要花的費用可是不得了的。

N1 光が漏れる　　　　　　　　　　　　　　　　　　　　漏光

カーテンの幅や丈が短すぎると、隙間があいて、光が漏れることになる。
窗簾的寬度和長度過短的話，就會產生縫隙，並且光線會照射進來。

N1 非常識にもほどがある　　　　　　太沒有常識了、沒常識也要有個限度

無断で欠勤するなんて非常識にもほどがあるよ。
竟然無故曠職，實在是太沒有常識了。

N1 ひっきりなしに　　　　　　　　　　　　　　　接連不斷、絡繹不絕

この道路はひっきりなしに車が走っている。
這條路上車子絡繹不絕地行駛著。

N1 秘密が漏れる　　　　　　　　　　　　　　　　　　　洩漏秘密

競合他社に営業秘密が漏れないように、十分な対策をとるべきだ。
應當做好萬全的對策，以防止商業機密洩漏給競爭對手公司。

N1 ぷかぷか浮く　　　　　　　　　　　　　浮在水面、輕飄飄的浮著

水の上にゴミがぷかぷか浮いて流れている。
垃圾在水面上漂浮著。

N1 負傷者が出る　　　　　　　　　　　　　　　　　　　出現傷患

火事当時、店内には客が大勢いたが、幸い負傷者は出なかったそうだ。
據說火災的當下，店內雖然有大批的顧客，但所幸沒有人員受傷。

N1 プロ顔負けの実力　　　　　　　　　　　　　堪比專業人士的實力

山下さんは写真が趣味で、写真撮影はプロ顔負けの実力だ。
山下先生的興趣是攝影，他具有堪比專業人士的攝影實力。

N1 プロ並み　　　　　　　　　　　　　　　　媲美專家

最近は食材の質も高く、自宅でもプロ並みの料理が作れる時代になった。

最近食材的品質高，已經到了在自家也可以做出媲美專家料理的時代了。

N1 べたべたと貼る　　　　　　　　　　　　　　到處貼滿

店の壁に料理の写真がべたべたと貼ってある。

店裡的牆壁上到處貼滿了料理的照片。

N1 部屋が塞がっている　　　　　　　　　　　　房間被訂滿

あいにくすべての部屋が塞がっているので、予約できません。

很抱歉，現在所有的房間都被訂滿，無法預約。

N1 ベルがリンリンと鳴る　　　　　　　　　　　鈴聲叮叮響

電話のベルがリンリンと鳴っている。

電話的鈴聲叮叮作響。

N1 勉強に縛り付ける　　　　　　　　　　　　　強迫學習

この子を無理に勉強に縛り付けるのは意味がない気がする。

我覺得讓這個孩子勉強唸書是沒有意義的。

N1 ほかほかする　　　　　　　　　　　　　　　熱呼呼地

出来立てのご飯はほかほかしておいしい。

剛煮好的飯熱呼呼的很好吃。

N1 ほったらかしにする　　　　　　　　　　　　丟在一旁、放任不管

彼は任された仕事をほったらかしにしたまま平気で帰る。

他把交待他做的工作丟在一旁，若無其事地回家了。

N1 程よい
剛好、程度適中

このケーキは、程よい甘さでとてもおいしい。
這個蛋糕，甜度剛好非常好吃。

N1 ぽろぽろと涙を流す
眼淚一顆顆流下

彼女はぽろぽろと涙を流しながら、何かを言おうとした。
她 邊想說些什麼，一邊流下一顆顆的眼淚。

N1 勝るとも劣らない
不亞於、有過之無不及

我が社の今年の販売実績は、他社に比べて勝るとも劣らない。
我們公司今年的銷售業績，不亞於其他公司。

N1 またとない機会
機會難得、絕佳機會

今回のセミナーは、市民が環境について考えるまたとない機会です。
這次的研習會，是讓市民思考環境問題的絕佳機會。

N1 まんまと騙される
被騙得團團轉

儲け話にまんまと騙されて、たくさんのお金を取られた。
我被賺錢的說法騙得團團轉，被拿走了很多錢。

N1 右に出る者はいない
無人能比、沒人可勝過、無人能出其右

プレゼン資料の作成にかけては、山田君の右に出る者はいない。
在製作簡報資料方面，沒有人可以勝過山田。

N1 水が澄む
水透明清澄

川の水が澄んでいて底までよく見える。
河川的流水清澈到可以清楚地看到河底。

N1 密接に結びつく　　　　　　　　　　　　　　　　　緊密結合
政治と生活が密接に結びついていることは、誰でも分かる。
政治與生活緊密結合，這件事眾所皆知。

N1 むずむずする　　　　　　　　　　　　　　　　　　坐立不安
子供たちはみんな早く外に出て遊びたくてむずむずしているようだ。
孩子們都想趕快早點外出玩耍，顯得坐立不安的樣子。

N1 胸がムカムカする　　　　　　　　　　　　　　　　胸口不適
車が出発すると、胸がムカムカして気分が悪くなってきた。
車子出發時，感覺到胸口不適，身體不舒服。

N1 めきめき上達する　　　　　　　　　　　　　　　　明顯進步
水泳教室に通ったおかげで、水泳がめきめき上達した。
托了參加游泳教室的福，游泳技術明顯進步了。

N1 免疫力が落ちる　　　　　　　　　　　　　　　　　免疫力下降
私は栄養たっぷりの食事で、免疫力が落ちないように気をつけている。
我注重攝取營養豐富的餐點，以保持免疫力不下降。

N1 毛頭ない　　　　　　　　　　　　　　　　　一點也沒有、絲毫不
これは私の個人的な感じ方であって、それを主張する気は毛頭ない。
這完全是我個人的感覺方式，絲毫沒有要主張它的意思。

N1 もってこいの場所　　　　　　　　　　　　　　非常適合…的地方
この公園はベンチが多く、座って休むにはもってこいの場所である。
這個公園有很多長椅，是非常適合坐著休息的地方。

N1 もってのほかだ　　　　　　　　　　　　　　　太荒謬

本当のことを知っていながら黙っているなんてもってのほかだ。
明知道真相卻卻保持沈默真是太荒謬了。

N1 ものになる　　　　　　　　　　　　　　　　　有所成就

今年の新人は、うまく指導すればものになると思うから楽しみだ。
今年的新人如果能好好指導，應該可以有所成就，非常期待。

N1 よろよろ歩く　　　　　　　　　　　　　步履蹣跚、搖搖晃晃

男の人は、お酒に酔ってよろよろ歩きながら店を出た。
男人喝酒醉了搖搖晃晃走出店家。

N1 ろくなことない　　　　　　　　　　　　　　沒什麼好事

何事も焦って結論を急ぐとろくなことはない。
凡事只要急著下結論，通常都沒有什麼好結果。

N1 枠にはまる　　　　　　　　　　　　　　　　　受限框架

自分の経験という枠にはまって物事を考えると、想像力は育たない。
受限自我的經驗框架來思考的話，就無法培養想像力。

Chapter

4

社會／經濟活動

按照級別收錄 304 個與社會和
經濟活動有關的表達。

N5 時間がない　　　　　　　　　　　　　　　　　　沒時間

たくさんの料理があったのに、ぜんぶ食べる時間がなかった。
明明有很多料理，卻沒有時間全部吃完。

N4 会議室に持ってくる　　　　　　　　　　　　　　拿來會議室

コピー室に報告書があったら、すぐ会議室に持ってきてください。
影印室裡有報告的話，請立即拿來會議室。

N4 仕事をやめる　　　　　　　　　　　　　　　　　辭掉工作

仕事をやめて自分のやりたいことをしてみたい。
我想辭掉工作，做自己想做的事看看。

N4 値段が高い　　　　　　　　　　　　　　　　　價格高、價格貴

最近、野菜の値段が高くなりました。
最近，蔬菜的價格變得很貴。

N4 予定を説明する　　　　　　　　　　　　說明行程、說明預定計畫

バスのガイドさんが今日の予定を説明してくれた。
巴士的導遊向我們說明了今天的預定行程。

N4 予約がいっぱいだ　　　　　　　　　　　　　　　預約額滿

お客様、すみません。土曜日はもう予約がいっぱいです。
客人，非常抱歉。星期六的預約已經額滿了。

N3 雨水をためる　　　　　　　　　　　　　　　　　儲存雨水

雨水をためて庭木の水やりに使っている。
儲存雨水用來澆庭院的樹木。

N3 アルバイトに応募する　　　應徵工讀生

アルバイトに応募したのに、連絡がこない。
我應徵了工讀生，卻沒有得到聯絡。

N3 アンケートをする　　　做問卷調查

この店では定期的にアンケートをして、消費者の意見を聞いている。
這家店會定期地做問卷調查，傾聽消費者的意見。

N3 暗証番号を入力する　　　輸入密碼

サービスを利用するときは、4桁の暗証番号を入力してください。
使用服務時，請輸入四位數的密碼。

N3 イベントを行う　　　舉辦活動

国際交流センターでは、市民を対象に様々なイベントを行っている。
在國際交流中心，以市民為對象進行各式各樣的活動。

N3 インタビューを受ける　　　接受採訪

テレビのインタビューを受けて、とても緊張した。
因為接受電視的採訪，非常地緊張。

N3 会議に遅れる　　　會議遲到

今日は、大事な会議に遅れてしまって申し訳ございません。
今天在重要的會議遲到了，實在是非常抱歉。

N3 会場を予約する　　　預約會場

新年会をするために、会場を予約した。
為了舉辦春酒，預約了會場。

N3 回復に向かう　　　　　　　　　　　　　　　　　　　　　　　　　逐漸復甦

ニュースによると、景気は順調に回復に向かっているらしい。
根據新聞報導，經濟似乎順利地在復甦中。

N3 価格を下げる　　　　　　　　　　　　　　　　　　　　　　　　　調降價格

厳しい競争に勝つためには価格を下げるしかないだろう。
為了要在激烈的競爭中勝出，只好調降價格了吧！

N3 規則を守る　　　　　　　　　　　　　　　　　　　　　　　　　　遵守規定

先生は生徒に規則を守るように指導してください。
老師請指導學生遵守規定。

N3 結果をまとめる　　　　　　　　　　　　　　　　　　　　　　　　整理結果

公共施設に関する市民アンケートの結果をまとめて公開した。
統合了關於市民對公共設施相關的問卷調查結果後並予以公開。

N3 口座に振り込む　　　　　　　　　　　　　　　　　　　　　　　　匯款至帳戶

請求金額は、次の口座に振り込んでください。
請款的金額，請匯款至以下的帳戶。

N3 口座を開く　　　　　　　　　　　　　　　　　　　　　　　　　　銀行開戶

近くの銀行で口座を開いた。
在附近的銀行開戶了。

N3 小銭を用意する　　　　　　　　　　　　　　　　　　　　　　　　準備零錢

ここのバスは乗るときに料金を払いますから、小銭を用意してください。
這裡的公車在搭乘時要支付費用，請準備好零錢。

N3 **誘いを断る** 　　　　　　　　　　　　　　　　　　　　　　　婉拒邀約

夕食を一緒に食べようという誘いを断った。
婉拒了一起吃晚餐的邀約。

N3 **司会を務める** 　　　　　　　　　　　　　　　　　　　　　　擔任主持人

私は本日の会議の司会を務めさせていただきます。山本でございます。
敝人是擔任今天會議主持人的山本。

N3 **仕事に追われる** 　　　　　　　　　　　　　　　　　忙於工作、被工作追著跑

最近、仕事に追われて、家族との会話も少なくなっている。
近來忙於工作，跟家人的對話也變少了。

N3 **借金をする** 　　　　　　　　　　　　　　　　　　　　　　　　　　借款

新しい店を開くために銀行から借金をした。
為了開新的店面向銀行借了錢。

N3 **資料を作り直す** 　　　　　　　　　　　　　　　　　　　　　　重新製作資料

会議の資料を作り直して、人数分コピーしてください。
請重新製作會議的資料，並請依出席人數影印相同份數。

N3 **責任を持つ** 　　　　　　　　　　　　　　　　　　　　　　　　　　負責

私が責任を持ちますから、このプロジェクトを進めてください。
我會負起責任，所以請繼續進行這個計劃。

N3 **送料がかかる** 　　　　　　　　　　　　　　　　　　　　　　　　支付運費

インターネットで買い物をする場合は、基本的に送料がかかる。
在網路購物的情況，基本上都需要支付運費。

N3 力になる — 成為助力

私に相談してくれれば、力になってあげたのに。
如果你跟我商量的話，我會很樂意幫忙的呀。

N3 力を引き出す — 發揮潛能

子供の力を引き出すために大人ができることについて話し合った。
討論了有關如何引導小孩發揮潛能的話題。

N3 注文を取る — 接收訂單

私はレストランで注文を取ったり、料理を出したりする仕事をしています。
我在餐廳從事接單及出餐的工作。

N3 調査結果を反映する — 反映調查結果

調査結果を反映して、企画書を修正する必要がある。
需要根據調查結果，來修改企劃案。

N3 チラシを配る — 發送傳單

居酒屋の前で、店員がチラシを配っている。
居酒屋的前面，店員正在發送傳單。

N3 日時を変更する — 變更時間

予約の日時を変更してほしいと店に連絡した。
希望變更預約的時間，於是打電話給店家。

N3 日程を決める — 決定行程

来月の会議の日程を決めたいと思います。
我想決定下個月會議的行程。

N3 見本を送る 寄送樣品

新しい商品の見本を京都の支店に送ってほしいんです。
希望你寄送新產品的樣品給京都的分店。

N3 持ち運びが楽だ 方便攜帶

このノートパソコンは軽いので、持ち運びが楽だ。
這台筆記很輕巧，因此很方便攜帶。

N3 役割を持つ 扮演角色

公立の図書館は、多くの人々に読書のきっかけを与える役割を持っている。
公立的圖書館，扮演為許多人提供閱讀機會的角色。

N3 用事が入る 有事情

急な用事が入ってパーティーに行けなくなった。
突然有急事就沒有辦法去派對了。

N3 予定に入れる 加入行程

明日、私との打ち合わせを予定に入れておいてください。
明天，請先把和我見面的會議加入行程。

N3 予約を取り消す 取消預訂

予約を取り消す場合、キャンセル料がかかります。
取消預訂的情況，需要支付取消費用。

N3 話題になる 成為話題

低炭水化物ダイエットが話題になっている。
低炭飲食減肥已經成為討論的話題。

N2 赤字が続く　　　　　　　　　　　　　　　　　　　持續虧損

毎年赤字が続いて、事業をやめるしかない。
每年持續虧損，只好放棄經營事業。

N2 圧力をかける　　　　　　　　　　　　　　　　　　施加壓力

急に会社から辞めるように圧力をかけられて、そのことを知人に相談した。
找友人商量了突然被公司施壓強迫離職的那件事。

N2 アドバイスを受ける　　　　　　　　　　　　　　　接受建議

経営の専門家のアドバイスを受けて、売上が上がった。
接受經營專家的建議，結果銷售額就提升了。

N2 後を継ぐ　　　　　　　　　　　　　　　　　　　　接替繼承

両親は、息子に病院の後を継いで医者になってほしいと思っているようだ。
父母似乎希望兒子能夠成為醫生繼承醫院。

N2 意見を尊重する　　　　　　　　　　　　　　　　　尊重意見

コミュニケーションは、相手の意見を尊重することから始まる。
溝通是由尊重對方意見開始。

N2 イベントを企画する　　　　　　　　　　　　　　　企劃活動

この大学では創立３０周年を記念し、イベントを企画している。
這間大學正在企劃來紀念成立三十周年的活動。

N2 インパクトが足りない　　　　　　　　　　　　　　影響力不夠

政府が発表した経済政策はインパクトが足りない。
政府發布的經濟政策影響力不足。

N2 打ち合わせをする　　　　　　　　　　　協議商量、開會

試合直前に打ち合わせをしようと、選手たちはコーチのもとに集まった。
比賽開始前，選手們為了商量事情都聚集到教練的身邊去了。

N2 売り上げが伸びる　　　　　　　　　　　銷售額増加

デパートの販売状況を見ると、高級品を中心に売り上げが伸びている。
看百貨公司的銷售狀況，以高級商品為主的銷售額正在増加中。

N2 お金をやり取りする　　　　　　　　　　進行金錢交易

スマホで手軽にお金をやり取りできるようになった。
現在可以透過智慧型手機輕鬆地進行金錢交易了。

N2 お辞儀をする　　　　　　　　　　　　　鞠躬行禮

店の店員は客に丁寧にお辞儀をした。
店家的店員向顧客禮貌地鞠躬。

N2 お取り寄せになる　　　　　　　　　　　預先訂購

▶指因為店家沒有現貨，所以需要下訂之後再取貨的意思。

在庫がありませんので、お取り寄せになりますが、よろしいでしょうか。
由於目前沒有庫存，需要預先訂購，請問您可以接受嗎？

N2 折り返し電話する　　　　　　　　　　　回電

今会議中なので、終わり次第こちらから折り返しお電話いたします。
目前正在會議中，會議一結束後我們會回電給您。

N2 会社が倒れる　　　　　　　　　　　　　公司倒閉

経営が悪化し、いつ会社が倒れるか分からない状態だ。
經營惡化，公司處在隨時都可能倒閉的狀態。

会社がつぶれる　　　　　　　　　　　　　　　　　　公司破產

父の会社がつぶれて、何年も苦しい生活が続いた。
父親的公司破產，渡過了好幾年辛苦的生活。

買い物客を呼び込む　　　　　　　　　　　　　　　吸引購物的顧客

この商店街では、買い物客を呼び込むために、駐車場の整備を行っている。
這條商店街，為了吸引購物逛街的客人，正在進行停車場的整頓。

家業を継ぐ　　　　　　　　　　　　　　　　　　　　　繼承家業

家業を継ぎたくないけど、親に今まで迷惑かけてきたので強く言えない。
雖然我不想繼承家業，但過去給父母添了許多麻煩，無法堅定地表達出來。

機会を与える　　　　　　　　　　　　　　　　　　　　給予機會

今回研修の機会を与えてくださって、本当にありがとうございました。
非常感謝您這次給予我研習的機會。

企画を練る　　　　　　　　　　　　　　　　　進行策劃、研擬策劃

開発されたばかりの新素材を使って、新製品の企画を練ってほしい。
希望能使用剛開發的新素材，來研擬新商品的策劃。

技術を磨く　　　　　　　　　　　　　　　　　　　　　磨鍊技術

料理人は普段からお客様が喜ぶ料理を作ろうと、日々調理の技術を磨いている。
廚師們從平時開始為了做出顧客喜愛的料理，在每日的調理中精進廚藝。

疑問を抱く　　　　　　　　　　　　　　　　　　　　　抱持疑問

周囲がサービス残業をしているような状況に疑問を抱かない人が多いらしい。
周遭似乎有許多人對於無償加班的情況並不抱持疑問。

行列ができる　　　排隊人潮眾多
駅前のラーメン屋はいつも長い行列ができている。
車站前的拉麵店總是大排長龍。

クレームが出る　　　出現投訴
できる限りクレームが出ないように仕事をしたい。
我想要盡可能地做好工作，避免出現投訴。

経費を抑える　　　控制經費
無駄な経費を抑えて利益を増やしたい。
想要控制不必要的支出來增加收益。

結果を招く　　　帶來結果
何も考えずにやったことが、最悪の結果を招いてしまった。
毫無考慮就做的事，帶來了最糟糕的結果。

減少傾向にある　　　有減少的趨勢
米の消費量が年々減少傾向にあるという。
米的消耗量呈現逐年減少的趨勢。

効果が持続する　　　持續效果
このスプレーは、約２４時間効果が持続し、室内の蚊を駆除します。
這個噴霧，可驅除室內的蚊子，大約可以維持二十四小時的效果。

効果をあげる　　　發揮效果
今までの少子化対策は十分な効果をあげていない。
截至目前為止的少子化政策沒有發揮到充分的成效。

N2 広告が載る　　　　　　　　　　　　　　　　　　　　刊登廣告

ウェブサイトやSNSにはたくさんの広告が載っている。
網站及社群媒體（SNS）上登載了許多的廣告。

N2 コネを使う　　　　　　　　　　　　　　　　　　　利用人脈、靠關係

彼は父親のコネを使ってこの会社に入ったらしい。
他似乎是利用父親的人脈進入這間公司的。

N2 最優先で取り組む　　　　　　　　　　　　　　　　　　　優先處理

災害に備えた避難施設の整備は、最優先で取り組むべき課題である。
整備預防災害的避難設施，應是最優先該處理的議題。

N2 先に延ばす　　　　　　　　　　　　　　　　　　　　　　延後

農場の見学は、天候不良のため１週間先に延ばすことにしました。
因為天候不佳之故，農場的參觀決定延後一個星期。

N2 作業を切り上げる　　　　　　　　　　　　　　　　　　工作告一段落

今日はこの辺で作業を切り上げて、後は明日に回しましょう。
今天工作到這邊先告一段落，剩下的留到明天再處理吧！

N2 雑誌を発刊する　　　　　　　　　　　　　　　　　　　　發行雜誌

雑誌を発刊するにあたって、名前を一般から募集することにした。
發行雜誌時，決定從一般的讀者募集名稱。

N2 シェアを占める　　　　　　　　　　　　　　　　　　　　佔市場比例

この製品は、世界市場の４０％以上のシェアを占めている。
這個產品，佔有世界市場40%以上的比例。

四捨五入する
四捨五入

給料を払うとき、100円単位は四捨五入することになっている。
支付薪水時，以100日圓為單位做四捨五入。

時代遅れ
過時落伍

そのような考えは時代遅れなので見直した方がいいでしょう。
那樣的觀念已經過時了，重新檢視比較好。

指摘を受ける
接受批評

事業の推進方式に問題があるという指摘を受け、事業は中止となった。
業務的推進方式受到有問題的批評後，決定暫停該業務。

借金を抱える
背負債務

彼は借金を抱えて苦しい生活をしている。
他背負債務過著辛苦的生活。

収拾がつかない
無法收拾

会議は、両者の意見が激しく対立して、収拾がつかなくなった。
雙方的意見產生激烈的對立衝突，會議變得一發不可收拾。

収入を得る
取得收入

農作物の収穫は天候に左右されやすく、十分な収入を得るのは難しい。
農作物的收成容易受到天候的影響，很難取得充分的收入。

需要が高い
需求升高

この製品は需要が高く、生産が追いつかない状態である。
這項產品的需求升高，處於趕不上生產的狀態。

N2 シュレッダーにかける　　　　　　　　　　用碎紙機碎紙

シュレッダーにかけた紙は、「燃えるごみ」に出してください。
用碎紙機碎過的紙屑，請丟到「可燃垃圾」裡。

N2 職を失う　　　　　　　　　　　　　　　　失業

不景気で職を失う人が増えている。
因為不景氣失業的人增加中。

N2 ショックを吸収する　　　　　　　　　　吸收衝擊、減緩衝力

このシューズは、ショックを吸収して足への負担を減らしてくれます。
這雙鞋子，能夠減緩衝力減輕對腳的負擔。

N2 資料を配布する　　　　　　　　　　　　　分發資料

地震や火災など、安全対策に関する資料が配布された。
分發了地震及火災等與安全對策相關的資料。

N2 人員を減らす　　　　　　　　　　　　　　裁減人員

業績の悪化で、人員を減らして人件費を減らそうとしている。
因為業績惡化，預計裁減人員以減少人力成本。

N2 人材を求める　　　　　　　　　　　　　　徵求人才

当社は、チャレンジ精神旺盛な人材を求めています。
本公司徵求充滿挑戰精神的人才。

N2 スマホが普及する　　　　　　　　　　　　智慧型手機普及

スマホが普及し、何でも直ぐ調べられて便利になった。
隨著智慧型手機的普及，幾乎任何事都能馬上查詢變得非常方便。

N2 生活習慣が乱れる　　　　　　　　　　　　　　　生活習慣不規律

家で過ごす時間が増えると、どうしても生活習慣が乱れてしまう。
待在家裡的時間變多後，生活習慣往往會變得不規律。

N2 生活費を節約する　　　　　　　　　　　　　　　節省生活費

生活費を節約するためには、どんな支出があるのかを知る必要がある。
為了節省生活費，必須知道有什麼樣的支出。

N2 生産を中止する　　　　　　　　　　　　　　　　停止生產

部品調達ができなくなったため、当分生産を中止します。
因為無法採購到零件，所以眼下會停止生產一段時間。

N2 設備が整う　　　　　　　　　　　　　　　　　　設備齊全

この練習場は、夕方以降も練習できるように照明設備が整っている。
這座練習場，照明設備齊全傍晚以後也可以練習。

N2 説明会を実施する　　　　　　　　　　　　　　　舉辦說明會

来週から、来年3月の卒業予定者を対象に、会社説明会を実施いたします。
下週開始，以預計明年三月畢業的學生為對象，舉辦公司說明會。

N2 先頭に立つ　　　　　　　　　　　　　　　　　　擔任領袖

彼には先頭に立って周りを引っ張っていける能力がある。
他具有擔任領袖引領周邊人員的能力。

N2 増減を繰り返す　　　　　　　　　　　　　　　　反覆增減

この町の児童人口は増減を繰り返している。
這個城鎮的兒童人口反覆增加減少中。

N2 対策を取る 採取對策

交通安全にもっと関心を持って対策を取らなければならない。
必須更加關心交通安全並採取對策才行。

N2 妥協点を見つける 找到認同之處

互いに譲り合い、納得できる妥協点を見つけた。
彼此互相讓步，找到了雙方都能夠認同之處。

N2 知恵を絞る 絞盡腦汁

物価が上がっても給与は上がらず、知恵を絞って節約している。
物價上漲薪水卻不漲，只能絞盡腦汁節省費用。

N2 力を発揮する 發揮能力

人は、夢中になると思わぬ力を発揮するようになる。
人在全神貫注時往往會發揮出意想不到的能力。

N2 賃金を引き上げる 加薪、提高薪資水平

労働組合は、賃金を引き上げるように主張しつづけている。
勞動工會持續主張提高薪資水平。

N2 手入れをする 整理、照料

仕事で忙しいので、専門の業者に庭の手入れをしてもらっている。
因為工作繁忙，所以請專業的業者幫忙整理庭院。

N2 データを取る 取得數據資料

調査方法を変え、正確なデータを取ることに成功した。
改變調查方式，成功地取得了正確的數據資料。

N2 トラブルを起こす 　　　　　　　　　　　　　　　　　引起糾紛

職場でトラブルを起こす人は、またトラブルを起こすケースが多いらしい。
在職場引起糾紛的人，往往在很多的案例中，他們都會再次製造麻煩。

N2 内容を取り入れる 　　　　　　　　　　　　　　　　加入內容

コンピューターなどの新しい教育内容を取り入れるのは当然の流れだ。
加入電腦等新的教育內容是理所當然的趨勢。

N2 ニーズに応える 　　　　　　　　　　　　　　　　　滿足需求

社会のニーズに応えられる広い視野を持った人材を育てたい。
希望培養具有廣闊視野，且能夠滿足公司需求的人才。

N2 日程を確認する 　　　　　　　　　　　　　　　　　確認行程

講習会への参加を希望する人は、日程を確認してから申し込んでください。
想要參加講習會的人，麻煩請確認行程之後再申請。

N2 荷物を載せる 　　　　　　　　　　　　　　　　　　裝載貨物

トラックに最大積載量を超えた荷物を載せて走行するのは、法律違反だ。
卡車裝載超過最大裝載量的貨物行駛，是違法的。

N2 値上げをする 　　　　　　　　　　　　　　　　　　調漲價格

原料の価格が上がり、商品の値上げをせざるをえない。
原物料價格上漲，不得不調漲產品的價格。

N2 値段が上下する 　　　　　　　　　　　　　　　　　價格波動

農業において、野菜は不作か豊作かで値段が上下するリスクがある。
農業方面，蔬菜容易受到歉收或豐收的影響而導致價格波動。

N2 パスワードを設定する   設定密碼

サイトごとに違ったパスワードを設定することをお勧めします。
建議依照不同網站設置不同的密碼。

N2 話を進める   談話順利進行

道路の建設のために、地域住民と話を進めている。
為了道路的建設，與地方居民進行了對話。

N2 幅を広げる   擴大範圍

新商品の開発を成功させて、製品の幅を広げる。
讓新產品的開發成功，擴大產品的範圍。

N2 犯人を捕まえる   逮捕犯人

警察は詐欺事件の犯人を捕まえた。
警察逮捕了詐欺案件的犯人。

N2 反応を見る   觀察反應

少量の製品を出して、市場の反応を見ることにした。
決定先推出少量的產品，觀察市場反應。

N2 判を押す   蓋章、用印

この書類に必要事項を記入し、判を押して提出してください。
請在這份文件上填入必要事項，蓋上印章之後再提出。

N2 ビジネスを立ち上げる   創業

この村は、観光客を対象とする新しいビジネスを立ち上げ、成功した。
這個村莊以觀光客為對象成功地創立出新的商業發展。

N2 人手が足りない　　　　　　　　　　　　　　　　　人手不足

人手が足りないので、アルバイトを募集することにした。
因為人手不足，決定招募工讀生。

N2 費用がかかる　　　　　　　　　　　　　　　　　　需要花費

保証書の記載の範囲を超えた修理に関しては、費用がかかります。
有關於超出保證書記載範圍的維修，將會產生費用。

N2 評判がいい　　　　　　　　　　　　　　　　　　　評價好

このレストランは評判がよくて、予約しないと入れない。
這間餐廳的評價很好，沒有預約無法進去。

N2 品質を維持する　　　　　　　　　　　　　　　　　維持品質

コストを減らしながら、同等の品質を維持するのは、容易ではない。
要在減少成本的同時要維持相同的品質，不是件容易的事。

N2 普及が進む　　　　　　　　　　　　　　　　　　　隨之普及

予想を上回るペースで電気自動車の普及が進んでいる。
電動車的普及正以超乎預期的速度進行。

N2 負担をかける　　　　　　　　　　　　　　　　　　增加負擔

親に経済的な負担をかけないようにバイトをしています。
為了不增加父母的經濟負擔而正在打工。

N2 ポイントを置く　　　　　　　　　　　　　　　　　將重點放在…

新しいスマートフォンは、カメラ機能にポイントを置いているそうだ。
新的智慧型手機，據說會將重點放在相機功能上。

誇りに思う　　　　　　　　　　　　　　感到自豪

この団体の会員であることを誇りに思います。
身為這個團體的一員我感到很自豪。

まとめて買う　　　　　　　　　　　　　成組購買

商品を5点まとめて買うと安くなります。
商品整組五個一起購買的話會比較便宜。

真に受ける　　　　　　　　　　　　　　當真

冗談を真に受けると傷つくことが増える。
把玩笑當真的話，受傷的情況會增加。

丸く収まる　　　　　　　　　　　　　　圓滿收場

酒の席での騒ぎは、相手が謝罪してきたので丸く収まった。
酒席上的騷動，因對方有道歉而圓滿收場。

ミスをする　　　　　　　　　　　　　　犯錯

人はミスをする。しかし、大事なことはその後どう対応するかだ。
人都會犯錯。然而，重要的是在那之後該如何處理。

見積もりを出す　　　　　　　　　　　　提出報價

複数の業者から見積もりを出してもらい、価格やサービス内容を比較する。
請好幾個業者提出報價，以比較價格及服務的內容。

実を結ぶ　　　　　　　　　　　　　　　有成果

長年の苦労がついに実を結んで、新薬開発に成功した。
長年的努力終於有了成果，成功地開發出新藥。

N2 無駄を省く　　　　　　　　　　　　　　　節省無謂的浪費

生産性を落とす無駄を省いて業務の効率化を図る。
節省降低生產力無謂的浪費，以提高業務的效率。

N2 面接を通る　　　　　　　　　　　　　　　通過面試

転職の際、面接を通るためには、転職理由をどう伝えるのかも大事だ。
換工作時，為了通過面試，如何傳達換工作的理由是很重要的。

N2 役目を果たす　　　　　　　　　　　　　　履行職責

照明は、部屋の雰囲気を決めるのに重要な役目を果たしている。
照明，在決定房間氛圍上扮演著極為重要的角色。

N2 役割を果たす　　　　　　　　　　　　　　發揮作用

笑顔は心と体の健康に大事な役割を果たしているらしい。
微笑似乎在身心健康方面發揮著重要的作用。

N2 やるだけはやる　　　　　　　　　　　　　盡力而為

指示のとおりにやるだけはやったが、いい結果が出るかどうか自信がない。
我按照指示盡力去做了，但我沒信心是否能拿出好結果。

N2 予想を上回る　　　　　　　　　　　　　　超出預期

新しいパソコンは人気があって、発売日から予想を上回る売れ行きである。
新的電腦很受歡迎，從發售日起銷量就超出預期。

N2 話題を呼ぶ　　　　　　　　　　　　　　　引起話題

ある家族の生活を記録した映画が話題を呼んでいる。
記錄某家庭生活的電影正在引發話題。

184.mp3

N1 愛顧を賜る　　　　　　　　　　　　　　　　　　　承蒙惠顧

平素は格別のご愛顧を賜りまして、心よりお礼申し上げます。
平時格外地承蒙您的惠顧，由衷地表達感謝。

N1 隘路がある　　　　　　　　　　　　　　　　　　有障礙、有阻礙

駅前商店街の活性化は、様々な隘路があり、なかなか進まない。
活化車站前的商店街的議案，障礙重重，遲遲無法推進。

N1 当たってみる　　　　　　　　　　　　　　　　　　嘗試、試看看

安いチケットを探すため、いくつかの予約サイトに当たってみた。
為了尋找便宜的票，試著進入好幾個訂票的網站。

N1 アップする　　　　　　　　　　　　　　　　　　　　　提升

働きやすい環境を作ることにより、会社の業績もアップする。
創造舒適的工作環境，有助於提升公司業績。

N1 危なげなく演じる　　　　　　　　　　　　　　　　　穩定地扮演

主演女優は、悲劇のヒロインをまったく危なげなく演じていた。
主角女演員，非常穩定地演繹著悲劇的女主角。

N1 アポを取る　　　　　　　　　　　　　　　　預約、取得見面的約定

▶「アポ」は「アポイントメント」的簡寫。

取引先の担当者に会いに行くときは、必ずアポを取ってください。
前往拜訪客戶的負責人時，請務必先行預約。

N1 歩みを刻む　　　　　　　　　　　　　　　　　　　　邁步前行

当社は５０年の歩みを刻んできました。
本公司邁步前行走過五十年的歷程。

N1 安直に考える　　　　　　　　　　　　　輕率思考

ストレスが低い職場がよい職場だと安直に考えてはいけない。
不應該輕率地認為壓力小的職場就是好職場。

N1 暗黙のルール　　　　　　　　　　　　　潛規則

電車では、「降りる人が優先」というのが暗黙のルールである。
在火車站，有所謂「下車者優先」的潛規則。

N1 いい値段だ　　　　　　　　　　　　　要價不菲

このネクタイ、やっぱりブランド品だけあっていい値段だね。
這條領帶，果然是名牌品要價不菲呢！

N1 勢いが弱まる　　　　　　　　　　　　勢力減弱

政府は、国内における景気回復の勢いが弱まっているとの評価を出した。
政府對於國內景氣復甦的趨勢給出了減弱的評價。

N1 育児と仕事を両立する　　　　　　　　同時兼顧育兒和工作

育児と仕事を両立させるのはかなり大変なことだ。
要同時兼顧育兒和工作是一件非常辛苦的事。

N1 一丸となる　　　　　　　　　　　　　團結一致

我が社では、業務の効率化を図るため、社員一丸となって努力しています。
我們公司，全體員工齊心協力，努力著提升業務的效率。

N1 意図を捉える　　　　　　　　　　　　理解意圖

面接官の質問の意図を捉えて回答を行うことは、容易なことではない。
要理解面試官問題背後的意圖並做出回答，並不簡單。

インチキなやり方　　　詐騙手法、不當手法

あの人はインチキなやり方で莫大な利益を上げた。
那個人利用詐騙手法獲得暴利。

インパクトに欠ける　　　欠缺衝擊力

お菓子はあまりにも定番ギフトなので、インパクトに欠ける気がする。
點心是常見的禮物，因此總覺得缺少一些驚喜。

裏目に出る　　　事與願違、適得其反

積極的な多角化が裏目に出て経営不振に陥った企業も多い。
有許多企業積極地發展多角化事業，卻反而使公司經營陷入困境。

売上が伸び悩む　　　銷售額停滯不前

長引く不況の影響により、店の売上が伸び悩んでいる。
受到長時間不景氣的影響，店家的銷售額停滯不前。

映画を堪能する　　　享受電影

この映画館では、国内最大のスクリーンで映画を堪能できる。
可以在這間電影院裡，透過國內最大的銀幕享受電影。

円滑に進む　　　順利進行

交渉が円滑に進み、無事に契約することができた。
交涉順利進行，圓滿地簽訂了合約。

お買い上げ　　　購買；您購買的

当店では現金でお買い上げの方には一割引にいたします。
在本店使用現金購買的顧客可享10%的折扣優惠。

N1 押し売りをする　　　　　　　　　　　　　　　惡意推銷
年寄りに高額請求をしたり押し売りをするなど、悪質商売が増えている。
向老年人索取高額費用或惡意推銷等惡劣買賣行為的情況正在增加中。

N1 会計処理が捗る　　　　　　　　　　　　　　會計處理進展順利
会計処理が捗って週末には税理士さんに届けられそうだ。
會計處理進展順利，周末應該可以交給稅務記帳士。

N1 解決の糸口　　　　　　　　　　　　　　　　解決的線索
その事件はまだ解決の糸口が見つかってはいない。
那個事件還沒有找到解決的線索。

N1 開発に着手する　　　　　　　　　　　　　　動手開發
各部署から人材を出して本格的な製品開発に着手することになった。
決定由各部門提供人才，開始進行正式的產品開發。

N1 価格が高騰する　　　　　　　　　　　　　　價格飆升
世界的な建築需要の高まりによって木材価格が高騰している。
全世界的建築需求升高，導致木材價格飆升。

N1 価格を抑える　　　　　　　　　　　　　　　抑制價格
厳しい競争に生き残るには、価格を抑える必要がある。
要在嚴峻的競爭下生存，必須得抑制價格。

N1 格差を是正する　　　　　　　　　　　　　改正、解決差距
経済格差を是正するために社会保障や租税などの再分配制度がある。
為了解決經濟的差距，採用社會保障以及租稅等再分配的制度。

N1 加工を施す　　　　　　　　　　　　　　　進行加工
このカーペットには撥水加工を施しておりますので、汚れにくいです。
這個地毯已進行過防水處理，因此不容易髒。

N1 箇条書きにする　　　　　　　　　　　　　條列寫出
社員は要求を箇条書きにして、待遇改善を会社に求めた。
員工們將要求一條條地寫成清單，要求公司改善待遇水準。

N1 カスタマイズする　　　　　　　　　　　　客製化
色やデザインをカスタマイズして、自分の好みの家具を作ってもらった。
顏色和設計都客製化，製作出了自己喜好的家具。

N1 環境が一変する　　　　　　　　　　　　　環境劇變
引っ越しで生活環境が一変した。
因為搬家生活環境一百八十度地大轉變。

N1 完成にこぎつける　　　　　　　　　　　　　完工
新しい工場は、当初の目標よりも1か月ほど早く完成にこぎつけた。
新的工廠比當初預期的目標早一個月左右完工。

N1 期限を過ぎる　　　　　　　　　　　　　　　過期
うっかり忘れて申告の期限を過ぎないように注意しましょう。
請注意不要疏忽忘記而超過申報的期限。

N1 期待が膨らむ　　　　　　　　　　　　　　滿心期待
政府の景気対策により、経済回復への期待が膨らんでいる。
依循政府的景氣政策，人們對於經濟的復甦充滿期待。

N1 軌道に乗る　　　　　　　　　　　　　　　　　　　　　　　上軌道
開業3年目になって、やっと事業が軌道に乗ってきた。
創業第三年,事業終於上了軌道。

N1 機動力に富む　　　　　　　　　　　　　　　　　　　　　　高機動性
機動力に富んだ当社の警備員が、施設の安全を守ります。
本公司高機動性的警衛,會為您守護設施的安全。

N1 機能を満載する　　　　　　　　　　　　　　　　　　　　　功能具備完整
今回発売されたスマホは、多彩な機能を満載し、使い勝手がいい。
這次發售的智慧型手機,具備豐富的功能,方便操作。

N1 業界随一　　　　　　　　　　　　　　　　　　　業界首屈一指、業界第一
この分野での当社の技術力は、業界随一を誇ると自負しております。
在這個領域中,我們自豪地認為是本公司的技術能力是業界首屈一指的。

N1 業績が悪化する　　　　　　　　　　　　　　　　　　　　　業績惡化
新型コロナウイルス感染拡大の影響で、業績が悪化した企業が多い。
受到新型冠狀病毒疫情上升的影響,很多企業的業績都在惡化。

N1 業績が上向く　　　　　　　　　　　　　　　　　　　　　　業績提升
新製品がヒットし、業績が上向き始めた。
新產品熱賣,業績開始提升。

N1 業績が落ち込む　　　　　　　　　　　　　　　　　　　　　業績下滑
客が減少し、業績が落ち込んでいる今、経営の改善が必要です。
顧客減少,業績下滑的現在,需要改善經營狀況。

N1 業績が低迷する　　　　　　　　　　　　　　　　　業績一蹶不振

不景気の影響によって消費が落ち込み、業績が低迷している。
受到經濟不景氣的影響消費量下滑，業績一蹶不振。

N1 拠点を設ける　　　　　　　　　　　　　　　　　　設立據點

事業拡大の一環として、ロンドンにビジネス拠点を設けた。
作為事業擴大的一環，在倫敦設立商務據點。

N1 岐路に立つ　　　　　　　　　　　　　　　　　　　面臨抉擇

農業人口の高齢化や減少で、日本の農業は大きな岐路に立っている。
農業人口減少以及高齡化的影響，日本農業正面臨著該如何抉擇的局面。

N1 経営が波に乗る　　　　　　　　　　經營狀況好轉、經營跟上潮流

経営が波に乗ってきても、むやみに人数を増やすのは避けるべきだ。
即使經營狀況好轉，也應該避免隨意增加人數。

N1 経営を再建する　　　　　　　　　　　　　　　　　重建業務

我が社の経営を再建するためには、子会社を売却するしかない。
我們公司為了重建業務，只好出售子公司。

N1 計画に盛り込む　　　　　　　　　　　　　　　　　納入計劃

ご意見を参考にし、来年度の計画に盛り込んでいきたいと思います。
我會參考您的意見，並將其納入明年度的計劃中。

N1 傾向が見られる　　　　　　　　　　　　　　　　　呈現趨勢

景気はわずかながら回復傾向が見られる。
景氣呈現些微回復的趨勢。

N1 経済に影響する 影響經濟

文化や芸術が経済に影響することについて様々な研究が行われている。
有許多研究探討文化及藝術對經濟的影響。

N1 研究に没頭する 專注研究

休む暇もなく研究に没頭し、論文を書き上げた。
不眠不休地專注研究，並完成了論文。

N1 見地から見る 從…觀點來看

統計的な見地から見ると、この調査の結果は納得できない。
從統計學的觀點來看，無法接受這份調查的結果。

N1 検討の余地がある 有檢討的空間

海外支店の設置については、まだ検討の余地がある。
有關設置海外分店一事，仍然還有檢討的空間。

N1 高級志向が進む 高檔化趨勢增加

冷蔵庫やエアコンなどの大型家電の高級志向が進んでいる。
冰箱及空調等大型家電的高檔化趨勢正在增加中。

N1 構想を練る 構思策劃

彼は起業するために、様々な構想を練っている。
他為了創業，構思了許多想法。

N1 効率化を図る 追求效率

情報システムの導入により、業務の効率化を図ろうとしている。
透過導入資訊系統來追求提升業務之效率。

N1 顧客を引き付ける　　　　　　　　　吸引顧客

より多くの顧客を引き付けるためには、広告を出す必要がある。
為了吸引更多的顧客，有必要刊登廣告。

N1 コストがかかる　　　　　　　　　花費成本

店を経営していくためには、様々なコストがかかる。
為了繼續經營店面，需要花費各種成本。

N1 コストを削減する　　　　　　　　　削減成本

コストを削減する方法を見つけるために、コンサルティングを依頼する。
為了找到削減成本的方法，需要聘請顧問諮詢。

N1 小回りが利く　　　　　　　　　靈活變通

一般的に、中小企業は意思決定が早く小回りが利くといわれている。
一般而言，中小企業在決策上速度快且靈活變通。

N1 在庫を一掃する　　　　　　　　　清理庫存

在庫を一掃するために大幅な値下げを行う。
為了清理庫存，舉行大幅度的降價。

N1 採算が取れる　　　　　　　　　合算、有盈利

バス会社は、採算が取れないという理由で、路線の廃止を発表した。
巴士公司以無法盈利為由，宣布取消路線。

N1 採用が伸びる　　　　　　　　　增加招聘

最近、広告業界で理系採用が伸びているという。
近來，聽說廣告業界增加了理工背景相關人才的招聘。

N1 先送りにする　　　　　　　　　　　　　推拖延遲

面倒なことは先送りにしてしまいがちだ。
麻煩的事情往往就容易拖延。

N1 左遷される　　　　　　　　　　　　　降級調職、左遷

部長は営業成績不振のため、地方の支店へと左遷されることになった。
部長因業績不佳，被降級調派到地方分支機構。

N1 差別化を図る　　　　　　　　　　　　設法做出差異

競争の激しい市場では、他社との差別化を図る必要がある。
競爭激烈的市場，必須設法和其他公司做出差異化。

N1 時間を稼ぐ　　　　　　　　　　　　　爭取時間

国は伝染病の拡大を抑え、治療薬の開発まで時間を稼ぐ戦略を発表した。
國家宣布了一項政策，主要是控制傳染病擴散，並且爭取時間進行治療藥物的開發。

N1 支給を打ち切る　　　　　　　　　　　停止給付

退学、休学、留年の際は、奨学金の支給を打ち切ります。
遭到退學、休學及留級的情況，將停止給付獎學金。

N1 事業を縮小する　　　　　　　　　　　縮減業務

経営合理化のため、事業を縮小しなければならない。
為了合理化經營，必須縮減業務。

N1 事業を多角化する　　　　　　　　　　多角化業務

事業を多角化する最大のメリットは、リスクを分散できる点にある。
多角化業務最大的好處在於，可以分散風險。

N1 資金繰りに詰まる　　　　　　　　　　　　　　資金周轉困難

資金は十分なので、資金繰りに詰まることはないだろう。
資金十分充裕，應該不會發生資金周轉困難的問題吧！

N1 仕事に打ち込む　　　　　　　　　　　　　　　全心投入工作

彼は仕事に打ち込んで、嫌な出来事を忘れようとしている。
他全心投入在工作裡，試著忘記不愉快的事。

N1 仕事をこなす　　　　　　　　　　　　　　　　完成工作

彼は、ものすごいスピードと集中力で次々に仕事をこなしていった。
他以驚人的速度和集中力，陸續地完成了工作。

N1 時代に取り残される　　　　　　　　　　　　　被時代淘汰

環境の変化に対応できないと、時代に取り残されてしまう危険性がある。
無法應對環境變化的話，就會有被時代淘汰的風險。

N1 社会保障制度を改革する　　　　　　　　　　　改革社會保險制度

少子高齢化に対応できるように社会保障制度を改革する必要がある。
為了應對少子高齡化，必項改革社會保險制度。

N1 弱点を補う　　　　　　　　　　　　　　　　　彌補弱點

営業においては、自分の弱点を補うための適切な訓練が必要である。
在業務方面，必須進行適度的訓練來彌補自己的弱點。

N1 出費がかさむ　　　　　　　　　　　　　　　　開銷增加、開銷大增

食費や交際費などで出費がかさんで月末はいつも苦しい。
因餐費及交際費等開銷的增加，月底總是過得很辛苦。

N1 出費を抑える　　　　　　　　　　　　　　　　控制開銷

無駄な出費を抑えて貯金を増やしたい。
想控制不必要的開銷來增加存款。

N1 主導権を握る　　　　　　　　　　　　　　　　握有主導權

沈黙には意外な効果があり、会話の主導権を握る手段にもなりうる。
沈默有時會帶來意外的效果，也可能成為掌握對話主導權的方式之一。

N1 商業主義に載せられる　　　　　　　被商業主義左右、被商業化

バレンタインチョコなんか商業主義に載せられているに過ぎないと思う。
我覺得情人節巧克力這玩意只不過是被商業化之後的產物而已。

N1 状況を鑑みる　　　　　　　　　　　有鑑於⋯的狀況、評估狀況

花火大会は、この度の台風の被害状況を鑑み、中止とさせていただきます。
評估過此次颱風災害的狀況後，決定暫時取消煙火大會。

N1 商店街が寂れる　　　　　　　　　　　　　　　　商店街蕭條

大型商業施設が次々にオープンし、昔からの商店街は寂れていく一方だ。
大型商業設施接連開張，使得昔日的商店街顯得逐漸蕭條。

N1 常套手段を使う　　　　　　　　　　　　　　　　使用慣用手法

会社側は、責任を被害者側に転嫁する常套手段を使っている。
公司方面，使用了慣用手法將責任轉嫁給被害者。

N1 正念場を迎える　　　　　　　　　　　　　　　　進入關鍵時刻

合併に向けた両社の交渉は正念場を迎えている。
準備合併兩間公司的談判正進入了關鍵時刻。

商品が出回る　　　　　　　　　　　　　　　　　　　　　　商品流通

ネットショップで安価なコピー商品が出回っているので、注意が必要だ。
網路商店充斥著廉價的仿冒商品，必須要小心留意。

商品を補充する　　　　　　　　　　　　　　　　　　　　　補充商品

売れた分だけ、棚に商品を補充しなければいけない。
賣掉的部分，必須將補充相對應的商品到貨架上。

情報に振り回される　　　　　　　　　　　　　　　　　　　被資訊誤導

ネットでは情報が溢れ、間違った情報に振り回されることも多い。
網路上資訊氾濫，被錯誤訊息誤導的情況經常發生。

人材を募る　　　　　　　　　　　　　　　　　　　　　　　招募人才

当社では、正社員として一緒に働くことのできる人材を募っています。
本公司正在招募能夠一起工作的人才當正式員工。

信頼関係が薄い　　　　　　　　　　　　　　　　　　　　　信賴關係薄弱

上司と部下の間の信頼関係が薄いと、部下は本音を言いにくい。
上司和下屬之間的信賴關係薄弱的話，下屬很難吐露心聲。

ストライキも辞さない　　　　　　　　　　　　　　　　　　不排除罷工

労使間の交渉がまとまらず、労組側はストライキも辞さない構えだ。
勞資雙方的協商沒有取得共識，勞動工會方面不排除採取罷工。

スムーズに進む　　　　　　　　　　　　　　　　　　　　　順利進行

本社ビルの建設工事はスムーズに進んでいる。
總公司大樓的建設工程正在順利進行中。

N1 生産が難航する　　　　　　　　　　　　　　　　　　　　生產困難

このところの原材料や原油価格の高騰で、部品の生産が難航している。
這陣子因為原物料及石油價格大幅上漲，使用零件的生產遇到困難。

N1 世間知らず　　　　　　　　　　　　　　　　　　　　　　不懂人情世故

理想と現実が違うことくらい、世間知らずの僕でも分かる。
理想和現實不同這點，連不懂人情世故的我都知道。

N1 選択を迫られる　　　　　　　　　　　　　　　　　　　　被迫面臨抉擇

赤字続きの工場を運営し続けるかどうか、厳しい選択を迫られている。
是否要繼續營運連續虧損的工廠，被迫面臨嚴峻的抉擇。

N1 前面に押し出す　　　　　　　　　　　　　　　　　　　　主打、突顯

インスタント食品は、安さや便利さを前面に押し出している。
即食調理食品主打便宜以及便利性。

N1 底を割る　　　　　　　　　　　　　　　　　　　　　　　跌破低點

この会社の株価は、底を割って下落していく可能性も十分ある。
這間公司的股價，極有可能跌破低點。

N1 組織に縛られる　　　　　　　　　　　　　　　　　　　　受組織約束

組織に縛られない自由な生活を希望している人が多い。
很多人都希望過著不受組織約束自由自在的生活。

N1 存続が危ぶまれる　　　　　　　　　　　　　　　存續岌岌可危、存亡岌岌可危

昔ながらの祭りなどは若者の担い手が減り、存続が危ぶまれている。
傳統慶典等活動因年輕人的參與越來越少，面臨著存續的危機。

ターゲットにする
成為目標、瞄準客群

この店では、若者をターゲットにした商品を販売している。
這家店，以年輕人為主要客群販售相關商品。

ターゲットを絞る
縮小目標範圍

広告はターゲットを絞り、情報を発信する対象を明確にする必要がある。
廣告必須縮小目標範圍，以及明確資訊發送的對象。

対抗馬となる
可相互抗衡的對手、（旗鼓相當的）競爭對手

再選を目指す現職議員に対し、新人の森氏が有力な対抗馬となっている。
相較於指望再次參選的現任議員，新人森氏則成為其強勁的競爭對手。

対象を絞る
鎖定目標、鎖定對象

新しい飲料の企画は、若い女性に対象を絞ることにした。
新的飲料企劃決定鎖定以年輕女性為對象。

大々的に広告をする
大肆宣傳、大規模廣告

商品の発売に合わせて、雑誌やテレビなどで大々的に広告をした。
配合新商品的發售，在雜誌以及電視等進行大規模的廣告宣傳。

高くつく
費用龐大

個別に送ると高くつきますが、一つにまとめて送ると節約できます。
個別寄送的話費用龐大，但集中一次寄送的話可以節省成本。

タクシーを手配する
安排計程車

ホテルのスタッフに頼んでタクシーを手配してもらった。
請飯店人員協助安排計程車。

N1 タブー視する　　　　　　　　　　　　　　　　視為禁忌

家庭も学校も性をタブー視すると、子供は誤った情報に頼ることになる。
家庭和學校都將性話題視為禁忌的話，孩子們就會把錯誤的訊息當作是對的。

N1 緻密に分析する　　　　　　　　　　　　　　　縝密分析

会社側は製品不良の原因を緻密に分析している。
公司方面正在縝密分析產品不良的原因。

N1 注文が殺到する　　　　　　　　　　　　　　湧入大批訂單

予想を上回る注文が殺到し、生産が追いつかない状況である。
訂單超出預期大量湧入，處於來不及生產的狀況。

N1 帳消しになる　　　　　　　　　　　　　　抵銷、一筆勾銷

株式は、これまでの上昇が帳消しになるほど大幅に下落した。
股票大幅下跌，幾乎全部抵銷目前為止漲幅。

N1 頂点に達する　　　　　　　　　　　　達到高點、達到頂點

政府に対する国民の怒りは頂点に達している。
人民對於政府的憤怒達到了頂點。

N1 挑発に乗る　　　　　　　　　　　　　　　　　　被挑釁

討論では相手の挑発に乗らないように心掛けることが重要だ。
在討論過程中，重要的是避免不被對方的挑釁所影響。

N1 賃上げを行う　　　　　　　　　　　　　　　　　調整加薪

今年度は多くの企業が賃上げを行うことになりそうだ。
今年度好像有許多企業都將進行調整加薪。

N1 積み荷が落ちる　　　　　　　　　　運載的貨物掉落

高速道路でトラックの積み荷が落ちて後ろの車に当たってしまった。
高速公路上卡車運載的貨物掉落撞擊到後方的車輛。

N1 定評がある　　　　　　　　　　　　有一定的評價

このレストランの料理は定評があり、何を食べてもおいしい。
這間餐廳的菜色有一定的評價，什麼都好吃。

N1 データに裏付けられる　　　　　　　有數據支持

データに裏付けられた情報をもとに、売上を向上させるための施策を考える。
以數據支持的資訊為基礎，來思考提升銷售額的策略。

N1 転機を迎える　　　　　　　　　　　迎來轉捩點

電気自動車の登場により、自動車産業は大きな転機を迎えている。
隨著電動車的出現，汽車產業正迎來巨大的轉捩點。

N1 途中経過を報告する　　　　　　　　報告中間進度

会議でプロジェクトの途中経過を報告した。
在會議上報告了計劃項目的中間進度。

N1 トップに躍り出る　　　　　　　　　一躍而上、居首位

新商品が大ヒットして業界トップに躍り出た。
新產品大受歡迎，使其在業界一躍而上居首位。

N1 飛ぶように売れる　　　　　　　　　暢銷熱賣

今回発売されたゲーム機は人気があり、飛ぶように売れている。
這次發售的遊戲機非常受觀迎，暢銷熱賣中。

200

N1 取り組みを行う 　　　　　　　　　　　　　　　　　　　採取措施

品質を継続的に改善できるように様々な取り組みを行っている。
為了能夠持續改善品質，採取了各種的措施。

N1 努力を怠る 　　　　　　　　　　　　　　　　　　　　　懈怠努力

ビジネスに必要な知識を得るための努力を怠らず、日々勉強を続ける。
努力不懈地取得商務上所需的知識，每天持續著學習。

N1 流れに逆行する 　　　　　　　　　　　　　　　　　　　背道而馳

水道に民間の参入を認める政府の改正案は世界の流れに逆行するものだ。
政府允許私人參與自來水的修正法案，與全球的趨勢背道而馳。

N1 悩みを打ち明ける 　　　　　　　　　　　　　　　　　　傾訴煩惱

親友の山田さんに、自分の悩みを打ち明けた。
向好朋友山田先生，傾訴了自己的煩惱。

N1 荷物を梱包する 　　　　　　　　　　　　　　　　　　　打包貨物

自宅で荷物を梱包して、コンビニへ持っていった。
在家裡打包好包裹後，就帶到便利商店去了。

N1 人間関係を重視する 　　　　　　　　　　　　　　　　　重視人際關係

アンケートの結果、高い収入より、人間関係を重視する傾向がみられた。
問卷調查顯示，比起高收入，人們更加有重視人際關係的傾向。

N1 値上げに踏み切る 　　　　　　　　　　　　　　　　　　決定漲價

鉄道会社は、１０年ぶりに運賃の値上げに踏み切った。
時隔十年，鐵路公司決定了要調漲車票價格。

N1 値が張る
價格偏貴

家具は長く使うので、多少値が張っても品質の良い物をお勧めします。
家具的使用時間較長，即使價格偏貴，也建議購買品質良好的產品。

N1 農業を営む
經營農業、務農

この村で農業を営んでいる人のほとんどが、高齢者であるという。
據說這座村莊裡大多數務農的人口是老年人。

N1 ノルマを達成する
達成業績、指標

販売ノルマを達成するため、自社製品を購入するケースもあるらしい。
據說為了達成銷售業績指標，有些公司會購買自家產品。

N1 バカ受けする
大受歡迎、異常受歡迎

今回発売した商品がバカ受けしている。
這次發售的商品大受歡迎。

N1 バカ買いする
瘋狂購買；購買沒用的東西

デパートのセールで、両手に抱えきれないほどバカ買いしてしまった。
百貨公司特賣會上，瘋狂購物，買到雙手都抱不下的程度。

N1 話し合いがつく
達成共識

ビルの建設予定地の住民と建設会社の話し合いがついた。
大樓建設預定地的居民和建設公司達成共識。

N1 場にそぐわない
不合時宜

面接の場にそぐわない服装は避けた方がいい。
應該盡量避免穿著不適合面試的服裝。

N1 バブルが崩壊する　　　　　　　　　　　　　泡沫化

この国の地価は、バブルが崩壊して以降、下落を続けている。
自從泡沫化之後，這個國家的地價持續下跌。

N1 販売が振るわない　　　　　　　　　　　　　銷售不佳

景気低迷により、新車販売が振るわない状況が続いている。
受到景氣萎縮，新車持續著銷售不佳的情況。

N1 ピークを迎える　　　　　　　　　　　　　　達到高峰

夏、電力の使用は外気温度が上昇する午後1時から4時頃ピークを迎える。
夏天，電力的使用在室外氣溫上升的下午一點到四點時達到高峰。

N1 一足先に現地に着く　　　　　　　　　　　　早一步抵達

ボランティア活動当日の朝8時、他の参加者より一足先に現地に着いた。
在義工活動當天早上八點時，比其他參加者早一步抵達了現場。

N1 不備がある　　　　　　　　　　　　　出現遺漏、準備不足

提出書類に不備があった場合は、再提出をお願いすることになります。
提出的文件若有遺漏的情況，會請您再次提出。

N1 振り出しに戻る　　　　　　　　　　　　　　回到原點

もう少しで終わるはずの仕事が、彼の失敗で振り出しに戻ってしまった。
再一下應該就可以完成的工作，卻因為他的失誤回到了原點。

N1 分析に取りかかる　　　　　　　　　　　　開始進行分析

現在、アンケートを集計し、データ分析に取りかかっている。
現在，開始統計問卷並著手分析數據。

補助金が下りる　　　　　　　　　　　　　　　發放補助金

学校のスクールバスは市から補助金が下りているため、無料です。
學校的校車因為有收到市政府發放的補助金，所以免費。

ボツになる　　　　　　　　　　　　　　　遭到取消、不被採用

せっかくいい企画を立てたのに、予算不足でボツになるかもしれない。
好不容易想出的企劃，可能會因為預算不足而遭到取消。

本題に入る　　　　　　　　　　　　　　　進入主題、進入正題

ビジネスメールでは、本題に入る前に挨拶や感謝の一文を添える。
商務郵件在進入主題之前，通常會添加一句問候或感謝的句子。

前倒しになる　　　　　　　　　　　　　　　　　提前

来週予定していた会議は、部長の都合で、明日に前倒しになった。
原本預定下星期要開的會議，因為部長行程的緣故，提前到明天進行。

前向きに考える　　　　　　　　　　　　　　　　正向思考

前向きに考えられれば人生が楽しくなります。
正向思考的話人生會變得快樂許多。

まめに連絡を入れる　　　　　　　　　　　　　經常保持聯絡

私は、いつも母にはまめに連絡を入れるようにしている。
我總和母親經常保持聯絡。

マンネリ化を防ぐ　　　　　　　　　　避免墨守成規、避免一成不變

仕事のマンネリ化を防ぐには、少し高めの目標を設定するのもいい。
為了避免工作落入一成不變，目標可以稍微設定高一點的。

N1 右肩上がり　　　　　　　　　　　　　　持續上升、大幅上升、上升曲線

家計に占める教育費の割合はここ数年右肩上がりの状況が続いている。
近年來教育費用在家計所佔的比例持續上升。

N1 見込みがない　　　　　　　　　　　　　　前景不明、沒有希望

このプロジェクトは成功の見込みがない。
這項計劃沒有成功的希望。

N1 乱れが出る　　　　　　　　　　　　　　　　　　出現混亂

台風の影響で電車の運行に乱れが出ている。
受到颱風的影響，火車行駛班次出現混亂。

N1 目処が立つ　　　　　　　　　　　　　　有明確目標、有了著落

長年取り組んできた研究が、とうとう実用化の目処が立った。
多年來進行的研究，終於有機會達到實際運用的目標了。

N1 問題をクリアする　　　　　　　　　　　　克服問題、解決問題

新しい技術を導入し、時間とコストの問題をクリアした。
導入新技術克服了時間與成本上的問題。

N1 問題を引き起こす　　　　　　　　　　　　　　　　引發問題

安価な加工食品の普及は、肥満率の上昇という問題を引き起こしている。
廉價加工食品的普及，引發了肥胖率上升問題。

N1 役作りを工夫する　　　　　　　　　　　　　　　琢磨人物角色

俳優の彼は、いかに主人公を演じるか、役作りを工夫しているらしい。
身為演員的他，似乎正在琢磨如何扮演好主角的角色。

N1 安上がりになる　　便宜划算

旅行で使うものなら、買うよりレンタルの方が安上がりになるだろう。
旅行用的物品，比起購買用租賃的方式比較便宜划算。

N1 やりとりする　　交流

社内外の人と意見をやりとりしながら業務を進めている。
與公司外部人士做意見交流的同時推進業務。

N1 輸出が振るわない　　出口表現不佳

長引く貿易摩擦の影響で輸出が振るわない状態が続いている。
由於長期貿易摩擦的影響，持續出口表現不佳的情況。

N1 横ばいになる　　維持平穩

▶「横ばい」也可以用有漢字的「横這い」來表達。

ここ数年、貿易収支の黒字は、横ばいになっている。
這幾年間，貿易順差一直維持平穩。

N1 弱みに付け込む　　抓住弱點

犯人は企業の弱みに付け込んで大金を脅し取ろうとした。
犯人圖試利用企業的弱點威脅並索取巨款。

N1 乱高下する　　波動劇烈

今後の金融引き締めへの警戒感で、株価が乱高下している。
由於對今後金融緊縮的擔憂，股價出現劇烈的波動。

N1 リサイクル運動を推進する　　推進資源回收運動

市は住民と協力し、ゴミの減量化とリサイクル運動を推進している。
市政府正與市民協力合作，推動垃圾減量以及資源回收的運動。

N1 理不尽な要求　　　　　　　　　　　　　　　　不合理的要求

相手の理不尽な要求に応じる気はない。
不打算回應對方不合理要求。

N1 了承を得る　　　　　　　　　　　　　　　　　獲得同意

来年度の予算案は、議会の了承を得た上で、執行することになっている。
明年度的預算案，已獲得議會的承認，決定執行。

N1 老朽化が進む　　　　　　　　　　　　　　　老化情況日益嚴重

このビルは建設から５０年以上経過し、老朽化が進んでいる。
這棟大數建好已超過五十年以上，老化情況日益嚴重。

Chapter

5

慣用語
（身體相關）

按照級別列出 230 個與
身體漢字有關的慣用句。

N4 頭がいい 　　　　　　　　　　　　　　　頭腦聰明

中山君は頭がよくて、いろいろなことを知っている人ですね。
中山同學是個頭腦聰明、知識通達的人。

N4 頭に入る 　　　　　　　　　　　　　　　吸收、記憶

睡眠をとらないと勉強したことが頭に入らない。
睡眠不足的話，學到的東西沒有辦法吸收。

N4 顔色が悪い 　　　　　　　　　　　　　　臉色不好

顔色が悪いけど、大丈夫？病院に行ったほうがいいんじゃない？
你看起臉色很差，還好嗎？去一趟醫院比較好吧？

N3 足を止める 　　　　　　　　　　　　　　佇足、停下腳步

ここからの景色は素晴らしく、行き来する人たちは足を止めて眺めている。
這裡的景色很棒，來往的行人們都停下腳步來欣賞。

N3 頭を下げる 　　　　　　　　　　　　　　低頭

人に頭を下げない仕事はどこにもないと思う。
我認為沒有工作是不需要向人低頭的。

N3 体を壊す 　　　　　　　　　　　　弄壞身體、拖壞身體

そんなに無理をすると体を壊してしまいますよ。
那樣勉強做的話，會拖壞身體的。

N3 手に入れる 　　　　　　　　　　　　　　得到

欲しいものをすべて手に入れることはできない。
想要的東西無法全部都得到。

N3 手に入る　　　　　　　　　　　　　　　　　　　　拿到、到手
映画のチケットが手に入ったけど、いっしょに行きませんか。
我拿到了電影票，要不要一起去看呢？

N3 手を切る　　　　　　　　　　　　　　　　　　　　斷絕關係
去年彼と手を切ってから、全然連絡していない。
去年和他斷絕關係之後，就完全沒聯絡了。

N3 手を加える　　　　　　　　　　　　　　　　　　　加工修改
ケータイで撮った風景写真に手を加えてみたら、もっときれいになった。
在手機上拍的風景照稍微加工之後，變得更漂亮了。

N3 耳に入る　　　　　　　　　　　　　　　　　　　　聽說、聽到
社長が変わるという話が耳に入った。
聽到老闆要換人的消息了。

N3 目を閉じる　　　　　　　　　　　　　　　　　　　閉上眼睛
しばらく目を閉じているだけでも休息になる。
暫時閉上眼睛也算是休息。

N2 足腰に自信がある　　　　　　　　　　　　　　　　對腳力有信心
山の上は景色がいいから、足腰に自信があるなら登ってみてください。
山頂上的風景很美，對腳力有信心的話可以爬上去看看。

N2 足を組む　　　　　　　　　　　　　　　　　　　　翹腳
電車の中で足を組むのはマナー違反だと思う。
我覺得在火車上翹腳是違反禮儀的。

N2 足を運ぶ　　　　　　　　　　　　　　　　　前往拜訪、移步（前往）

本日は、遠くまで足を運んでいただき、ありがとうございます。
今天非常感謝您遠道而來。

N2 頭が下がる　　　　　　　　　　　　　　　　　　　　表示敬佩

夢のために努力している彼の姿勢には頭が下がります。
我對他為了夢想而努力的態度表示敬佩。

N2 頭にくる　　　　　　　　　　　　　　　　　感到生氣、感到火大

彼に悪口を言われて頭にきた。
被他說壞話，因此感到很生氣。

N2 頭を使う　　　　　　　　　　　　　　　　　　　　動腦、思考

もっと頭を使って練習しないと、上手にならないよ。
不再多動腦筋努力練習的話，就無法變得更加熟練。

N2 顔を揃える　　　　　　　　　　　　　　　　　　　　齊聚一堂

家族全員が顔を揃えて祖母の誕生日を祝った。
全家人齊聚一堂慶祝祖母的生日。

N2 口を締める　　　　　　　　　　　　　　　　　　　　束起開口

このバッグは、皮のひもで口を締めるタイプのものです。
這個包包是用皮革的繩子束起開口的款式。

N2 手が空く　　　　　　　　　　　　　　　　　　　　有空閒時

手が空いたときでいいから、これやっておいて。
有空時把再把這件事情做一做。

手に取る　　　　　　　　　　　　　　　　　　　　　　　　拿在手上

書店で本を手に取って、中身をぱらぱら見て、買うかどうかを決める。
到書店裡實際把書拿在手上，翻過內容之後，再決定是否要購買。

手間がかかる　　　　　　　　　　　　　　　　　　　　　　費時費工

この料理は簡単そうに見えても、結構手間がかかる。
這道菜看起來很簡單，其實非常地費時費工。

手を貸す　　　　　　　　　　　　　　　　　　　　　　　　幫忙

忙しいから、ちょっと手を貸してくれない？
現在很忙，可以請你幫忙一下嗎？

手を出す　　　　　　　　　　　　　　　　　　　　　　　　出手

素人が勉強もせずに投資に手を出すと失敗する可能性が高い。
門外漢沒有學習就冒然出手投資的話，失敗的風險很高。

手を広げる　　　　　　　　　　　　　　　　　　　　　　　擴展範圍

あのレストランは、和食にまで手を広げて、新しい店を出すそうだ。
聽說這間餐廳，將事業範圍擴展到和食，準備開新的店面。

長い目で見る　　　　　　　　　　　　　　　　　　　　　　以長遠眼光來看

新人だからまだ結果が出ないのは当たり前だ。長い目で見る必要がある。
因為是新人，沒有成果是理所當然的，需要用長遠的眼光來看。

腹が立つ　　　　　　　　　　　　　　　　　　　　　　　　生氣

ストレスのせいか、小さなことにも腹が立つ。
可能是壓力的關係，一點小事就足以讓我生氣。

N2 身の回りのこと　　　　　　　　　　　身邊周遭瑣事

怪我が回復して身の回りのことが自分でできるようになった。
受傷好了之後，開始能夠自理身邊周遭的瑣事了。

N2 耳にする　　　　　　　　　　　　　　　　聽到

最近コミュニケーションという言葉をよく耳にする。
最近常常聽到「溝通」這個詞。

N2 目に付く　　　　　　　　　　　　　　顯眼、醒目

最近この商店街は空き店舗が目に付くようになってきた。
最近這條商店街裡，空店面明顯地愈來愈多。

N2 目をつぶる　　　　　　　　　閉眼、當作沒看到、不計較

今回は目をつぶるが、次回から気をつけなさい。
這次我就當作沒看到，但下次請多注意。

N2 目を通す　　　　　　　　　　　　　　過目、看過

レポートなら一応目を通しましたけど、別に問題はないでしょう。
報告我大致上看過了，應該沒有什麼問題吧！

N1 開いた口が塞がらない　　　　　　　非常驚訝、目瞪口呆

何度も同じミスを繰り返すなんて、開いた口が塞がらないよ。
相同的錯誤竟然一犯再犯，這讓我感到非常驚訝！

N1 合いの手を入れる　　　　　　　仔細聆聽適當給予回應

みんなは森さんの発言に合いの手を入れながら聞いている。
大家都很仔細地聆聽森先生發表意見並適時地回應。

N1 揚げ足を取る　　　　　　　　　　　吹毛求疵、故意挑剔

そんな揚げ足を取るようなこと、言わないでよ。
不要說那麼吹毛求疵的話。

N1 顎で使う　　　　　　　　　　　　　頤指氣使、態度傲慢

年下だからといって、顎で使われたらいい気はしないだろう。
雖然說是年輕人，被頤指氣使的話心情肯定不好吧！

N1 顎を出す　　　　　　　　　　　　　疲憊不堪

今日はあまりにも仕事の量が多すぎて、顎を出してしまった。
今天的工作量實在是太多，使得我疲憊不堪。

N1 足がつく　　　　　　　　　　　　　找到線索

現場に残された指紋から犯人の足がついた。
從現場留下的指紋找到犯人的線索。

N1 足が出る　　　　　　　　　　　　　超過支出

たくさん買い物しすぎて足が出てしまった。
過度購物結果超過支出了。

N1 足が遠のく　　　　　　　　　　　　開始疏遠、變得不常往來

あまりの寒さに公園からすっかり足が遠のいていた。
天氣太冷了，使我完全不想再去公園了。

N1 足が棒になる　　　　　　　　　　　雙腳僵硬疼痛

長い距離を歩き続けて足が棒になった。
長時間持續地走路，讓我的雙腳變得僵硬疼痛。

N1 足腰を鍛える　　　　　　　　　　　　　　　　　鍛鍊腳力跟腰力

足腰を鍛えるために、毎日歩きましょう。
為了鍛鍊腳力和腰力，每天都走路吧！

N1 足止めを食う　　　　　　　　　　　　　　　　　受困、無法外出

台風で電車が動かず、足止めを食ってしまった。
因颱風火車停駛，導致我們受困無法動彈。

N1 足並みを揃える　　　　　　　　　　　　　　　　歩調一致；步伐一致

チームのみんなが足並みを揃えて、頑張っていきます。
團隊全員步調一致，一起努力下去。

N1 足の便が悪い　　　　　　　　　　　　　　　　　交通不便

市民会館は足の便が悪いので、駐車場をきちんと設置してほしい。
市民會館的交通不便，希望能確實地設置停車場。

N1 足の便を図る　　　　　　　　　　　　　　　　　安排交通

試験当日、受験生の足の便を図るために、臨時のバスが運行された。
考試當日，為提供考生交通服務，安排臨時公車運行。

N1 足元が悪い　　　　　　　　　　　　　　　　　　路況不好

本日は、お足元の悪い中、お越しいただきましてありがとうございます。
感謝您今天在路況不佳之中特地前來。

N1 足元に火が付く　　　　　　　　　　　　　　　　迫在眉睫

レポートの提出は明日が締め切りなので、足元に火が付いた。
提交報告的截止日是在明天，情況迫在眉睫。

N1 足元を見る　　　　　　　　　　　　　　　　　　　　　　　　看出弱點

相手に足元を見られないように気を付けよう。
小心不要讓對方看出你的弱點。

N1 足を洗う　　　　　　　　　　　　　　　　　　　　　　　金盆洗手、改邪歸正

彼はギャンブルから足を洗って、今では真面目に働いているらしい。
聽說他已改掉賭博，現在認真地工作著。

N1 足をすくう　　　　　　　　　　　　　　　　　　　　　　　暗算、趁人不備

彼は他人の足をすくうことばかり考えているから、気を付けた方がいい。
他總是想著如何趁人不備，最好小心一點。

N1 足を引っ張る　　　　　　　　　　　　　　　　　　　　　　　　　扯後腿

エネルギー価格の高騰が日本経済の足を引っ張っている。
能源價格的高漲正在拖累日本的經濟。

N1 頭打ちになる　　　　　　　　　　　　　　　　　　　　　　　　　到了極限

スマホ市場はすでに頭打ちになっているので、これからは新しい技術が登場するだろう。
智慧型手機市場已經到了極限，接下來會換新技術登場吧！

N1 頭が上がらない　　　　　　　　　　　　　　　　　　　　　　抬不起頭、愧對

自分をここまで育ててくれた両親には頭が上がらない。
愧對把自己養育至今的父母。

N1 頭が固い　　　　　　　　　　　　　　　　　　　　　　　　　　想法固執

彼は新しいやり方を受け入れない頭が固い人だ。
他是一個想法固執，無法接受新做法的人。

N1 頭隠して尻隠さず　　　　　　　　　　　藏頭露尾、欲蓋彌彰

現場に犯人の手帳が残っていた。まさに頭隠して尻隠さずである。
現場留下犯人的筆記本。這正是藏頭露尾啊！

N1 頭を痛める　　　　　　　　　　　傷腦筋、（事情）感到頭痛

世界中が地球温暖化の問題に、頭を痛めている。
全世界都在為地球暖化的問題傷腦筋。

N1 頭を抱える　　　　　　　　　　　感到苦惱

いいアイディアが浮かばなくて、頭を抱えている。
想不出好的點子，感到很苦惱。

N1 後足で砂をかける　　　　　　　　　　　忘恩負義

▶指不僅不知圖報，離開時還製造麻煩的意思。

お世話になった人に後足で砂をかけるような行為はしてはいけない。
對照顧過自己的人，不應該忘恩負義。

N1 あばたもえくぼ　　　　　　　　　　　情人眼裡出西施

▶喜歡對方的話，其傷疤看起來像酒窩一樣可愛，即使有缺點也很好的意思。

好きになると、あばたもえくぼで、すべてが素敵に見えてくる。
一旦喜歡上就是情人眼裡出西施，一切看起來都會變得很美好。

N1 後ろ髪を引かれる　　　　　　　　　　　依依不捨

後ろ髪を引かれる思いで故郷を出た。
帶著依依不捨的心情離開故鄉。

N1 打つ手がない　　　　　　　　　　　　　　　　　束手無策

このような事態になってしまっては、上司に相談しても打つ手はないだろう。
演變成這個事態，即使跟上司商量也束手無策吧！

N1 腕が鳴る　　　　　　　　　　　　　　　　　　躍躍欲試、興奮

週末の試合を前に、今から腕が鳴ってしかたがない。
週末的比賽來臨前，我現在就感到非常地興奮。

N1 腕に覚えがある　　　　　　　　　　　　　　對自己能力有信心

年は取ってもテニスなら腕に覚えがある。
雖然上了年紀，但網球的話，我有信心。

N1 腕を上げる　　　　　　　　　　　　　　　　　　提升技能

今年こそ料理の腕を上げたい。
今年一定要提升烹飪的技術。

N1 腕を振るう　　　　　　　　　　　　　　　　　　施展技能

このレストランでは、シェフが腕を振るった料理を楽しめます。
在這間餐廳，可以享受到主廚大展身手的料理。

N1 腕を磨く　　　　　　　　　　　　　　　　　　　磨練技能

我がチームは試合で勝つために腕を磨いている。
我們的團隊為了贏得比賽正在磨練技巧中。

N1 腕を見せる　　　　　　　　　　　　　　　　　　大展身手

日本料理店の店主は見事な料理の腕を見せた。
日本料理店的店長向我們展示了精湛的烹飪技巧。

N1 大きな顔をする　　　　　　　　　　　　擺架子、態度驕傲

彼は新入社員のくせに大きな顔をしている。
他明明只是新進員工，態度卻無比驕傲。

N1 大目玉を食う　　　　　　　　　　　　　臭罵一頓、嚴厲譴責

またミスをし、上司に大目玉を食った。
又犯錯了，被上司嚴厲譴責一番。

N1 大目に見る　　　　　　　　　　　　　　寬容包涵

素人のやることですから、大目に見てください。
因為是外行人做的，所以請多加原諒包涵。

N1 奥歯にものが挟まる　　　　　　　　　　吞吞吐吐、含糊其詞

奥歯にものが挟まったような言い方をしないで、はっきりいってほしい。
說話不要含糊其詞，希望能說得明白一點。

N1 お手上げだ　　　　　　　　　　　　　　舉手投降

駅前に巨大スーパーができたら、うちの店もお手上げだ。
車站前要是開了一間大型超市的話，我們的店也得舉手投降了。

N1 お腹が鳴る　　　　　　　　　　　　　　肚子餓得咕嚕叫

授業中、お腹が鳴ってしまって困った。
上課時，肚子餓得咕嚕叫真是困擾。

N1 お腹を壊す　　　　　　　　　　　　　　弄壞肚子

辛いカレーを食べすぎてお腹を壊してしまった。
吃太多辣的咖哩，弄壞了肚子。

N1 顔色をうかがう　　　　　　　　　　　　　　　　　看臉色、察顏觀色

社長の決断で企画が決まるので、社員は社長の顔色をうかがっている。
由於企劃是由社長的意思來決定的，因此員工們都在看社長的臉色。

N1 顔が利く　　　　　　　　　　　　　　　　　　　　具影響力

石原社長は、地元の有力者であり、政界にも顔が利いている。
石原社長是地方的有力人士，在政界也具有一定的影響力。

N1 顔が広い　　　　　　　　　　　　　　　　　　　　人脈廣闊

田中さんは顔が広いので、街を歩いていると誰かが必ず挨拶する。
田中先生的人脈廣闊，走在路上一定會有人來打招呼。

N1 顔から火が出る　　　　　　　　　　　　　　　　　滿臉通紅

漢字を読み違えて顔から火が出るほどはずかしかった。
唸錯了漢字，尷尬到滿臉通紅。

N1 顔に泥を塗る　　　　　　　　　　　　　　　　　　顏面盡失、丟臉

親の顔に泥を塗るようなことはしたくない。
不想做讓父母丟臉的事。

N1 顔を立てる　　　　　　　　　　　　　　　　　　　顧及面子

上司の意見に賛成しないが、上司の顔を立てるため一歩引いた。
我雖然不贊成上司的意見，但為了顧及上司的面子只好做出了退讓。

N1 肩の荷が下りる　　　　　　　　　　　　　　　　　卸下重責大任、如釋重負

大きなプロジェクトが無事終わり、肩の荷が下りた。
大企劃已順利結束，感到如釋重負。

N1 肩身が狭い　　　　　　　　　　　　　　　沒面子、不好意思

遅刻して皆を待たせてしまい、肩身が狭い思いをした。
遲到了讓大家等，覺得很不好意思。

N1 肩を並べる　　　　　　　　　　　　　　　並肩、並駕齊驅

この会社の技術力は、大企業と肩を並べている。
這間公司的技術能與大企業並駕齊驅。

N1 肩を持つ　　　　　　　　　　　　　　　　偏袒、袒護

両親はいつも弟の肩を持っている。
父母總是偏袒著弟弟。

N1 体が持たない　　　　　　　　　　　　　　體力透支

毎日夜遅くまで仕事をしては、体が持たない。
要是每天都工作到深夜，體力會透支的。

N1 体の不調を訴える　　　　　　　　　　　　表示身體不適

体の不調を訴えて保健室に来る生徒が以前より増えてきた。
因身體不適來保健室的學生比以前增加了。

N1 眼をつける　　　　　　　　　　　　　　　盯著；盯上、著眼

道を歩いていると、変な人が「眼をつけただろう」と言ってきたので逃げた。
走在路上，因為有個奇怪的人對我說「你剛盯著了我看了吧！」，我就趕快逃走了。

N1 木で鼻をくくる　　　　　　　　　　　　　態度傲慢冷淡

あの政治家の、相手を見下すような木で鼻をくくった態度には腹が立つ。
那個政治家高高在上傲慢冷淡的態度，真讓人生氣。

N1 肝に銘じる　　　　　　　　　　　　　　　　　銘記在心

今、私が話したことは、しっかり肝に銘じておいてください。
現在，我所說的話，請務必確實地銘記在心。

N1 肝を冷やす　　　　　　　　　　　　　　　心驚膽顫、冒冷汗

車を運転してたら、いきなり目の前に子供が飛び出してきて肝を冷やした。
開車時，眼前突然衝出一個小孩讓我冒了一身冷汗。

N1 口裏を合わせる　　　　　　　　　　　　　　統一說辭、串通

あの二人は、口裏を合わせて、自分たちのミスを隠そうとしている。
那二個人串通好，試圖掩飾他們的錯誤。

N1 口が堅い　　　　　　　　　　　　　　　　　　　　口風緊

彼女は口が堅いから何でも安心して相談できる。
她口風很緊，任何事情都可以安心地與她商量。

N1 口が軽い　　　　　　　　　　　　　　　　　口風鬆、大嘴巴

あの人は口が軽いから気をつけなければいけないよ。
那個人很大嘴巴，要小心一點。

N1 口数が少ない　　　　　　　　　　　　　　　話少、不愛講話

世間には口数が少なくても好かれる人がいる。
世上有一些話少，但很還是受歡迎的人。

N1 口が酸っぱくなる　　　　　　　　　　　　苦口婆心、說到嘴酸

車に注意しなさいと、子供に口が酸っぱくなるほど言った。
苦口婆心地跟孩子說要小心注意車子。

N1 口が滑る　　　　　　　　　　　　　　　　　說溜嘴、說漏嘴、失言

口が滑って余計なことを言ってしまった。
一時失言說了不該說的話。

N1 口から先に生まれる　　　　　　　　　話多、口沒遮攔；只會出一張嘴

口から先に生まれたと、最近よく言われるので、少し言動を慎もうと思う。
因為最近經常被人說口沒遮攔，我想我該謹言慎行一點。

N1 口コミを見る　　　　　　　　　　　　　　　　　　　　　看評價

インターネットの口コミを見て店を予約した。
看網路上的評價後預約了店家。

N1 口に合う　　　　　　　　　　　　　　　　　　　　　　　合胃口

お口に合うかどうか分かりませんが、召し上がってください。
不知道是否合您的胃口，請多吃一點。

N1 口に出す　　　　　　　　　　　　　　　　　　　　　　　說出口

心の中で思ったことをそのまま口に出してはいけないよ。
在心裡想的事不能直接說出口。

N1 口八丁手八丁　　　　　　　　　　　　　　　能言善道又精明能幹

彼は口八丁手八丁で、営業成績も常にトップクラスなんだ。
他能言善道又精明能幹，業務績效也經常是名列前茅。

N1 口は禍の元　　　　　　　　　　　　　　　　　　　　　　禍從口出

口は禍の元だから、不用意にぺらぺらしゃべってはいけない。
常說禍從口出，不應該隨意亂說話。

N1 口を出す　　　　　　　　　　　　　　　　　　　　說長道短

他人の趣味に口を出すのはやめてほしい。
希望你不要對別人的興趣說長道短。

N1 口を糊する　　　　　　　　　　　　　　　　　　　餬口度日

▶ 也能夠以「口に糊する」來表達。

彼は原稿を書いたり校正を行ったりして、なんとか口を糊してきた。
他靠著寫原稿和校正等，勉強能餬口度日。

N1 口を挟む　　　　　　　　　　　　　　　　　　　　　插嘴

誰かが話しているときに口を挟むのは礼儀正しくない。
別人在說話時插嘴是不禮貌的。

N1 口を割る　　　　　　　　　　　　　　　　　　招供、坦白說出

容疑者は、自分の犯行についてなかなか口を割らなかった。
嫌疑犯對自己的罪行遲遲不肯招供。

N1 首が回らない　　　　　　　　　　　　　　　　被債務壓得喘不過氣

借金が多くて首が回らないけど、誰にも相談できない。
借款太多被債務壓得喘不過氣，但卻無法向任何人商量。

N1 首にする　　　　　　　　　　　　　　　　　　　　　解雇

会社の一方的な都合で、社員を首にすることはできない。
公司不能只憑單方面情況解雇員工。

N1 首になる　　　　　　　　　　　　　　　　　　　　　被解雇

彼は遅刻が多くて、会社を首になった。
因為他經常遲到，所以被公司解雇。

N1 首をかしげる　　　　　　　　　　　　　　　疑惑、納悶、無法理解

予想外の試合結果に、みんな首をかしげている。
大家對於意料之外的比賽結果感到納悶。

N1 首を縦に振る　　　　　　　　　　　　　　　首肯、點頭同意

企画案を立てたが、課長が首を縦に振るかどうか心配だ。
企劃案已經做好了，但我擔心課長是否首肯。

N1 首を長くする　　　　　　　　　　　　　　　引頸翹望、引頸期盼、殷切期盼

息子は母の帰りを首を長くして待っていた。
兒子引頸翹望等待母親的歸來。

N1 首を横に振る　　　　　　　　　　　　　　　搖頭、不贊成、不同意

部長は私の提案を聞いて首を横に振った。
部長聽了我的提案後，搖頭表示不贊成。

N1 腰が低い　　　　　　　　　　　　　　　　　謙遜、平易近人

山田さんは誰に対してもとても丁寧で腰が低い人です。
山田先生是個對任何人都有禮且謙遜的人。

N1 腰を抜かす　　　　　　　　　　　受到驚嚇後跌坐在地、嚇到腿軟跌坐在地

玄関から突然犬が飛び出してきたので、腰を抜かしてしまった。
由於從玄關突然衝出一隻狗，害得我大吃一驚跌坐在地。

N1 地獄耳　　　　　　　　　　　　　　　　　　過耳不忘、耳朵靈敏

彼女は地獄耳だから下手に噂話をしない方がいい。
她的耳朵很靈，不要隨意說流言比較好。

N1 舌鼓を打つ　　　　　　　　　　　　　　　　　　　　津津有味

見ているだけで舌鼓を打ってしまいそうな料理が並んでいる。
整桌擺著光是看就讓人覺得津津有味的菜肴。

N1 舌を巻く　　　　　　　　　　　　　　　　　　　　贊嘆、驚豔

彼の力強い演説を聴いて、思わず舌を巻いてしまった。
聽了他強而有力的演說，不禁讓我感到讚嘆。

N1 尻すぼみになる　　　　　　　　　　　　　　　　　虎頭蛇尾、每況愈下

駅前駐車場の建設は、行政の支援不足で尻すぼみになってしまった。
因行政支援不夠，車站前停車場的建設變得虎頭蛇尾。

N1 尻に火がつく　　　　　　　　　　　　　　　　　　火燒屁股

レポートの提出期限が近づいて、尻に火がついた。
接近報告提交的截止期限了，已經火燒屁股了。

N1 体調を崩す　　　　　　　　　　　　　　　　　　　身體感到不適

季節の変わり目は体調を崩しやすいので注意が必要です。
季節交替時身體容易感到不適，需要特別注意小心。

N1 血も涙もない　　　　　　　　　　　　　　沒血沒淚、冷血無情、無血無淚

駅で倒れた人を見て見ぬふりをする血も涙もない人は意外と多い。
在車站看見倒下的人卻視而不見這種冷血無情的人意外地多。

N1 爪に火をともす　　　　　　　　　　　　　　　　　縮衣節食

▶「ともす」也可以使用漢字表現的「点す」來表達。

爪に火をともすような生活をして、やっとマイホームを手に入れた。
過著縮衣節食的生活，終於買到自己的房子了。

N1 手当たり次第に　　　　　　　　　　　　　隨手拿來

若い時は知識欲で、手当たり次第に本を読んだ。
年輕時因為對求知欲很強，所以有書時就隨手拿來讀了。

N1 手が込む　　　　　　　　　　　　　精心製作、精工雕琢

このレストランの料理はデザートまで手が込んでいる。
這間餐廳的料理連甜點都精心製作。

N1 手が回らない　　　　　　　　　　　　　應付不來、無法兼顧

体調が悪くて家事にも全然手が回らない状態だ。
因為身體不舒服，完全無法兼顧家事。

N1 手ぐすねを引く　　　　　　　　　　磨拳擦掌、做好萬全準備

選手たちは手ぐすねを引いて試合の日を待っている。
選手們做好萬全準備，等待比賽的來到。

N1 手応えがある　　　　　　　　　　　　　　　　　　表現出色

面接の手応えがあっても不合格になる可能性はある。
即使在面試時雖然表現出色，也有可能會不合格。

N1 手塩にかける　　　　　　　　　　　　　細心栽培、悉心照顧

手塩にかけて育てた娘が無事に大学を卒業し、社会に出る。
悉心栽培養育長大的女兒順利地大學畢業，出社會了。

N1 手助けする　　　　　　　　　　　　　　　　　　　　幫助

おもちゃは子供の成長を手助けする役割がある。
玩具扮演著幫助孩子成長的重要角色。

N1 手玉に取る　　　　　　　　　　　　　　　　　　　捉弄、操縱

▶在特技中使用的球也叫做「手玉」。

国民を手玉に取ってだまし続けた政治家を許すことはできない。
不能原諒持續欺騙，並將國民玩弄在股掌之間的政治家。

N1 手取り足取り　　　　　　　　　　　　　　　　　　親自、從頭到尾

新入社員のとき、先輩が手取り足取り面倒をみてくれた。
新進員工時期，前輩細心指導並照顧我。

N1 手に汗握る　　　　　　　　　　　　　　　　　　　捏把冷汗、提心弔膽

結果は残念だったけど、手に汗握る素晴らしい試合だった。
結果雖然遺憾，但是這是一場讓人捏把冷汗的精彩比賽。

N1 手に余る　　　　　　　　　　　　　　　　　　　　解決不了、超出能力範圍

自分の手に余る問題なので、上司に相談しようと思う。
這是超出我能力範圍的問題，所以我打算跟上司商量。

N1 手に負えない　　　　　　　　　　　　　　　　　　無法負荷、難以應付

庭の雑草が伸びて、一人では手に負えない状態だ。
庭院雜草叢生，是我一個人無法修整的狀態。

N1 手の平を返す　　　　　　　　　　　　　　　　　　翻臉如翻書

▶同義的表達還有「手の裏を返す」。

彼は計画に反対してきたのに、いきなり手の平を返して賛成に回った。
他原本是反對這個計劃的，但卻突然改變主意表示贊同。

N1 手放せない　　　　　　　　　　　　　　　　　必須要有、無法放手

この道具を一度使ったら、あまりの便利さに手放せなくなるだろう。
這個道具只要用過一次，就會發現非常方便，讓你不想放手吧！

N1 手前味噌を並べる　　　　　　　　　　　　　　　自吹自擂、自我誇耀

首相は減税政策により経済成長が促され、雇用が創出されたと手前味噌を並べた。
首相自誇地宣稱，減稅政策促進經濟成長，創造了就業機會。

N1 手間暇かける　　　　　　　　　　　　　　　　　費時費力、不惜精力

おいしい料理を作るためには、手間暇かけることが大切だ。
要製作美味的料理，花費時間和精力是很重要的。

N1 手間を取る　　　　　　　　　　　　　　　　　　花費時間和精力

このアプリを使えば手間を取らずに簡単に予約ができます。
使用這個應用程式的話，就可以輕鬆簡單地預約。

N1 手も足も出ない　　　　　　　　　　　　　　　　束手無策

数学のテストは、問題が難しすぎて手も足も出なかった。
數學考試，題目太難我完全束手無策。

N1 手を打つ　　　　　　　　　　　　　　　　　　　採取行動

今のうちに何か手を打たないと事態はますます悪化するでしょう。
如果現在不採取任何行動，情況只會越來越糟吧！

N1 手を借りる　　　　　　　　　　　　　　　　　　尋求幫助

年をとっても出来るだけ人の手を借りることなく自立して生きていきたい。
即使上了年紀也想盡量不依靠他人自立生活。

N1 手を止める　　　　　　　　　　　　　　　　　停手、放下
野村さんは、私の質問に自分の仕事の手を止めて丁寧に教えくれた。
野村小姐她在我有疑問時會放下自己手邊的工作細心地教導我。

N1 手を抜く　　　　　　　　　　　　　　　　　　偷工減料
大切な工事なので、手を抜くようなことがあってはならない。
因為是重要的工程，絕對不可以發生偷工減料的情形。

N1 手を引く　　　　　　　　　　　　　　　　　　　退出
前田会長は、引退し経営から完全に手を引いた。
前田會長在引退後徹底退出公司營運。

N1 手を焼く　　　　　　　　　　　　　　　　　棘手、難以應付
彼女を説得するのには相当手を焼いた。
說服她花費了相當大的功夫。

N1 何食わぬ顔　　　　　　　　　　　　　　　佯裝不知、若無其事
彼は何食わぬ顔で嘘をつくから、そのまま信じない方がいいよ。
他會若無其事地說謊，最好不要輕易相信比較好喲！

N1 二の足を踏む　　　　　　　　　　　　　　　　　猶豫不決
外が寒すぎて外出するのに二の足を踏む。
外面太冷了，在猶豫要不要出門。

N1 二枚舌を使う　　　　　　　　　　　　　說謊、口是心非、表裡不一
二枚舌を使う人とは友達になれない。
無法和表裡不一的人做朋友。

N1 寝耳に水　　　　　　　　　　　　　青天霹靂、晴天霹靂、非常震驚

友人が転校するという話は寝耳に水だった。
聽到朋友要轉校的消息後感到非常地震驚。

N1 喉から手が出る　　　　　　　　　　　　渴望得到、迫切地想要

▶ 直譯是「從喉嚨裡伸出手來」，比喻「非常渴望得到」的意思。

この時計、喉から手が出るほど欲しかったんだ。
我非常渴望得到這個時鐘。

N1 喉元過ぎれば熱さを忘れる　　　　　好了傷疤忘了疼、過河拆橋

世話になった人を裏切るなんで、まさに喉元過ぎれば熱さを忘れるだな。
竟然背叛曾經照顧過自己的人，這真是典型的過河拆橋。

N1 歯が立たない　　　　　　　　　　　　　　　　　　　　敵不過

あのチームはとても強くて歯が立たない。
那支隊伍實力堅強，我們完全敵不過。

N1 歯ぎしりをする　　　　　　　　　　　　　　悔恨至極、咬牙切齒

延長戦の末、１点差で負け、悔しくて歯ぎしりをした。
延長賽的最後，以一分之差輸給對方，悔恨得咬牙切齒。

N1 歯切れが悪い　　　　　　　　　　　　　　口齒不清；含糊其詞

配置転換についての課長の説明はどうも歯切れが悪く、すっきりと納得できない。
對於職位調動課長的說明含糊其詞，讓人無法完全心服口服。

N1 歯ごたえがある　　　　　　　　　　　　　　　有嚼勁；有幹勁

歯ごたえのある仕事がしたい。
想做有幹勁的工作。

N1 肌で感じる　　　　　　　　　　　　　　　　切身感受

地震被災者の支援活動に参加し、被災者の苦しみを肌で感じた。
我參加了地震災區災民的支援活動，切身感受到災民的痛苦。

N1 初耳　　　　　　　　　　　　　　　　　　　初次耳聞

その話は初耳です。もっと詳しく知りたいですが。
我第一次聽到那件事。想再知道詳細一點。

N1 歯止めがかかる　　　　　　　　　　　　　　情勢趨於平穩

消費が回復し、長い景気低迷にようやく歯止めがかかった模様だ。
消費已恢復，長期經濟景氣低迷的情勢終於趨於平穩。

N1 鼻が高い　　　　　　　　　　　　　　　　　感到自豪

息子が難しい試験に合格したので、私も鼻が高い。
兒子通過高難度的考試，我感到非常自豪。

N1 鼻であしらう　　　　　　　　　　　　　　　冷淡對待、嗤之以鼻

お金を借りるため、銀行を回ったが、どこも鼻であしらう態度だった。
為了借錢去了好幾間銀行，結果到處都是冷淡對待。

N1 鼻にかける　　　　　　　　　　　　　　　　驕傲自大

彼は成績が良いのを鼻にかけているので、あまり好きではない。
因為他總是誇耀自己的好成績，所以我不太喜歡他。

N1 鼻につく　　　　　　　　　　　　　　　　　　　令人厭煩

彼の知ったかぶりする話し方が鼻につく。
他那不懂裝懂的講話方式真令人厭煩。

N1 鼻持ちならない　　　　　　　　　　　　　　　令人無法忍受

あの人は自尊心ばかり強く、鼻持ちならない人だ。
那個人自尊心極強，令人無法忍受。

N1 鼻をあかす　　　　　　　　　　　　　　　趁人不備、出奇制勝

今度こそテストで満点をとって、ライバルの鼻をあかしてやりたい。
這次的考試一定要拿到滿分，讓競爭對手大吃一驚。

N1 腹が黒い　　　　　　　　　　　　　　　內心狡猾、心術不正

彼はやさしそうに見えても、腹が黒い人だから気をつけた方がいい。
他看起來面容和善，但其實是個心術不正的人，小心一點比較好。

N1 腹が据わる　　　　　　　　　　　　　　有決斷力、態度堅定

リーダーの腹が据わっていないと、グループはまとまらない。
領導沒有決斷力的話，無法使團隊統一團結。

N1 腹を探る　　　　　　　　　　　　　　　刺探心意、打探內心

誰が次の課長になるのか、僕が人事部長に当たって腹を探ってみよう。
我來向人事部長打探看看，誰是下一任的課長。

N1 腹を立てる　　　　　　　　　　　　　　　　　　發怒生氣

彼は細かいことにすぐ腹を立ててしまう。
他容易因為小事發脾氣。

234

N1 腹を割る　　　　　　　　　　　　　　　　推心置腹、坦誠交談

腹を割って話せる友達が欲しい。
想要有可以推心置腹談話的朋友。

N1 膝が笑う　　　　　　　　　　　　　　　雙腳筋疲力盡發軟

長時間山登りをしたら、膝が笑ってきた。
長時間爬山之後，結果雙腳筋疲力盡發軟。

N1 膝を打つ　　　　　　　　　　　（突然領悟時）拍大腿、拍案叫絕

▶ 比喻「突然想到主意」、「感到敬佩」時使用的表達方式。

膝を打つような素晴らしいアイディアを君に期待しているよ。
期待你能想出令人拍案叫絕的好點子。

N1 額に汗する　　　　　　　　　　　　　　　　揮汗努力地工作

▶ 直譯是「額頭冒汗」，比喻為「揮汗工作」，更引申出「辛勤工作」的意思。

額に汗して働く人が報われる社会を作るべきだ。
應該建構一個揮汗辛勤工作的勞動者能得到回報的社會。

N1 人の口に戸は立てられぬ　　　　　止不住謠言、無法讓別人閉嘴

▶ 不能因為對方說了不利的話就讓對方閉嘴的意思。

人の口に戸は立てられぬというように、噂はあっという間に広がってしまう。
就像是無法關住別人的嘴巴一樣，謠言一下子就會擴散開來。

N1 人目を引く　　　　　　　　　　　　　　　　　　　　引人注目

華やかに着飾った彼女の姿は人目を引いた。
穿著打扮華麗的她，吸引到了人們的目光。

へそで茶を沸かす　　　　　　　　　　　　　　捧腹大笑、笑掉大牙

君がダイエットするなんてへそで茶を沸かすよ。
你竟然要減肥，真是令人笑掉大牙呀！

へそを曲げる　　　　　　　　　　　　　　　鑽牛角尖、鬧彆扭

彼はへそを曲げたらしばらくは口もきかない。
他鬧起彆扭的話，短時間不會開口說話。

頬が落ちる　　　　　　　　　　　　　　　　　　極為美味

▶ 直譯為「（因為好吃）臉頰快要掉下來」。也可以用「ほっぺたが落ちる」來表達。

焼き上がったばかりの餃子は頬が落ちるほどおいしかった。
剛煎好的煎餃是令人齒頰留香般的美味。

骨折り損のくたびれ儲け　　　　　　　　　徒勞無功、竹籃打水一場空

ゲーム機を買うため、あちこち探し回ったが、どこも売り切れていて骨折り損のくたびれ儲けだった。
為了買遊戲機，四處奔波尋找，結果到處都賣光了，真是竹籃打水一場空。

骨が折れる　　　　　　　　　　　　　　　　　　艱辛困難

▶ 直譯為「骨頭折斷」，指非常辛苦的意思。

海外出張の取材というのは、なかなか骨が折れる仕事だ。
到海外出差採訪是一件非常艱辛困難的工作。

目の当たりにする　　　　　　　　　　　　　　　親眼目睹

実際に事故現場を目の当たりにして、本当に怖かった。
親眼目睹實際的車禍現場，感到非常害怕。

N1 眉をひそめる　　　　　　　　　　　　　　皺眉、感到不愉快

先生は鈴木君の勝手な行動に眉をひそめた。
老師對鈴木同學任性的舉止露出了不悅的神情。

N1 身動きができない　　　　　　　　　　　　　無法動彈

仕事がたまりすぎて身動きができない状態だ。
工作堆積如山，處於無法動彈的狀態。

N1 身から出た錆　　　　　　　　　　　　　自作自受、咎由自取

▶指的是「為自己的錯誤感到憤怒」的意思。

お酒の飲みすぎで体を壊した。身から出た錆としか言いようがない。
飲酒過度弄壞身體，只能說是自作自受。

N1 身に余る　　　　　　　　　　　　　　　超過名份、過於

このような名誉ある賞をいただき、身に余る光栄です。
能獲得如此榮譽的獎項，感到無比地光榮。

N1 身に覚えがない　　　　　　　　　　　　　不記得、沒印象

知人に、身に覚えのない事を言いふらされて傷ついた。
朋友到處散播一些我沒做過的事，讓我很傷心。

N1 身に染みる　　　　　　　　　　　　深深感受、銘記於心

病気になって初めて平凡な暮らしのありがたさが身に染みた。
生病之後我才深刻地感受到平凡生活的可貴。

N1 身につく　　　　　　　　　　　　　　　　學會習得

外国に住んでいると、その国の習慣が知らず知らず身につくものだ。
住在外國，會不知不覺之間學會了該國的風俗習慣。

N1 身につける　　　　　　　　　　　　　　　培養、習得、獲取；（衣飾）穿、戴

販売員は、商品をわかりやすく説明するスキルも身につける必要がある。
銷售員必須要習得簡潔易懂地說明產品的技巧。

N1 耳が痛い　　　　　　　　　　　　　　　　　　　　　　刺耳、逆耳

友達の忠告を聞くのは耳が痛いが、その忠告に感謝しなければならない。
朋友的忠言聽起來雖然逆耳，但還是必須感謝那些忠言。

N1 耳が早い　　　　　　　　　　　　　　　　消息靈通、第一時間知道

彼女は耳が早いから、もう知ってるだろう。
她消息靈通，應該早就知道了吧！

N1 耳にたこができる　　　　　　　　　　　　　　　　耳朵長繭、聽膩

君のその自慢話は耳にたこができるほど聞かされたよ。
你那自誇的話我聽到耳朵都長繭了。

N1 耳を傾ける　　　　　　　　　　　　　　　　　　　　　　傾聽

生徒たちは先生の話に真剣に耳を傾けている。
學生們認真地傾聽老師說的話。

N1 身を置く　　　　　　　　　　　　　　　　　　　　　投身（服務）

私は１０年以上広告業界に身を置いている。
我已在廣告業界服務超過十年以上。

N1 身を削る　　　　　　　　　　　　　　　　　　　　　　犧牲奉獻

行政サービスといえども身を削るような努力を惜しんではならない。
雖然是行政服務，也應該不惜犧牲奉獻地努力。

N1 身を立てる　　　　　　　　　　　　　　　　立足謀生、安身立命

私は歌手として身を立てたいと思っている。
我想作為歌手立足謀生。

N1 身を乗り出す　　　　　　　　　　　　　　　　積極參與、主動

興味のある映画の話だったので、身を乗り出して聞いてしまった。
因為是有興趣的電影話題，因此主動靠近聆聽。

N1 胸が痛む　　　　　　　　　　　　　　　　　　　　痛心難過

戦争で死んでいく人のことを思うと胸が痛みます。
一想到因為戰爭而死去的人們就心痛不已。

N1 胸が一杯になる　　　　　　　　　內心充滿著…的情緒、內心激動

受験に合格して、喜びと期待で胸が一杯になった。
通過考試後，內心充滿著喜悅和激動。

N1 胸が詰まる　　　　　　　　　　　　　　　　　　　感慨萬千

被災者たちが協力し合う姿を見て胸が詰まる思いだった。
看到災民們齊心合力的樣子讓我感慨萬千。

N1 胸に刻む　　　　　　　　　　　　　　　　銘記在心、刻骨銘心

鈴木先生のご助言を胸に刻んで頑張っていきたいと思います。
我想把鈴木老師的建言銘記在心，並持續努力下去。

N1 胸に迫る　　　　　　　　　　　　　　　　深受感動、百感交集

この小説は、読んでるうちに、涙が出るほど胸に迫るところがある。
在讀這本小說時，有些令人感動落淚的地方。

N1 胸に秘める 藏在心裡

卒業生として母校の誇りを胸に秘めて、社会で頑張ってください。
作為畢業生請將母校的榮譽深藏在心裡，並在社會上努力奮鬥下去。

N1 胸を熱くする 心情激動

この映画は、見る者の胸を熱くしてくれるだろう。
那部電影會讓觀眾心情激動不已！

N1 胸をなでおろす 放下心來、鬆一口氣

彼が無事だという話を聞いて胸をなでおろした。
聽到他平安的消息後鬆了一口氣。

N1 胸を張る 抬頭挺胸、充滿自信

学校の代表として、胸を張って堂々と試合に臨んでください。
作為學校的代表，請抬頭挺胸光明正大地面對比賽吧！

N1 目が肥える 有眼光；很精明

この頃のお客さんは目が肥えているから、質の悪い物は売れない。
最近的顧客對產品很有眼光，品質差的東西是賣不出去的。

N1 目が冴える 眼睛明亮、頭腦清醒

疲れているのに、ベッドに入ると目が冴えてしまって眠れない。
明明很累了，躺在床上後卻意外頭腦清醒無法入眠。

N1 目が覚める 睜開眼睛、醒來

夜中に目が覚めたまま寝られなかった。
半夜睜開眼睛後就一直睡不著。

240

N1 目頭が熱くなる　　　　　　　　　　　　　　　熱淚盈眶

賞をもらった時には、感激のあまり、目頭が熱くなりました。
獲得獎項時，因為太過感動而熱淚盈眶。

N1 目がない　　　　　　　　　　　　　　　非常喜歡、對…沒有抵抗力

▶主要用於對食物方面的表達。

父はお酒に目がない。
父親非常喜歡酒。

N1 目が回る　　　　　　　　　　　　　　　　　　　　暈頭轉向

今年は就職活動と卒業論文の準備で目が回るほど忙しい。
今年為準備工作面試和畢業論文忙到暈頭轉向。

N1 目から鼻に抜ける　　　　　　　　　　　　　　　　聰明伶俐

彼は目から鼻に抜けるような人で、困った状況でもすぐに解決してしまう。
他是聰明伶俐的人，就算碰到麻煩也能夠立即解決。

N1 目と鼻の先　　　　　　　　　　　　　　　　　　　近在咫尺

家から駅までは目と鼻の先です。
從家裡到車站的距離近在咫尺。

N1 目に余る　　　　　　　　　　　　　　　　無法容忍、看不下去

あの学生の授業中の態度は目に余るものがある。
那位學生在課上時的態度令人無法忍容。

N1 目に障る　　　　　　　　　　　　　　　　　　　　　　礙眼

彼にとって私は目に障る存在でしょう。
對他來說，我是礙眼的存在吧。

N1 目にする
看到

私たちは身の回りで様々な商品広告を目にしている。
我們經常在自身周遭看到各式各樣的商品廣告。

N1 目の上のこぶ
眼中釘、絆腳石

▶「こぶ」的漢字是用「瘤」，也可唸作「たんこぶ」。

サラリーマンにとって、うるさい上司は目の上のこぶのような存在だ。
對上班族而言，囉嗦的上司就像眼中釘一般的存在。

N1 目を三角にする
怒視瞪眼

いつも遅刻する私に、友人は目を三角にして怒った。
我總是遲到，朋友氣得瞪大眼睛斥責我。

N1 目を白黒させる
嚇得目瞪口呆

「テストのトップは君だ」と言われて、僕は一瞬目を白黒させた。
突然被告知「考試第一名是你」，讓我一瞬間嚇得目瞪口呆。

N1 目を背ける
移開視線、視而不見

我々はどこに住んでいても、気候変動から目を背けてはならない。
無論我們住在哪裡，都不能對氣候變遷視而不見。

N1 目を付ける
看中、盯上

▶「目」也可以用「眼」來表達。

前から目を付けていたコートをセールで安く買った。
在特賣會上便宜買到之前看中的一件外套。

N1 目を離す　　　　　　　　　　　　　　　　　　　　離開視線

幼い子供がいる家は、絶対に子供から目を離してはいけない。
有年幼的孩子的家庭，絕對不可以讓小孩離開大人的視線。

N1 目を見張る　　　　　　　　　　　　　　　　　　瞪大眼睛、驚嘆不已

彼女のピアノの素晴らしさは目を見張るものがある。
她精湛的鋼琴演奏令人驚嘆不已。

N1 指をくわえる　　　　　　　　　　　　　　　　　　垂涎、感到羨慕

欲しいものがあるのにお金がない。指をくわえて見ているしかない。
有想要的東西卻沒有錢。只能羨慕地看著。

N1 良薬は口に苦し　　　　　　　　　　　　　　　　　　　　良藥苦口

▶ 良藥是苦口的，而忠告是很難聽進去的意思。

先生の忠告は「良薬は口に苦し」で、内心憤ったときもある。しかし、今の私があるのは、結局その忠告のおかげだった。
老師那「良藥苦口」的忠告，有時候會讓我感到憤慨。但最終還是要感謝那些忠言才有現在的我。

N1 脇目も振らず　　　　　　　　　　　　　　　　　　十分專注、毫不分心

明日の試験に備えて脇目も振らず勉強した。
為準備明天的考試毫不分心地唸書。

Chapter

6

慣用語（一般）

按照級別收錄 547 個與
俗話有關的表達。

N2 相性がいい　　　　　　　　　　　　　　　搭配適合；（性質、個性）相合

このサンドイッチは、りんごジュースとも相性がいいです。
這個三明治搭配蘋果汁也很合適。

N2 朝飯前　　　　　　　　　　　　　　　　　輕而易舉、小菜一碟

漢字のテストなんか朝飯前だよ。
漢字測驗簡直是小菜一碟。

N2 後にする　　　　　　　　　　　　　　　　離開

いつの時代でも、都会にあこがれて故郷を後にする若者がいる。
不管是什麼時代，都會有嚮往都市離開故鄉的年輕人。

N2 後回しにする　　　　　　　　　　　　　　拖延、置之於後

私はすべきことを後回しにする癖が治りません。
我改不了把事拖延到最後一刻才做的習慣。

N2 脂が乗る　　　　　　　　　　　　　　　　漸入佳境

入社3年目になり、ようやく仕事に脂が乗ってきた。
進公司滿第三年，工作終於漸入佳境。

N2 息を殺す　　　　　　　　　　　　　　　　憋氣、屏息

彼は仲間が次々と打ち倒されていく様子を、物陰から息を殺して見ていた。
他躲在暗處屏住呼吸，看著同伴們一個個地被打倒的樣子。

N2 命を懸ける　　　　　　　　　　　　　　　拼上性命

彼は製品の開発に命を懸けて取り組んでいる。
他全力以赴地在產品開發上拼命努力。

N2 色眼鏡で見る　　　　　　　　　　　　　以有色的眼光

人を色眼鏡で見る態度はよくない。
以有色的眼光看人的態度是不好的。

N2 甲斐がある　　　　　　　　　　　　　　値得、有回報

頑張った甲斐があって、試験に合格できた。
努力有了回報，考試合格了。

N2 勝ち目がない　　　　　　　　　　　　　沒有勝算

価格競争では大手企業に勝ち目がないので、どうしても避けたい。
在價格競爭方面沒有辦法勝過大型企業，所以無論如何都想避免。

N2 切りがいい　　　　　　　　　　　　　　告一段落

仕事の切りがいいところで一休みしよう。
在工作告一段落的時候稍微休息一下吧！

N2 切りがない　　　　　　　　　　　　　　沒完沒了

こんな仕事をいつまでやっていても、切りがない。
這樣的工作不管做多少，也會沒完沒了。

N2 心に刻む　　　　　　　　　　　　　　　銘記在心

皆様の温かい言葉を心に刻んで仕事に励みたいと思います。
我想將各位暖心的話語銘記在心，努力地工作。

N2 五十歩百歩　　　　　　性質相像、沒有兩樣；五十步笑百步、八斤八兩

▶ 日語中的「五十歩百歩」亦可用於只客觀地（不帶貶意地）形容兩者之間性質相像的情況下。

両社のスマホを見比べてみたが、性能は五十歩百歩だった。
比較了兩家公司的智慧型手機，性能上沒有兩樣。

N2 勝利を収める　　　　　　　　　　　　　　　　　獲得勝利

選挙の結果、新人候補が勝利を収めた。
選舉的結果，由新的候選人成功當選。

N2 ねじを巻く　　　　　　　　　　　　　　　　　　上緊發條

▶用來表示收緊寬鬆的態度或行動。

どうも気が緩みがちだから、ここらでねじを巻いて頑張らなければ。
總覺得最近有點太放鬆了，在這裡得上緊發條努力一點。

N2 ひどい目に遭う　　　　　　　　　　　　　　　　遭遇慘事

海外旅行中、財布をすられるというひどい目に遭った。
在海外旅行時，碰上了錢包被扒走的這樁慘事。

N2 世を渡る　　　　　　　　　　　　　　　　　　　處世（待人）

彼は、世を渡ることは苦手だが、仕事は有能だ。
他雖然不擅長處世待人，但工作很有能力。

N1 ああ言えばこう言う　　　　　　　　　　　　　　故意唱反調

この子は、ああ言えばこう言うで、少しも人の言うことを聞こうとしない。
這孩子，總是故意唱反調，一點都不願意聽別人的意見。

N1 相槌を打つ　　　　　　　　　　　　　　　　　　附和回應、幫腔

▶「つち（槌）」是鐵槌的意思。這個詞源自於古時候鐵匠鋪裡，鐵匠在打鐵時，其弟子或助手就站在師傅的對面一起幫忙打鐵的樣子。

彼は真剣に相槌を打ちながら彼女の話を聞いていた。
他一邊認真地附和點頭，一邊聽著女朋友說話。

N1 あうんの呼吸
默契配合、有默契

チームでやるスポーツはあうんの呼吸がとても大切だ。
以團隊進行的運動，默契配合是極為重要的。

N1 青菜に塩
無精打采、萎靡不振

彼は試合の最後で逆転負けし、青菜に塩のようになっている。
他在比賽最後逆轉落敗後，變得萎靡不振。

N1 青は藍より出でて藍より青し
青出於藍更勝於藍

あの小説家の門下からノーベル賞受賞者が出た。まさに「青は藍より出でて藍より青し」である。
那位小說家的門生中出現了諾貝爾獎的得主。真是所謂的「青出於藍更勝於藍」。

N1 赤子の手を捻る
易如反掌、輕而易舉

あんな練習不足のチームと対戦するのは、赤子の手を捻るようなものだ。
跟那樣練習不夠的隊伍比賽，簡直就是易如反掌般的簡單。

N1 秋の日は釣瓶落とし
秋天日落快

秋の日は釣瓶落としで、あっという間に真っ暗になってしまった。
秋天日落得快，一下子就天色就變得暗了。

N1 悪事千里を走る
壞事傳千里

▶ 意思是有關壞事的謠言會迅速地傳播開來。

彼が浮気していることを、もうみんな知っているなんて、まさに「悪事千里を走る」だ。
他外遇的事，大家居然都知道了，正所謂的「壞事傳千里」就是這樣。

N1 悪銭身に付かず　　　　　　　　　　　　　　　　　　　不義之財難久留

宝くじでお金を得ても、「悪銭身に付かず」ですぐに使い果たしてしまうだろう。

靠中彩券得來的獎金，也會是「不義之財難久留」，馬上就會用光了吧！

N1 挙げ句の果てに　　　　　　　　　　　　　　　　　　　　　最後結果

会議で言い争っていた二人は、挙げ句の果てにつかみ合いの喧嘩になった。

在會議上爭執不休的兩人，最後竟然演變成激烈的肢體衝突。

N1 味も素っ気もない　　　　　　　　　　　　　　　　無色無味、平淡無奇

彼の文章は事実を列挙しているばかりで味も素っ気もない。

他的文章只是一昧地陳述事實，平淡無奇。

N1 悪貨は良貨を駆逐する　　　　　　　　　　　　　　　　劣幣驅逐良幣

▶起源於經濟諺語，後來被引用表示「壞事驅逐好事」。這裡的「驅逐」是「趕出去」的意思。

次第にコンテンツの質が下がっていくのは、まさに「悪貨は良貨を駆逐する」というものである。

內容品質逐漸下降，正是所謂的「劣幣驅逐良幣」的情況吧！

N1 当てがない　　　　　　　　　　　　　　　　　　　沒有預備、沒有打算

次の職の当てがないまま退職するなんて無謀じゃないか。

下一份工作都沒有著落就離職，真是太魯莽了。

N1 後の祭り　　　　　　　　　　　　　　　　　　為時已晚、太遲了；馬後炮

クリックをした直後に間違いだったことに気づいたが、もう後の祭りだった。

點選之後才發現錯誤，但已經為時已晚了。

N1 穴があったら入りたい　　　　　　　　　　　想找洞鑽進去

学生のときの下手な作文を子供たちに見られ、穴があったら入りたい気分だった。
被孩子們看到學生時期寫的文筆差勁的作文，真想找個洞鑽進去。

N1 危ない橋を渡る　　　　　　　　　　　　　　鋌而走險

お金は欲しいが、危ない橋を渡ってまでしてお金を得ようとは思わない。
雖然想要錢，但從沒想過要鋌而走險去賺錢。

N1 虻蜂取らず　　　　　　　　　　　　　　　　落得兩頭空

▶ 字面的意思是「無法同時抓住虻和蜜蜂」，與另一個諺語「想同時抓兩隻兔子，一隻也抓不到」的表達相同，意思是貪心卻得不到任何東西。

あれこれ手を出したが、結局虻蜂取らずになってしまった。
那個這個都做的結果，卻落得兩頭空。

N1 油を売る　　　　　　　　　　　　　　　　　打混摸魚

そんなところで油を売っていないで、ちょっと手伝ってください。
不要在那邊打混摸魚，過來幫忙我一下。

N1 油をしぼる　　　　　　　　　　　　　　　　嚴厲責罵、訓話

授業をサボって遊びに行ったことがバレてしまい、父にたっぷり油をしぼられた。
蹺課出去玩的事被發現，結果被父親嚴厲地訓斥一番。

N1 天邪鬼　　　　　　　　　　（日本傳說的一種妖怪）天邪鬼；喜歡唱反調

彼は天邪鬼だから、いつも人の意見に反対する。
他是個喜歡唱反調的人，總是反對他人的意見。

N1 雨降って地固まる　　　　　　　　　　風雨過後更凝固；不打不相識

あれだけ反目しあっていた二人が固い友情で結ばれるなんて、まさに「雨降って地固まる」だ。

曾經如此互相對立的兩人，竟然可以締結堅定的友情，這真是所謂的「不打不相識」。

N1 蟻の穴から堤も崩れる　　　　　　　　　　千里之堤，潰於蟻穴

「蟻の穴から堤も崩れる」というから、どんな小さなミスも放置してはならない。

古有云：「千里之堤，潰於蟻穴」，再怎麼小的錯誤也絕對不可以放任不管。

N1 泡を食う　　　　　　　　　　大吃一驚

いきなり入ってきた捜査官たちに、犯人たちは泡を食って逃げ出そうとした。

對於突然衝進來的警員，犯人們大吃一驚地慌忙逃跑。

N1 案の定　　　　　　　　　　果其不然、不出所料

空が曇ってきたと思ったら、案の定雨が降り出した。

才覺得天空開始變暗，果其不然開始下起雨來。

N1 勢いに乗る　　　　　　　　　　順勢前進

私たちのチームは最初の試合で大勝利し、勢いに乗ってそのまま決勝戦まで進んだ。

我們的隊伍在首次比賽中大勝一場，就這樣順勢前進到了決賽。

N1 息が合う　　　　　　　　　　步調一致、有默契

二人の演奏は、とても息が合って、耳に心地よかった。

兩個人的演奏，非常地有默契，聽起來很舒服。

N1 息が切れる　　　　　　　　　　　　　　　　　　　上氣不接下氣

駅の階段を上がっただけなのに息が切れた。
光是爬上車站的樓梯就上氣不接下氣。

N1 息をつく暇もない　　　　　　　　　　　　　　　　沒時間喘息

この店は週末となると、息をつく暇もないほど忙しくなる。
這間店只要到了週末，就會忙到沒時間喘息。

N1 いざ鎌倉　　　　　　　　　　　　　　　　　　　　一到緊要關頭

日ごろの訓練を怠っていると、いざ鎌倉というときに対処できないだろう。
若是平時怠於訓練，一到了緊要關頭可能就會無法應對了吧！

N1 いざという時　　　　　　　　　　　　　　　　　　突發狀況

いざという時に備えて、防災グッズを用意する。
為了應付緊急的突發狀況，準備防災用品。

N1 石の上にも三年　　　　　　　　　　　　　　　　　鐵杵磨成繡花針

「石の上にも三年」というように、語学もコツコツ努力すれば、必ずできるようになります。
如同「鐵杵磨成繡花針」這句話一樣，語言的學習也能勤奮不懈地努力的話，一定可以掌握的。

N1 石橋を叩いて渡る　　　　　　　　　　　　敲過石橋之後才走、謹慎小心

彼は石橋を叩いて渡るような用心深い人だ。
他是一個連走石橋都要敲過後才走那樣謹慎小心的人。

N1 医者の不養生　　　　　　　　　　　　　對別人說教，自己卻做不到

ダイエットコーチが甘いもの好きだなんて、まさに「医者の不養生」だ。
減肥教練卻喜歡吃甜食，這真是典型的「對別人說教，自己卻做不到」。

N1 意地を張る
一意孤行、固執己見

そんなつまらないことに意地を張らないでください。
請不要在無所謂的事情上固執己見。

N1 急がば回れ
欲速則不達

日本語が上手になりたいなら、「急がば回れ」というように、基礎に力を入れるべきだ。
如果想要讓日文變好，如同「欲速則不達」這句話一樣，應該要穩固基礎能力才對。

N1 いたちごっこ
此消彼長、（問題或狀況）源源不絕，沒完沒了

いくらセキュリティーを強めてもさらに強力なウイルスが出てくるのは、まさにいたちごっこだ。
再怎麼加強安全措施，依然會有更強大的病毒出現，這正是所謂的此消彼長。

N1 板に付く
得心應手、技術純熟、駕輕就熟

人前に出るのを怖がっていた彼女も、教師になって１年もすると、先生らしさが板に付いてきた。
以前很害怕站在人前的她，成為教師一年之後，已經駕輕就熟很有老師的樣子。

N1 一か八か
孤注一擲

無理かもしれないが、一か八かやってみよう。
雖然可能行不通，但就孤注一擲試試看。

N1 一事が万事
窺見一斑

父は、私がああ言うとこう言い、こう言うとああ言う。一事が万事この調子だ。
我這麼說父親就那樣說，不管我說什麼他都會反對。平時的態度由此可窺見一斑。

N1 一年の計は元旦にあり　　　　　　　　　　　　一年之計在於春

「一年の計は元旦にあり」ということで、年初に日本語学習の計画を立てた。
俗話說「一年之計在於春」，在年初時就擬定好日語學習的計劃。

N1 一目置く　　　　　　　　　　　　　　　　　敬重、重視、看重

▶ 認可比自己實力堅強的人並表示敬意的表達。

北山課長は、新入社員の頃から一目置かれる存在だったらしい。
北山課長從新人的時期開始，似乎就是受人尊重的存在的人物。

N1 一夜漬け　　　　　　　　　　　　　　　　臨時抱佛腳、臨陣磨槍

一夜漬けの勉強でテストに臨むのはあまり勧めたくない。
不太建議用臨時抱佛腳的心態來準備考試。

N1 一翼を担う　　　　　　　　　　　　　　　　　　　擔任一職

彼は、研究に邁進して半導体産業の一翼を担いたいと語っている。
他表示想努力地精進研究，在半導體產業擔任一角。

N1 一巻の終わり　　　　　　　　　　　　　　　　一章結束、終結

この取引で失敗したら、わが社は一巻の終わりだ。
如果這筆交易失敗了，我們公司就會結束了。

N1 一騎打ち　　　　　　　　　　　　　　　　一對一對決、單挑

今度の市長選は、現職と新人候補との一騎打ちとなった。
這次的市長選舉，成為現任候選人與新候選人之間一對一的對決。

N1 一国一城の主　　　　　　　　　　　　　　　一國之王；一家之主

彼は自分の家を持てて、一国一城の主になった気分だった。
他擁有了自己的房子，感覺自己變成了一家之主。

N1 一寸先は闇　　　　　　　　前途莫測、世事難料

今年のビジネスは順調だったが、一寸先は闇というから、来年どうなるか分からない。

今年的生意雖然進展順利，但世事難料，明年不知道會如何。

N1 一寸の虫にも五分の魂　　　　　　　　匹夫不可奪其志

「一寸の虫にも五分の魂」だ。新人だからといって、見くびってはならない。

俗話說：「匹夫不可奪其志」。不能因為是新人，就小看他。

N1 一石を投じる　　　　　　　　掀起波瀾、掀起爭論

会議における彼の提案は、会社のあり方に一石を投じた。

他在會議上的提案，為公司的營運方式掀起了一場爭論。

N1 一線を画す　　　　　　　　截然不同

彼女の演奏は、他の出演者とは一線を画した素晴らしいものだった。

她的演奏，與其他的演奏者截然不同，非常令人讚嘆。

N1 一端を担う　　　　　　　　承擔一部分責任

その企業は、代替エネルギーの開発により環境保全の一端を担っている。

那個企業透過代替能源的開發，在環境保護上承擔一部分責任。

N1 いつまでもあると思うな親と金　　　　　　　　父母和錢不會永遠存在

「いつまでもあると思うな親と金」というように、現在の状況は永遠に続くものではない。

就像「父母和錢不會永遠存在」一樣，現在的狀況不會一直持續下去。

N1 居ても立ってもいられない　　　　　　　　　　　坐立難安

入学試験の結果が心配で、居ても立ってもいられない気持ちだった。
擔心入學考試的結果，整個是坐立難安的心情。

N1 井戸端会議　　　　　　（婦女們坐在井旁，邊洗衣邊聊天）閒話家常

近所の公園で母親たちが井戸端会議をしている。
附近公園裡，媽媽們正在閒話家常。

N1 糸を引く　　　　　　　　　　　　　　　　　　　暗中操作

この事件は誰かが裏で糸を引いているに違いない。
這件事一定有人在背後暗中操作。

N1 犬も歩けば棒に当たる　　做了某事後會意外遭惹禍端；出門在外意外得到好運

▶這句話同時有「遇到意想不到的好運」和「做了超出自己能力範圍而遭遇意外的狀況」這兩種意思。

「犬も歩けば棒に当たる」というから、あまりいろいろな所に首を突っ込まない方がいい。
有「著手做了某事後會常常遭惹禍端」的說法，所以最好不要到處插手去管閒事。

N1 命あっての物種　　　　　　　　　　　　　保住性命，就還能有未來

自然災害により家と財産を失ったが、家族みんな無事だったので、「命あっての物種」と気を取り直すことにした。
雖然因為天災失去了房子和財產，但全家人平安無事，所以說「保住性命，就還能有未來」，我們決定重新振作起來。

N1 井の中の蛙大海を知らず　　　　　　　　　　　井蛙語海

「井の中の蛙大海を知らず」という状態にならないよう、いつも世界に関心を持っている必要がある。
為了不變成「語海的井蛙」，我們必須隨時保持對世界的關心。

N1 茨の道　　　　　　　　　　　　　　　　　滿佈荊棘之路；（人生）艱困的路程

たとえ茨の道を歩むことになっても、志をなしとげたい。
即使要走上艱困的路程，我也想完成志向。

N1 芋づる式　　　　　　　　　　　　　　　　接二連三、一個接著一個

詐欺事件の関係者が芋づる式に逮捕された。
詐欺案件的一干人等接二連三地被逮捕了。

N1 芋を洗うようだ　　　　　　　　　　　　　人潮擁擠、人潮洶湧

連休とあって、遊園地は芋を洗うような混雑ぶりだった。
因為連續假期，遊樂園人潮非常擁擠。

N1 色めき立つ　　　　　　　　　　　　　　　騷動不安、躁動不安

社内は人事異動の噂で色めき立っている。
公司內部因為人事異動的傳聞而騷動不安。

N1 言わぬが花　　　　　　　　　　　　　　　　　　　　不說為妙

映画はとても面白かったが、どのように面白かったかは、言わぬが花だろう。
這電影非常有趣，要說有多有趣，還是不說保持神秘比較好吧！

N1 因縁を付ける　　　　　　　　　　　　　　　故意找碴、挑釁

変わった風貌の人がいたので何の気なしに目を遣ったら、なぜ見ると因縁を付けられた。
有個長相奇怪的人，不經意地看了他一眼，結果不知為何被他故意找碴。

N1 魚心あれば水心　　　　　　　　　　　　　　　　　　互敬互讓

「魚心あれば水心」というから、こちらから相手に好意のまなざしを向けることが大切だろう。
所謂的「互敬互讓」，所以向對方釋出善意的眼神也是很重要的。

N1 浮かない顔をする　　　　　　　　　　　　　　　　愁眉苦臉

面接から帰ってきた彼は、ずっと浮かない顔をしている。
從面試回來的他，一直顯著愁眉苦臉的樣子。

N1 浮き沈みが激しい　　　　　　　　　　　　　（情緒）起伏激烈

感情の浮き沈みが激しい人と付き合うのは大変だ。
和感情的情緒起伏劇烈的人交往是很辛苦的。

N1 浮き彫りになる　　　　　　　　　　　　　　清晰可見、浮出水面

今回の選挙によって、国論が二分されていることが浮き彫りになった。
由這次的選舉可見，國家輿論清楚浮現一分為二的情況。

N1 雨後の竹の子　　　　　　　　　　　　　　　　　　雨後春筍

経済が回復し、新規事業が雨後の竹の子のように起こってきた。
經濟復甦，新事業如雨後春筍般的出現。

N1 牛の歩み　　　　　　　　　　　　　　　　　牛步、進展緩慢

現在日本語を勉強しているが、上達のしかたは牛の歩みだ。
雖然我現在正在學日語，但進步的速度相當地牛步。

N1 後ろ指を指される　　　　　　　　　　　　　背後議論、批評指責

後ろ指を指されるような行動は何もしていません。
我沒有做什麼讓人背後議論的行為。

N1 嘘から出たまこと　　　　　　　　　　　　　　　　弄假成真

自分は教師になると冗談で言っていたが、嘘から出たまことで、本当に教師になってしまった。
我開玩笑地說自己要成為老師，沒想到弄假成真，真的變成老師了。

N1 嘘八百 　　　　　　　　　　　　　　　　　胡說八道

あいつが小学生のとき勉強できたなんていうのは、嘘八百だ。
那傢伙從小學開始就很會唸書這點，簡直是胡說八道。

N1 歌は世につれ世は歌につれ 　　　　歌曲隨著潮流，潮流隨著歌曲

「歌は世につれ世は歌につれ」というように、昔の歌はその時代の雰囲気を感じさせてくれる。
就像「歌曲隨著潮流，潮流隨著歌曲」一樣，老歌可以讓我們感受到那個時代的氛圍。

N1 有頂天になる 　　　　　　　　　　　　　　　　歡天喜地

妹は希望の会社に採用されて有頂天になっている。
妹妹被想進去的公司錄用，高興地歡天喜地。

N1 うつつを抜かす 　　　　　　　　　　　　　　心不在焉、沈迷

明日テストなのだから、ＳＮＳにうつつを抜かしている場合ではない。
明天就要考試了，現在不是沈迷社群網站的時候。

N1 うってつけ 　　　　　　　　　　　　　　　　最理想、適合

この公園は散歩するのにはうってつけの場所だ。
這座公園是最適合散步的地方。

N1 うつ伏せになる 　　　　　　　　　　　　　　　　趴著

机にうつ伏せになって寝るのは、体によくないらしい。
趴在桌子上睡覺，對身體不好的樣子。

N1 うなぎ上り 　　　　　　　　　　　　　　　　　直線上升

今年に入ってから国際穀物価格がうなぎ上りに高騰している。
進入今年之後國際穀物的價格呈現直線上升的高漲中。

N1 鵜の真似をする烏

東施效顰

▶ 字面意思是「烏鴉模仿鵜鶘」，是類似於「小鳥學大鳥飛，結果摔斷了翅膀」的表達方式。

君が投資家の真似をしたって、鵜の真似をする烏だ。大損するのが関の山さ。

就算你想要仿效投資家投資，也只會是東施效顰而已。最糟的情況就是遭逢巨額損失。

N1 鵜呑みにする

盲目聽信、囫圇吞棗

▶ 引用鵜鶘把整隻魚吞下去為由來的諺語。

証券会社の担当者の話を鵜呑みにするのは愚かなことだ。

盲目地聽信證券公司窗口人員的話實在是相當愚蠢。

N1 馬が合う

投緣合得來、意氣相投

新しい上司とは馬が合い、仕事以外の付き合いもしている。

跟新的上司很合得來，除了工作以外私底下也有往來。

N1 馬の耳に念仏

對牛彈琴

彼にいくらアドバイスしても馬の耳に念仏で、一向に状況はよくならない。

無論給他多少建議，都像是對牛彈琴一樣，情況一點都沒有好轉。

N1 海千山千

經驗老道、豐富

海千山千のネゴシエイター相手に交渉するのは、大変なことだ。

跟經驗老道的談判者交渉，是件相當困難的事。

N1 海のものとも山のものとも分からない

來路不明、前途莫測

▶ 為「不知道物體的本質或是無法預測前景」的意思。

海のものとも山のものとも分からない人を採用するより、知り合いにいい人を紹介してもらった方が安全だ。

與其錄用來路不明的人，不如請認識的人介紹來得安全。

N1 裏をかく　　　　　　　　　　　　　　　　　出奇制勝、措手不及

あの選手は相手の裏をかいてゴールを決めるのが得意だ。
那位選手擅長在對方措手不及時進球得分。

N1 売り言葉に買い言葉　（爭執、對罵的情況下）你一言我一語、一句來一句去

売り言葉に買い言葉で、つい口が滑って失礼なことを言ってしまった。
你一言我一語的，不小心失言說了失禮的話。

N1 瓜二つ　　　　　　　　　　　　　　　　　　　一個模子刻出來

彼は父親と瓜二つだ。
他和父親簡直就是一個模子刻出來。

N1 噂をすれば影がさす　　　　　　　　　　　　　說曹操，曹操就到

「噂をすれば影がさす」っていうけれど、本当に噂してたら当人が現れて、びっくりした。
雖然「說曹操，曹操就到」，但在談論時當事人就真的突然出現，讓我嚇一大跳。

N1 雲泥の差　　　　　　　　　　　　　　　　　　　天壤之別

都会と田舎では生活費に雲泥の差がある。
都市和鄉下在生活費上有著天壤之別。

N1 栄冠を手にする　　　　　　　　　　　　　　　　獲得榮譽

優勝の栄冠を手にするために、練習に励んでいる。
為了獲得第一名的榮譽，努力地練習。

N1 悦に入る　　　　　　　　　　　　　　　　　　　滿心歡喜

彼女は自分で撮った写真を見ながら、一人悦に入った表情をしている。
她一邊看著自己拍的照片，露出了自我陶醉的表情。

N1 江戸の敵を長崎で討つ　　　　　　　　　在不相關的地方解決問題或報復

仕事のイライラを家族にぶつけるのは、江戸の敵を長崎で討つようなものだ。
把工作上的不滿發洩在家人身上，簡直就是工作的仇報復在家人身上一樣。

N1 絵に描いた餅　　　　　　　　　畫餅

立派な計画を立てても、実行が伴わないために絵に描いた餅に終わってしまうことがある。
就算擬訂了完美的計劃，如果缺乏執行，終究也只是畫餅而已。

N1 海老で鯛を釣る　　　　　　　　　以小博大、一本萬利

▶ 指用小蝦就可以釣到鯛魚的意思。

自動販売機のコーヒー1杯で契約を得ようなんて、海老で鯛を釣ろうとするようなものだ。
光靠一杯自動販賣機的咖啡就想簽訂契約，簡直就是想一本萬利。

N1 襟を正す　　　　　　　　　正襟危坐

▶「衣著整齊、態度端正的話，就能心平氣和面對事物」的意思。

聴衆は、襟を正してその講師の話を聞いていた。
聽眾們正襟危坐，專心聆聽講師說話。

N1 延長線上にある　　　　　　　　　（比喻延續）在延長線上

現在は過去の歴史の延長線上にある。
現在是過去歷史的延續。

N1 縁の下の力持ち　　　　　　　　　無名英雄、默默無名卻有用的人

彼はその会社の縁の下の力持ちとして活躍してきた。
他是那家公司的無名英雄，為該公司的運作發揮重要的作用。

お誂え向き — 最適合、最理想

ここは花見をするのにお誂え向きの場所です。
這裡是賞花最理想的地方。

老いの一徹 — 老頑固

祖父は「老いの一徹」で、一度思い込んだら家族の意見など耳に入らない。
祖父是典型的「老頑固」，一旦認定自己的想法，就聽不進去家人的意見。

驕る平家は久しからず — 驕兵必敗

▶這裡的「おごる」是「傲慢、驕傲」的意思。

その大企業は繁栄から倒産まで何年もかからなかった。まさに「驕る平家は久しからず」を地で行くものだった。
那間大企業從繁榮到破產花不了幾年的時間。這正是「驕兵必敗」的典型例子。

押し問答 — 爭論不休

期日が来ても連絡が来ないので確認したら、申請書が受理されておらず、電話口で押し問答になった。
期限到了還沒收到聯絡確認之後，才發現申請書沒有被受理，於是變成在電話中爭論不休。

お墨付き — 認可、掛保證

このレストランは有名評論家お墨付きの店だ。
這間餐廳是知名評論家掛保證的店。

お茶を濁す — 含糊其詞、避重就輕

嫌いな上司との飲み会に誘われたので、急用があると答えてお茶を濁した。
因為被邀去跟討厭的上司聚餐，所以回答有急事避重就輕地帶過。

N1 衰えを止める　　　　　　　　　　　　　　　　　　　防止老化

体力を維持し、身体の衰えを止めるには運動を習慣化することだ。
要維持體力，防止身體老化的方式就是養成運動的習慣。

N1 同じ釜の飯を食う　　　　　　　　　　　　同甘共苦、同吃一鍋飯

彼とは長年同じ釜の飯を食った仲だから、良い信頼関係を築いている。
我和他是長年同甘共苦的伙伴，所以建立了良好的信賴關係。

N1 鬼に金棒　　　　　　　　　　　　　　　　　　　　　如虎添翼

英語の得意な清水さんがツアーに加わってくれれば、鬼に金棒です。
英文流利的清水先生願意參加旅行團的話，那就是如虎添翼了。

N1 鬼の居ぬ間に洗濯　　貓不在，老鼠跑出來；山中無老虎，猴子稱大王

先生がしばらく教室を空けているあいだ、学生たちは「鬼の居ぬ間に洗濯」とばかり、漫画を読んだり雑談をしたりしていた。
老師暫時離開教室的期間，學生們就像「貓不在，老鼠跑出來」一樣，看漫畫的看漫畫、聊天的聊天。

N1 帯に短し襷に長し　　　　　　　　　　　　　　不上不下、半短不長

▶ 字面意思是「作為和服的腰帶不夠長，作為肩帶又太長」，指半短不長沒有用處的意思。

本屋に行って自分に合った教材を探したが、どれも帯に短し襷に長しで、なかなかいいものが見つからなかった。
去了書店找適合自己的教材，但每一本的內容都不上不下，沒找到什麼好的教材。

N1 溺れる者は藁をもつかむ　　　　　　　　　　　　　　抓救命稻草

お金が無くなってしまったので、溺れる者は藁をもつかむ思いで友人に助けを求めた。
因為沒錢了，於是抱著抓救命稻草的心情向友人救助。

N1 思い当たる 猜想、想到

失敗の原因をいくら考えても思い当たる節がなかった。
無論怎麼思考失敗的原因，都找不到任何頭緒。

N1 思い立ったが吉日 擇日不如撞日

「思い立ったが吉日」だから、今日からダイエットを始めよう。
「擇日不如撞日」，所以今天就開始減肥吧！

N1 思いの外 意想不到

今回のテストはまったく自信がなかったが、思いの外、いい点が取れた。
這次的考試我完全沒有自信，但意想不到地拿到了不錯的分數。

N1 思う壺 正中下懷

広告の値下げ商品を買いすぎた。結局お店の思う壺になってしまった。
買了太多廣告降價商品，結果正中店家的下懷。

N1 親思う心に勝る親心 父母對子女的愛遠超過子女對父母的愛

▶ 意思是父母為子女著想的心情，比子女為父母著想的心情還強烈許多。

親思う心に勝る親心というが、自分が親になって初めてその気持ちが分かるものだ。
常言道：父母對子女的愛遠超過子女對父母的愛，只有自己成為父母後，才真正了解那樣的心情。

N1 親孝行したい時に親は無し 子欲養而親不待

親孝行したい時に親は無しというから、後悔しないために、今すぐ親孝行しよう。
俗話說：「子欲養而親不待」，為了不後悔，現在就開始孝順父母吧！

N1 親の心子知らず
子女不知父母心

彼は「親の心子知らず」で、自由気ままに行動して親を心配させた。
他是個不懂得父母心的人，總是隨心所欲地行動，讓父母擔心不已。

N1 親のすねをかじる
靠父母過日子、啃老

いつまでも親のすねをかじっていないで、就職した方がいいですよ。
不要一直靠父母過日子，去找工作比較好！

N1 親の七光
靠著父母的光環

▶這裡的漢字「七」並不是指數字的「七」，而是大量、很多的意思。

彼は親の七光で政治家になれただけで、人望や実力があったわけではない。
他只是靠著父母的光環而成為政治家，並非受人愛戴或有實力。

N1 終わり良ければ全て良し
（過程失敗不重要）結局好一切就好

練習はミスも多かったが、試合には勝てたので終わり良ければ全て良しだ。
練習雖然失誤很多，但比賽獲勝了，所以結局好一切就好。

N1 恩を仇で返す
恩將仇報

面倒を見てくれた上司の悪口を言って回るなんて、恩を仇で返す態度だ。
到處說照顧過自己的上司的壞話，這真是恩將仇報的心態。

N1 飼い犬に手を咬まれる
養虎遺患

親身に面倒を見てきた部下だけに、ライバル社に転職されたのは、飼い犬に手を咬まれる思いだった。
自己盡心盡力照顧的下屬，竟然跳槽到競爭對手的公司，感覺就像養虎遺患一樣。

N1 甲斐性がある　　　　　　　　　　　　　　　　　　　　　　　　　　　有出息

彼は何でも前向きに処理していく実に甲斐性のある人物だ。
他不管做任何事都很積極進取，實在是個有出息的人。

N1 垣間見る　　　　　　　　　　　　　　　　　　　　　　　　　　　　　窺見

今回のプレゼンで彼の成長を垣間見ることができた。
從這次的簡報中可以窺見到他的成長。

N1 隗より始めよ　（戦國策：召聘賢士由我郭隗開始，由隗開始）千里之行，始於足下

「隗より始めよ」ということで、まず我々が市場調査に乗り出すことにした。
如同成語說「千里之行，始於足下」，我們決定首先從市場調查開始著手。

N1 学問に王道なし　　　　　　　　　　　　　　　　　　　　　　　　　學習沒有捷徑

勉強するときは、「学問に王道なし」であるうえに、まともな習得を阻む道もあるので、気を付けなければならない。
唸書時，除了「學習沒有捷徑」之外，還可能遇到阻撓正常學習的障礙，必須要小心。

N1 禍根を残す　　　　　　　　　　　　　　　　　　　　　　　　　　　殘留禍根

こちらの主張を一方的に押し付けるのは、後々禍根を残すことになるだろう。
一昧地將我方的意見強行加諸於對方，日後可能留下禍根。

N1 風穴を開ける　　　　　　　　　　　　　　　　　　　　　　　　　打開新氣象

その改革は、閉塞した社会に風穴を開けることができるだろうか。
那項改革，是否能為封閉的社會打開新的氣象。

N1 舵を取る　　　　　　　　　　　　　　　　　　　　　　　　　　　　　掌舵

彼は２０年間経営の舵を取って会社を大きくしてきた。
他掌管了二十年的經營將公司壯大至今。

N1 風の便り 　　　　　　　　　　　　　　　　　　　　　不經意聽到消息

海外移住して消息の途絶えていた友人が元気で活躍していることを、風の便りで知った。

不經意聽到消息得知，移居海外且失去聯繫的友人，目前健康且相當活躍。

N1 片っ端から 　　　　　　　　　　　　　　　　　　　　　　　依序處理

音量ボタンを押しても音が小さくならないので、他のボタンも片っ端から押してみた。

按了音量按鍵聲音卻沒有變小聲，所以試著從其他的按鍵開始依序按看看。

N1 片棒を担ぐ 　　　　　　　　　　　　　　　　　　　　　伙同、協助（犯罪）

その検事は、法律の知識を悪用して犯罪の片棒を担いでいた。

那位檢察官濫用法律知識，協助犯罪活動。

N1 火中の栗を拾う 　　　　　　　　　　　　　　　　　　　　　接下燙手山芋

次期会長に推薦されたとき、彼はあえて火中の栗を拾いたくないという考えから、その申し出を断った。

他被推薦為下期會長時，因為不想接下這塊燙手山芋而謝絕了邀請。

N1 勝って兜の緒を締めよ 　　　　　　　　　　　　　　　　　　　勝而不驕

彼は合格通知を受け取った日も、夜中まで勉強していた。「勝って兜の緒を締めよ」というわけである。

即使在收到合格通知的那天，他也是一直唸書到半夜。可以說是「勝而不驕啊」。

N1 河童の川流れ 　　　　　　　　　　　　　　　（原意：河童也會被河流沖走）人有失手

日本語の達人で知られるキムさんが初級文法を間違えるなんて、河童の川流れだ。

以日語達人聞名的金先生，竟然會在初級文法上出錯，真是「人有失手、馬有失蹄」。

N1 角が立つ　　　　　　　　　　　　　　　　　　　　　　　引起摩擦、關係緊張

彼が独善に陥っていることを、なるべく角が立たないように、穏やかな言葉で指摘した。

為了避免引起摩擦，盡量用溫和的語言告訴了他，他已經變成一副自以為是的狀態了。

N1 兜を脱ぐ　　　　　　　　　　　　　　　　　　　　　　　　　　甘拜下風

その新入生の素晴らしいピアノの演奏には、先輩たちも兜を脱いだ。

那位新生精采的鋼琴演奏讓前輩們甘拜下風。

N1 壁にぶつかる　　　　　　　　　　　　　　　　　　　　　　　　　　碰壁

目標を達成するためには、壁にぶつかっても諦めないという意思が必要です。

為達成目標，需要即使碰了壁也不輕言放棄的精神。

N1 壁に耳あり障子に目あり　　　　　　　　　　　　　　　　　　　隔牆有耳

「壁に耳あり障子に目あり」というから、もう少し慎重に話しましょう。

俗話說：「隔牆有耳」，我們再稍微謹慎一點地談論吧！

N1 壁を超える　　　　　　　　　　　　　　　　　　　　　　　　　超越隔閡

その劇団の海外公演は、言葉の壁を越えて聴衆を感動させた。

那個劇團的海外公演，超越語言的隔閡感動了聽眾。

N1 果報は寝て待て　　　　　　　　　　　　　　　　　　　好事多磨、靜候佳音

試験の結果を心配してもしかたない。「果報は寝て待て」というではないか。

就是擔心考試結果也沒辦法。不是說「好事多磨，得靜候佳音」嗎？

N1 蚊帳の外　　　　　　　　　　　　　　　　　　　　　　　　　　排除在外

当事者を蚊帳の外に置いたまま議論が進められた。

將當事人排除在外進行了討論。

N1 烏の行水 　　　　　　　　　　　　　　　　　　洗戰鬥澡

息子の入浴は烏の行水で、風呂に入ったらすぐ出てくる。
兒子洗澡就像洗戰鬥澡一樣，才剛進浴室一下馬上就出來了。

N1 可愛い子には旅をさせよ 　　　　　　　　　　玉不琢不成器

可愛い子には旅をさせよというように、いろんなことを体験させるのもいいと思う。
就像「玉不琢不成器」這句話一樣，讓他們體驗各種事物是很好的。

N1 眼光紙背に徹す 　　　　　　　　讀懂文章背後的深義、洞徹事理

▶ 下面例句中的「徹する」是從「徹す」延續變化而成的サ動詞。

そういう表面的な解釈でなく、眼光紙背に徹する読み方が必要だ。
不只是表面上的解釋，更需要以讀懂背後深義的角度來解讀。

N1 黄色い声 　　　　　　　　　　　　　　　　　　放聲尖叫

ロックバンドのコンサートが始まると、会場から女性ファンたちが黄色い声をあげた。
搖滾樂團的演唱會一開始，會場的女性粉絲們就放聲尖叫。

N1 気が置けない 　　　　　　　　　　　　　推心置腹、敞開心胸

気の置けない友人との会話は、とても楽しいものだ。
和朋友敞開心胸的聊天，是很快樂的一件事！

N1 機が熟す 　　　　　　　　　　　　　　　　　　時機成熟

その計画の実行は機が熟すまで待とう。
等待時機成熟再執行那項計劃吧！

N1 鬼気迫る　　　　　　　　　　　　　　　　　　　　氣勢逼人

決意を表明する彼の表情には鬼気迫るものがあった。
他在表明決心時臉上的表情氣勢逼人。

N1 聞くは一時の恥聞かぬは一生の恥　　問人羞恥一時，不問羞恥一世

聞くは一時の恥聞かぬは一生の恥なのだから、なんでも聞きなさい。
問人羞恥一時，不問羞恥一世，所以想問什麼什麼都儘管問吧！

N1 机上の空論　　　　　　　　　　　　　　　　　　　　紙上談兵

十分な予算が得られない現状では、この企画は机上の空論でしかない。
在無法獲得足夠預算的現況下，這個企劃案僅僅只是紙上談兵。

N1 脚光を浴びる　　　　　　　　　　　　　　　展露頭角、備受矚目

彼女は人気ドラマの主役を演じたことにより、一躍脚光を浴びた。
由於她出演了熱門連續劇的主角，一下子成為備受矚目的焦點。

N1 杞憂　　　　　　　　　　　　　　　　　　　　　　　杞人憂天

杞憂かもしれませんが、その案件は一度上司に相談なさってはいかがでしょう。
雖然也許是杞人憂天，但這個案件你還是和上司商量一次看看如何呢？

N1 九死に一生を得る　　　　　　　　　　　　　　　　　九死一生

泊まっていたホテルが火事になったが、建物の外に避難し、九死に一生を得た。
投宿的飯店發生火災，趕緊到建築物的外側避難，九死一生逃過一劫。

N1 牛耳る 　　　　　　　　　　　　　　　　　　　　　　掌控、執牛耳

石田元社長は、引退こそしたが、いまだにこの会社を牛耳っている。
石田前社長雖然引退了，但至今仍掌控著這家公司。

N1 窮すれば通ず 　　　　　　　　　　　　　　　　　　窮則變、變則通

その会社は倒産の危機に見舞われたが、「窮すれば通ず」で、何とか活路を見出した。
這間公司雖然面臨破產的危機，但「窮則變、變則通」，最終找到一線生機。

N1 窮鼠猫を嚙む 　　　　　　　　　　　　　　　　　　　　　　狗急跳牆

「窮鼠猫を嚙む」というから、敵を追い詰めるときは気をつけた方がいい。
俗話說：「狗急跳牆」，把敵人逼到絕境時，最好要小心。

N1 窮余の一策 　　　　　　　　　　　　　　最後一招、拼死一搏、起死回生

窮余の一策として開発した製品がヒットし、危機を乗り切ることができた。
拼死一搏後開發的產品熱賣銷暢，得以渡過危機。

N1 興を削ぐ 　　　　　　　　　　　　　　　　　掃興、興致缺缺、失去興致

楽しく映画を見ているところへ脇で解説を入れられ、大いに興を削がれた。
正在享受電影時，旁邊卻有人插話講解，讓我失了興致。

N1 漁夫の利 　　　　　　　　　　　　　　　　　　　　　　　　漁翁得利

この事件は、ライバル会社同士が争っているあいだに後発の企業が漁夫の利を得る、という結果に終わった。
這個事件，以競爭對手公司之間的爭執時，讓後來的企業取得漁翁之利的結果落幕。

奇をてらう　　　　　　　　　　　　　　　　　　標新立異

▶「てらう」是指「炫耀、特地展示給他人看」的意思。

奇をてらったデザインは、長く使っていると飽きてしまいやすい。
標新立異的設計，使用久了容易感到厭煩。

釘付けになる　　　　　　　　　　　　　　　　　　目不轉睛

夕べは一晩中テレビの開票速報に釘付けになっていた。
昨天一整個晚上目不轉睛地盯著電視的開票快報。

釘を刺す　　　　　　　　　　　　　　　　　　　　明確告知

彼はよく遅刻するので、明日の会議は絶対遅刻しないようにと釘を刺しておいた。
由於他經常遲到，因此我明確告知他明天的會議絕對不可以遲到。

臭い物に蓋をする　　　　　　　　　　　掩蓋壞事、家醜不可外揚

不祥事が起こったとき臭い物に蓋をする態度では、問題は解決できない。
發生醜聞時以家醜不可外揚的心態，是無法解決問題的。

腐っても鯛　　　　　　　　　　　　　　　　瘦死的駱駝比馬大

「腐っても鯛」というように、名門校出身者は劣等生でも有能な人材になる。
俗話說「瘦死的駱駝比馬大」，即使是出身名門的劣等生也可以成為有能力的人才。

草の根を分けて探す　　　　　　　　　　　　　　　仔細找尋

捜査本部では、失踪した犯人を草の根を分けて探している。
調查機關，正在仔細地找尋失蹤的犯人。

口車に乗る　　　　　　花言巧語

店員の口車に乗って高い買い物をしてしまった。
被店員的花言巧語所動，買了昂貴的商品。

くちばしが黄色い　　　　乳臭未乾

あいつはくちばしが黄色いくせに言うことだけは一人前だ。
那傢伙明明還是個乳臭未乾的小子，但那張嘴巴還真會掰（講得好像自己很厲害的樣子）。

くちばしを入れる　　　　插嘴干涉

あの人は、他の人がやってることにくちばしを入れるのが玉にきずだ。
那個人就是喜歡插嘴干涉別人正在做的事的這一點很不好。

口火を切る　　　　開頭、率先、開第一槍

一人が不満の口火を切ると、次から次へと不満の声が上がった。
有個人開了第一槍表示不滿之後，就接二連三出現更多不滿的聲音。

苦肉の策　　　　苦肉計；迫不得已

委員会が代表に彼を起用したのは苦肉の策だった。
委員會選用他當代表是迫不得已的。

蜘蛛の子を散らす　　　　四處逃竄、一哄而散

パトカーが到着すると、喧嘩をしていた学生たちは蜘蛛の子を散らすように逃げ去った。
警察車一抵達，在吵架的學生們便一哄而散地逃走了。

食わず嫌い　　　　沒吃就討厭、偏見

彼がセロリを嫌いなのは、単なる食わず嫌いだ。
他討厭芹菜這一點，單純只是因為偏食而已。

N1 芸が細かい 　　　　　　　　　　　　　　　　　　手藝精細、演技精湛

あの店のラーメンは、鶏のだしと豚骨スープを混ぜたり、ゆで卵の黄身を半熟にするなど、芸が細かい。
那家店的拉麵結合了雞肉高湯和豬骨湯，以及半熟的水煮蛋等等，處理得非常精緻。

N1 景観を損なう 　　　　　　　　　　　　　　　　　　　　　　　有礙觀瞻

モノレールの建設は、街の景観を損なう恐れがある。
單軌鐵路的建設可能會妨礙街道的景觀。

N1 警鐘を鳴らす 　　　　　　　　　　　　　　敲起警鐘、發出警告；刻意刁難

彼は、核の危険性について世界に警鐘を鳴らすべきだと訴えた。
他呼籲應該向世界發出警告，提醒核子武器的危險性。

N1 芸は身を助ける 　　　　　　　　　　　　　　　　　　一技在身勝過萬貫家財

「芸は身を助ける」で、趣味のパン作りで生計が成り立つようになった。
「一技在身勝過萬貫家財」，他靠著做麵包的興趣成功地糊口養家。

N1 怪我の功名 　　　　　　　　　　　　　　　　　　　　　　歪打正著、誤打誤撞

寝坊したおかげで事故に巻き込まれなかったのは、怪我の功名だった。
因為睡過頭幸而沒有捲入事故，這可以算是誤打誤撞吧！

N1 下駄を預ける 　　　　　　　　　　　　　　　　　　　　全權交付、全權託付

▶「下駄」是「木屐」。就好像把木屐交給對方（變成光腳後），自己就再也無法自由地走來走去，即將一切交給對方處理的意思。

旅行の日程については、高山君に下駄を預けることにした。
有關旅遊行程的一切，全權交付給高山小弟去處理。

N1 下駄を履かせる　　　　　　　　　　　　　　　　　　浮報、哄抬價格、灌水
▶ 語源來自於穿上「下駄」會讓人看起來更高。
出張費に下駄を履かせて報告していたことが発覚した。
發現了出差費用被灌水虛報的情況。

N1 けちをつける　　　　　　　　　　　　　　　　　　　　　　　　吹毛求疵
人の趣味にけちをつけるのはおかしいと思う。
我覺得對別人的興趣吹毛求疵是很奇怪的事。

N1 煙に巻く　　　　　　　　　（利用誇大或他人的不懂之處）糊弄、矇騙
都合の悪い話になると相手を煙に巻くのは、彼の悪い癖だ。
他的壞習慣就是只要話題對自己不利，就會糊弄對方的方法矇混過去。

N1 けりがつく　　　　　　　　　　　　　　　　　　　　　劃上句號、打上句點
▶「けり」是指某件事的結束或結尾的意思。
長年かかったプロジェクトも、今日でやっとけりがついた。
花費多年努力的計劃，終於在今天劃上句號了。

N1 けりをつける　　　　　　　　　　　　　　　　　　　　　　　　做個了結
この件における社長の経営責任は大変重い。ここは辞任というかたちでけりをつけるべきだ。
這件事社長的經營責任重大。理當以辭職的方式做個了結。

N1 犬猿の仲　　　　　　　　　　　　　　　　　　　　　　　　　　水火不容
あの二人は犬猿の仲だから、一緒に仕事をさせない方がいい。
那兩個人水火不容，不要讓他們在一起工作比較好。

N1 喧嘩両成敗　　　　　　　　　　　　吵架兩敗俱傷、兩個都罰

子供のころは、兄弟げんかをすると喧嘩両成敗ということで、二人とも叱られた。
小的時候，只要兄弟姊妹一吵架，肯定都是兩敗俱傷，兩個人都會被責罵。

N1 言質を取る　　　　　　　　　　　　抓住話柄、有言在先

▶ 意指在談判時，被對方抓到可以成為證據或把柄的內容。

不用意な発言で言質を取られないよう、十分気を付ける必要がある。
講話必須要十分小心，以避免因為不經意的發言成為話柄。

N1 験を担ぐ　　　　　　　　　　　　　求得好運

受験の前日、験を担いでカツ丼を食べた。
考試前一天為求得好運就去吃豬排丼。

N1 後悔先に立たず　　　　　　　　　　後悔莫及、後悔無濟於事

若いときにもっと勉強すればよかったと悔やんだが、「後悔先に立たず」だ。今からでも勉強を始めるしかない。
我後悔年輕時沒有多讀點書，但「後悔無濟於事」，只能從現在開始唸書。

N1 公然の秘密　　　　　　　　　　　　公開的秘密

あの二人の関係は、社内では公然の秘密となっている。
那兩個人的關係，在公司的內部是公開的秘密。

N1 弘法にも筆の誤り　　　　　　專家也有失手時；智者千慮，必有一失

漢字博士の田中先生が「休」を誤って「体」と書き、慌てて消した。あれはまさしく「弘法にも筆の誤り」だ。
身為漢字博士的田中先生，把「休」誤寫成「体」，之後慌張地擦掉。那就是專家也有失手時的情況吧！

N1 功を奏する　　　　　　　　　　　　　　　　　　　　　　　奏效、產生功效
▶也可以改漢字寫成「効を奏する」，也是一樣的意思。

新しい企画が功を奏し、売り上げが飛躍的に伸びだ。
新的企劃案奏效了，銷售額有了大幅度地成長。

N1 黒白を争う　　　　　　　　　　　　　　　　　　　　　　　　　爭辯是非

このまま話し合いを続けても埒が明かないので、法廷で黒白を争うことにした。
由於這樣繼續討論也無法解決問題，所以我們決定上法庭爭辯是非。

N1 虎穴に入らずんば虎子を得ず　　　　　　　　　　　不入虎穴，焉得虎子

「虎穴に入らずんば虎子を得ず」ということで、意を決して挑戦することにした。
正所謂「不入虎穴，焉得虎子」，所以我決定接受挑戰。

N1 沽券に関わる　　　　　　　　　　　　　　　　　　　　涉及名譽、有失體面
▶古時候土地所有權證券被稱之為「沽券」，之後引伸出「體面」「體統」的意思來使用。

粗悪品を売っているという噂が立ったら、会社の沽券に関わる。
要是傳出販售劣質商品的謠言的話，是會涉及公司的名譽的。

N1 木っ端微塵になる　　　　　　　　　　　　　　　　　　粉身碎骨、七零八落

ガス爆発事故で窓ガラスが木っ端微塵になっていた。
瓦斯氣爆的事故中，窗戶玻璃被炸得粉碎不堪。

N1 コツを覚える　　　　　　　　　　　　　　　　　　　　　　　　掌握訣竅

面倒な家の掃除もコツを覚えれば簡単にできます。
麻煩的家務事打掃，只要掌握了竅門，也能輕鬆完成。

N1 事なきを得る
平安無事、沒釀成大禍

後ろから車がこちらへ突進してきたが、とっさに気がついて避け、事なきを得た。

有車輛從後面衝過來，幸好我立刻發現躲避，才得以平安無事。

N1 言葉の綾
堆砌的言語；講一講而已、口頭上講講

昨日言ったことは、単なる言葉の綾だ。深い意味はないから気にしないでほしい。

昨天說的話單純只是個話術而已，並不是話中有話，希望你不要太在意。

N1 言葉を濁す
含糊其辭

彼は言葉を濁してばかりいて、質問にまともに答えなかった。

他只是一味地含糊其詞，對於問題沒有給出像樣的回答。

N1 ゴマをする
阿諛奉承、拍馬屁

▶用漢字來表達時為「胡麻を擂る」。字面意思的意思是指「磨芝麻」，用於給別人留下好印象。

彼は上司にゴマをするので、同僚たちから嫌われている。

因為他會對上司阿諛奉承，所以被同事們討厭。

N1 小耳に挟む
偶然聽到

社食で配膳の列に並んでいたとき、ふと山田さんが結婚するという話を小耳に挟んだ。

在公司餐廳排隊時，偶然聽到山田小姐要結婚的消息。

N1 これ見よがしに
炫耀賣弄

彼女はブランド品のバッグを、これ見よがしに持って歩いていた。

她故意將名牌包炫耀賣弄拿在手上走在街上。

N1 転ばぬ先の杖　　　　　　　　以防萬一、防範未然

「転ばぬ先の杖」ということだし、明日の会議の資料をもう一度確認しておこう。
以防萬一，明天會議的資料我再預先確認一次吧！

N1 転んでもただでは起きない　　　　即使失敗也執意要弄到好處

▶ 無論在什麼情況，都要確保取得利益的意思。

彼は、転んでもただでは起きない人だ。仕事でミスをしても、その経験を成功に活かしている。
他是個不輕易屈服的人，即使工作上犯了錯，也會從中吸取經驗，並成功地加以運用。

N1 采配を振る　　　　　　　　　　　發號施令、親自指揮

このプロジェクトは社長自らが采配を振っている。
這項計劃由社長親自指揮。

N1 先が思いやられる　　　　　　　　前途堪憂

このくらいのことで弱音を吐くようでは先が思いやられる。
因為這點小事就說洩氣話，未來前途堪憂啊！

N1 先を見越す　　　　　　　　　　　未雨綢繆、預見將來

当社では先を見越しての生産設備などの投資を積極的に行っています。
本公司積極投資於將來發展所需的生產設備等等。

N1 避けて通れない　　　　　　　　　無法避免

高いレベルのサービスを提供するために、運賃の改定は避けて通れない。
為了提供高水準的服務，調整運費是無法避免的。

N1 砂上の楼閣 空中樓閣

基礎研究を疎かにする成長は、砂上の楼閣のようなものだ。そのうち行き詰まってくるにちがいない。
忽視基礎研究的成長，好比空中樓閣一般。遲早會陷入瓶頸。

N1 匙を投げる 束手無策、無藥可醫

彼女の病気は、名医も匙を投げるほどの難病だった。
她的病是一種連醫生都束手無策的罕見疾病。

N1 鯖を読む 謊報數字、誇大數字

一般に男性は身長、女性は体重や年齢の鯖を読むことが多いらしい。
一般而言，男性容易謊報身高，而女性則較容易謊報體重及年齡。

N1 猿も木から落ちる 智者千慮，必有一失

今まで大きな失敗もなく人生を乗り切ってきたが、「猿も木から落ちる」というから、いつだって油断はできない。
雖然到目前為止的人生沒有遇到太大的失敗，但俗話說「智者千慮，必有一失」，因此不論何時都不能掉以輕心。

N1 触らぬ神に祟りなし （不觸犯神明就沒事）多一事不如少一事

部長は機嫌が悪そうだから、「触らぬ神に祟りなし」ということで、今日はおとなしくしていよう。
部長今天心情不太好樣子，所謂「多一事不如少一事」，今天就安份一點吧！

N1 慚愧に堪えない 深深慚愧

このような事態を引き起こしてしまったこと、慚愧に堪えません。
引起這樣的狀況，我感到非常慚愧。

山椒は小粒でもぴりりと辛い　　　　　　　麻雀雖小，五臟俱全

あの子は、体は小さいがよく機転が利く。「山椒は小粒でもぴりりと辛い」という言葉そのままだ。

那個孩子身材雖然嬌小，但非常的靈巧。正如同「麻雀雖小，五臟俱全」這句話所說的一樣。

三度目の正直　　　　　　　　　　　　　　　　　三次為定

「三度目の正直」というから、今度こそ勝ちたい。

俗話說「三次為定」，那麼這次一定要獲勝。

三人寄れば文殊の知恵　　　　　三個臭皮匠，勝過一個諸葛亮

私一人の判断に任せるのでなく、一緒に考えてみませんか。「三人寄れば文殊の知恵」といいますし。

不要只由我一個人判斷，要不要大家一起思考看看呢？正所謂「三個臭皮匠，勝過一個諸葛亮」，是吧！

試金石　　　　　　　　　　　　　　　　　　　　試金石

今回のプロジェクトで成功するか否かは、会社の運命を占う試金石となる。

這次的企劃案的成功與否，將成為決定公司命運的試石金。

親しき仲にも礼儀あり　　　　　　　　　再親近也要講究禮儀

親しき仲にも礼儀ありというように、友達同士でも言葉づかいには気をつけるべきだ。

就像「再親近也要講究禮儀」這句話一樣，朋友之間也應該要注意說話方式。

舌の根も乾かぬうちに　　　　（話才剛說完馬上撤回）話還沒講完

首相は、増税はしないと明言したにもかかわらず、その舌の根も乾かないうちに、増税の必要性を主張し始めた。

首相對外宣稱不會增稅，但話還沒講完，馬上又開始主張增稅的必要性。

N1 しっくりこない
感覺不對勁、不協調

彼の説明は、どうもしっくりこなかった。彼自身もよく知らないのではないか、と疑った。

他的解釋，總覺得哪裡有不對勁。我懷疑是否連他自己也不太清楚。

N1 失態を演じる
失態出醜

歓迎会で飲みすぎ、失態を演じてしまった。

在歡迎會上喝太多了，結果失態出醜了。

N1 失敗は成功のもと
失敗為成功之母

▶ 同樣的意思也可以用「失敗は成功の母」來表達。

「失敗は成功のもと」というから、今回の失敗を活かして次に備えよう。

俗話說「失敗為成功之母」！那就利用這次的失敗，為下一次做準備吧！

N1 尻尾を出す
露出馬腳

刑事たちは総出で犯人を捜しているが、敵も手ごわいもので、なかなか尻尾を出さない。

刑警們全力以赴地搜索犯人，但對方也不是省油的燈，一直不見其露出馬腳。

N1 至難の業
艱鉅任務

テストで満点を取り続けるのは至難の業だ。

要在考試中持續拿到滿分是一項艱鉅的任務。

N1 しのぎを削る
競爭激烈

全世界の企業が参入してしのぎを削り合っている業界で勝ち続けることは、生やさしいことではない。

全世界的企業都在參與激烈的競爭，要在業界持續勝出並不是一件簡單的事。

N1 釈迦に説法　　　　　　　　　　　　　　　　　班門弄斧

こんなことを言うのは釈迦に説法だとは重々承知していますが、一言だけ言わせてください。

我非常清楚這樣說有點班門弄斧，但還是請容許我說一句。

N1 杓子定規　　　　　　　　　　　　　　　墨守成規、死板；相同標準

学生を平等に扱わなければならないとはいえ、すべての学生を杓子定規に扱うのはよくない。

雖然說必須平等對待學生，但將所有所學生都用一套固定的標準來衡量的不一定適合。

N1 癪に障る　　　　　　　　　　　　　　　　　　令人生氣、使人惱火

何でも知っているような彼の話し方は、何とも癪に障る。

他那一副好像他什麼都懂的說話方式，實在讓人非常惱火。

N1 終止符を打つ　　　　　　　　　　　　　　　　　　　　劃下休止符

外交努力により、その紛争に終止符を打つことができた。

經過外交的多番努力，終於讓那場紛爭劃下了休止符。

N1 重箱の隅をつつく　　　　　　　　　　　　　　　　　　　吹毛求疵

▶ 字面意思為「連飯盒的角落的菜渣都要撥起來吃」的意思，引伸為對微不足道的事情都加以挑剔。

会議や打ち合わせのとき、重箱の隅をつつくような質問をする人がいる。

在會議或商談中，總是會有提出吹毛求疵問題的人。

N1 朱に交われば赤くなる　　　　　　　　　　　　　近朱者赤、近墨者黑

朱に交われば赤くなるというように、人は周りの環境に影響されやすい。

正如「近朱者赤、近墨者黑」這句話所說的一樣，人很容易受到周圍環境的影響（而改變）。

N1 順調な滑り出し　　　　　　　　　　　　　　　　好預兆、順利開始

この製品は発売開始から順調な滑り出しを見せている。
這項產品從發售開始就有了好預兆。

N1 上々だ　　　　　　　　　　　　　　　　　　　　非常出色

この電気自動車の乗り心地は上々だと思う。
這台電動車的舒適度非常出色。

N1 上手の手から水が漏れる　　　　　　　　　　　　高手有時也會出錯

私が信頼する著者の本を読んでいると、ちょっとした事実誤認があった。「上手の手から水が漏れる」とはこのことだ、と思った。
讀著信賴的作家所寫的書時，發現裡面有些跟事實不符的錯誤。我想這應該就是所謂的「高手有時也會出錯」。

N1 少年老い易く学成り難し　　　　　　　　　　　　少年易老學難成

私は何十年も日本語を学んできたが、いまだに道半ばである。「少年老い易く学成り難し」とは、まさにその通りだ。
我學了日語數十年，但仍覺得自己還在（學習的）半路上。「少年易老學難成」應該就是如此吧！

N1 焦眉の急　　　　　　　　　　　　　　　　　　　燃眉之急

度重なる不祥事を起こしたその企業にとって、信頼を回復することは焦眉の急であった。
頻繁發生醜聞對那家企業而言，恢復信賴是首要燃眉之急的任務。

N1 勝負は時の運　　　　　　　　　　　　　　　　　勝負靠運氣

「勝負は時の運」というように、優勝候補が予選で落ちることもよくある。
有句話說「勝負靠運氣」，就算獲勝的候選人在預選中落榜也是常有的事。

N1 将を射んと欲すれば先ず馬を射よ　　射人先射馬，擒賊先擒王

「将を射んと欲すれば先ず馬を射よ」というように、ビルを建てるには、まず近隣住民の支持を得る必要がある。
俗話說「射人先射馬，擒賊先擒王」，要蓋大樓，首先要獲得附近居民的同意。

N1 初心忘るべからず　　莫忘初衷

彼は「初心忘るべからず」を座右の銘にして、つねに学問の研鑽を怠らない。
他以「莫忘初衷」為座右銘，始終不怠懈地鑽研學問。

N1 助長する　　助長促進

労働者の待遇を改善する政策が、かえって雇用不安を助長しているのは皮肉なことである。
改善勞動者待遇的政策，反而助長了受僱者就職的不穩定，真的是相當諷刺。

N1 知らぬが仏　　當作不知道就好了、眼不見為淨

その話は「知らぬが仏」だ。君は聞かない方がいい。
正所謂「眼不見為淨」。那件事你不要去問比較好。

N1 白羽の矢が立つ　　萬中選一

チームのリーダーとして彼に白羽の矢が立った。
他被萬中選一負責擔任團隊領導者。

N1 尻馬に乗る　　盲從附和

事実関係も確認せずに、世間の人たちの尻馬に乗って彼を非難したことを、今になって悔いている。
在沒有確認事實情況，就盲從附和他人的眼光而指責他這件事，至今仍讓我感到後悔不已。

N1 知る人ぞ知る　　　　　　　　　　　　　　　　　內行人都知道

彼は、知る人ぞ知る経済学の権威である。
他是內行人都知道的經濟學權威。

N1 心情を吐露する　　　　　　　　　　　　　　　　　吐露心聲

彼はそのインタビューで、リーダーとして苦労したときの心情を吐露した。
他在那次的採訪中，吐露了身為組長時期苦勞的心聲。

N1 人事を尽くして天命を待つ　　　　　　　　　　　　盡人事，聽天命

やるだけのことはやったのだから、あとは「人事を尽くして天命を待つ」という気持ちで泰然と構えていよう。
能做的事已經做了，之後就以「盡人事，聽天命」的心境來坦然面對吧！

N1 死んでも死にきれない　　　　　　　　　　　　　　死不瞑目

自分たちが世を去ったら子供はどうなるのかと思うと、彼らは死んでも死にきれない気持ちだった。
他們一想到自己離世的話孩子該何去何從，一想到這便有種死不瞑目的心情。

N1 水魚の交わり　　　　　　　　　　　情同魚水、魚水之交、密不可分

彼らはまさに「水魚の交わり」といえる深い信頼関係で結ばれていた。
我和他可謂是「魚水之交」，有著深厚的信賴關係。

N1 水泡に帰す　　　　　　　　　　　　　　　　　　　化為泡影

台風で野外コンサートは中止となり、今までの苦労は水泡に帰した。
因為颱風迫使野外演唱會停辦，讓至今為止的辛勞及努力皆化成了泡影。

N1 酸いも甘いも噛み分ける　　　　　　　　　　　　　歴經酸甜苦辣、飽經世故

鈴木部長は、酸いも甘いも噛み分けた苦労人で、部下たちの苦労や問題点を熟知している。

鈴木部長是位歷經酸甜苦辣的辛苦人，非常清楚部下們的辛苦及困難點。

N1 好きこそものの上手なれ　　　　　　　　　　　　　　喜歡才會精益求精

▶ 在這裡「〜なれ」表示斷定或確定，意思相當於「〜だ」。

「好きこそものの上手なれ」という言葉の通り、数学マニアの彼は、クラスの中でも抜群に数学ができる。

如同「喜歡才會精益求精」這句話所說，身為數學愛好者的他，在班上的數學能力尤為出類拔萃。

N1 杜撰　　　　　　　　　　　　　　　　　　　　　疏忽散漫；憑空杜撰

今回の食中毒事件は、その会社の杜撰な管理体制によるものである。

這次食物中毒的案件，是由那間公司疏忽散漫的管理體制所造成。

N1 筋が通る　　　　　　　　　　　　　　　　　　合情合理、前後說得通

物価が上がっているのに、公的年金を引き下げるなんて全く筋が通らない話だ。

物價明明在上漲，卻要調降公開表定的年金，前後完全說不通啊！

N1 雀の涙　　　　　　　　　　　　　　　　　　　　微不足道、少得可憐

今月はバイトを休みがちだったので、雀の涙ほどの給料にしかならなかった。

這個月的打工因為經常請假的關係，所以拿到的薪水少得可憐。

N1 図に乗る　　　　　　　　　　　　　　　　　　　　　　　　　得意忘形

少し成績が上がったからといって図に乗るなよ。

雖說成績是稍微提升了，但別就此得意忘形喲！

N1 スポットライトを浴びる
備受矚目、引人注目

今回の受賞で、ついに彼は世間のスポットライトを浴びることができた。
這次的獲獎，使他終於能成為社會矚目的焦點。

N1 スポットを当てる
聚焦於

田中教授は、新しい日米関係にスポットを当てて講演を行った。
田中教授，將主題聚焦在新的日美關係上進行演講。

N1 隅に置けない
不容小覷、不容小覰

今日のプレゼンは見事だった。田中さんも隅に置けないなあと思った。
今天的簡報非常的精采，我覺得田中先生也是不容小覷的啊。

N1 住めば都
久居則安

駅から遠くて不便な場所だが、住めば都、今ではすっかり馴染んでいる。
雖然住在離車站遠不方便的地方，但久居則安，現在已經完全適應了。

N1 正鵠を射る
正中要點、正中要害；一針見血

会議での彼の発言は、正鵠を射ていた。
會議上他的發言一針見血。

N1 青天の霹靂
晴天霹靂、青天霹靂

それまで元気だった彼の急死は、私たちにとってまさに青天の霹靂だった。
一直都相當健康的他突然離世的消息，對我們來說真是晴天霹靂。

N1 節度がある
守分寸、懂節制

私たちは、感情や欲望に流されない節度のある行動をとるべきである。
我們應該採取不受情感和慾望的左右的節制的行為。

N1 千秋楽（せんしゅうらく）　　　　　　　　　　　　　　　　　　　　　閉幕演出

大相撲（おおずもう）千秋楽（せんしゅうらく）のチケットを奇跡的（きせきてき）に手（て）に入（い）れることができた。
我奇蹟般的拿到了大相撲選手閉幕演出的門票。

N1 先手を打つ（せんてをうつ）　　　　　　　　　　　　　　　　　　　　　　　先下手為強

相手（あいて）に攻撃（こうげき）される前（まえ）に、先手（せんて）を打（う）って相手（あいて）を無力化（むりょくか）してしまう必要（ひつよう）がある。
在對方攻擊之前，必須先下手為強壓制對方才行。

N1 善は急げ（ぜんはいそげ）　　　　　　　（好機會）稍縱即逝；（有利的事要）打鐵趁熱

資格試験（しかくしけん）の勉強（べんきょう）を始（はじ）めようと思（おも）ったので、「善（ぜん）は急（いそ）げ」でさっそく資料（しりょう）を請求（せいきゅう）した。
我想開始準備證照考試，於是「打鐵趁熱」馬上就申請了資料。

N1 前門の虎後門の狼（ぜんもんのとらこうもんのおおかみ）　　　前門拒虎，後門進狼；壞事接踵而至

その企業（きぎょう）は、経済危機（けいざいきき）の真（ま）っただ中（なか）で不祥事（ふしょうじ）が起（お）こり、「前門（ぜんもん）の虎後門（とらこうもん）の狼（おおかみ）」さながらの状態（じょうたい）に陥（おちい）っていた。
那家企業在經濟危機之中又發生了醜聞，陷入了「前門拒虎，後門進狼」的困境。

N1 戦慄を覚える（せんりつをおぼえる）　　　　　　　　　　　　　　　　震慄不已、不寒而慄

迫力（はくりょく）がありながらも繊細（せんさい）な彼（かれ）のピアノ演奏（えんそう）に、戦慄（せんりつ）を覚（おぼ）えた。
他那極具迫力同時又細膩的鋼琴演奏，讓我感到震慄不已。

N1 千里の道も一歩から（せんりのみちもいっぽから）　　　　　　　　　千里之路，始於足下

「千里（せんり）の道（みち）も一歩（いっぽ）から」ということで、地道（じみち）に英単語（えいたんご）を覚（おぼ）えている。
俗話說「千里之路，始於足下」，所以我腳踏實地背著英文單字。

N1 相好を崩す（そうごうをくずす）　　　　　　　　　　　　　　　　露出笑容、綻發出笑容

孫（まご）が大学（だいがく）に合格（ごうかく）したと聞（き）くと、彼（かれ）は相好（そうごう）を崩（くず）した。
聽到孫子考上大學的消息，他露出了喜悅的笑容。

N1 惻隠の情
惻隠之心

戦争で苦しむ人々の姿を見て、惻隠の情にたえなかった。
看到因為戰爭而受苦人們的身影，惻隱之心難以忍受。

N1 俎上に載せる
置於檯面上議論

委員会では彼の差別的な発言を俎上に載せた。
在委員會中，他那歧視性言論被置於檯面上抨擊。

N1 袖の下
行賄、賄賂；賄賂用的金錢或物品

専務は公務員に袖の下を渡した罪で逮捕された。
執行董事因為向公務員行賄的罪名而遭到了逮捕。

N1 備えあれば患いなし
有備無患

「備えあれば患いなし」ということで、うちでは防災グッズを常備している。
所謂的「有備無患」，所以在家裡時常預備好防災用品。

N1 そりが合わない
個性不合、意見不合

兄は、父とはそりが合わず、しょっちゅう喧嘩する。
哥哥和父親個性不合，經常吵架。

N1 損して得取れ
吃虧就是佔便宜

「損して得取れ」といわれても、実行するのはなかなか難しい。
雖然說「吃虧就是佔便宜」，但做起來卻相當困難。

N1 対岸の火事
隔岸觀火

ライバル会社の不祥事を「対岸の火事」とするのでなく、「他山の石」と捉えるべきである。
對於競爭對手公司的醜聞不要只是隔岸觀火，應該要以「他山之石」的心境作為借鏡才是。

N1 太鼓判を押す　　　　　　　　　　　作保證、打包票

専門家が太鼓判を押したダイエット食品と聞くと、気になるものだ。
一聽是專家保證的減肥食品，就感到特別在意。

N1 大は小を兼ねる　　　　　　　　　　大能兼小

▶ 意思指大的能代替小的來使用。

大は小を兼ねると言うから、大きめのスーツケースを買った。
俗話說大能兼小，就買了大一點的行李箱。

N1 タイミングを見計らう　　　　　　　看準時機

天気のいいタイミングを見計らって外出した。
看準天氣好的時候出門了。

N1 たがが緩む　　　　　　　　　　　　鬆懈放鬆

▶ 「たが」是指框架的意思。

息子は試験が終わってたがが緩み、家でゴロゴロしていることが多くなった。
兒子考完試之後就變得鬆懈，大部分都待在家無所事事。

N1 高嶺の花　　　　　　　　　　　　　高不可攀

その車は、私の収入では高嶺の花だ。
那台車，以我的收入來說是高不可攀的。

N1 高みの見物　　　　　　　　　　　　置身事外、高處觀望

ライバル社の倒産は自社にも衝撃をもたらす可能性があるから、高みの見物をしている場合ではない。
競爭對手公司的倒閉也有可能對我們公司帶來衝擊，因此現在不是在高處觀望的時候。

N1 宝の持ち腐れ　　　　　　　　　　　　　　　空有珍寶；空有才能而不用

立派な調理道具をそろえたのに、家で食事をほとんどしないなんて、宝の持ち腐れだ。

明明有專業的廚房道具，卻幾乎不在家裡用餐，真是空有珍寶啊。

N1 高を括る　　　　　　　　　　　　　　　　　輕視、不屑一顧

あのチームには楽に勝てるだろうと高を括っていたが、実際に対戦してみると、かなり手強かった。

原本以為可以輕鬆地贏過那個隊伍而輕視對方，但實際比賽過後才發現對手實力堅強。

N1 多岐にわたる　　　　　　　　　　　　　　　涉汲廣泛

田中教授の研究分野は多岐にわたっている。

田中教授的研究涉及廣泛的研究領域。

N1 助け舟を出す　　　　　　　　　　　　　　　伸出援手

インタビューで意地悪な質問をされて困っていたとき、横にいた人が助け舟を出してくれた。

在採訪中被問到刁鑽的問題，旁邊的人伸出援手幫助了我。

N1 駄々をこねる　　　　　　　　　　　　　　　（哭鬧著）央求

子供が「おもちゃを買って」と駄々をこねて、その場に座り込んだ。

孩子哭鬧地央求著「要買玩具」，然後就直接坐在地上不起來了。

N1 太刀打ちできない　　　　　　　　　　　　　無法匹敵

ワインの品質において、フランスに太刀打ちできる国はない。

在葡萄酒的品質方面，沒有任何國家可以匹敵法國。

N1 立つ鳥跡を濁さず　　　　　　　　　　　好來好去、離開時善始善終

▶ 意思是離開時收拾乾淨的意思。

「立つ鳥跡を濁さず」というように、キャンプした場所を元通りにし、ゴミはすべて持ち帰ろう。

如同「離開時善始善終」這句話，露營過後把場地恢復原狀，同時也要把垃圾通通帶走吧！

N1 立て板に水　　　　　　　　　　　　　滔滔不絕、口若懸河

普段は無口な彼だが、野球のことになると立て板に水のように話し出す。

平常很沉默的他，一講到棒球，他就會像流水般滔滔不絕地開口說話。

N1 棚から牡丹餅　　　　　　　　　　　　坐享其成、不勞而獲

彼にとって、その仕事は「棚から牡丹餅」だった。

對他而言，那份工作簡直是「不勞而獲」。

N1 棚に上げる　　　　　　　　　　　　　束之高閣、擱在一旁

彼は、自分の不始末は棚に上げて、人のことばかり指摘している。

他將自己的錯誤擱在一旁，卻一味地指責他人的不是。

N1 旅は道連れ世は情け　　　　　　　　外出靠旅伴，處世靠人情

▶ 意指世間必須透過互相幫助的意思。

「旅は道連れ世は情け」という言葉があるように、人生の中で出会った友達とは末永く付き合っていきたいものだ。

如同有「外出靠旅伴，處世靠人情」這句話一樣，希望人生當中遇到的朋友，都能保持友誼直到永遠。

N1 玉磨かざれば光なし　　　　　　　　　　　玉不琢不成器

▶ 無論擁有多少才能，都需要經過磨鍊才能大放光采的意思。

玉磨かざれば光なしで、努力しないと才能は発揮できない。

玉不琢不成器，只有透過努力才能夠發揮才能。

N1 駄目を押す 確保勝利

勝利はすでに決まったも同然だったが、さらに追加点を入れて駄目を押した。
雖然勝負已經形同確認了，但我們還是追加得分以確保勝利。

N1 便りのないのは良い便り 沒消息就是好消息

親友が留学に行ったきり全然連絡してこないが、まあ、「便りのないのは良い便り」と信じることにしよう。
好朋友去留學之後就完全沒有跟我聯絡，不過就當作「沒消息就是好消息」吧！

N1 たらい回しにする 踢皮球、互相推卸責任

▶「たらい」是指臉盆，源自於過去用腳轉動臉盆的動作，引申把不想承擔的事轉到別的地方去。

問い合わせることがあったので役所に行ったら、部署から部署へとたらい回しにされて、半日無駄にした。
因為有些問題要詢問而去了政府單位，結果問題被各個部門之間踢來踢去，浪費半天的時間。

N1 啖呵を切る （氣勢強勁地）大聲說話

威勢のいい啖呵を切って家出した手前、行くところがないからといって、のこのこと帰るわけにはいかなかった。
我氣勢洶洶地放聲說狠話離家出走，不能因為沒有地方去，就若無其事地回家。

N1 短気は損気 性急就會吃虧

「短気は損気」というから、ここはひとつ冷静になって話し合いましょう。
俗話說「性急就會吃虧」，在此讓我們稍微冷靜下來對話吧！

N1 力を貸す 幫助、援助

私一人ではもう無理です。誰か力を貸してください。
靠我一個人沒有辦法，請誰來幫忙我一下。

竹馬の友

青梅竹馬

彼はまわりに次々と敵を作っていき、挙句には竹馬の友まで敵に回してしまった。

他不斷地在周圍樹立敵人，最後連青梅竹馬的好朋友也變成了敵人。

千鳥足

腳步踉蹌

父は忘年会でさんざん飲んだらしく、千鳥足で帰宅した。

父親似乎在尾牙喝了很多酒，腳步踉蹌地回家。

注目を浴びる

成為焦點、引起關注

その新作映画は、公開とともにたちまち世間の注目を浴びた。

那部新電影，才公開沒多久馬上就引起社會的關注。

塵も積もれば山となる

積少成多、積土成山

塵も積もれば山となると思い、毎月少しずつ貯金をしている。

我認為積少成多，所以每個月都一點一滴地存錢。

月とすっぽん

天壤之別

▶字面上的意思是「月亮和鱉」，意思指其兩者之間有很大的差別。

彼女がプリンを作ってくれておいしかったので、私も作ってみたが、月とすっぽんだった。

她做給我吃的布丁很好吃，所以我也嘗試做了，但和她的比起來簡直是天壤之別。

角を矯めて牛を殺す

矯枉過正

▶指想試著修正錯誤但卻得到反效果。

教育のつもりで新人の欠点を言い続けていたら、辞められてしまった。角を矯めて牛を殺す結果になった。

原本打算做為新人教育一環，持續指正新人的缺點，結果卻弄得他離職了。變成了矯枉過正的下場。

N1 つばぜり合い　　　　　　　　　　　　　　　　　短兵相接

▶ 以漢字表示是「鍔迫り合い」。這裡的「つば」是指刀鍔，「鍔迫り合い」則是指以武士刀對打時刀鍔的相互推擠，引申出戰鬥激烈的表達方式。

両社はその契約をめぐってつばぜり合いをしている。
雙方公司因為合約的問題發生激烈的爭執。

N1 潰しが効く　　　　　　　　　　　　　　　　　　改行也能勝任

▶ 「潰し」是將金屬製品溶化之後尚能製造出成其他物品的意思。「潰しが効く」則是指即使放棄本業，也能從事其他職業的意思。漢字「効く」也可以用「利く」來表達。

私が選んだ職種は潰しが効くこともあって、転職は比較的スムーズにできた。
我選的職業種類是改行也能勝任的工作，所以在換工作方面比較順利。

N1 鶴の一声　　　　　　　　　　　　　　　　　　　一聲令下

▶ 這個詞的由來是，比起幾隻小麻雀嘰嘰喳喳的叫聲，一隻鶴發出的巨大聲響更來得有效。

社長の鶴の一声で本社移転が決まってしまった。
社長的一聲令下就決定了總部的搬遷。

N1 敵に塩を送る　　　　　　　　　　　　　　　　　在敵方困難時伸出援手

▶ 字面意思為「送鹽給敵方」的意思，引伸為不趁人之危，甚至於在敵人有困難時送上幫助。

この業界を立て直す事業に加わることは、敵に塩を送ることにもなる。
參與振興這個業界的事業，也意味著在敵方有困難時伸出援手。

N1 テコ入れをする　　　　　　　　　　　　　　　　補救措施、不如預期

▶ 「テコ入れ」是指阻止股價下跌而採取的人為措施。同時也表示為處於弱勢地位的人提供支援。「てこ(梃子)」是指槓桿的意思。

業績を回復させるには、営業部門にテコ入れをする必要がある。
為了恢復業績，必須對業務部門實施補救措施。

N1 鉄は熱いうちに打て　　　　　　　　　　打鐵趁熱

「鉄は熱いうちに打て」といいますから、方針が決まったからには、どんどん仕事を進めていきましょう。
俗話說「打鐵趁熱」，所以既然決定了方針，就盡量抓緊進行工作吧！

N1 出る杭は打たれる　　　　　　槍打出頭鳥、樹大招風、賢才招忌

社会を変えるほどの優秀な人物が出てきたら、逮捕して潰そうとする、いわゆる「出る杭は打たれる」という風潮は、改まってほしいものだ。
希望能改善只要出現能改變社會的優秀人材，就會被逮捕並打壓，也就是所謂「槍打出頭鳥」的風氣。

N1 出る幕ではない　　　　　　　　不是露面的時候、不是插嘴的時候

ここは私のような年寄りの出る幕ではない。あとは若者に任せる。
現下不是像我這種老人家該露面的場合。之後就交給年輕人吧！

N1 天高く馬肥ゆる秋　　　　　　　　　　　　秋高馬肥

雲一つない秋空が広がり、爽やかな風が吹いている。まさに「天高く馬肥ゆる秋」だ。
秋天的天空萬里無雲，一陣清爽的涼風拂面而來。這正是「秋高馬肥」啊！

N1 頭角を現す　　　　　　　　　　　　　　　嶄露頭角

彼はこれまで無名の選手だったが、最近とみに頭角を現してきた。
他原本是默默無名的選手，最近突然開始嶄露頭角。

N1 峠を越える　　　　　　　　　　　度過難關、跨過最辛苦的時期

この冬は異例の寒波に見舞われたが、2月に入って寒さは峠を越えたようだ。
雖然這個冬天出現了異常的寒流，但進入二月之後似乎已經過了最寒冷的時期。

N1 灯台下暗し 　　　　　　　　近身的事情反而搞不清楚、當局者迷

近所にこんなに安い八百屋があるのを知らなかったなんて、「灯台下暗し」だった。

身為「當地人」卻反而搞不清楚狀況，我竟然不知道附近有如此便宜的蔬果店。

N1 堂に入る 　　　　　　　　　　　　　　技藝精湛、爐火純青

▶字面意思為「登堂入室」，指學問或技術達到最高水準的意思。

今回の市長のスピーチは堂に入った素晴らしいものだった。

這次市長的演講非常精采，令人讚賞。

N1 時は金なり 　　　　　　　　　　　　　　　　時間就是金錢

「時は金なり」だから、隙間時間も無駄にしないで勉強している。

正所謂「時間就是金錢」，所以空閒的時間一刻也不浪費地學習。

N1 ドジを踏む 　　　　　　　　　　　　　笨手笨腳、失敗搞砸

犯人は、現場に財布を落とすというドジを踏んで身元が割れてしまった。

犯人因為笨手笨腳地把錢包掉在犯罪現場而曝露了身分。

N1 とっかえひっかえする 　　　　　　　　　　　　換了又換

彼女は外出の前にいつも着ていく服をとっかえひっかえして選んでいる。

她總是在外出之前把要穿出去的衣服換來換去。

N1 とどのつまり 　　　　　　　　　　　　　　最終結果、結局

▶這句由來是因為名為「ぼら」的烏魚，其名稱會隨著成長的過程產生好幾次的變化，成長到最終階段時會轉變成「とど」這個名字之故。

上達しない学科に時間とエネルギーを注ぎ込むことは、とどのつまり、人生を無駄にすることになる。

把時間和精力投注在難以上手的學科上，最終也只是浪費人生而已！

N1 鳶が鷹を生む　　　　　　　　　　　　青出於藍而勝於藍、歹竹出好筍

▶ 也可以改用「トンビが鷹を生む」的表達。

林さんは、親から受け継いだ町工場を世界的な企業に成長させたので、まわりの人たちから「鳶が鷹を生んだ」と言われている。

林先生把從父母那繼承來的小工廠發展成為一家全球性的公司，周圍的人們都說他真的是「青出於藍而勝於藍」。

N1 飛ぶ鳥を落とす勢い　　　　　　　　　　　　勢如破竹、銳不可擋

あの会社は今年に入って業績を伸ばしており、飛ぶ鳥を落とす勢いで成長している。

那家公司今年起業績一直上升，以銳不可擋的氣勢快速成長中。

N1 途方に暮れる　　　　　　　　　　　　毫無辦法、走投無路

▶「途方」是指「手段、方法」的意思，而「暮れる」是指不知道該如何是好的意思。

外出先でスマホのバッテリーが切れて、途方に暮れてしまった。

外出時，我的手機沒電了，讓我不知所措。

N1 捕らぬ狸の皮算用　　　　　　　　　　　　還沒到手就打如意算盤

▶ 字面意思為「狸貓都還沒抓到手，就開始盤算狸貓的皮要怎麼賣」。

計画を立てるとき、どうしても結果を楽観的に見積もってしまい、「捕らぬ狸の皮算用」になることが多い。

在構思計劃時，總是會樂觀地高估成果，導致容易變成「把結果想得太美好」的情況。

N1 虎の威を借る狐　　　　　　　　　　　　狐假虎威

彼は、父親が社長だということをかさに着て威張っている。ああいうのを「虎の威を借る狐」というのだ。

他以父親是社長為靠山到處逞威風。那樣子就叫做「狐假虎威」。

N1 取り越し苦労　　　　　　　　　　　　　　　　　　　　杞人憂天、瞎操心

心配事の多くは取り越し苦労だから、自分が心配していることを自覚するくらいにとどめて、すべきことに集中した方がいい。

很多擔心的事都是瞎操心而已，最好對自己擔心的事僅保持有意識到就好，並將注意力集中在該做的事上。

N1 取り付く島がない　　　　　　　　　　　　　　　　　　　態度冷淡

会議で重要案件について提案したが、みんなの反応は取り付く島もなかった。

在會議上提出了有關重要案件的提案，但大家的反應卻非常冷淡。

N1 鳥肌が立つ　　　　　　　　　　　　　　　　　　　　　　起雞皮疙瘩

▶ 日語的「鳥肌が立つ」可以用在正面的例子上。

彼女の素晴らしい演奏を聞いて感動のあまり鳥肌が立った。

聽到她精采的演奏，因為太過感動而全身起雞皮疙瘩。

N1 泥縄式　　　　　　　　　　　　　　　　　　　　　　　　臨陣磨槍

▶ 意指事情發生之後，才匆忙地想出解決辦法。

社長の判断はいつも泥縄式で、原則らしいものが見られない。

社長的判斷總是臨陣磨槍，找不到所謂的原則。

N1 どんぐりの背比べ　　　　　　　　　　　　　　　　　　　半斤八兩

コンテストに応募してきた作品は、どれもどんぐりの背比べで、目を引くものがなかった。

來參加甄選的作品，每一個都是半斤八兩，沒有一個能引起我的注意。

N1 飛んで火に入る夏の虫　　　　　　　　　　　　　　　　　飛蛾撲火

敵軍が待ち構えているところに突撃するなんて、「飛んで火に入る夏の虫」だ。

要在敵軍埋伏的地方突擊，簡直就是「飛蛾撲火」啊！

N1 流れに棹さす 　　　　　　　　　　　順水推舟、隨時代潮流

▶「棹」是指用來撐船行走的長竿子。

その実業家は、近代化の流れに棹さして事業を展開し、大成功を収めた。
那位企業家，開創順應著現代化潮流的事業，結果極為成功。

N1 泣きっ面に蜂 　　　　　　　　雪上加霜、禍不單行、屋漏偏逢連夜雨

寝坊をしたうえに会議の資料まで忘れてしまい、「泣きっ面に蜂」だった。
不僅睡過頭，而且連會議的資料也忘記帶，真是「禍不單行」啊！

N1 泣き寝入り 　　　　　　　　　　忍氣吞聲；哭著哭著就睡著了

被害を訴えても、まともに取り合ってもらえず、泣き寝入りするしかない場合が多い。
就算投訴損失的情況，也無法得到妥善的回應處理，大部分只能摸著鼻子自己認了。

N1 泣く子と地頭には勝てぬ 　　　　　　秀才遇到兵，有理說不清

▶ 這裡的「地頭」是指過去代表地主管理佃農的權勢者。因為「地頭」有相當性的權勢，跟他講道理也沒有用，故比喻為有理說不清的人的意思。

「泣く子と地頭には勝てぬ」というから、彼が息巻いているときは、黙って言うとおりにした方が安全だ。
俗話說「秀才遇到兵，有理說不清」，遇到他說話情緒激動時，還是閉嘴乖乖按他說的做比較保險。

N1 無くて七癖 　　　　　　　　　人無完人、（天底下）沒有十全十美的人

「無くて七癖」というように、自分の癖にはなかなか気づかないものだ。
俗話說「天底下天沒有十全十美的人」，人們往往很難察覺自己身上的毛病。

N1 情けは人のためならず 　　好心有好報、親切待人總有一天會回報給自己

「情けは人のためならず」ということだから、ボランティア活動に積極的に参加しようと思う。
有句話說「好心有好報」，所以我想積極地參加義工活動。

N1 梨のつぶて
沓無音信、石沈大海

▶「つぶて」的意思是「扔石頭」，由於扔出去的石頭不會再回來所產生的比喻。這裡出現的「梨」只是因為和「無し」的發音相同而使用，並沒有任何意義。

購入した製品が不良品だったので、メーカーに問い合わせようとしたが、電話をかけてもメールを送っても梨のつぶてだった。

因為買到的商品是不良品，想要向廠商詢問，結果打電話和寄電子郵件都毫無回應。

N1 七転び八起き
不管跌倒幾次都要站起來、人生總是起起落落

彼の人生は「七転び八起き」で、何度も成功と失敗を繰り返してきた。

他的人生就像在海上載浮載沉一樣，不斷地反覆經歷著多次的成功與失敗。

N1 涙を呑む
含淚、飲泣吞聲

家計が苦しかったため、大学院への進学は涙を呑んで諦めるしかなかった。

由於家庭經濟困難，只好含淚地放棄就讀研究所了。

N1 並々ならぬ
非凡的、不尋常的

彼が商品開発に成功したのは、並々ならぬ努力のたまものであった。

他在產品開發上獲得成功，是他非凡的努力取得的成果。

N1 習い性となる
習慣成自然、習以為常

はじめは起きてすぐ机に向かうのは億劫だったが、習い性となって、今では無意識にやっている。

一開始覺得一起床就去書桌唸書很麻煩，但習以為常後，現在已經可以自然而然這麼做了。

N1 習うより慣れろ
比起讓別人教，不如親身累積經驗及學習來得實際

日本語が上手になりたいなら、とにかくたくさん読むことだ。「習うより慣れろ」というわけだ。

如果想要提升日語能力的話，無論如何就是盡量地多多閱讀。也就是比起讓人家教，不如親自體驗學習來得好的道理。

N1 二階から目薬(にかいからめぐすり)　　　　　　　　　成效不彰、白費力氣

▶表示沒有任何效果或指事物不如預期進行。

どんなに魅力的な都市でも、何の下調べもなしに行って十分に楽しむというのは、「二階から目薬」のようなものだ。

無論是多麼具有魅力的城市，若不做任何事先調查就想要跑去盡興暢遊的話，其享樂品質一定會不如預期的。

N1 逃がした魚は大きい(にがしたさかなはおおきい)　　　　　　　錯過的總是最美

▶指事物一旦錯失過後，才覺得更有價值的意思。

彼女は彼を振ったあと、彼が華々しく活躍していることを知り、「逃がした魚は大きい」と悔やんだ。

她甩掉他之後，得知他過得非常好，這才後悔莫及覺得「錯過的總是最美」。

N1 憎まれっ子世にはばかる(にくまれっこよにはばかる)　　小人反得志、討厭的人反而得權勢

▶表示不被認可和討厭的人更成功的意思。「はばかる」則有「炫耀自己的力量」的意思。

あんな性格の悪い人間が出世するなんて、本当に「憎まれっ子世にはばかる」といわれるとおりだ。

性格如此惡劣的人竟然會出人頭地，這真是所謂的「小人反得志」。

N1 逃げるが勝ち(にげるがかち)　　　　　　　　　　　以退為進、走為上策

もし話し合いが口論に発展しそうになったら、「逃げるが勝ち」だ。うまくその場を切り上げよう。

如果對話演變成爭論的話，那麼就「走為上策」。看情況結束當下的對話吧！

N1 二足のわらじ(にそくのわらじ)　　　　　　　　　身兼二職、兼顧兩名

彼は、古本屋の店主と作家という二足のわらじを履いて、生計をなりたてている。

他身兼舊書店的老闆和作家兩項職業，藉以維持生計。

N1 日常茶飯事 　　　　　　　　　　　　　　　　　家常便飯、屢見不鮮

▶「日常茶飯事」是指像喝茶吃飯一樣，非常普通且鮮而易見的事。

近くに幹線道路があるため、騒音や交通事故は日常茶飯事となっている。
由於附近有主要幹道之故，因此噪音和車禍是屢見不鮮的。

N1 二度あることは三度ある 　　　　　　　　　　　　　　　有二就有三

▶同樣的事情會反覆發生的意思。

二度あることは三度あるというから気をつけよう。
不是說有二就有三，所以還是要小心一點。

N1 二兎を追う者は一兎をも得ず 　　　　　　　　　　　魚與熊掌不可得兼

「二兎を追う者は一兎をも得ず」というから、今は一つのことに集中したい。
俗話說「魚與熊掌不可得兼」，所以我現在想集中在一件事情上。

N1 二の句が継げない 　　　　　　　　　　　　　　　　　無話可說、無言以對

部下の言い訳にあきれて二の句が継げなかった。
對下屬說的藉口感到驚訝，無言以對。

N1 二の次 　　　　　　　　　　　　　　　　　　　　　　其次、第二順位

彼は、利益を二の次にして仕事に打ち込んでしまう癖がある。
他習慣把利益放在第二順位，全心投注在工作上。

N1 二の舞を演じる 　　　　　　　　　　　　　　　　　　重蹈覆轍

▶「二の舞」是指模仿前面演技者的舞蹈，故意以笨拙好笑的方式表演的意思。後來引申為重複別人的錯誤或犯相同錯誤的意思。

改善点を明確にしないと、以前のミスの二の舞を演じることになる。
若不明確釐清需要改善的地方，仍然會重蹈覆轍以前的錯誤。

N1 二番煎じ
炒冷飯、老梗

この作品は前作の二番煎じで、何の新しさもなかった。
這個作品將以前的老梗重新搬出，毫無新意可言。

N1 糠に釘
毫無作用、無濟於事

▶ 字面意思為「把釘子插到米糠裡」，意思是其動作毫無任何意義。

あの人は、誰の意見も聞き入れない。上司の忠告にすら「糠に釘」だ。
那個人，聽不進任何人的意見，連上司的建議也都是無濟於事。

N1 抜け目がない
精明周到、分毫不差

部長は抜け目ない人だから、重要な書類に手抜かりがないかどうか、いつも目を光らせている。
部長是個精明周到的人，所以隨時留意重要的文件是否沒有遺漏。

N1 ぬるま湯に浸かる
安逸度日

今までのぬるま湯に浸かったような生活から抜け出したい。
我想要脫離到目前為止安逸度日的生活。

N1 濡れ衣を着せられる
讓別人頂罪背黑鍋

車に傷を付けたのは私だと濡れ衣を着せられた。
我被誣陷為是破壞車子的人。

N1 濡れ手に粟
不勞而獲

▶ 字面意思為「用沾溼的手去摸小米」，意思是不費吹灰之力就得到利益的意思。

彼らは情報を操作して株価を変動させることで、「濡れ手に粟」の巨額の金を得た。
他們透過操作資訊影響股價變動，「不勞而獲」地獲得了巨額般的金錢。

N1 根が深い
根深蒂固

両国の対立は非常に根が深く、貿易分野以外に様々な分野で紛争が激化している。

兩個國家的衝突相當地根深蒂固，在貿易以外的許多領域上，紛爭都在加劇中。

N1 猫なで声
好聲好氣；嗲聲嗲氣

彼女は、猫なで声で「お金ないんだけど、助けてくれる？」と言った。

她嗲聲嗲氣地跟我說：「我沒有錢，可以幫我一下嗎？」

N1 猫に鰹節
羊入虎口；斷不可行

子供にテーブルの上のクッキーの番をさせるなんて、「猫に鰹節」だよ。

讓小孩看管餐桌上的餅乾，簡直就是「羊入虎口」啊！

N1 猫に小判
對牛彈琴；不識貨

有名な陶芸家の作品を見せてもらったが、自分には「猫に小判」で、ただ普通の陶磁器とは何かが違うと思っただけだった。

有人給我看了知名陶藝家的作品，但對我而言只是「對牛彈琴」而已。我根本看不懂它與一般普通的陶磁器有何不同。

N1 猫の手も借りたい
忙得不可開交

この店は、昼食の時間になると猫の手も借りたいほど忙しくなる。

這家店，一到了中午用餐時間就會忙到不可開交。

N1 猫の額
巴掌大、面積狹小

私は猫の額ほどの庭で野菜を育てている。

我在面積狹小的庭院裡種植蔬菜。

N1 猫を被る　　　　　　　　　　　　　　　　　　隱藏本性、裝作乖巧

島田課長は、部下には乱暴な言葉を使うが、上司の前では猫を被っている。
島田課長在對下屬說話時粗暴無禮，但在上司的面前卻裝作乖巧樣子。

N1 ネタが割れる　　　　　　　　　　　　透露劇情（破哏、劇透、爆雷）

このミステリー小説は、始めの部分でネタが割れてしまうので、あまり面白くない。
這本懸疑小說，最一開始的部分就透露了劇情，所以沒那麼有趣。

N1 寝ても覚めても　　　　　　　　　　　　　　　　　日日夜夜、時時刻刻

寝ても覚めても転職のことが頭から離れない。
時時刻刻都想著換工作的事。

N1 根掘り葉掘り聞く　　　　　　　　　　　　　　　　　　　追根究底

母は、私が帰ってくると、その日にあったことを根掘り葉掘り聞くので、わずらわしい。
只要我一回家，媽媽就會追根究底地詢問當天發生的事，真是煩人。

N1 根も葉もない　　　　　　　　　　　　　　　　　　　　　毫無根據

あの男は、ライバル社員の評判を落とすために、根も葉もない噂を広めている。
那個男人，為了詆毀競爭對手員工的聲譽，散播毫無根據的謠言。

N1 音を上げる　　　　　　　　　　　　　　　　　　　叫苦連天、發出哀嚎

今回の合宿では、あまりの練習量に選手たちが音を上げた。
這次集訓，過度的練習量讓選手們叫苦連天。

N1 念には念を入れる　　　　　　　　　仔細小心、再三小心

発表を前にして、念には念を入れて資料を見なおした。
在上台發表之前，我再三小心地重新看了資料。

N1 念力岩をも通す　　　　　　　　　　滴水穿石

▶ 比喻只要努力沒有做不到的事的意思。

必ず合格したいという一心で勉強すれば、「念力岩をも通す」で、難関試験の合格も不可能ではない。
如果能抱持著一心一意通過考試的決心，那就如「滴水穿石」般地，通過困難的考試也並非不可能的。

N1 念を押す　　　　　　　　　　　　　再三叮嚀

彼はしょっちゅう遅刻するので、旅行当日は絶対遅刻しないようにと念を押した。
由於他經常遲到，再三叮嚀他旅行當天絕對不可以遲到。

N1 能ある鷹は爪を隠す　　　　　　　　深藏不露、韜光養晦

「能ある鷹は爪を隠す」というから、自分の能力をあまりひけらかさない方がいい。
俗話說得好，要「韜光養晦」，所以最好不要過度炫燿自己的能力才好。

N1 飲み込みが早い　　　　　　　　　　悟性高、理解得快

彼女は飲み込みが早く仕事も速い。
她悟性高，處理工作的速度也很快。

N1 乗りかかった船　　　　　　　　　　騎虎難下、頭已經洗下去了

乗りかかった船だから最後までやり遂げるつもりだ。
因為頭都已經洗下去了，所以打算堅持做到最後。

N1 のれんに腕押し　　　　　　　　　　　　　　　白費力氣

▶ 指像在推動一塊懸在半空中的布一樣毫無反應的意思。「のれん」是指掛在商店家門口的布。

田中君はしょっちゅう遅刻するので、そのたびに注意しているのだが、のれんに腕押しで一向に行動を改めない。

由於田中經常遲到，所以我每次都會提點他。但他還是改不了一貫作風，我真的是白費力氣。

N1 場当たり的　　　　　　　　　　　　　　　　隨意（行動）

彼はいつも場当たり的な発言をするので、あまり信用できない。

由於他的發言總是臨時起意的，所以他說的話不太能相信。

N1 背水の陣　　　　　　　　　　　　　　　　　背水一戰

受験まであと1カ月しかない。背水の陣を敷いて勉強しよう。

距離考試剩下一個月的時間。只好背水一戰努力地唸書。

N1 白紙に戻す　　　　　　　　　　一筆勾銷、回到最初狀態、當作沒這回事

当初の予定だった昇進に関しては、白紙に戻すことにしよう。

關於當初說好的升職，就當作沒這回事吧！

N1 拍車をかける　　　　　　　　　　　　　　　加速促進

新製品の販売不振が経営悪化に拍車をかけた。

新產品的銷售不佳加速了公司營運的惡化。

N1 化けの皮が剝がれる　　　　　　　　　　　　原形畢露、現出原形

彼女はいつも上品な言葉を使っていたが、慌てた拍子に漏らした下品な言葉で、化けの皮が剝がれてしまった。

她總是使用禮貌的用語，但是當她驚慌失措時原形畢露，說出了粗俗的話了。

N1 恥をさらす　　　　　　　　　　　　　　　　　　　　　出醜丟臉

僕がテニスの試合に出るなんて、人前で恥をさらすだけです。

叫我去參加網球比賽，只是在眾人面前讓自己出醜丟臉而已。

N1 旗を振る　　　　　　　　　　　　　　　　　　　　　　指揮領導

彼は、若いころ労働運動の旗を振っていた経歴がある人物だ。

他年輕時，曾經是指揮領導過勞工運動的風雲人物。

N1 罰が当たる　　　　　　　　　　　　　　　　　　　　　遭天譴報應

悪い事ばかりしていると、罰が当たるぞ。

一直做壞事的話，會遭到天譴報應哦！

N1 八方塞がり　　　　　　　　　　　　　　　　　四處碰壁、無計可施

今から信用を取り戻そうにも、さんざん身勝手なことをしてきたために、すでに八方塞がりだった。

因為已經做過太多自私自利的事，現在開始要重新獲得信任，卻已都是四處碰壁了。

N1 話上手の聞き下手　　　　　　　　　　　　　　　　善於說話但不擅傾聽

話上手の聞き下手の人と一緒にいると疲れる。

和善於說話但不擅傾聽的人在一起，只會感到疲憊。

N1 花より団子　　　　　　　　　　　　　　　　　　　捨華求實、務實

彼は、美しい風景を見ても「花より団子」で、ここで商売したらいくら儲かるという話ばかりしている。

即使他看了美麗的風景，但仍然表現務實，只談論這裡做生意能賺多少錢的話題。

N1 花を持たせる　　　　　　　　　給人面子、讓出榮譽或功績給別人

試合後のインタビューは後輩に花を持たせ、彼は一人で控室に戻った。
他將比賽後的採訪讓給了後輩，一個人回到休息室。

N1 羽目になる　　　　　　　　　　　陷入…的困境、落到…地步

最終電車で降りる駅を乗り過ごし、歩いて帰る羽目になった。
我錯過了末班車下車的車站，只好走路回家。

N1 羽目を外す　　　　　　　　　　　　脫韁野馬、太超過

旅行が楽しいからといって、羽目を外して他の観光客に迷惑をかけてはいけない。
不能因為旅行開心，就做出脫韁野馬的行為造成其他觀光客的困擾。

N1 早起きは三文の徳　　　　　　　　　　早起的鳥兒有蟲吃

「早起きは三文の徳」というから早寝早起きを続けていたら、体が健康になってきた。
俗話說「早起的鳥兒有蟲吃」，持續地早睡早起，身體也變得健康了起來。

N1 腫れ物に触るように　　　　　　　　　小心翼翼、提心吊膽

▶ 就像「觸摸腫塊一樣」，形容必須十分小心的樣子。

彼は感情が不安定で、すぐ怒ったり泣いたりするので、家族は彼を腫れ物に触るように扱っていた。
他的情緒不穩定，一下子生氣一下子哭泣，家人也都小心翼翼地和他相處。

N1 万事休す　　　　　　　　　　　　萬事皆休、萬事休矣

大事な会議があるのに、間に合いそうにない。万事休すだ。
有重要的會議，卻趕不上去參加。真是萬事皆休呀！

N1 非がある　　　　　　　　　　　　　　　　　　　　有過失

今回の場合、メーカー側に非があるのは明らかである。

這次的情況，明顯是製造商方面有過失。

N1 火が消えたようだ　　　　　　　　　　　　　　　　冷清寂靜

母が入院したあとの家の中は、火が消えたようだった。

媽媽住院之後，家中一片冷清寂靜。

N1 引き金　　　　　　　　　　　　　　　　　　　　　導火線

転勤辞令が引き金になって、彼は会社を辞めた。

這次的調職命令成為了導火線，於是他從公司離職。

N1 火種がくすぶる　　　　　　　　　　　　　　留有後患、星星之火

▶成為問題的火種仍有火花未熄滅的意思。

相続人同士が互いの不信感を拭えないために、相続紛争の火種はいつまでもくすぶり続けた。

由於繼承人之間無法擺脫彼此的不信任感，遺產繼承糾紛仍然持續發酵中。

N1 必要は発明の母　　　　　　　　　　　　　　　　需求為發明之母

「必要は発明の母」というように、多くの便利な道具が絶えず世に出続けている。

如同應合「需求為發明之母」這句話一樣，世界上許多方便的道具不斷地推陳出新。

N1 一息入れる　　　　　　　　　　　　　　　　喘口氣、喘一口氣

ずいぶん歩きましたね。ここでちょっと一息入れましょうか。

已經走了相當久了，要不要在這裡喘一口氣呢？

N1 一息つく　　　　　　　　　　　　　　　　　喘口氣、歇一會兒

引っ越しも終わり、やっと一息ついたところです。
搬家也結束了，終於可以歇一會兒了。

N1 一筋縄ではいかない　　　　　　　　　　沒想像中簡單、棘手不容易

子供を育てる事は、一筋縄ではいかない。
養兒育女，並沒有想像中的簡單。

N1 人の噂も七十五日　　　　謠言只會流傳一時、話題只會流傳一時

まあ、そんなに失敗のことでめげないで。「人の噂も七十五日」だから、みんなじきに忘れるって。
好吧，不要因為失敗而灰心喪志。因為「話題只會流傳一時」，大家很快就會遺忘的。

N1 人の振り見て我が振り直せ　　　　　　　　以人為鏡，反躬自省

人の欠点をあげつらうのでなく、「人の振り見て我が振り直せ」という意識でいるなら、いつまでも成長することができる。
不要只是批評別人的缺點，而是要用「以人為鏡，反躬自省」的心態去面對，就能夠不斷地成長。

N1 独り歩きする　　　　　　　　　　　　　　獨自行走、恣意發展

▶如同字面上所表示「獨自行走」的意思，也可以比喻錯誤的資訊等恣意發展的意思。

世の中には、ある情報や用語がもとの文脈を離れて独り歩きしていることが多い。
世界上有很多資訊和詞彙會脫離原本的含義而恣意發展。

N1 独り占めする　　　　　　　　　　　　　　　獨佔、獨自霸佔

彼女は一人っ子で、親の愛情を独り占めして育った。
她是獨生女，從小就在獨佔父母的愛之下長大。

N1 人を食ったような　　　　　　　　　　高高在上、不可一世、瞧不起他人的樣子

彼の人を食ったような物言いに、彼女はあきれて笑った。
他那不可一世的說話語氣，讓她覺得生氣又好笑。

N1 火に油を注ぐ　　　　　　　　　　　　　　　　　　　　火上加油

▶ 讓情況變得更糟的意思。

木村さんは、こともあろうに、腹を立てている上司に冗談を言って火に油を注いでしまった。
木村先生偏偏要跟生氣的上司開玩笑，結果火上加油，讓氣氛變得更糟。

N1 非の打ちどころがない　　　　　　　　　　　　無可挑剔、完美無缺

新入社員の非の打ちどころないプレゼンに、誰もが感心した。
新進員工那完美無缺的簡報，令大家都感到敬佩。

N1 火の車　　　　　　　　　　　　　　　　　　　　　　　經濟拮据

今月はバイト代が入らないので、家計は火の車だ。
因為這個月打工的薪水沒有進帳，所以經濟非常拮据。

N1 火のない所に煙は立たぬ　　　　　　　無風不起浪、無炊不生煙

わが社は経営危機に陥っているという噂が出回っている。社長は否定しているが、「火のない所に煙は立たぬ」というから、気がかりだ。
傳聞說我們公司陷入營運危機。雖然社長否認了這個說法，但是「無風不起浪」，還是令人感到擔心。

N1 微々たるもの　　　　　　　　　　　　　　　　微不足道、微乎其微

株式投資をしているが、利益は微々たるものだ。
我雖然有在投資股票，但利潤微乎其微。

火ぶたを切る　　　　　　　　　　　　　　　　　拉開序幕

▶「火ぶたを切る」是指火繩槍裡裝火藥的蓋子。為點火而「打開蓋子」的部分引伸為開啟戰爭的意思。

２週間後の投票に向けて、選挙戦の火ぶたが切られた。
為了在預定在兩週後進行的投票，選戰活動正式揭開序幕。

百聞は一見に如かず　　　　　　　　　　　　　百聞不如一見

その料理がおいしいことは、話には聞いているが、「百聞は一見に如かず」だから、ぜひ一度食べに行ってみよう。
聽說這道料理非常美味，但「百聞不如一見」，所以我們一定要去品嚐看看。

氷山の一角　　　　　　　　　　　　　　　　　　冰山一角

今回発覚した会計不正は、氷山の一角に過ぎない。
這次揭露的會計造假事件，只不過是冰山一角而已。

拍子抜けする　　　　　　　　　　　　　　　　　失望、洩氣

発表したとき、どんな厳しい質問が来るかと身構えていたが、通り一遍の穏やかな質問しかされなくて、拍子抜けしてしまった。
上台發表時，雖然我已經準備好面對各種刁鑽的問題，但結果只收到一些普通溫和的問題，讓我感到有些失望。

瓢箪から駒が出る　　　　　　　　　　　　意外實現；弄假成真

▶字面意思是「葫蘆裡跳出小馬」，用來表示「出現意料外的事」或「玩笑話變成了現實」的意思。

学生時代、将来のことが話題になったとき、とっさに「パイロットになる」と言ったことがきっかけで、本当にパイロットになってしまった。瓢箪から駒が出たわけだ。
學生時期，聊到未來的話題時，我只是隨口說「要成為一名飛行員」，沒想到這一句話卻意外實現讓我真的成為一名飛行員了。

N1 ピンからキリまで　　　　　　　　自始至終；良莠不齊；從最好到最差的

ワインの値段はピンからキリまである。
葡萄酒價格從貴的到便宜的都有。

N1 ピンと来ない　　　　　　　　一下子想不出來、短時間無法理解

この問題は、解説を読んでもあまりピンと来ない。
這個題目，即使看了解答一下子還是無法理解。

N1 頻繁に取り上げられる　　　　　　　　經常被提及

この町は旅行番組などで頻繁に取り上げられている。
在旅遊等節目上經常會提及這座村莊。

N1 不意を突く　　　　　　　　趁人不備、出其不意、忽然、冷不防地

犯人は突然奇声を上げ、警官たちが不意を突かれて慌てている隙に、逃走した。
犯人突然發出怪聲音，趁著警察們陷入慌亂失去防備時逃走了。

N1 風前の灯　　　　　　　　危在旦夕、風中殘燭

会社は一時風前の灯だったが、新しい経営陣と社員の努力で回復に向かっている。
公司曾經一度危在旦夕，但在新的管理層和員工的努力下，朝向復甦之路邁進。

N1 笛吹けども踊らず　　　　　　　　百呼不應；不為所動

▶精心準備卻得不到任何回應的意思。

大々的に広告を打ったが、「笛吹けども踊らず」で、商品は全く売れなかった。
儘管打廣告大肆宣傳，但產品卻乏人問津，完全賣不出去。

N1 覆水盆に返らず　　　　　　　　　　　　潑出去的水、覆水難收

自分の口から出てしまった言葉は「覆水盆に返らず」だから、後悔してもどうしようもない。
從自己口中說出來的話都「覆水難收」，後悔也沒有用。

N1 袋の鼠　　　　　　　　　　　　　　　　甕中之鱉、袋中之鼠

犯人は警察に取り囲まれ、もはや袋の鼠となった。
犯人被警察包圍，已然是甕中之鱉了。

N1 不幸中の幸い　　　　　　　　　　　　　不幸中的大幸

地震が起こり、倒壊する家屋もあったが、不幸中の幸いで、大きな火災は起こらなかった。
發生了地震，雖然有房屋倒塌，但不幸中的大幸是沒有引發大規模的火災。

N1 二つ返事　　　　　　　　　　　　　　　馬上答應、立即同意

彼は先輩の頼みを二つ返事で引き受けた。
他爽快地答應接受了前輩的請求。

N1 豚に真珠　　　　　　　　　　　　　　　對牛彈琴

勉強しない子に電子辞書を買ってあげるなんて、豚に真珠でしょ。
給不唸書的孩子買一台電子辭典，無異是對牛彈琴。

N1 物議を醸す　　　　　　　　　　　　　　引起議論

社会的に大きな物議を醸した法案が国会で可決された。
國會通過了一項在社會上引起很大爭議的法案。

N1 筆が立つ　　　　　　　　　　　　　　　善於寫作、文筆好

彼は筆が立つので、広報誌の編集担当に抜擢された。
他擅長寫作，所以被選拔為廣告宣傳雜誌的編輯。

N1 懐が暖かい　　　　　　　　　　　　　　　　　　　　　　　　　荷包滿滿

お年玉をもらって懐が暖かくなった。
拿到了壓歲錢所以荷包變得滿滿的。

N1 腑に落ちない　　　　　　　　　　　　　　　　　　　　　　　無法認同、不能理解

彼の説明はどこか腑に落ちないところがある。
他的說明內容有某些地方讓我無法認同。

N1 不評を買う　　　　　　　　　　　　　　　　　　　　　　　　不受歡迎；遭受差評

▶表示「負評」意思的「不評」和表示「不公平」的「不平」是兩個不同的詞。

今回の企画案があんなに不評を買うとは思わなかった。
我沒想到這次的企劃案那麼樣地飽受差評。

N1 故きを温ねて新しきを知る　　研習舊的事物並得到新的知識、溫故知新

▶意思為學習舊事物並認識新事物。漢字「温」除了「溫暖」的意思外，還有「複習」的意思。

「故きを温ねて新しきを知る」というように、日本語を深く理解するためには、昔の日本語も知っている必要がある。
如同「我們可以從研習舊有的事物中，學習到新的知識」這個道理所言，要想深入理解日語，就必須也要了解古時候的日語。

N1 踏んだり蹴ったり　　　　　　　　　　　　　　　　　　　　禍不單行、又踩又踢

試合には負けてしまうわ、怪我はするわ、踏んだり蹴ったりだよ。
輸掉了比賽，又受傷，簡直就是禍不單行。

N1 ベストを尽くす　　　　　　　　　　　　　　　　　　　　　　　　盡力而為

ベストを尽くして悔いのない人生を送りたい。
我想盡自己最大的努力，過著沒有留下遺憾的人生。

N1 下手な鉄砲も数撃ちゃ当たる　　　　　　　　　　　亂槍打鳥

「下手な鉄砲も数撃ちゃ当たる」と信じて、どんどん企画書を作っています。
相信「亂槍打鳥」應該會通過，所以繼續製作企劃書。

N1 弁解の余地がない　　　　　　　　　　　　　　　無可辯解

あなたが彼に暴力を振るったことは、全く弁解の余地がない。
你對他的暴力行為，絕對是無可辯解的。

N1 棒に振る　　　　　　　　　　　　　　　　　斷送；徒勞無功

苦労して実績をあげたのに、ちょっとしたミスで昇進の機会を棒に振ってしまった。
辛苦努力地提升自己的業績，卻因為一個小錯誤而斷送了升遷的機會。

N1 仏の顔も三度まで　　　　　　　　　　　　　　　事不過三

「仏の顔も三度まで」というように、遅刻を繰り返していたら、ついに友達に見限られてしまった。
俗話說「事不過三」，一直反覆遲到，最後連朋友們也都受不了放棄了。

N1 ほとぼりが冷める　　　　　　　　　　　熱情減退、降溫、退潮

▶「ほとぼり」的意思是「熱氣、餘溫、餘熱」。

この案件は、ほとぼりが冷めるまで延期することにします。
這個案件，我決定延後到熱度冷卻後再進行。

N1 ほらを吹く　　　　　　　　　　　　　　　　　　　誇大其詞

▶ 字面意思是「吹海螺」，但聲音大得驚人，所以被比喻為「虛張聲勢、誇大其詞」。

政治家にとってはほらを吹くことも仕事だと聞いて、彼らがなぜあんなバラ色の未来を語るのか理解した。
聽說了原來對政治家來說誇大其詞也是工作之一後，於是我才明白為什麼他們能去談論如此光明美好的未來了。

N1 本腰を入れる　　　　　　　　　　　　　　　　　　　認真投入

警察は、ようやく本腰を入れて捜査を開始した。
警察終於開始認真投入調查。

N1 枚挙にいとまがない　　　　　　　　　　　　　　　　　不勝枚舉

脇見運転による交通事故の例は枚挙にいとまがない。
因分心駕駛造成車禍的案例不勝枚舉。

N1 前触れ　　　　　　　　　　　　　　　　　　　　　預告、前兆

小さな地震が多発するのは、大地震の前触れと言われています。
據說頻繁發生小地震是大地震的前兆。

N1 蒔かぬ種は生えぬ　　　　　　　　　　　　　　不努力就沒有結果

▶字面的直譯是「不播種的種子就不會生長」的意思。

「蒔かぬ種は生えぬ」というから、志望校に入りたいなら一生懸命勉強することだ。
俗話說「不努力就沒有結果」，想考上志願的學校就得要拚命努力才行。

N1 間が悪い　　　　　　　　　　　　　　　　　　　時機不對、尷尬

彼は、案内してくれたレストランが臨時休業だったので、間が悪そうにこちらを見た。
因為他帶我去的餐廳臨時休息沒開門，於是他尷尬地看向我這裡。

N1 枕を高くして寝る　　　　　　　　　　　　　　　　　高枕無憂

▶字面意思是「把枕頭墊得高高地睡覺」。在過往各方勢力相互征伐的亂世時代，為了盡早察覺敵襲時的動靜，通常在睡眠時都會將一耳貼在地板上，避免遭受敵人的攻擊。然而在和平時代就可以不用警戒，舒服地墊著枕頭睡覺，所以這句話便是指可以安心入睡，進而引申出「事情可以放心了」的意思。

会社の資金繰りが何とかなったので、しばらくは枕を高くして寝られる。
公司融資進展順利，暫時可以高枕無憂地睡覺了。

N1 負け犬の遠吠え　　失敗者的咆哮、失敗者在背地裡講的壞話、敗犬的遠吠

彼は威勢よく啖呵を切ったが、あれは「負け犬の遠吠え」だ。
雖然他很有氣勢地大聲地叫了一聲，但那僅是「失敗者的咆哮」罷了！

N1 負けるが勝ち　　以退為進、輸就是贏

あんな人間と議論しても、意味がない。そういうときは「負けるが勝ち」だ。黙って引き下がった方がいい。
和那樣的人爭論是沒有任何意義的。這時候應該「以退為進」，靜靜地離開最好。

N1 待てば海路の日和あり　　耐心等待，總有機會到來

苦しいときには「待てば海路の日和あり」と、自分を励ました。
辛苦的時候，總是會自我鼓勵地說：「耐心等待，總有機會到來」。

N1 的が外れる　　答非所問、文不對題；失焦、弄錯目標

彼はいつも人の話に的の外れた返答をする。
別人說的話他總是答非所問。

N1 的を絞る　　縮小範圍、重點放在…

今日の講義では、「広告の方法」に的を絞ってお話しします。
今天的課程內容，將把重點放在「廣告方法」來討論。

N1 見栄を張る　　虛張聲勢、愛面子

私はその分野についてあまり知らなかったが、見栄を張って、よく知っている振りをした。
雖然我不太了解那個領域，但我愛面子，我會裝作一副很了解的樣子。

N1 水に流す
既往不咎

過去のことは水に流して、これからはお互いに助け合っていきましょう。
過去發生的事既往不咎，從今以後就相互幫助合作下去吧。

N1 水の泡になる
化為泡影、努力白費

その失敗により、彼の今までの努力はすべて水の泡になった。
比起失敗，他努力至今的成果全都白費了。

N1 水をあける
遙遙領先

国際マラソンで、彼は２位に大きく水をあけて優勝した。
他以大幅的優勢遙遙領先第二名，贏得國際馬拉松大賽。

N1 水を打ったようだ
瞬間鴉雀無聲

彼が舞台に姿を現したとたん、客席は水を打ったように静まった。
他一出現在舞台上，整片觀眾席瞬間鴉雀無聲。

N1 水を得た魚
如魚得水

彼は転職すると、水を得た魚のように活躍し始めた。
他換工作之後，就像如魚得水一般開始活躍了起來。

N1 水を差す
掃興、潑冷水

彼は、人の楽しみに水を差すようなことばかり言う。
他總是說些在別人興致上潑冷水的話。

N1 未曽有
前所未有

今回の大地震は日本列島に未曽有の被害をもたらした。
這次的大地震為日本列島帶來前所未有的災害。

N1 道草を食う　　　　　　　　　　　　　　　　　不務正業、做別的事、中途逗留

息子はいつも学校帰りどこかで道草を食っていて、帰宅時間が遅い。
兒子總是在下課回家的路上逗留做別的事，所以回家的時間都很晚。

N1 三つ子の魂百まで　　　　　　　　　　　　　　　　　　　　三歲定終身

祖父は気性が荒いが、叔祖父によると、幼いころからそうだったという。まさに「三つ子の魂百まで」だ。
爺爺的個性較剛烈，聽叔公說，他從小就是這樣的個性。真是應合「三歲定終身」這句話。

N1 実るほど頭を垂れる稲穂かな　稻穗越飽滿，頭垂得越低；愈有內涵或德望的人愈要謙卑

▶「〜かな」是一個表達感嘆的語詞，相近於「〜啊」或「〜呀」的意思。

「実るほど頭を垂れる稲穂かな」というから、偉くなるほど謙虚な姿勢を心がけるようにしよう。
俗話說「稻穗越飽滿，頭垂得越低」，我們要牢記越是偉大越是要保持謙卑的態度。

N1 虫がいい　　　　　　　　　　　　　　　　　　　　　　　　自以為是

勉強もしないで試験に合格するなんて言うのは、ずいぶん虫がいい話だ。
不唸書要考試合格，哪有這麼自以為是的事啊！

N1 虫が知らせる　　　　　　　　　　　　　　　　　　　有（不祥的）預感

虫が知らせたのだろうか。ふと出かけるのをやめたら、乗るはずだった電車が脱線事故を起こした。
這是不是一種預感呀！突然決定不出門後，原本預計要搭乘的電車竟然發生了脫軌事故。

N1 虫の息　　　　　　　　　　　　　　　　　　　　　　　　　奄奄一息

救急車が到着したとき患者はすでに虫の息だったが、病院へ搬送される途中で死亡が確認された。
救護車抵達之前患者已經是奄奄一息了，在護送到醫院的半路上便確認死亡了。

N1 虫の居所が悪い　　　　　　　　　　　　　心情不佳

▶ 據說是過去受中國道教的影響，道教認為人體內有會導致貪婪和疾病的蟲子，因而衍生出這句慣用語。

上司は、虫の居所が悪いとすぐに大声で怒鳴り出す。
上司只要心情不佳，就會立刻生氣大吼罵人。

N1 無用の長物　　　　　　　　　　　　　　　無用之物

▶ 「長物」意思是「又長又沒有用的東西」。

せっかくランニングマシーンを買っても、使わなければ無用の長物だ。
好不容易買的跑步機，不用的話也只是無用之物罷了。

N1 無理が通れば道理引っ込む　　　歪理若行得通，則道理就行不通

▶ 意思是在歪理蠻橫的世上，正道真理便無法實現。

大事件が起こったとき、警察庁が捜査するのでなく、事件を防げなかった地方警察に捜査を任せると、「無理が通れば道理引っ込む」という結果になりかねない。
發生重大事件時，警察署不進行調查，反而交給未能阻止案件發生的地方警察處理的話，如此反其道而行，很可能結果就會亂了套了。

N1 盲点を突く　　　　　　　　　　　　　　　突破盲點

ハッカーは、セキュリティーの盲点を突いて研究所のコンピュータに侵入した。
駭客突破安全機制的疏漏，入侵了實驗室的電腦。

N1 餅は餅屋　　　　　　　　　　　　　　　　術業有專攻

▶ 意思指交給專家來處理最好。

困ったときは「餅は餅屋」だ。専門家に依頼するのがいちばんいい。
遇到困難時，就想「術業有專攻」。交給專家們處理是最好的。

N1 元の木阿弥
前功盡棄、功虧一簣

せっかく減量に成功しても、またたくさん食べたら元の木阿弥だ。
好不容易減肥成功，又暴飲暴食的話不就又前功盡棄了。

N1 元も子もない
本金和利息都沒了、賠了夫人又折兵

大会のために一生懸命に練習するのはいいが、怪我をしては元も子もない。
為了大賽拚命地練習是很好，但如果受傷的話就會賠了夫人又折兵。

N1 もぬけの殻
（人走後留下的）空房子

▶形容人逃脱後只留下床和空屋樣子的意思。

警官が駆けつけたときは、犯人は逃げて部屋はすでにもぬけの殻だった。
警察趕到的時候，犯人早已潛逃，只剩下空無一人的房間。

N1 物も言いようで角が立つ
說者無意，聽者有心

▶意思是依照說話方式的不同，很可能會傷害到他人的感情。

「物も言いようで角が立つ」というが、彼の言い方には、どういうわけかいつも刺がある。
雖說「說者無意，聽者有心」，但不知為何他的說話方式總是帶著刺。

N1 ものをいう
有用、通用

その業界では、学歴は意味をなさず、実力だけがものをいう。
在那個業界，學歷沒有任何意義，實力才是有用的。

N1 門前の小僧習わぬ経を読む
耳濡目染

彼の魔術は「門前の小僧習わぬ経を読む」で、親の演技を後ろで見ながら学んだものだった。
他的魔術是「耳濡目染」地從背後觀察父母親的表演而學來的。

N1 八百長(やおちょう) — 假比賽

プロレスの勝負(しょうぶ)が八百長(やおちょう)であることは、いわば公然(こうぜん)の秘密(ひみつ)で、プロレスファンたちはそれを「ショー」として楽(たの)しんでいる。

摔角的勝負是假比賽這件事，這可以說是公開的秘密，而摔角迷們則是把它當作「表演」來享受。

N1 焼(や)け石(いし)に水(みず) — 杯水車薪、沒有幫助

試験(しけん)の直前(ちょくぜん)になって慌(あわ)てて勉強(べんきょう)しても、焼(や)け石(いし)に水(みず)だ。

考試到了前一天才慌慌張張地唸書，根本就是無濟於事。

N1 やじ馬(うま) — 看熱鬧的人

交通事故(こうつうじこ)の現場(げんば)にやじ馬(うま)たちが集(あつ)まり、スマホで写真(しゃしん)を撮(と)っていた。

車禍現場聚集著看熱鬧的人們，拿著手機拍照。

N1 安物買(やすものか)いの銭失(ぜにうしな)い — 便宜沒好貨

いくら安(やす)いからといって、そんな旧式(きゅうしき)のパソコンを買(か)ったら、「安物買(やすものか)いの銭失(ぜにうしな)い」になりかねない。

就算再怎麼便宜，買了那種舊款式的電腦，反而可能會是便宜買不到好貨。

N1 矢(や)の催促(さいそく) — 不停地催促

原稿(げんこう)の締(し)め切(き)りが近(ちか)づき、編集者(へんしゅうしゃ)から矢(や)の催促(さいそく)を受(う)けている。

隨著交稿的截止日將近，編輯也開始不停地催稿。

N1 藪(やぶ)から棒(ぼう) — 突如其來、沒頭沒腦

彼(かれ)は自分(じぶん)の話(はなし)をしながら、「ところで、昨日(きのう)どこに行(い)ってた？」と藪(やぶ)から棒(ぼう)に聞(き)くので、私(わたし)は意味(いみ)をつかみかねた。

他一邊講自己的事情時，一邊沒頭沒腦地冒出一句：「話說，你昨天去了哪裡？」，聽得我完全搞不清楚是什麼意思。

N1 病は気から　　　　　　　　　　　　　　　　　　　　　病由心生

「病は気から」というから、病気のことで悩むのでなく、大したことないと思っていた方が、病気も治りやすいものだ。

俗話說：「病由心生」，與其為生病而煩惱，不如認為是小事一樁，這樣疾病也會比較快痊癒。

N1 山高きが故に尊からず　　　　　　　　　　　　　　　　内在比外在更重要

▶ 字面意思為「山不因高而貴」。「…が故に」表示「因…故…」、「因為…」的意思。

いい大学を出た人がほしいのではなく、仕事のできる人がほしいのだ。「山高きが故に尊からず」だ。

我要的不是從好的大學畢業出來的人，而是實際能夠做事的人。具有實際才能比高學歷來得重要多了呀。

N1 山々だ　　　　　　　　　　　　　　　　　　　　　很多、非常想、極度

出席したいのは山々だけど、どうしても出席ができない。

我雖然非常地想要出席，但我沒辦法參加。

N1 山をかける　　　　　　　　　　　　　　　　　　　　　　猜題

山をかけて勉強したところが運よくテストに出た。

我猜題的內容運氣好都出現在試卷上了。

N1 山を張る　　　　　　　　　　　　　　　　　　　　　　預測考題

テストで山を張ったが、全部はずれてしまった。

雖然考試預測了考題內容，但全部都沒猜中。

N1 矢も盾もたまらず　　　　　　　　　　　　　　　　　　　迫不及待

彼は彼女に会いたくなって、矢も盾もたまらず彼女の家を訪ねていった。

因為他非常想見她，所以迫不及待地前往她家。

N1 有終の美を飾る　　　　　　　　　　　　畫上完美的句點

高校3年2学期の大会で優勝し、**有終の美を飾る**ことができた。
在高中三年級的第二學期大賽中獲得冠軍，畫下了完美的句點。

N1 雄弁は銀、沈黙は金　　　　　　　　　沈默是金，雄辯是銀

「**雄弁は銀、沈黙は金**」というように、上手に話せることも必要だが、それ以上に、発話には慎重であるべきだ。
俗話說「沈默是金，雄辯是銀」，雖然能言善道是有必要的，但更重要的是，發言時應當要更加慎重。

N1 要領がいい　　　　　　　　　　　　　掌握要領、做事有條理

彼は**要領がいい**ので、レポートを短時間で書き上げることができる。
因為他做事有掌握要領，所以可以在短時間之內寫完報告。

N1 要領を得ない　　　　　　　　　　　　不得要領、沒有掌握重點

何度聞いても彼の説明は**要領を得なかった**。
不管聽幾次都覺得他的說明沒有掌握重點。

N1 用を足す　　　　　　　　　　　　　　解決急事；上廁所、排泄

そのあたりはトイレがないので、草むらに隠れて**用を足す**しかなかった。
因為這附近沒有廁所，所以都好躲在草叢裡解決。

N1 よく泳ぐ者は溺れる　　　　　　　　　善泳者溺於水

「**よく泳ぐ者は溺れる**」という格言があるように、口達者な人は、その話術がわざわいして身を亡ぼすものだ。
如同「善泳者溺於水」這句格言，口才出眾的人，往往會因為他的話術惹上禍端，導致自己毀滅。

N1 横車を押す　　　　　　　　　　　　　　　　　　　　　　　蠻橫不講理

あの政治家は横車を押すことばかりしているのに、当選したのが不思議だ。
那位政治家如此蠻橫不講理，竟然會當選，真是令人感到不可思議。

N1 横槍を入れる　　　　　　　　　　　　　　　　　　　　出言干涉、從旁干涉

上司はどんな話にも横槍を入れてくるので、部下から嫌われている。
上司對任何事情都會出言干涉，因此被下屬們討厭。

N1 余念がない　　　　　　　　　　　　　　　　　　　　　　專心致志、一心一意

生徒たちは志望校の合格を目指して、勉強に余念がない。
學生們以考上志願的學校為目標，專心致志地唸書。

N1 寄らば大樹の陰　　　　　　　　倚靠權勢及實力較大的一邊；西瓜靠大邊

彼は、「寄らば大樹の陰」ということで大手企業に就職したが、入社してまもなく倒産してしまった。
他因為依附實力較大的一邊為考量而選擇進入大企業工作，沒想到才進公司沒多久，公司就倒閉了。

N1 寄る辺ない　　　　　　　　　　　　　　　　　　　　　　　　　　　無所依靠

寄る辺ない身にとって、正月休みの寂しさはこたえる。
對於無所依靠的人來說，過年假期是孤獨難耐的。

N1 弱り目に祟り目　　　　　　　　　　　　　　　　　　　　　　　　　禍不單行

▶「弱り目」是指「身體或精神衰弱的時候」，而「祟り目」是指「遭天譴的時候」，「祟り」是「災厄、天譴、報應」等意思。

先日スマホを失くしたばかりなのに、弱り目に祟り目で、今度は財布を失くした。
前幾天才剛弄丟了手機，結果禍不單行，這次又弄丟了錢包。

N1 来年のことを言うと鬼が笑う （直譯：說明年的事，鬼會笑）未來不可預測

「来年のことを言うと鬼が笑う」という諺があるけれど、私の予測は当たったためしがない。

日本有句諺語說「說明年的事，鬼會笑（未來的事，沒人說得準）」，我預測的事從來沒有中過。

N1 楽あれば苦あり、苦あれば楽あり 苦中有樂，樂中有苦；有苦有樂

「人生楽あれば苦あり、苦あれば楽あり」というから、何か起こるたびに一喜一憂するのでなく、淡々とすべきことをこなしていった方がいい。

俗話說「人生有苦有樂」，與其對每次發生的事感到一喜一憂，不如靜靜地做好自己該做的事較好。

N1 烙印を押される 被打上烙印、貼上標籤

たった一度のミスで、役立たずという烙印を押されてしまった。

僅僅一次的失誤，就被貼上沒有用的標籤。

N1 埒が明かない 無法解決、毫無進展

▶「らち」是指事物的「段落、劃分和界限」。

彼は思いのほか頑固で、いくら説明しても埒が明かなかった。

他出乎意料地固執，不管再如何解釋問題都無法解決。

N1 李下に冠を正さず 李下不整冠

▶ 指「李樹下不整理帽子」，意思是指不要做讓別人懷疑的事情。

「李下に冠を正さず」というから、たとえ潔白であるからといって、人に疑われるような行動は慎もう。

俗話說「李下不整冠」，即使自己再怎麼清白，也要盡量小心避免做出讓他人產生懷疑的事。

N1 理に適う 合乎道理、合情合理

彼女が言っていることは理に適っている。

她講的話很合乎道理。

N1 類は友を呼ぶ　　　　　　　　　　　　　　　　　　物以類聚

彼の周りには、「類は友を呼ぶ」というのか、一風変わった人たちが集まっていた。

不是否應驗了「物以類聚」這句話，他的周遭聚集了一些與眾不同的人。

N1 路頭に迷う　　　　　　　　　　　　　　　流落街頭、生活沒著落

社長が経営に失敗すると、社員たちを路頭に迷わせてしまう。

社長一旦決策經營失敗，就會讓員工們流落街頭。

N1 論より証拠　　　　　　　　　　　　　　　　　　事實勝於雄辯

私が本当に日本語を理解できるのかと疑っている人がいるので、論より証拠。これがＪＬＰＴの合格認定書だ。

有人懷疑我是否真的能理解日語，事實勝於雄辯。這就是我的JLPT合格證書。

N1 我が田に水を引く　　　　　　　　　　　　　利己主義、自我為中心

彼は、有能ではあるが、みんなの利益を考えるべきときにも、我が田に水を引くことを考えるので、注意が必要だ。

他雖然有才華，但在必須以大家的利益來考量時，他仍是以自我為中心思考，這點必須小心。

N1 我が身を抓って人の痛さを知れ　　　　親身驗會到才知他人的痛

「我が身を抓って人の痛さを知れ」という諺は、思いやりの基本だと思う。

站在他人的角度思考才能理解他人的痛處，我認為體諒他人是基本的道理。

N1 禍を転じて福となす　　　　　　　　　　　　　　　轉禍為福

実験の失敗から思わぬ発見が得られ、「禍を転じて福となす」結果となった。

從實驗的失敗中得到意想不到的發現，最終得到「轉禍為福」的結果。

渡りに船　　　　　　　　　　　　　　　　　　　順水推舟

▶ 意思為「到渡口準備過河，剛好那裡就有船」，比喻指運氣好，事情順利。

高くて買えなかったパソコンがセールになっていたので、これは渡りに船と、購入した。

原本因為太貴買不下手的電腦正在打折，於是順水推舟地買下了。

渡る世間に鬼はなし　　　　　　　　　　　　　世間總有溫情在

▶ 直譯是「世上沒有可怕的鬼」，比喻這世上不是只有冷漠無情的人，也有施以恩惠、富有同情心的人的意思。

財布を盗まれて家へ帰れずにいたとき、通りがかりの人が千円札をくれて立ち去った。「渡る世間に鬼はなし」という言葉を思い出した。

當我的錢包被偷無法回家時，路過的人給了我一千日元後就離去了。這讓我想起「世間總有溫情在」這句話。

笑う門には福来る　　　　　　　　　　　　　　笑口常開，福氣自來

「笑う門には福来る」というように、笑顔を絶やさない人は、わりと運もいいらしい。

俗話說「笑口常開，福氣自來」，臉上總是掛著笑容的人，運氣似乎格外地好。

藁にもすがる　　　　　　　　　　　　　　　　抓住救命稻草

彼はその仕事を藁にもすがる思いで始め、さいわい今ではうまくいっている。

他是以抓住救命稻草的心情開始那份工作，幸運的是現在仍然一切順利。

割に合う　　　　　　　　　　　　　　　　　　值得、划算

想像以上に仕事が大変で、割に合わないと感じて、アルバイトを辞めた。

工作比想像中的辛苦，覺得不划算，於是辭掉了打工。

N1 我に返る 回過神來

学期が始まってからずっと楽しく遊んでいたが、ふと我に返ってカレンダーを見ると、試験の日が迫っていた。

學期開始以來一直快樂地玩耍著，突然回過神來看了日曆，才發現考試的日子已近在眼前。

N1 輪をかける 加倍、更加地

先月の売り上げも思わしくなかったが、今月はさらに輪をかけて悪くなっている。

雖然上個月的業績不理想，但這個月的業績又更加地雪上加霜。

N1 和を以て貴しと為す 以和為貴

▶ 意思是「透過和諧來實現重要的事」和「尋求彼此和諧是最好的處世方式」。「貴し」也可以唸作「たっとし」。

「和を以て貴しと為す」という精神で、みんなで仲良くやっていこう。

憑仗「以和為貴」的精神，大家一起好好地融洽相處吧！

Chapter

7

四字成語

按照級別收錄 164 個
四字成語的表達。

N2 一石二鳥（いっせきにちょう）　　　　　　　　　　　一石二鳥、一箭雙雕

バスを使わないで歩くようにすれば、交通費の節約にもなるし、運動にもなるので、一石二鳥だ。

不搭公車而改用走路的話，不僅能節省交通費，還可以運動，真是一石二鳥。

N2 一長一短（いっちょういったん）　　　　　　　　　　　有利有弊、有好有壞

▶ 指同時有優點和缺點的意思。

このクーラーは、安価ではあるが音が大きい。どの製品にも一長一短があるものだ。

這台冷氣，雖然便宜但聲音很大。不管什麼產品都是有利有弊。

N2 公明正大（こうめいせいだい）　　　　　　　　　　　公正無私

▶ 指公平，沒有違背良心，抬頭挺胸的樣子。

リーダーは公明正大であることが求められている。

領導者應該要公正無私。

N2 自給自足（じきゅうじそく）　　　　　　　　　　　自給自足

家庭菜園を始めたので、野菜は大部分自給自足できるようになった。

開始在自己家裡種菜之後，大部分的蔬菜都能夠自給自足。

N2 弱肉強食（じゃくにくきょうしょく）　　　　　　　　　弱肉強食

この弱肉強食の世界で生き延びるには、知的水準を高める努力が必要だ。

要在這個弱肉強食的世界生存下去，必須要努力提高知識水準。

N2 自由自在（じゆうじざい）　　　　　　　　　　　隨心所欲

彼女は３つの言語を自由自在に操れるらしい。

她似乎能隨心所欲地使用三種語言。

N2 正々堂々
せいせいどうどう

光明正大

大会の参加者には、勝敗にこだわらず、正々堂々と戦ってほしい。

希望大會的參賽者們，能不論勝敗，都能光明正大地參賽。

N2 二者択一
にしゃたくいつ

二選一

二者択一の場面で迷ったら、より後悔しない方を選ぶべきだ。

在面臨必須二者擇一的情況而感到猶豫的話，應該選擇較不後悔的那一方。

N2 不平不満
ふへいふまん

抱怨不滿

あの人は、何に対しても不平不満を言っている。気に入るものは何一つないようだ。

他對任何事總是抱怨不滿。似乎沒有任何滿意的事。

N2 有名無実
ゆうめいむじつ

有名無實

▶指只有名稱卻沒有實際內容的意思。

その会社では、就業規則も福利厚生も有名無実になっていた。

這間公司，不論是就業規則或是員工福利都是有名無實。

N1 悪戦苦闘
あくせんくとう

辛苦奮鬥

▶即使在困難的環境中仍努力的意思。

世界の国々は、パンデミック対策に悪戦苦闘していた。

世界各國都在為疫情對策辛苦奮鬥。

N1 暗中模索
あんちゅうもさく

暗中摸索

▶指在沒有任何線索的情況下仍做各種嘗試的意思。

新しいプロジェクトはまだ形が定まらず、暗中模索の段階である。

新的計劃還沒成定案，仍然在暗中摸索的階段。

N1 意気揚々 (いきようよう)　　　　　意氣風發

▶ 用非常自豪且堅定方式說話的樣子。

大会で優勝した選手は、意気揚々とインタビューに答えていた。
在大會中獲勝的選手們正意氣風發地接收採訪。

N1 異口同音 (いくどうおん)　　　　　異口同聲

▶ 指很多人有著相同的意見並同時表達的意思。

山口君が学級委員長になることに、クラスのみんなは異口同音に賛成した。
對於山口同學成為班長這件事，班上同學全都異口同聲地表示贊成。

N1 以心伝心 (いしんでんしん)　　　　　心領神會

▶ 意味即使不說出也能理解對方的心意。

その外国人選手は、チームのメンバーと言葉はうまく通じないが、以心伝心で意思疎通していた。
那位外國選手，雖然和隊友們語言不太通，但卻能以心領神會的方式互相理解。

N1 一意専心 (いちいせんしん)　　　　　一心一意、專心致志

▶ 指全心全意集中在某一件事上。

彼は一意専心仕事に打ち込んで、重役にまでのし上がった。
他專心致志地投入在工作上，最終升任為高層管理人員。

N1 一期一会 (いちごいちえ)　　　　　一期一會

▶ 指必須要珍惜一生中只有一次的因緣或機會。

どのような出会いにも一期一会の気持ちで臨むことが大切だ。

N1 一語一句（いちごいっく）　　　　　　　　　　　　　　　　　　　　一字一句

彼は、先生の話を一語一句聞き逃すまいと、真剣に耳を傾けていた。
他不會漏聽老師說的一字一句，非常認真地聆聽。

N1 一日千秋（いちじつせんしゅう）　　（對人）一日三秋、一日不見，如隔三秋；（對事物）望穿秋水

▶ 感覺一年就像千年一樣漫長，指熱切地等待某件事時的表達。

彼は、合否の連絡通知が届くのを一日千秋の思いで待っている。
他抱著望穿秋水的心情等待合格與否的通知。

N1 一念発起（いちねんほっき）　　　　　　　　　　　　　　　　　　　　下定決心

▶ 指下定決心要徹底完成某件事。

彼は会社を辞めたあと、一念発起して独立、起業した。
他辭去工作之後，下定決心獨立創業。

N1 一部始終（いちぶしじゅう）　　　　　　　　　　　　　　　　　　　　一五一十

彼は、昨日あったことを一部始終話して聞かせた。
他把昨天發生的事情，一五一十地說給我聽。

N1 一網打尽（いちもうだじん）　　　　　　　　　　　　　　　　　　　　一網打盡

▶ 意思是撈一次網就能抓住全部的魚，比喻一次性抓住某樣事物。

警察は、高齢者を騙す詐欺グループを一網打尽にした。
警察將欺騙高齡者的詐欺集團一網打盡了。

N1 一目瞭然（いちもくりょうぜん）　　　　　　　　　　　　　　　　　　一目瞭然

▶ 指非常清晰、明顯，一眼就能認出來。

彼は、勉強をしていなかったのだから、テストの結果は一目瞭然だ。
因為他沒唸書，考試的結果一目瞭然。

N1 一攫千金　　　　　　　　　　　　　　　　　　一獲千金

彼は、一攫千金を狙ってボーナスを全額つぎこみ、宝くじを買った。
他打算一獲千金，把全部獎金全部投入去買了彩券。

N1 一喜一憂　　　　　　　　　　　　　　　　　　一喜一憂

▶ 每次情況改變時心情都會隨著高興或是擔心的意思。

投資は、目先の変動に一喜一憂せず、長期的視点で見ていく必要がある。
投資不應讓以眼前的波動而一喜一憂，需要以長期的眼光來看待。

N1 一挙一動　　　　　　　　　　　　　　　　　　一舉一動

監督は、選手たちの一挙一動を注意深く見守っていた。
總教練密切地注意選手們的一舉一動。

N1 一挙両得　　　　　　　　　　　　　　　　　　一舉兩得

じゃがいもを輪切りにすれば、食感もよくなるし、加熱時間も短くなるので一挙両得だ。
將馬鈴薯切片的話，不僅口感變好，也能縮短加熱的時間真是一舉兩得。

N1 一刻千金　　　　　　　　　　　　　　　　　　一刻千金

▶ 即使是很短的時間也有千金價值的意思。意指時間非常珍貴。

彼女にとって、彼と会っている時間は一刻千金だった。
對她而言，和他見面的時間是一刻千金。

N1 一触即発　　　　　　　　　　　　　　　　　　一觸即發

▶ 指非常緊急的情況，只要稍微一觸碰立即會爆發的意思。

両国の国境紛争は、一触即発の危機に瀕している。
兩國的國境紛爭，面臨一觸即發的危機。

N1 一進一退（いっしんいったい） — 一進一退

今日（きょう）の試合（しあい）では、両（りょう）チームが一進一退（いっしんいったい）の攻防（こうぼう）を見（み）せた。
在今天的比賽中，兩支隊伍表現出一進一退的攻防。

N1 一心同体（いっしんどうたい） — 同心同德、一體同心

チームの全員（ぜんいん）が一心同体（いっしんどうたい）となって、勝利（しょうり）を目指（めざ）している。
團隊全員一體同心，以獲得勝利為目標。

N1 一心不乱（いっしんふらん） — 一心不亂

▶表示專注於一件事，不使心思分散的意思。

娘（むすめ）は一心不乱（いっしんふらん）に受験勉強（じゅけんべんきょう）に打（う）ち込（こ）んでいる。
女兒一心不亂地專注地準備考試唸書中。

N1 一世一代（いっせいちだい） — 一生難得、事關重大

田中選手（たなかせんしゅ）にとって、今日（きょう）の試合（しあい）は一世一代（いっせいちだい）の勝負（しょうぶ）である。
對田中選手而言，今天的比賽是一生難得的勝負。

N1 一朝一夕（いっちょういっせき） — 一朝一夕

外国語（がいこくご）の学習（がくしゅう）は、一朝一夕（いっちょういっせき）になるものではない。
學習外語，不是一朝一夕可學成的。

N1 一刀両断（いっとうりょうだん） — 一刀兩斷；斬釘截鐵

▶比喻做事不猶豫，果斷決定的表達方式。

お小遣（こづか）いを増（ふ）やしてほしいと母（はは）にねだってみたら、「だめ」と一刀両断（いっとうりょうだん）に切（き）り捨（す）てられた。
向媽媽耍賴要求增加零用錢，結果得到一句「不行」，斬釘截鐵地被拒絕了。

N1 意味深長（いみしんちょう） — 意義深長、耐人尋味

社長は会議で、会社の今後について、何やら意味深長な発言をした。
社長今天在會議上，發表了一些對於公司未來意義深長的發言。

N1 因果応報（いんがおうほう） — 因果報應

暴飲暴食を続けていたら、生活習慣病になってしまった。因果応報か。
持續不斷的暴飲暴食，結果罹患了慢性病。這就是因果報應吧！

N1 右往左往（うおうさおう） — （因混亂之故，不斷地）四處徘徊、來來去去

その建物の網目のような通路の中で、彼らは行き場がわからず右往左往していた。
在那棟建築物像網狀般的通道中，他們不知道去向而四處徘徊著。

N1 岡目八目（おかめはちもく） — 旁觀者清

▶意指第三者比本人更了解狀況。

「岡目八目」というから、まわりの意見も聞いてみる必要がある。
正所謂「旁觀者清」，因此有必要詢問周圍其他人的意見。

N1 温故知新（おんこちしん） — 從舊的事物中學到新的知識；溫故知新

▶意指學習舊事物同時認識新事物。漢字的「温」除了有「溫暖」的意思之外，還有「複習」的意思。

「温故知新」というように、商品開発には過去のデータや失敗からも学ぶ必要がある。
如同「從舊的事物中學到新的知識」的道理一樣，商品開發也需要從過去的數據及失敗中學習。

N1 花鳥風月（かちょうふうげつ） — 花鳥風月

▶詞中分開的四個字「花、鳥、風、月」，泛指美麗風景的意思。

私の日常はあまりに忙しく、花鳥風月を愛でる心の余裕を失っていた。
我的日常生活過於忙碌，因此失去了欣賞花鳥風月的心情。

N1 我田引水 (がでんいんすい) — 自私自利

▶ 意思為「灌溉自己的稻田」，指只用對自己有利的方式思考或行動。

彼の主張は普遍的な正義を唱えているように見えるが、結局は我田引水に過ぎない。

他的主張看似提倡普世的公平正義，但終究只不過是自私自利而已。

N1 完全無欠 (かんぜんむけつ) — 完美無缺

この世の中に完全無欠な人など存在しない。

這世界上不存在完美無缺的人。

N1 危機一髪 (ききいっぱつ) — 千鈞一髮

危機一髪のところで急ブレーキをかけ、重大事故をまぬかれた。

在千鈞一髮之際踩了剎車，躲過了一場重大車禍。

N1 起死回生 (きしかいせい) — 起死回生

▶ 指瀕臨死亡的事物得以倖存，或絕望的狀況得以改善的意思。

起死回生を狙って発売した新製品が大ヒットした。

為了使商機起死回生的而推出的新產品熱銷大賣。

N1 起承転結 (きしょうてんけつ) — 起承轉合

この物語は起承転結がはっきりしていて分かりやすい。

這個故事起承轉合分明，非常容易理解。

N1 喜色満面 (きしょくまんめん) — 笑容滿面

▶ 指臉上洋溢著開心的表情。

孫を抱く祖父母の表情は、喜色満面だった。

抱著孫子的祖父母，洋溢著滿面的笑容。

N1 疑心暗鬼

疑神疑鬼

▶直譯的意思是「懷疑的話會覺得黑暗中有鬼怪」，指懷疑所有事物的意思。

彼は友人に裏切られたあと、誰に対しても疑心暗鬼になっていた。
他被朋友背叛之後，對誰都是疑神疑鬼的。

N1 奇想天外

異想天開

このドラマは奇想天外なストーリー展開がおもしろい。
這部連續劇異想天開的故事情節，進展非常有趣。

N1 喜怒哀楽

喜怒哀樂

喜怒哀楽が激しすぎるのも困るが、感情を抑えすぎるのもどうかと思う。
雖然喜怒哀樂起伏過大很困擾，但我覺得太過壓抑情緒也不太好。

N1 牛飲馬食

暴飲暴食

▶指像牛一樣喝很多，像馬一樣吃很多。比喻大吃大喝的樣子。

日ごろの牛飲馬食が祟り、健康を害してしまった。
平時暴飲暴食所致，對健康造成了危害。

N1 急転直下

急轉直下

▶指狀況或情勢變得無法控制、失控的意思。

難航していた事件が、犯人の自白により急転直下の展開を見せた。
進展不順利的案件，因為犯人的招供而產生了急轉直下的變化。

N1 興味津々

興致盎然

明日の決勝戦でどちらが優勝するのか興味津々だ。
明天的決賽到底會由誰獲勝，讓我感到非常好奇。

N1 金科玉条 きんかぎょくじょう　　　　　　　　　　　　　　　　金科玉律

▶ 指像金子、寶石一樣珍貴，且必須遵守的規定或條例。

彼は時間厳守を金科玉条にしている。
他把遵守時間一事看待的像金科玉律一般重要。

N1 空前絶後 くうぜんぜつご　　　　　　　　　　　　　　　　　　空前絕後

▶ 指以前未曾發生，將來也應當不會有的意思。

その映画は空前絶後の大ヒット作となった。
那部電影成了空前絕後暢銷大作。

N1 厚顔無恥 こうがんむち　　　　　　　　　　　　　　　　　　　厚顏無恥

▶ 指厚臉皮，毫無羞愧之心。

自分の非を棚上げしてあんなに他人を非難できるなんて、厚顔無恥にもほどがある。
居然可以把自己的錯誤放在一旁不管並指責他人的行為，真是厚顏無恥到了極點。

N1 公序良俗 こうじょりょうぞく　　　　　　　　　　　　　　　　公序良俗

▶ 指公共秩序和善良風俗。

公序良俗に反する法律行為を無効とする法律があるから、そういう不道徳な契約は効力を持たないはずです。
因為有讓能夠讓違反公序良俗的法律行為無效的法律存在，所以像那樣不道德的契約應該是沒有效力的。

N1 公平無私 こうへいむし　　　　　　　　　　　　　　　　　　　公正無私

▶ 指沒有私人利害關係公正公平的意思。

教師は、学生の成績を評価するとき、公平無私の態度をもって行わなければならない。
教師在評價學生時，必須秉持公正無私的態度來進行。

N1 呉越同舟(ごえつどうしゅう) — 吳越同舟

ライバル関係(かんけい)にあった大手二社(おおてにしゃ)が呉越同舟(ごえつどうしゅう)で業務提携(ぎょうむていけい)を結(むす)んだ。
曾經是競爭對手的兩家公司吳越同舟,一同攜手合作在業務上相互幫助。

N1 古今東西(ここんとうざい) — 古今東西

猫(ねこ)は古今東西(ここんとうざい)を問(と)わず、多(おお)くの絵画(かいが)や文学(ぶんがく)などに登場(とうじょう)する。
不論古今東西,貓都出現在許多繪畫及文學作品之中。

N1 虎視眈々(こしたんたん) — 虎視耽耽

彼(かれ)は虎視眈々(こしたんたん)と社長(しゃちょう)の座(ざ)を狙(ねら)っている。
他虎視耽耽地盯著社長的位置。

N1 五分五分(ごぶごぶ) — 一半一半

世論(よろん)は賛成(さんせい)と反対(はんたい)の比率(ひりつ)が五分五分(ごぶごぶ)だった。
輿論中贊成和反對的比率各佔一半。

N1 孤立無援(こりつむえん) — 孤立無援

▶孤立且得不到任何支援的樣子。

その国(くに)で暮(く)らし始(はじ)めたばかりのときは、言葉(ことば)も分(わ)からず、誰(だれ)も助(たす)けてくれないという、まったく孤立無援(こりつむえん)の状態(じょうたい)だった。
在那個國家剛開始生活時,由於語言不通,沒有人來幫助,完全處於孤立無援的狀態。

N1 五里霧中(ごりむちゅう) — 五里霧中

▶指如同處於五里的雲霧當中一樣,無法掌握事情發展的方向或進展。

私(わたし)がその仕事(しごと)を任(まか)されたときは、方向性(ほうこうせい)も展望(てんぼう)も見(み)えない、まったく五里霧中(ごりむちゅう)の状態(じょうたい)だった。
我被交付那項工作時,看不出任何方向性和展望,簡直是處在五里霧中的狀態。

N1 言語道断(ごんごどうだん)　　　　　　　　　　　　　　　　　　　　　　荒謬至極

▶ 指超出常理荒唐的事。

無断欠勤(むだんけっきん)をしたうえに釈明(しゃくめい)もしないとは、言語道断(ごんごどうだん)だ。
無故曠職還不做任何解釋，簡直是荒謬至極。

N1 再三再四(さいさんさいし)　　　　　　　　　　　　　　　　　　　　　　屢次再三

再三再四(さいさんさいし)にわたり言(い)い聞(き)かせてきたが、それでも彼(かれ)は遅刻(ちこく)をやめない。
我屢次再三告誡他，但他仍然繼續遲到。

N1 三寒四温(さんかんしおん)　　　　　　　　　　　　　　　　　　　　　　三寒四溫

▶ 指中國的東北部到朝鮮半島一帶，從晚秋到孟春的時節裡，在經過三天強烈的寒冷日子後，會出現四天溫暖日子的反複氣候特徵。

冬(ふゆ)は、「三寒四温(さんかんしおん)」という言葉(ことば)のとおり、暖(あたた)かい日(ひ)と寒(さむ)い日(ひ)が数日(すうじつ)ごとに繰(く)り返(かえ)されます。
冬天如同「三寒四溫」這個詞，暖和的日子和寒冷的日子，每隔幾天就會反覆交替。

N1 山紫水明(さんしすいめい)　　　　　　　　　　　　　　　　　　　　　　山明水秀

▶ 山是紫色的，水是清澈的，形容風景非常美麗的意思。

都会(とかい)を離(はな)れ、美(うつく)しい山々(やまやま)と清流(せいりゅう)に囲(かこ)まれた山紫水明(さんしすいめい)の地(ち)で暮(く)らしてみたいものだ。
我想要遠離都市，在被美麗的山巒和清流包圍的「山明水秀」的地方生活看看。

N1 残念無念(ざんねんむねん)　　　　　　　　　　　　　　　　　　　　　　遺憾至極

1点(いってん)足(た)りなかったために資格試験(しかくしけん)に合格(ごうかく)できなくて、残念無念(ざんねんむねん)だ。
因為差了一分而無法通過證照考試，真是遺憾至極。

N1 自画自賛(じがじさん)　　　　　　　　　　　　　　　　　　　　　　　　自賣自誇

妹(いもうと)は、自分(じぶん)の作(つく)った料理(りょうり)をミシュラン級(きゅう)だと自画自賛(じがじさん)している。
妹妹自賣自誇地表示自己做的料理達到了米其林的水準。

N1 自家撞着 （じかどうちゃく） — 自相矛盾

▶指同一個人的言論及行為前後不一致且矛盾。

先生は、学生には十分な睡眠を取れと言いながら、自分はいつも寝不足だ。あれは自家撞着だ。

老師叫學生要保持充足的睡眠，自己卻總是睡眠不足。真是自相矛盾。

N1 四苦八苦 （しくはっく） — 千辛萬苦

▶指四種痛苦和八種痛苦，形容非常痛苦和各種苦難。

彼は借金に追われ、四苦八苦している。

他被債務追著跑，過得非常的辛苦。

N1 試行錯誤 （しこうさくご） — 屢屢在失敗中找到修正錯誤轉向成功的方法

数々の試行錯誤の結果、新商品の開発に成功した。

經歷了無數次錯誤修正的嘗試，終於成功地開發出新產品。

N1 自業自得 （じごうじとく） — 自作自受

勉強しなかったのだから、テストの成績が悪かったのは自業自得だ。

自己不認真唸書，考試分數不好是自作自受。

N1 事実無根 （じじつむこん） — 毫無根據

その報道は完全に事実無根だった。

那完全是篇毫無根據報導。

N1 七転八倒 （しちてんばっとう） — （生理面）劇痛；（精神面）倍受打擊；（情況的劇變）一再受挫

彼は、立ち上がろうとした途端こむらがえりが起こって、七転八倒した。

他一站起來突然小腿抽筋，痛苦地不得了。

N1 十中八九 　　十之八九
彼の実力なら、十中八九試験に合格できるだろう。
以他的實力，十之八九考試都會合格吧！

N1 四面楚歌 　　四面楚歌
▶ 指四方周圍都是敵人，沒有友軍或協助者。
傍若無人の社長に味方する者は誰もおらず、彼は四面楚歌の状態となった。
那位目中無人的社長沒有人支持他，處於四面楚歌的狀態。

N1 自問自答 　　自問自答
人を責める前に、自分にも責任はないかどうか自問自答すべきだ。
在責備他人之前，理當先自問自答自己是否也有責任。

N1 縦横無尽 　　暢行無阻
▶ 形容自由自在，毫無拘束的樣子。
その野球選手は外野を縦横無尽に走り回って活躍した。
那位棒球選手暢行無阻地奔馳在外野，表現傑出。

N1 終始一貫 　　始終如一
その作家は終始一貫、歴史をテーマに物語を執筆してきた。
那位作家，始終如一地以歷史為主題執筆創作故事。

N1 十人十色 　　各有所好
人の好みは十人十色だから、私がそれをおいしいと思うからといって、他の人もおいしがるとは限らない。
每個人的喜好各有不同，因此即使我覺得美味的東西，不代表其他人也會覺得好吃。

N1 取捨選択　　　　　　　　　　　　　挑選取捨

現代は、溢れかえる情報の中から適切なものを取捨選択する能力が必要である。
在現代，必須具備從充斥的資訊中挑選取捨適當內容的能力。

N1 首尾一貫　　　　　　　　　　　　　前後一致

私たちは、いつも、前後の発言が矛盾なく首尾一貫しているよう心掛けるべきだ。
我們理當隨時保持前後發言沒有矛盾，前後一致。

N1 順風満帆　　　　　　　　　　　　　一帆風順

▶指風帆順風而行，比喻一切順利進行的意思。

プロジェクトは、今のところ順風満帆の調子で進んでいる。
目前這個計劃正以一帆風順的節奏進行中。

N1 上意下達　　　　　　　　　　　　　上情下達

▶意指將上位者的意思明確地傳達給下位者。

上意下達の組織では、現場の声がなかなか上層部に伝わってこない。
在「上情下達」的組織之中，前線的心聲往往難以傳達到上層。

N1 正真正銘　　　　　　　　　　　　　貨真價實

この超難問を解いたあの子は、正真正銘の天才だ。
解開這個大難題的那個孩子，是貨真價實的天才。

N1 枝葉末節　　　　　　　　　細枝末節、無關緊要的細節

▶指偏離主題的瑣碎的事，像樹枝末端及葉子一般的事。

彼は、枝葉末節にこだわり過ぎて、論点を見失うことが多い。
他太過拘泥於無關緊要的細節，以致於經常忽視論點。

N1 支離滅裂(しりめつれつ)
支離破碎、片段不完整

▶ 指四處散落和撕裂的碎片無法掌握的意思。亦指各自分開處於一片混亂的狀態。

緊張(きんちょう)のあまり話(はな)すことを忘(わす)れて、支離滅裂(しりめつれつ)なスピーチになってしまった。
因為太過緊張,以至於我忘記要說什麼,結果變得了語無倫次的演講。

N1 心機一転(しんきいってん)
心境一轉

▶ 指將心態轉往積極的方向。

仕事(しごと)が一区切(ひとくぎ)りついたので、心機一転(しんきいってん)、旅行(りょこう)にでも行(い)こうと思(おも)います。
由於工作告一個段落,所以心境一轉,打算去旅行之類或做點其他的事。

N1 真剣勝負(しんけんしょうぶ)
真槍實彈、生死攸關

▶ 比喻使用真正的刀槍決鬥,意味賭上性命比勝負的意思。

職場(しょくば)では毎日(まいにち)が真剣勝負(しんけんしょうぶ)で、緊張(きんちょう)の連続(れんぞく)である。
在職場上每天都是真槍實彈的場面,因此始終處於緊張的狀態。

N1 信賞必罰(しんしょうひつばつ)
信賞必罰、賞罰分明

▶ 有功績的話給予獎賞,做得不好就給予懲罰,意味著獎勵與懲罰明確嚴格的。

信賞必罰(しんしょうひつばつ)の原則(げんそく)は大切(たいせつ)だが、ときには柔軟(じゅうなん)な対応(たいおう)も必要(ひつよう)だ。
信賞必罰的原則雖然重要,但有時也需要彈性的應對。

N1 針小棒大(しんしょうぼうだい)
誇大其詞

彼(かれ)は物(もの)を針小棒大(しんしょうぼうだい)にいう癖(くせ)があるので、誰(だれ)も彼(かれ)の言(い)うことをあまり信用(しんよう)していない。
由於他習慣誇大其詞,所以大家都不太相信他所說的話。

N1 深謀遠慮(しんぼうえんりょ)
深思熟慮、深謀遠慮

▶ 指經過深度的思考之後得到的計劃和未來展望。

彼(かれ)が今(いま)の職場(しょくば)に就職(しゅうしょく)を決(き)めたのは、彼(かれ)なりに深謀遠慮(しんぼうえんりょ)した結果(けっか)であるという。
他之所以決定現在的職場,是經過他自己深思熟慮的結果。

N1 晴耕雨読 (せいこううどく) — 晴耕雨讀

▶ 天氣晴朗時耕田，下雨天時在家讀書，意指遠離世俗，悠遊自在的生活的意思。

定年後、彼は晴耕雨読の日々を過ごしている。
退休之後，他過著晴耕雨讀的生活。

N1 誠心誠意 (せいしんせいい) — 誠心誠意、真心誠意

お客様のご要望にお応えできるよう、誠心誠意尽くして参ります。
為了滿足顧客需求，我們將誠心誠意地竭盡心力。

N1 切磋琢磨 (せっさたくま) — 切磋琢磨

▶ 指「提升學問或技能」或「互相鼓勵並提升實力」的意思。

彼はその高校で優秀な仲間たちと勉学に切磋琢磨してきた。
他在那間高中和優秀的伙伴們互相切磋琢磨學習。

N1 絶体絶命 (ぜったいぜつめい) — 窮途末路、走投無路

▶ 指無法避免的困境的意思。

彼の会社は資金が回らず、絶体絶命の窮地に追い込まれていた。
他的公司資金無法周轉，被逼入走投無路的困境。

N1 千客万来 (せんきゃくばんらい) — 門庭若市

▶ 指許多客人紛沓而至的意思。

先日駅前にオープンしたデパートに行ってみたら、千客万来の賑わいだった。
去了前幾天車站前開張的百貨公司，門庭若市非常熱鬧。

N1 千載一遇 (せんざいいちぐう) — 千載難逢

今回の件は、自分の仕事をアピールできる千載一遇のチャンスになりそうだ。
這次這件事，似乎可以成為展示自己工作的千載難逢的機會。

N1 千差万別（せんさばんべつ） — 千差萬別

消費者の好みは千差万別だから、たえず市場を観察し続ける必要がある。

消費者的喜好千差萬別，因此需要持續觀察市場的變化。

N1 全身全霊（ぜんしんぜんれい） — 全心全意

全身全霊をかけて、今月の売り上げ目標を目指そう。

全力以赴，努力達成本月的業績目標吧！

N1 前人未踏（ぜんじんみとう） — 前人未及、前人未至、前所未有

彼の今までの努力が実を結び、前人未踏の記録を打ち立てた。

迄至目前為止，他的努力得到成果，創造了前所未有的記錄。

N1 戦々恐々（せんせんきょうきょう） — 戰戰競競

▶指非常恐懼全身發抖的樣子。

気の弱い彼は、いつ上司に怒鳴られるかと、出社するたびに戦々恐々としている。

懦弱膽小的他，擔心不知何時會被上司怒罵，上班時總是戰戰競競的。

N1 前代未聞（ぜんだいみもん） — 前所未有、前所未聞

▶指從未耳聞或看過的事物。

世界的な感染症拡大によりオリンピックが延期となったのは、前代未聞のできごとだった。

由於全球疫情擴大導致奧運延期，是前所未有的情形。

N1 先手必勝（せんてひっしょう） — 先下手為強

商品開発は、なんといっても先手必勝である。それによって競合他社との差が付くのである。

商品的開發，不管如何一定是先下手為強。只有這樣才能和其他競爭公司拉出差距。

N1 千変万化（せんぺんばんか）　　　千變萬化

このスポットからは、季節によって千変万化する荘厳な自然を眺めることができます。

依據季節的不同，從這個景點可以眺望到壯闊的大自然千變萬化的景觀。

N1 創意工夫（そういくふう）　　　創新巧思

そのメーカーは、消費者の心を得るために、たゆまず創意工夫を重ねてきた。

那間製造商，為了獲得消費者的喜愛，不斷地進行商品的創新巧思和改進。

N1 相思相愛（そうしそうあい）　　　兩情相悅

その二人は、出会ってから間もなく相思相愛の仲となり、のちに結婚した。

那兩人相遇不久之後便成為兩情相悅的戀人，之後結婚了。

N1 大願成就（だいがんじょうじゅ）　　　心願實現

彼は神社へ初詣に行き、志望校合格の大願成就を祈念した。

他到神社參拜，祈求實現心願讓自己順利考上自己想上的學校。

N1 大器晩成（たいきばんせい）　　　大器晚成

その学者は、晩年に学問的功績を遺した、大器晩成型の人物である。

那位學者，晚年遺留下了學術成就，是屬於大器晚成型的人物。

N1 大義名分（たいぎめいぶん）　　　名正言順；冠冕堂皇的理由

彼は、母の介護という大義名分のもと、長期休暇を取った。

他以照顧母親為理由，名正言順地向公司請了長假。

N1 大胆不敵（だいたんふてき）　　　勇敢無畏

強い敵も恐れぬ大胆不敵な彼の行動が、仲間に勇気を与えた。

他不怕強敵，勇敢無畏地行動，給予同伴們勇氣。

N1 大同小異（だいどうしょうい） — 大同小異

新しいスマホが次々と発売されているが、機能的にはどれも大同小異である。
雖然新的智慧型手機不斷地推陳出新，但每一個的功能都大同小異。

N1 多事多難（たじたなん） — 多災多難

彼の生涯は、苦難と試練の連続という、多事多難なものであった。
他這一生，經歷了一連串的苦難與考驗，是充滿了多災多難的人生。

N1 他人行儀（たにんぎょうぎ） — 見外多禮

長者番付に私の名前が載ると、それまで親しかった友人が急に他人行儀になった。
當我的名字出現在富豪排行榜單上，原本之前與我親近的朋友們突然表現得見外多禮。

N1 他力本願（たりきほんがん） — 仰賴他人不自食其力

▶指依賴他人的力量來完成事情。

彼は、いつでも周りが助けてくれるだろうという他力本願な考え方をしている。
他總是抱持著周圍的人會幫助自己，仰賴他人不自食其力的心態。

N1 単刀直入（たんとうちょくにゅう） — 直接了當、直截了當

私の何が気に入らないのか単刀直入に言ってほしい。
不喜歡我哪一點希望你能直接了當地說出來。

N1 猪突猛進（ちょとつもうしん） — 勇往直前

▶指不顧慮前後盲目前進的意思。

彼は、行動に移したら後に引かない猪突猛進型の人間である。
他是一個一旦付諸行動就不會退縮，勇往直前的人。

N1 適材適所 (てきざいてきしょ) — 適材適用

▶指適當的人材安排在適當的位置。

適材適所の人事を行ったおかげで、業務の能率が向上した。
由於適材適用的人事安排，業務效率得到了提升。

N1 適者生存 (てきしゃせいぞん) — 適者生存

資本主義の社会は、適者生存の原則による自然淘汰によって成り立っている。
資本主義的社會，是以適者生存的原則進行自然淘汰而成立的。

N1 電光石火 (でんこうせっか) — 迅雷不及掩耳、電光石火

▶指一個動作的發生時間非常短暫。

彼にメールを送ると、いつも電光石火の速さで返信してくる。
寄電子郵件給他，他總是以迅雷不及掩耳的速度立刻回信。

N1 天真爛漫 (てんしんらんまん) — 天真無邪、坦率自然

天真爛漫な彼女の笑顔は周囲の人々の心を明るくしてくれる。
她那天真無邪的笑容能讓周圍的人們心情變得明亮愉快。

N1 独断専行 (どくだんせんこう) — 獨斷獨行

▶指不與他人做商量，獨自做判斷或決定，或只按照自己意思行動的意思。

彼の独断専行に、友人たちは大いに振り回されている。
他的獨斷獨行，讓朋友們都被他弄得七葷八素的。

N1 独立独歩 (どくりつどっぽ) — 獨立自主

▶指獨立行事，不依賴他人。

私は独立独歩の精神をもって、人に依存せず、自分の信じる道に進むことをモットーとしている。
我懷抱著獨立自主的精神，貫徹不依靠他人，走自己相信的道路的座右銘。

N1 二束三文 (にそくさんもん)　　一文不值

この国宝は、骨董品屋に二束三文で売りに出されていたのを、学者によって発見されたものである。

經由學者發現，這個國寶曾經以一文不值的價格被賣給古董店。

N1 日進月歩 (にっしんげっぽ)　　日新月異

科学技術は日進月歩なので、その変化に人々の意識が追いつくのは容易でない。

由於科學技術日新月異，要以人們的意識追趕上其變化並不容易。

N1 二人三脚 (ににんさんきゃく)　　兩人三腳；（雙方）共同攜手進行

子育ては、妻と夫が二人三脚で行っていくものである。

育兒是由夫妻雙方共同攜手進行的事情。

N1 馬耳東風 (ばじとうふう)　　充耳不聞、無動於衷

彼の仕事は非効率的なので何度も忠告したが、馬耳東風だった。

他工作非常沒有效率，雖然勸告過他好幾次，但他都是充耳不聞。

N1 八方美人 (はっぽうびじん)　　八面玲瓏

▶ 在日語裡「八方美人」是指「不論對誰都處事圓滿的人」的意思。

彼の誰にでもいい顔をする八方美人的な態度は、まわりの人たちを不愉快にした。

他對誰都擺出討好臉色八面玲瓏的態度，讓周圍的人很不愉快。

N1 波乱万丈 (はらんばんじょう)　　跌宕起伏、變化劇烈

▶ 指生活或工作的進展充滿許多的挫折、考驗與變化。

彼は、栄光と挫折を繰り返す波乱万丈の人生を送ってきた。

他過著反覆地歷經光榮與挫折，充滿跌宕起伏的人生。

N1 半信半疑
半信半疑

私たちは半信半疑で彼の儲け話を聞いていた。
我們半信半疑地聽著他說著賺錢的故事。

N1 百発百中
百發百中

社長の経営戦略は百発百中で、おかげで会社は飛躍的に成長した。
社長的經營策略百發百中，公司藉此有了大幅度地成長。

N1 品行方正
品行端正

▶ 日語的「方正」是指言語或內心端正有禮。

彼は品行方正で成績も優秀だったので、先生たちの信頼を得ていた。
由於他品行端正，成績優異，因此獲得老師們的信賴。

N1 不言実行
少說話多做事

佐藤さんは、黙々と仕事をこなす「不言実行」の人だ。
佐藤先生，是默默把工作完成，屬於「少說話多做事」的人。

N1 不眠不休
不眠不休

▶ 指不睡覺也不休息的意思，即完全不休息努力工作。

原稿の締め切りに間に合わせるため、不眠不休で作業した。
為了趕上原稿的截止日期，不眠不休地工作。

N1 不老不死
長生不老

秦の始皇帝は、不老不死の薬を手に入れようとしていた。
秦始皇曾經試圖得到長生不老的藥。

N1 付和雷同（ふわらいどう） 　　　　　　　　　　　　　随聲附和

▶指自己沒有堅定的想法，會立即追隨他人的言行。

自分の意見を持たないで、安易に多数の意見に付和雷同する人が多い。
許多人是沒有自己的意見，輕易地隨聲附和大多數人的看法。

N1 粉骨砕身（ふんこつさいしん） 　　　　　　　　　　　　　粉身碎骨

父は粉骨砕身して会社再建のために尽くした。
父親粉身碎骨地為公司的重建付出心力。

N1 平身低頭（へいしんていとう） 　　　　　　　　　　　　　低頭認錯

▶指俯身低頭的動作。

相手に損害を与えてしまった以上、平身低頭して謝るしかない。
既然造成對方的損害，只能低頭認錯道歉了。

N1 暴飲暴食（ぼういんぼうしょく） 　　　　　　　　　　　　暴飲暴食

彼は日ごろの暴飲暴食がたたり、健康を害してしまった。
因他平時的暴飲暴食作祟，損害了身體的健康。

N1 傍若無人（ぼうじゃくぶじん） 　　　　　　　　　　　　　目中無人

▶就像身邊沒有其他人一樣，毫無顧忌地隨意言行。

その若者の傍若無人ぶりに、居合わせた人たちは眉をひそめた。
那個年輕人目中無人的樣子，讓在場的人都皺起了眉頭。

N1 抱腹絶倒（ほうふくぜっとう） 　　　　　　　　　　　　　捧腹大笑

この話を聞いたら、みんな抱腹絶倒するに違いない。
聽到這個故事，大家一定都會捧腹大笑的。

N1 本末転倒(ほんまつてんとう) — 本末倒置
▶ 指重要和不重要的順序顛倒的意思。

学生(がくせい)がろくに勉強(べんきょう)しないでアルバイトに専念(せんねん)するというのは、本末転倒(ほんまつてんとう)だ。
當學生不好好唸書卻一心想打工,真是本末倒置。

N1 三日天下(みっかてんか) — 掌權的時間短;三日天下
▶ 指短時間掌握權力之後被迫退出。

彼(かれ)は混乱(こんらん)に乗(じょう)じて社長(しゃちょう)に就任(しゅうにん)したが、ほどなく他(ほか)の役員(やくいん)に社長(しゃちょう)の座(ざ)を奪(うば)われ、三日天下(みっかてんか)に終(お)わった。
他趁著混亂當上了社長,但沒過多久就被其他董事奪走了社長的寶座,結束了短時間掌權的日子。

N1 三日坊主(みっかぼうず) — 三分鐘熱度

新年(しんねん)から思(おも)い立(た)って日記(にっき)を書(か)き始(はじ)めたが、三日坊主(みっかぼうず)に終(お)わってしまった。
我從新年決定開始寫日記,但三分鐘熱度就結束了。

N1 無我夢中(むがむちゅう) — 渾然忘我、全心投入

夢(ゆめ)をかなえるためには、ときには無我夢中(むがむちゅう)で努力(どりょく)することも必要(ひつよう)だ。
為了實現夢想,有時候需要全心投入地努力。

N1 無病息災(むびょうそくさい) — 消病息災、平安健康
▶ 沒有病痛也沒有災難的意思。

今年(ことし)も初詣(はつもうで)に行(い)って、家族(かぞく)の無病息災(むびょうそくさい)を祈(いの)ってきた。
今天也去新年參拜,祈求全家平安健康。

N1 無味乾燥(むみかんそう) — 枯燥乏味
▶ 指沒有樂趣,非常枯燥的意思。

最近(さいきん)は、毎日同(まいにちおな)じことばかりの無味乾燥(むみかんそう)な生活(せいかつ)を送(おく)っている。
最近每天都只做相同的事過著枯燥乏味的生活。

N1 物見遊山 (ものみゆさん) — 遊山玩水

彼は去年大学に入るとき東京へ来たが、いまだに物見遊山の気分でいる。

他去年進大學時來到了東京,至今仍抱持著遊山玩水的心情。

N1 唯一無二 (ゆいいつむに) — 獨一無二

幼馴染の太郎君は僕にとって、唯一無二の親友だ。

青梅竹馬的大郎對我來說是獨一無二的好朋友。

N1 唯我独尊 (ゆいがどくそん) — 唯我獨尊

彼の唯我独尊的な振る舞いは、周囲の人たちの頭痛の種だった。

他那種唯我獨尊的行為,是讓周圍的人感到困擾的根源。

N1 優柔不断 (ゆうじゅうふだん) — 優柔寡斷

彼は優柔不断な性格で、大事なことほど決断できずに苦しんでいた。

他個性優柔寡斷,越是重要的事越無法做決斷因而感到苦惱。

N1 優勝劣敗 (ゆうしょうれっぱい) — 優劣勝敗

▶ 指的是優秀者能獲勝,失敗者會淘汰,與「適者生存」類似的意思。

市場経済は、優勝劣敗の法則によって自然淘汰を繰り返している。

市場經濟透過優劣勝敗的法則反覆著自然淘汰。

N1 油断大敵 (ゆだんたいてき) — 掉以輕心

ここまで勉強すれば合格は間違いないだろうが、それでも油断大敵だ。最後まで気を緩めずに勉強し続けよう。

唸書到這個程度,考試應該是會合格,但即使是這樣也不能掉以輕心。最後一刻也不要放鬆,繼續努力學習吧!

364.mp3

N1 用意周到
ようい しゅうとう

準備周到、縝密周全

用意周到な計画のおかげで学校の文化祭はうまくいった。
多虧了縝密周全的計劃，這次的校慶才能得以順利進行。

N1 利害得失
りがい とくしつ

利弊得失

▶指利與弊、得與失的意思。

改革をしようにも、部署ごとの利害得失が絡んで、なかなか大きな変革ができない。
想要進行改革，但牽涉到各部門的利弊得失，因此很難有大規模的改革。

N1 立身出世
りっしんしゅっせ

出人頭地

▶指取得成功並揚名立萬的意思。

親は子供の立身出世のためにお金を惜しまなかった。
父母親不惜花費金錢，就為了讓孩子的出人頭地。

N1 竜頭蛇尾
りゅうとう だび

虎頭蛇尾

▶意思是龍的頭，蛇的尾巴。比喻開頭氣勢磅礡，但結尾卻微不足道。

このイベントは、派手なオープニングに比べて閉会はまるで質素で、いかにも竜頭蛇尾という印象が拭えない。
這個的活動，相較於華麗的開場，閉幕卻顯得相當簡樸，給人有種虎頭蛇尾的印象。

N1 理路整然
りろ せいぜん

條理分明

▶「理路」是指講話或理論的條理。「整然」則是指結構井然有序的意思。

先生の講義は理路整然としていて分かりやすかった。
老師的講義條理分明非常淺顯易懂。

N1 臨機応変（りんきおうへん） 臨機應變

▶ 指在沒有準備的情況下即時應對。

接客の業務では、その場の状況に臨機応変に対応できることが、求められている。

接待客人業務，需要具備根據當下情況臨機應變的能力。

N1 老若男女（ろうにゃくなんにょ） 男女老少

そのシンガーソングライターの歌は、老若男女を問わず人気がある。

那位創作歌手的歌曲，不論男女老少都很歡迎。

N1 和魂洋才（わこんようさい） 和魂洋才

▶ 指融和日本固有的精神及西洋學問的意思。

日本は、明治初期に「和魂洋才」の旗印のもと、西洋の文物を取り入れて近代化を図った。

日本明治初期打著「和魂洋才」的主張，引進了西方文化技術，實行近代化改革。

N1 和洋折衷（わようせっちゅう） （以日式風格為前提的）東西合併，和洋折衷

この建物は「和洋折衷」で、西洋建築の構造と日本風の様式とが調和している。

這棟建築物為「和洋折衷」，融合了西方建築的結構與日本風格的樣式。

Chapter

8

問候語／敬語

按照級別收錄 52 個問候語與敬語的表達。

N5 お元気ですか　　　　　　　　　　近來如何？過得好嗎？

A：お元気ですか。近來如何？過得好嗎？

B：はい、おかげさまで元気です。是的，托您的福過得不錯。

N5 お願いします　　　　　　　　　　麻煩拜託

A：いちごのケーキを一つお願いします。麻煩請給我一個草莓蛋糕。

B：はい、ありがとうございます。好的，謝謝。

N5 おはようございます　　　　　　　　　　早安

A：田中さん、おはようございます。田中先生，早安。

B：おはようございます。早安。

N5 おめでとうございます　　　　　　　　　　恭喜

A：合格おめでとうございます。恭喜合格。

B：ありがとうございます。謝謝。

N5 ごちそうさまでした　　　　　　　　　　感謝招待

A：ごちそうさまでした。とてもおいしかったです。感謝您的招待。非常好吃。

B：もう少しいかがですか。還要再來一點嗎？

N5 ごめんなさい　　　　　　　　　　對不起

A：ボールペンを貸してください。請借我原子筆。

B：ごめんなさい。もっていません。對不起。我沒有筆。

N5 それではまた　　　　　　　　　　　　　　　那麼再見

A：さようなら。再見。

B：**それではまた**。那麼再見。

N5 どういたしまして　　　　　　　　　　　　　不客氣

A：この本、どうもありがとうございました。這本書，非常謝謝您。

B：いいえ、**どういたしまして**。沒有，不客氣。

N5 はじめまして　　　　　　　　　　　　　　初次見面

A：**はじめまして**。山田です。初次見面，我叫山田。

B：**はじめまして**。鈴木です。初次見面，我叫鈴木。

N5 よろしくお願いします　　　　　　　　　　請多多指教

A：どうぞ**よろしくお願いします**。請多多指教。

B：こちらこそ**よろしくお願いします**。彼此彼此，也請多多指教。

N4 ありがとうございます　　　　　　　　　　謝謝

A：これ、プレゼントです。どうぞ。這個是禮物。請收下。

B：**ありがとうございます**。謝謝。

N4 いただきます　　　　　　　　　　　　　　我開動了

A：何もありませんが、どうぞ召し上がってください。
沒有什麼好招待的，敬請享用。

B：はい、**いただきます**。好的，我開動了。

N4 いってきます　　　　　　　　　　　　　　　　　　　　　　　　　　我出門了

A：いってきます。我出門了。

B：いってらっしゃい。路上小心。

N4 いらっしゃいませ　　　　　　　　　　　　　　　　　　　　　　　歡迎光臨

A：いらっしゃいませ。何名様(なんめいさま)ですか。歡迎光臨。請問有幾位？

B：三人(さんにん)です。三位。

N4 おかげさまで　　　　　　　　　　　　　　　　　　　　　　　　　託您的福

A：風邪(かぜ)は治(なお)りましたか。感冒好了嗎？

B：ええ、おかげさまで。嗯，託您的福，已經好了。

N4 おじゃまします　　　　　　　　　　　　　　　　　　　　　　　　打擾了

▶主要是到別人家去拜訪時使用的問候語。

A：いらっしゃい。どうぞおあがりください。歡迎歡迎。請進。

B：おじゃまします。打擾了。

N4 おやすみなさい　　　　　　　　　　　　　　　　　　　　　　　　晚安

A：おやすみなさい。晚安。

B：はい。おやすみなさい。嗯，晚安。

N4 かしこまりました　　　　　　　　　　　　　　　　　　　　　了解、遵命

A：ランチセット、お願(ねが)いします。麻煩我要一份午餐套餐。

B：かしこまりました。我知道了。

N4 **ごめんください** （不好意思，）請問有人在家嗎？

A：**ごめんください**。不好意思，請問有人在家嗎？

B：はい、どちら様ですか。有的，請問是您是哪一位呢？

N4 **こんにちは** （白天時間內的問候）你好；午安

A：林さん、**こんにちは**。林先生，午安。

B：**こんにちは**。午安。

N4 **こんばんは** 晚安

A：**こんばんは**。晚安。

B：あ、**こんばんは**。嗯，晚安。

N4 **さようなら** 再見

A：今日はありがとうございました。**さようなら**。今天非常謝謝您。再見。

B：いいえ、こちらこそ。**さようなら**。沒有。彼此彼此，再見。

N4 **失礼します** 失陪告辭

A：お先に**失礼します**。我先失陪告辭。

B：お疲れ様でした。辛苦了。

N4 **すみません** 不好意思

A：**すみません**。その塩を取ってください。不好意思。請幫我拿那個鹽巴。

B：はい、どうぞ。沒問題，這裡請。

N4 ただいま　　　　　　　　　　　　　　　　　　　　　　　　　　我回來了

A：ただいま。我回來了。

B：お帰りなさい。歡迎回來。

N3 いかがですか　　　　　　　　　　　　　　　　　　　　　　　來一點如何？

A：コーヒー、もういっぱいいかがですか。
　　咖啡，再一杯如何？

B：いいえ、けっこうです。まだ入っていますから。
　　不了，謝謝。杯子裡還有。

N3 お代わりいかがですか　　　　　　　　　　　　　　　　　　　續杯如何呢？

A：コーヒー、お代わりいかがですか。
　　咖啡，還有要再續杯嗎？

B：そろそろ帰るので結構です。
　　我差不多該回去了，所以不用了。

N3 お大事に　　　　　　　　　　　　　　　　　　　　　　　　　請多保重

A：お大事に。請多保重。

B：ありがとうございます。謝謝。

N3 お待たせしました　　　　　　　　　　　　　　　　　　　　讓您久等了

A：お待たせしました。ランチセットでございます。
　　讓您久等了。這是您點的午餐套餐。

B：ありがとうございます。いただきます。
　　謝謝。我開動了。

N3 お目にかかる　　　　　　　　　　　　　　　見面、拜會

A：この話は私が社長にお目にかかったときに、ゆっくりご説明いたします。
這件事我會在拜會社長時，再仔細地說明。

B：かしこまりました。そう伝えておきます。　好的，我明白了。我會如此轉達。

N3 お持ち帰りになる　　　　　　　　　　　　　　　外帶

A：こちらでお召し上がりですか。お持ち帰りになりますか。
請問您要內用？還是外帶？

B：持ち帰ります。　我要外帶。

N3 ご遠慮なく　　　　　　　　　　　　　　不用客氣、請隨意

A：ご不明な点などがございましたら、ご遠慮なくお問い合わせください。
如果有任何疑問，不用客氣請隨時與我們聯絡。

B：確認して何かあれば連絡します。　確認後有問題的話再聯絡您。

N3 ご無沙汰しています　　　　　　　　　　　　　　　好久不見

A：ご無沙汰していますが、お変わりありませんか。
好久不見，近來一切安好嗎？

B：お陰様で元気に過ごしております。
託您的福，我過得很好。

N3 ご覧になる　　　　　　　　　　　　　　　過目；觀看

A：山本さん、今朝のテレビのニュース、ご覧になりましたか。
山本先生，您看過了今天早上的電視新聞嗎？

B：えっ？何のニュースですか。　喔！妳是指那一則新聞？

N2 承る　　　　　　　　　　　　　　　　　　　　　　　　　　　接受

A：店の予約できますか。
請問有接受店面預約嗎？

B：大変申し訳ありませんが、承っておりません。
非常抱歉，本店不接受預約。

N2 お構いなく　　　　　　　　　　　　　　　　　　　　　　　　請別客氣

▶ 是由造訪者對主人說的話。

A：何かお飲み物をお持ちしましょうか。
還需要再拿些飲料來嗎？

B：すぐに帰りますので、どうかお構いなく。
我馬上就要離開了，所以請別客氣。

N2 お言葉に甘えて　　　　　　　　　　　　　　　　　　　　　　恭敬不如從命

▶ 意指接受他人恩惠好意時說的話。

A：よろしかったら、これどうぞ。不嫌棄的話，這個送給你。

B：恐縮ですが、お言葉に甘えて頂戴いたします。大切に使わせていただきます。
真的很不好意思，那麼我就恭敬不如從命了。我會好好珍惜使用的。

N2 お邪魔しました　　　　　　　　　　　　　　　　　　　　　　打擾了

▶ 主要是離開別人家時使用的問候語。

A：今日は長い時間、お邪魔しました。そろそろ失礼します。
今天打擾您那麼久，差不多該告辭了。

B：いえいえ、遠いところまで来てくれてありがとう。
您別這麼說，謝謝您遠道而來。

N2 恐れ入ります　　　　　　　　　　　　　　　　　誠惶誠恐

▶主要是表示遺憾或是感謝的問候語。

A：恐れ入りますが、中村さんはいらっしゃいますか。
很抱歉，請問中村先生在嗎？

B：はい、少々お待ちください。
好的，請稍候一下。

N2 お目にかける　　　　　　　　　　　　　　　　　過目

A：新商品をお目にかけたいと思いまして、本日持って参りました。
我想讓您看看新產品，今天特地帶來了。

B：それはわざわざ、ありがとうございます。
謝謝你特地帶來。

N2 ご一緒する　　　　　　　　　　　　　　　　　一起去

A：昼食、一緒にいかがですか。
要不要一起去吃個午餐呢？

B：はい、ぜひご一緒させてください。
好的，請務必讓我一起。

N2 ご遠慮ください　　　　　　　　　　　　　　　　請勿

▶主要是委婉地表達禁止事項。

A：工場を見学する際には、写真撮影はご遠慮ください。
參觀工廠的時候，請勿攝影。

B：はい、分かりました。
好的，我知道了。

N2 ご存知だ　　　　　　　　　　　　　　　　　　　　　您知道、您知悉

A：ご存知だと思いますが、本日の会議は１４時から始まります。
我想您應該知道，本日的會議是從14點開始。

B：はい、存じております。是的，我知道。

N2 よく、いらっしゃいました　　　　　　　　　　　　　　歡迎遠道而來

A：よくいらっしゃいました。遠かったでしょう。
歡迎您遠道而來。路程很遠，對吧？

B：お招きいただき、ありがとうございます。感謝您邀請。

N2 よろしくお伝えください　　　　　　　　　　　　　請代我向…問好

A：山田部長にもよろしくお伝えください。
請代我向山田部長問好。

B：承知しました。申し伝えておきます。
我知道了，我會轉達的。

N1 お気に召す　　　　　　　　　　　　　　　　　　　　（您）滿意

A：本日のお食事はお気に召したでしょうか。
今天的餐點您還滿意嗎？

B：本当においしかったです。真的很好吃。

N1 お手柔らかに　　　　　　　　　　　　　　　　　　　手下留情

▶指在比賽或討論等等開始之前，請求對方下手輕一點。

A：何卒、お手柔らかにお願いいたします。請您多多手下留情。

B：こちらこそ、お手柔らかに。彼此彼此，請手下留情。

N1 お褒めに預かり光栄です　　　　　　　　很榮幸被您稱讚

A：誠にありがとうございます。お褒めに預かり光栄です。
由衷地感謝您，很榮幸被您稱讚。

B：これからも頑張ってください。今後也請多加努力。

N1 結構なものを頂戴する　　　　　　　　收到很好的禮物

A：この度は結構なものを頂戴しまして、ありがとうございました。
這次收到很好的禮物，非常感謝。

B：いいえ、とんでもございません。
不，這沒什麼大不了的。

N1 光栄の至りだ　　　　　　　　光榮至極

A：受賞、おめでとうございます。恭喜你獲獎了。

B：このような名誉ある賞をいただき、光栄の至りです。
能獲得這樣榮譽的獎項，真是光榮至極。

N1 ご期待に添える　　　　　　　　不辜負您的期待

A：君には期待しているよ。我對你寄予厚望哦！

B：ご期待に添えるよう努力いたします。我會努力不辜負您的期待的。

N1 ご返事を頂戴する　　　　　　　　期待您的答覆

A：早速ご返事を頂戴し、恐れ入ります。
收到您迅速的回覆，不勝感激。

B：日程が決まったら、ご連絡ください。
行程決定之後，請聯絡我。

索引

ああいえばこういう(N1)	248	あしをはこぶ(N2)	212
あいこをたまわる(N1)	184	あしをひっぱる(N1)	217
あいしょうがいい(N2)	246	あせをかく(N3)	47
あいそがいい(N1)	104	あせをながす(N3)	47
あいそがつきる(N1)	104	あたってみる(N1)	184
あいたくちがふさがらない(N1)	214	あたうちになる(N1)	217
あいちゃくがわく(N2)	94	あたまがあがらない(N1)	217
あいづちをうつ(N1)	248	あたまがいい(N4)	210
アイディアをおもいつく(N2)	64	あたまがいたい(N4)	120
あいのてをいれる(N1)	214	あたまがかたい(N1)	217
あいろがある(N1)	184	あたまかくしてしりかくさず(N1)	218
アイロンをかける(N4)	27	あたまがさがる(N2)	212
あうんのこきゅう(N1)	249	あたまにくる(N2)	212
あおなにしお(N1)	249	あたまにはいる(N4)	210
あおはあいよりいでてあいよりあおし(N1)	249	あたまをいためる(N1)	218
あおむけになる(N2)	64	あたまをかかえる(N1)	218
あかごのてをひねる(N1)	249	あたまをさげる(N3)	210
あかじがつづく(N2)	170	あたまをつかう(N2)	212
あかちゃんがなく(N4)	27	あたりさわりがない(N1)	143
あきがくる(N1)	104	あっかはりょうかをくちくする(N1)	250
あきのひはつるべおとし(N1)	249	あっさりすてる(N1)	83
あくじせんりをはしる(N1)	249	あっというまに(N3)	126
アクセルをふむ(N2)	65	あっといわせる(N2)	65
あくせんくとう(N1)	339	アップする(N1)	184
あくせんみにつかず(N1)	250	あつりょくをかける(N2)	170
あくびがでる(N2)	65	あてがない(N1)	250
あげあしをとる(N1)	215	あてにならない(N1)	104
あげくのはてに(N1)	250	あとあしですなをかける(N1)	218
あごでつかう(N1)	215	あとにする(N2)	246
あごをだす(N1)	215	あとのまつり(N1)	250
あさめしまえ(N2)	246	アドバイスをうける(N2)	170
あじがこい(N2)	132	あとまわしにする(N2)	246
あじがする(N3)	47	あとをつぐ(N2)	170
あしがつく(N1)	215	あながあったらはいりたい(N1)	251
あしがでる(N1)	215	あばたもえくぼ(N1)	218
あしがとおのく(N1)	215	あぶないはしをわたる(N1)	251
あしがぼうになる(N1)	215	あぶなげなくえんじる(N1)	184
あしこしにじしんがある(N2)	211	あぶはちとらず(N1)	251
あしこしをきたえる(N1)	216	あぶらがのる(N2)	246
あしどめをくう(N1)	216	あぶらっこいものをひかえる(N1)	84
あしなみをそろえる(N1)	216	あぶらであげる(N2)	65
あしのびんがわるい(N1)	216	あぶらをうる(N1)	251
あしのびんをはかる(N1)	216	あぶらをしぼる(N1)	251
あじもそっけもない(N1)	250	アポをとる(N1)	184
あしもとがわるい(N1)	216	あまいものがすきだ(N4)	28
あしもとにひがつく(N1)	216	あまさをひかえめにつくる(N1)	143
あしもとをみる(N1)	217	あまのじゃく(N1)	251
あしをあらう(N1)	217	あまみずをためる(N3)	164
あしをくむ(N2)	211	あまもりがする(N1)	143
あしをすくう(N1)	217	あめがおおい(N5)	120
あじをつける(N3)	47	あめがふりだす(N4)	28
あしをとめる(N3)	210	あめがやむ(N4)	120

あめふってじかたまる(N1)	252		いそいでれんらくする(N4)	28
あゆみをきざむ(N1)	184		いそがばまわれ(N1)	254
あらわにする(N1)	104		いただきます(N4)	369
ありがとうございます(N4)	369		いたちごっこ(N1)	254
ありきたりだ(N1)	143		いたにつく(N1)	254
ありとあらゆるじょうほうがあふれる(N1)	143		いちいせんしん(N1)	340
ありのあなからつつみもくずれる(N1)	252		いちかばちか(N1)	254
ありのままにはなす(N2)	65		いちがんとなる(N1)	185
アルバイトにおうぼする(N3)	165		いちぎょうをあける(N2)	66
あわをくう(N1)	252		いちごいちえ(N1)	340
アンケートをする(N3)	165		いちごいっく(N1)	341
あんしょうばんごうをおす(N2)	65		いちじがばんじ(N1)	254
あんしょうばんごうをにゅうりょくする(N3)	165		いちじつせんしゅう(N1)	341
あんちゅうもさく(N1)	339		いちだんらくする(N2)	66
あんちょくにかんがえる(N1)	185		いちねんのけいはがんたんにあり(N1)	255
あんのじょう(N1)	252		いちねんほっき(N1)	341
あんもくのルール(N1)	185		いちぶしじゅう(N1)	341
いいかげんにする(N2)	65		いちもうだじん(N1)	341
いいねだんだ(N1)	185		いちもくおく(N1)	255
いうまでもない(N1)	143		いちもくさんに(N1)	144
いえにかえる(N5)	10		いちもくりょうぜん(N1)	341
いえをでる(N5)	10		いちやづけ(N1)	255
いかがですか(N3)	372		いちよくをになう(N1)	255
いかんともしがたい(N1)	143		いっかくせんきん(N1)	342
いきおいがよわまる(N1)	185		いっかんのおわり(N1)	255
いきおいにのる(N1)	252		いっきいちゆう(N1)	342
いきがあう(N1)	252		いっきうち(N1)	255
いきがきれる(N1)	253		いっきょいちどう(N1)	342
いきがつまる(N2)	133		いっきょりょうとく(N1)	342
いきぬきする(N2)	133		いっこくいちじょうのあるじ(N1)	255
いきようよう(N1)	340		いっこくせんきん(N1)	342
いきをころす(N2)	246		いっさいみとめない(N1)	04
いきをする(N3)	47		いっしょうけんめいべんきょうする(N4)	28
いきをつくひまもない(N1)	253		いっしょくそくはつ(N1)	342
いきをのむ(N1)	105		いっしょにいく(N5)	10
いきをはく(N3)	47		いっしんいったい(N1)	343
いくじがない(N1)	105		いっしんどうたい(N1)	343
いくじとしごとをりょうりつする(N1)	185		いっしんふらん(N1)	343
いくどうおん(N1)	340		いっすんさきはやみ(N1)	256
いけばなをならう(N4)	28		いっすんのむしにもごぶのたましい(N1)	256
いけんをそんちょうする(N2)	170		いっせいちだい(N1)	343
いごこちがいい(N1)	105		いっせきにちょう(N2)	338
いざかまくら(N1)	253		いっせきをとうじる(N1)	256
いざというとき(N1)	253		いっせんをかくす(N1)	256
いしのうえにもさんねん(N1)	250		いっせいかんかんけいだ(N2)	66
いしばしをたたいてわたる(N1)	253		いったんをになう(N1)	256
いしゃになる(N5)	10		いっちょういっせき(N1)	343
いしゃのふようじょう(N1)	253		いっちょういったん(N2)	338
いじをはる(N1)	254		いってきます(N4)	370
いしんでんしん(N1)	340		いっとうりょうだん(N1)	343
いすにすわる(N5)	10		いっとをたどる(N1)	144
いすをはこぶ(N4)	28		いっぽうつうこうになっている(N3)	47

いつまでもあるとおもうなおやとかね(N1)	256		うそはっぴゃく(N1)	260
いてもたってもいられない(N1)	257		うそをつく(N4)	29
いどばたかいぎ(N1)	257		うたはよにつれよはうたにつれ(N1)	260
いとをとらえる(N1)	185		うたをうたう(N5)	10
いとをひく(N1)	257		うちあわせをする(N2)	171
いなびかりがはしる(N1)	144		うちきになる(N1)	105
いぬにかまれる(N4)	28		うちへかえる(N5)	10
いぬもあるけばぼうにあたる(N1)	257		うちょうてんになる(N1)	260
いぬをかう(N3)	48		うつつをぬかす(N1)	260
いのちあってのものだね(N1)	257		うってがない(N1)	219
いのちをかける(N2)	246		うってつけ(N1)	260
いのなかのかわずたいかいをしらず(N1)	257		うつぶせになる(N1)	260
いばらのみち(N1)	258		うつりぎだ(N1)	106
いひょうをつく(N1)	105		うでがなる(N1)	219
イベントをおこなう(N3)	165		うでにおぼえがある(N1)	219
イベントをきかくする(N2)	170		うでをあげる(N1)	219
いまいちだ(N2)	94		うでをふるう(N1)	219
いまひとつだ(N2)	94		うでをみがく(N1)	219
いみしんちょう(N1)	344		うでをみせる(N1)	219
いもづるしき(N1)	258		うとうとする(N3)	126
いもをあらうようだ(N1)	258		うなぎのぼり(N1)	260
いらいらする(N2)	95		うのまねをするからす(N1)	261
いらっしゃいませ(N4)	370		うのみにする(N1)	261
いろがうすい(N3)	126		うまがあう(N1)	261
いろがかわる(N4)	120		うまくいく(N2)	66
いろめがねでみる(N2)	247		うまのみみにねんぶつ(N1)	261
いろめきたつ(N1)	258		うみがみえる(N4)	29
いわかんがある(N2)	95		うみせんやません(N1)	261
いわかんをおぼえる(N1)	105		うみのものともやまのものともわからない(N1)	261
いわぬがはな(N1)	258		うらうちする(N1)	144
いんがおうほう(N1)	344		うらめにでる(N1)	186
いんしょうをあたえる(N2)	66		うらをかく(N1)	262
インタビューをうける(N3)	165		うりあげがのびなやむ(N1)	186
インチキなやりかた(N1)	186		うりあげがのびる(N2)	171
いんねんをつける(N1)	258		うりことばにかいことば(N1)	262
インパクトがたりない(N2)	170		うりふたつ(N1)	262
インパクトにかける(N1)	186		うろうろする(N3)	48
ウエストをつめる(N1)	84		うわさをすればかげがさす(N1)	262
うおうさおう(N1)	344		うわのそら(N1)	144
うおごころあればみずごころ(N1)	258		うんがいい(N3)	126
うがいをする(N2)	66		うんざりする(N1)	106
うかつにいう(N1)	105		うんでいのさ(N1)	262
うかないかおをする(N1)	259		うんてんがうまい(N4)	120
うきしずみがはげしい(N1)	259		うんどうをする(N5)	11
うきぼりになる(N1)	259		えいがをたんのうする(N1)	186
うけたまわる(N2)	374		えいがをみる(N5)	11
うけつけをとおる(N4)	29		えいかんをてにする(N1)	262
うごのたけのこ(N1)	259		えいきょうをあたえる(N3)	48
うしのあゆみ(N1)	259		えいきょうをうける(N2)	133
うしろがみをひかれる(N1)	218		えいごをおしえる(N4)	29
うしろゆびをさされる(N1)	259		えいぞうがうつる(N3)	126
うずうずする(N2)	133		えいようがかたよる(N2)	133
うそからでたまこと(N1)	259		えきでのりかえる(N4)	29

えきにつく(N4)	29
えきをしゅっぱつする(N4)	29
えさをやる(N3)	48
えつにいる(N1)	262
えどのかたきをながさきでうつ(N1)	263
えにかいたもち(N1)	263
えにさわる(N4)	30
えびでたいをつる(N1)	263
えりをただす(N1)	263
えんかつにすすむ(N1)	186
えんぎがいい(N1)	106
えんちょうせんじょうにある(N1)	263
えんのしたのちからもち(N1)	263
おあつらえむき(N1)	264
おいしゃさんにいく(N5)	11
おいのいってつ(N1)	264
おおきなかおをする(N1)	220
おおぶろしきをひろげる(N1)	106
おおめだまをくう(N1)	220
おおめにみる(N1)	220
おおやけになる(N1)	144
おおよろこびする(N2)	95
おかいあげ(N1)	186
おかげさまで(N4)	370
おかしいとおもう(N3)	48
おかしをつくる(N5)	11
おかねがいる(N5)	11
おかねがかかる(N4)	30
おかねがからむ(N2)	66
おかねをあずける(N3)	48
おかねをだす(N3)	48
おかねをつかう(N4)	30
おかねをはらう(N4)	30
おかねをひきだす(N3)	49
おかねをやりとりする(N2)	171
おかまいなく(N2)	374
おかめはちもく(N1)	344
おかわりいかがですか(N3)	372
おきにいり(N2)	95
おきにめす(N1)	376
おくばにものがはさまる(N1)	220
おくれてはじまる(N4)	30
おげんきですか(N5)	368
おことばにあまえて(N2)	374
おごるへいけはひさしからず(N1)	264
おさけをのむ(N5)	11
おさらをならべる(N4)	30
おしうりをする(N1)	187
おじぎをする(N2)	171
おしもんどう(N1)	264
おしゃべりをする(N3)	49
おじゃましました(N2)	374
おじゃまします(N4)	370
おずおずとする(N1)	106
おすみつき(N1)	264
おそくまでおきている(N4)	30
おそれいります(N2)	375
おそれがある(N2)	95
おだいじに(N3)	372
おたがいさまだ(N1)	144
おちつきがない(N2)	95
おちばをはく(N2)	133
おちゃをだす(N3)	49
おちゃをにごす(N1)	264
おちるはずがない(N4)	121
おてあげだ(N1)	220
おてやわらかに(N1)	376
おとがうるさい(N4)	121
おとがでる(N4)	31
おとりよせになる(N2)	171
おとろえをとめる(N1)	265
おなかがいたい(N5)	11
おなかがいっぱいになる(N4)	31
おなかがすく(N3)	49
おなかがなる(N1)	220
おなかがペコペコだ(N3)	126
おなかをこわす(N1)	220
おなじかまのめしをくう(N1)	265
おににかなぼう(N1)	265
おにのいぬまにせんたく(N1)	265
おねがいします(N5)	368
おはようございます(N5)	368
おびにみじかしたすきにながし(N1)	265
おふろにはいる(N5)	12
おべんとうをじゅんびする(N3)	49
おほめにあずかりこうえいです(N1)	377
おぼれるものはわらをもつかむ(N1)	265
おまけがつく(N1)	84
おまたせしました(N3)	372
おみまいにいく(N4)	31
おみやげをくれる(N4)	31
おめでとうございます(N5)	368
おめにかかる(N3)	373
おめにかける(N2)	375
おもいあたる(N1)	266
おもいきってすてる(N2)	67
おもいたったがきちじつ(N1)	266
おもいでになる(N3)	91
おもいでにひたる(N1)	84
おもいのほか(N1)	266
おもいをはせる(N1)	106
おもうぞんぶんたのしむ(N1)	106
おもうつぼ(N1)	266
おもちかえりになる(N3)	373
おやおもうこころにまさるおやごころ(N1)	266
おやこうこうしたいときにおやはなし(N1)	266

おやすみなさい(N4)	370
おやのこころこしらず(N1)	267
おやのすねをかじる(N1)	267
おやのななひかり(N1)	267
おゆがわく(N3)	49
おゆをわかす(N3)	49
おりかえしでんわする(N2)	171
おりめただしい(N1)	107
おれいをいう(N4)	31
おわりよければすべてよし(N1)	267
おんがくをきく(N5)	12
おんこちしん(N1)	344
おんせんにはいる(N3)	50
おんにきせる(N1)	107
おんのじだ(N1)	107
おんをあだでかえす(N1)	267
カードをつくる(N3)	50
かいいぬにてをかまれる(N1)	267
かいがある(N2)	247
かいぎがおわる(N5)	12
かいぎがながびく(N2)	133
かいぎしつにもってくる(N4)	164
かいぎにおくれる(N3)	165
かいぎをする(N5)	12
かいけいしょりがはかどる(N1)	187
かいけつのいとぐち(N1)	187
がいこくではたらく(N5)	12
かいしゃがたおれる(N2)	171
かいしゃがつぶれる(N2)	172
かいしゃにくる(N5)	12
かいしゃにもどる(N3)	50
かいしゃをでる(N5)	12
かいしょうがある(N1)	268
かいじょうをよやくする(N3)	165
かいすうをふやす(N3)	50
かいだんをあがる(N5)	13
かいはつにちゃくしゅする(N1)	187
かいふくにむかう(N3)	166
かいほうにむかう(N1)	145
かいまみる(N1)	268
かいものきゃくをよびこむ(N2)	172
かいものをする(N5)	13
かいよりはじめよ(N1)	268
がいをおよぼす(N1)	145
かおいろがわるい(N4)	210
かおいろをうかがう(N1)	221
かおがきく(N1)	221
かおがひろい(N1)	221
かおからひがでる(N1)	221
かおにどろをぬる(N1)	221
かおをそろえる(N2)	212
かおをたてる(N1)	221
かかくがこうとうする(N1)	187

かかくをおさえる(N1)	187
かかくをさげる(N3)	166
かかせない(N2)	134
ががつよい(N1)	107
かかりをする(N4)	31
かきかたをおしえる(N4)	31
かぎょうをつぐ(N2)	172
かぎをかける(N3)	50
かぎをしめる(N3)	50
かぎをなくす(N3)	50
かくさをぜせいする(N1)	187
がくもんにおうどうなし(N1)	268
かけがえのない(N1)	107
かげをひそめる(N1)	84
かげをひそめる(N1)	145
かこうをほどこす(N1)	188
かこんのこす(N1)	268
かざあなをあける(N1)	268
カサカサとおとがする(N1)	145
かさをさす(N4)	32
かさをもっていく(N5)	13
かしこまりました(N4)	370
かしゅにあこがれる(N3)	91
かじょうがきにする(N1)	188
かじをとる(N1)	268
カスタマイズする(N1)	188
ガスりょうきんをしはらう(N4)	32
かぜがあたる(N2)	67
かぜがつよい(N5)	13
かぜがなおる(N3)	51
かぜがふく(N5)	120
かぜのたより(N1)	269
かぜをひく(N5)	13
かぜをふせぐ(N3)	127
ガタガタとおとをたてる(N1)	145
かたずをのむ(N1)	107
かたちがゆがむ(N1)	145
かたちをしている(N4)	32
かたっぱしから(N1)	269
かたのにがおりる(N1)	221
かたぼうをかつぐ(N1)	269
かたみがせまい(N1)	222
かたをいためる(N2)	67
かたをならべる(N1)	222
かたをもつ(N1)	222
ガタンとおとをたてる(N1)	145
カチカチにこおる(N1)	146
かちめがない(N2)	247
かちゅうのくりをひろう(N1)	269
かちょうふうげつ(N1)	344
がっかりする(N3)	91
かっこうがわるい(N4)	90
がっこうにかよう(N4)	32

かっこうをする(N2)	67	キーボードをうつ(N3)	51
がっこうをやすむ(N5)	13	きいろいこえ(N1)	271
かってかぶとのおをしめよ(N1)	269	きがいがある(N1)	108
かっとうがうまれる(N1)	146	きかいができる(N3)	51
かっとする(N1)	107	きかいをあたえる(N2)	172
かっぱつにかつどうする(N2)	67	きがおけない(N1)	271
かっぱのかわながれ(N1)	269	きがおもい(N2)	96
がでんいんすい(N1)	345	きがおもい(N3)	91
かどがたつ(N1)	270	きがきく(N2)	96
かどをまがる(N4)	32	きがきでない(N2)	96
カフェにはいる(N5)	13	きかくをねる(N2)	172
かぶとをぬぐ(N1)	270	きがじゅくす(N1)	271
かべにぶつかる(N1)	270	きがすすまない(N2)	96
かべにみみありしょうじにめあり(N1)	270	きがすむ(N2)	96
かべをこえる(N1)	270	きがする(N2)	96
かべをぬる(N4)	32	きがたおれる(N4)	121
かほうはねてまて(N1)	270	きがつく(N3)	91
かみがながい(N4)	121	きがつよい(N4)	90
かみなりがおちる(N3)	127	きがとがめる(N1)	108
かみなりがなる(N3)	51	きがねをする(N1)	108
かみをきる(N4)	121	きがまわる(N2)	96
がやがやさわぐ(N1)	146	きがみじかい(N2)	97
かやのそと(N1)	270	きがむく(N2)	97
ガラガラにあいている(N3)	127	きがゆるむ(N2)	97
ガラスがわれる(N3)	51	ききいっぱつ(N1)	345
からすのぎょうずい(N1)	271	ききせまる(N1)	272
からだがかたい(N3)	127	ぎくしゃくする(N1)	108
からだがだるい(N2)	134	きくはいっときのはじきかぬはいっしょうのはじ(N1)	
からだがもたない(N1)	222		272
からだのふちょうをうったえる(N1)	222	きげんがきれる(N2)	68
からだをこわす(N3)	210	きげんがわるい(N2)	68
からっぽになる(N2)	134	きげんをすぎる(N1)	188
かれとつきあう(N3)	51	きげんをとる(N2)	97
カロリーがたかい(N2)	67	きしかいせい(N1)	345
かわいいこにはたびをさせよ(N1)	271	ぎじゅつをみがく(N2)	172
かわをむく(N2)	67	きしょうてんけつ(N1)	345
がをとおす(N1)	108	きじょうのくうろん(N1)	272
かんいっぱつでまにあう(N1)	146	きしょくまんめん(N1)	345
カンカンひがてる(N2)	134	ぎしんあんき(N1)	346
かんきょうがいっぺんする(N1)	188	きそうてんがい(N1)	346
かんきょうにやさしい(N2)	134	きそくをまもる(N3)	166
かんきょうをととのえる(N2)	68	ギターをひく(N4)	32
がんこうしはいにてっす(N1)	271	きたいがふくらむ(N1)	188
がんじがらめになる(N1)	146	きたいをうらぎる(N1)	108
かんしょうにたえる(N1)	146	きちんとかたづける(N4)	121
かんじをおぼえる(N5)	14	きってもきれない(N1)	146
かんしんをもつ(N3)	91	きってをはる(N5)	14
かんせいにこぎつける(N1)	188	きっぷがとれる(N4)	121
かんぜんむけつ(N1)	345	きではなをくくる(N1)	222
かんそうをいう(N3)	51	きてんがきく(N1)	108
かんびょうをする(N2)	68	きどあいらく(N1)	346
かんべんする(N2)	95	きどうにのる(N1)	189
がんをつける(N1)	222	きどうりょくにとむ(N1)	189
		きにいる(N3)	92

きにかかる(N2)	97		きをゆるす(N1)	109
きにさわる(N1)	109		きんかぎょくじょう(N1)	347
きにする(N3)	92		ぎんこうにつとめる(N4)	33
きになる(N3)	92		きんせんにふれる(N1)	110
きにやむ(N1)	109		きんにくをきたえる(N1)	84
きのうをまんさいする(N1)	189		ぐあいがわるい(N4)	122
きのやまい(N1)	109		くうきがわるい(N4)	122
きみがわるい(N2)	97		ぐうぐうねている(N1)	147
きもちがいい(N4)	90		くうぜんぜつご(N1)	347
きもちをくむ(N1)	109		くうふくをおぼえる(N1)	85
きもちをひきおこす(N1)	109		クーラーがつく(N4)	33
きもにめいじる(N1)	223		くぎづけになる(N1)	274
きもをひやす(N1)	223		くぎをさす(N1)	274
ぎもんをいだく(N2)	172		くさいものにふたをする(N1)	274
ぎゃくじょうする(N1)	109		くさがおいしげる(N1)	147
きゃっかんせいにかける(N1)	147		くさってもたい(N1)	274
きゃっこうをあびる(N1)	272		くさとりをする(N2)	68
きゆう(N1)	272		くさのねをわけてさがす(N1)	274
ぎゅういんばしょく(N1)	346		くさをかる(N2)	69
きゅうきゅうとしたせいかつ(N1)	147		くしゃくしゃになる(N1)	147
ぎゅうぎゅうになる(N1)	147		くしゃみをする(N2)	69
きゅうしにいっしょうをえる(N1)	272		くじょうをいう(N2)	69
ぎゅうじる(N1)	273		ぐずぐずする(N1)	148
きゅうすればつうず(N1)	273		くすくすわらう(N1)	110
きゅうそねこをかむ(N1)	273		くすりをぬる(N3)	52
きゅうてんちょっか(N1)	346		くすりをのむ(N5)	14
きゅうよのいっさく(N1)	273		くちうらをあわせる(N1)	223
きゅうをようする(N1)	147		くちがかたい(N1)	223
ぎょうかいずいいち(N1)	189		くちがかるい(N1)	223
きょうかんをよぶ(N2)	97		くちかずがすくない(N1)	223
ぎょうせきがあっかする(N1)	189		くちがすっぱくなる(N1)	223
ぎょうせきがうわむく(N1)	189		くちがすべる(N1)	224
ぎょうせきがおちこむ(N1)	189		くちからさきにうまれる(N1)	224
ぎょうせきがていめいする(N1)	190		くちぐるまにのる(N1)	275
きょうみがある(N3)	92		くちコミをみる(N1)	224
きょうみしんしん(N1)	346		くちにあう(N1)	224
きょうみをひく(N2)	68		くちにだす(N1)	224
きょうみをもつ(N3)	92		くちばしがきいろい(N1)	275
きょうりょくをえる(N2)	68		くちばしをいれる(N1)	275
ぎょうれつができる(N2)	173		くちはっちょうてはっちょう(N1)	224
きょうをそぐ(N1)	273		くちはわざわいのもと(N1)	224
きょくがながれる(N3)	127		くちびをきる(N1)	275
きょてんをもうける(N1)	190		ぐちょくなまでに(N1)	110
ぎょふのり(N1)	273		ぐちをいう(N2)	98
きりがいい(N2)	247		くちをしめる(N2)	212
きりがない(N2)	247		くちをだす(N1)	225
きれいにする(N5)	14		くちをのりする(N1)	225
きろにたつ(N1)	190		くちをはさむ(N1)	225
きをくばる(N2)	98		くちをわる(N1)	225
きをつかう(N2)	98		くつがぶかぶかだ(N1)	148
きをつける(N4)	90		ぐっすりねむる(N3)	127
きをてらう(N1)	274		くったくがない(N1)	110
きをとられる(N2)	98		ぐっとよくなる(N2)	134

くつをはく(N4)	33
くにくのさく(N1)	275
くにする(N1)	110
くにへかえる(N5)	14
くびがまわらない(N1)	225
くびにする(N1)	225
くびになる(N1)	225
くびをかしげる(N1)	226
くびをたてにふる(N1)	226
くびをながくする(N1)	226
くびをよこにふる(N1)	226
くふうをこらす(N1)	85
くもっている(N4)	33
くものこをちらす(N1)	275
ぐらぐらゆれる(N3)	127
ぐるぐるまわる(N3)	128
くるまがとおる(N4)	33
くるまがとまる(N5)	14
くるまがほしい(N4)	33
くるまでおくる(N3)	52
くるまによう(N3)	128
くるまをとばす(N2)	69
くるまをとめる(N4)	33
クレームがでる(N2)	173
くわずぎらい(N1)	275
ぐんぐんのびる(N1)	148
ぐんをぬく(N1)	148
けいえいがなみにのる(N1)	190
けいえいをさいけんする(N1)	190
けいえんする(N1)	85
けいかくにもりこむ(N1)	190
けいかくをたてる(N2)	69
げいがこまかい(N1)	276
けいかんをそこなう(N1)	276
けいけんがない(N3)	52
けいけんがほうふだ(N2)	69
けいこうがある(N2)	134
けいこうがみられる(N1)	190
けいざいにえいきょうする(N1)	191
けいしょうをならす(N1)	276
けいたいがなる(N2)	69
げいはみをたすける(N1)	276
けいひをおさえる(N2)	173
ケーキをきる(N5)	14
けががなおる(N4)	34
けがのこうみょう(N1)	276
けがをする(N4)	34
げきじょうにかられる(N1)	110
けしきをたのしむ(N4)	90
けしきをながめる(N3)	52
げたをあずける(N1)	276
げたをはかせる(N1)	277
けちをつける(N1)	277

けっかをまとめる(N3)	166
けっかをまねく(N2)	173
けっこうなものをちょうだいする(N1)	377
けはいがない(N2)	98
けむにまく(N1)	277
ゲラゲラわらう(N1)	110
けりがつく(N1)	277
けりをつける(N1)	277
げんいんをしらべる(N3)	52
けんえんのなか(N1)	277
けんかりょうせいばい(N1)	278
けんかをうる(N1)	85
けんかをする(N4)	34
げんきがない(N4)	122
けんきゅうにぼっとうする(N1)	191
けんこうしんだんをうける(N3)	52
けんこうをたもつ(N2)	70
げんしょうけいこうにある(N2)	173
けんちからみる(N1)	191
げんちをとる(N1)	270
けんとうがつく(N2)	98
けんとうのよちがある(N1)	191
げんをかつぐ(N1)	278
ごいっしょする(N2)	375
こういをもつ(N2)	98
こうえいのいたりだ(N1)	377
こうえんがたいくつだ(N2)	99
こうえんをさんぽする(N5)	15
こうかいさきにたたず(N1)	278
こうかがじぞくする(N2)	173
こうかがでる(N3)	52
こうかをあげる(N2)	173
こうがんむち(N1)	347
こうきしんおうせいだ(N2)	99
こうきゅうしこうがすすむ(N1)	191
こうこくがのる(N2)	174
こうざにふりこむ(N3)	166
こうざをひらく(N3)	166
こうじょうをけんがくする(N4)	34
こうじょりょうぞく(N1)	347
こっせんのひみつ(N1)	278
こうそうをねる(N1)	191
こうばんにとどける(N2)	70
こうへいむし(N1)	347
こうぼうにもふでのあやまり(N1)	278
こうほをしぼる(N2)	70
こうめいせいだい(N1)	348
こうりつかをはかる(N1)	191
こうりゅうをふかめる(N2)	70
こうをそうする(N1)	279
ごえつどうしゅう(N1)	348
こえをかける(N3)	53
ごえんりょください(N2)	375

ごえんりょなく(N3)	373		こどもがいる(N5)	15
コートをかける(N5)	15		こどもがうまれる(N3)	53
コーヒーをいれる(N3)	53		こどもをうむ(N4)	35
コーヒーをこぼす(N3)	53		コネをつかう(N2)	174
コーヒーをのむ(N5)	15		ごはんをたく(N2)	71
こおりがはる(N1)	148		ごはんをたべる(N5)	15
ごかいがしょうじる(N2)	99		ごぶごぶ(N1)	348
ごかいをまねく(N1)	111		ごぶさたしています(N3)	373
ごがくにたんのうだ(N1)	148		ごへんじをちょうだいする(N1)	377
ごきげんだ(N2)	99		こまわりがきく(N1)	192
ごきげんななめだ(N1)	111		ゴマをする(N1)	280
ごきたいにそえる(N1)	377		こみみにはさむ(N1)	280
こきゃくをひきつける(N1)	192		ゴミをすてる(N4)	35
こきゅうがおちつく(N1)	148		ゴミをだす(N3)	53
こきょうをはなれる(N2)	70		ゴミをひろう(N2)	71
こくばんをけす(N4)	34		ごめんください(N4)	371
こくびゃくをあらそう(N1)	279		ごめんなさい(N5)	368
こけつにいらずんばこじをえず(N1)	279		ごらんになる(N3)	373
こけんにかかわる(N1)	279		こりつむえん(N1)	348
こころがいたむ(N2)	99		ごりむちゅう(N1)	348
こころにきざむ(N2)	247		これみよがしに(N1)	280
こころをいためる(N2)	99		ころばぬさきのつえ(N1)	281
こころをいやす(N1)	111		ころんでもただではおきない(N1)	281
こころをおににする(N1)	111		こんきがある(N2)	99
こころをくだく(N1)	111		ごんごどうだん(N1)	349
こころをひらく(N3)	92		コントロールがきかない(N1)	149
ここんとうざい(N1)	348		こんなんをのりこえる(N2)	71
こしがひくい(N1)	226		こんにちは(N4)	371
こしたんたん(N1)	348		こんばんは(N4)	371
ごじっぽひゃっぽ(N2)	247		ざあざあふる(N2)	135
こしをぬかす(N1)	226		ざいこをいっそうする(N1)	192
コストがかかる(N1)	192		さいさんがとれる(N1)	192
コストをさくげんする(N1)	192		さいさんさいし(N1)	349
こせいをみがく(N2)	70		さいはいをふる(N1)	281
こぜにをよういする(N3)	166		さいふをわすれる(N5)	15
こそこそはなす(N2)	135		さいゆうせんでとりくむ(N2)	174
ごぞんじだ(N2)	376		さいようがのびる(N1)	192
ごたごたしている(N1)	149		ざいりょうをまぜる(N3)	53
ごちそうさまでした(N5)	368		さがある(N2)	71
ごちそうする(N2)	70		さかながすきだ(N5)	15
ごちそうになる(N2)	71		さかなをとる(N3)	53
ごちそうをたべる(N4)	34		さきおくりにする(N1)	193
ごちゃごちゃする(N2)	135		さきがおもいやられる(N1)	281
こつこつとべんきょうする(N1)	149		さきにのばす(N2)	174
こっぱみじんになる(N1)	279		さぎょうをきりあげる(N2)	174
コップがわれる(N4)	34		さきをみこす(N1)	281
コツをおぼえる(N1)	279		さけてとおれない(N1)	281
コツをつかむ(N2)	71		さしいれをもらう(N2)	72
コツをまなぶ(N2)	71		さじょうのろうかく(N1)	282
ごてごてする(N1)	149		さじをなげる(N1)	282
ことなきをえる(N1)	280		ざせきがうまる(N2)	72
ことばのあや(N1)	280		させんされる(N1)	193
ことばをにごす(N1)	280		さそいをことわる(N3)	167

さっさとしゅくだいをする(N2)	135		じごうじとく(N1)	350
ざっしをはっかんする(N2)	174		じごくみみ(N1)	226
さとうをいれる(N4)	35		じこしょうかいをする(N5)	16
さばをよむ(N1)	282		しごとがたいへんだ(N5)	16
さべつかをはかる(N1)	193		しごとでつかれる(N5)	16
さむさがきびしい(N4)	122		しごとにうちこむ(N1)	194
さようなら(N4)	371		しごとにおわれる(N3)	167
さらさらとながれる(N1)	149		しごとをこなす(N1)	194
さらをあらう(N4)	35		しごとをてつだう(N4)	36
さらをわる(N4)	35		しごとをやめる(N4)	164
さるもきからおちる(N1)	282		じこにあう(N3)	54
さわらぬかみにたたりなし(N1)	282		じこをおこす(N2)	73
さんかんしおん(N1)	349		じじつむこん(N1)	350
ざんきにたえない(N1)	282		ししゃごにゅうする(N2)	175
さんこうにする(N2)	72		ししょうをきたす(N1)	85
さんしすいめい(N1)	349		じしょをつかう(N5)	16
さんしょうはこつぶでもぴりりとからい(N1)	283		じしょをひく(N4)	36
さんどめのしょうじき(N1)	283		しずかにする(N5)	17
さんにんよればもんじゅのちえ(N1)	283		しせいをしめす(N2)	73
ざんねんむねん(N1)	349		じだいおくれ(N2)	175
さんぽにでかける(N5)	16		じだいにとりのこされる(N1)	194
しあいをみる(N4)	35		したくをする(N3)	54
シェアをしめる(N2)	174		したしきなかにもれいぎあり(N1)	283
しおをとる(N4)	35		したつづみをうつ(N1)	227
しかいをつとめる(N3)	167		したのねもかわかぬうちに(N1)	283
しかくをとる(N2)	72		したをまく(N1)	227
じがじさん(N1)	349		しちてんばっとう(N1)	350
しかたがない(N2)	135		しっかりしている(N3)	92
しかたをおしえる(N4)	36		じっかんをもつ(N1)	85
じかどうちゃく(N1)	350		しっくりこない(N1)	284
じかんがあく(N4)	122		しったいをえんじる(N1)	284
じかんがある(N5)	16		じっちゅうはっく(N1)	351
じかんがかかる(N5)	16		じっとする(N3)	128
じかんがすぎる(N3)	54		しっぱいはせいこうのもと(N1)	284
じかんがたつ(N2)	72		しっぽをだす(N1)	284
じかんがない(N5)	164		しつもんをうける(N3)	54
じかんにおわれる(N2)	72		しつれいします(N4)	371
じかんにまにあう(N4)	36		してきをうける(N2)	175
じかんのむだだ(N2)	72		じてんしゃがこわれる(N4)	122
じかんをかける(N4)	36		じてんしゃをかりる(N5)	17
じかんをかせぐ(N1)	193		しとしとふる(N2)	135
じかんをまちがえる(N4)	36		しなんのわざ(N1)	284
じかんをもてあます(N1)	149		しのぎをけずる(N1)	284
じきゅうじそく(N2)	338		しはらいがすむ(N2)	73
しきゅうをうちきる(N1)	193		しばらくのあいだ(N3)	128
じぎょうをしゅくしょうする(N1)	193		じぶんでたしかめる(N2)	73
じぎょうをたかくかする(N1)	193		しめんてか(N1)	351
しきんぐりにつまる(N1)	194		しもがおりる(N2)	135
しきんせき(N1)	283		じもんじとう(N1)	351
しくはっく(N1)	350		しゃかいほしょうせいどをかいかくする(N1)	194
しけんにつかる(N3)	54		しゃかにせっぽう(N1)	285
しけんをひかえる(N1)	85		しゃくしじょうぎ(N1)	285
しこうさくご(N1)	350		じゃくてんをおぎなう(N1)	194

じゃくにくきょうしょく(N2)	338
しゃくにさわる(N1)	285
しゃしんをとる(N4)	36
しゃっきんをかかえる(N2)	175
しゃっきんをする(N3)	167
じゃぶじゃぶとあるく(N1)	149
じゃまになる(N2)	100
シャワーをあびる(N5)	17
じゅうおうむじん(N1)	351
しゅうかんをつける(N3)	54
しゅうしいっかん(N1)	351
じゆうじざい(N2)	338
しゅうしふをうつ(N1)	285
しゅうしゅうがつかない(N2)	175
じゅうしょうをおう(N2)	136
ジュースをつくる(N5)	17
じゅうなんにたいおうする(N2)	73
しゅうにゅうをえる(N2)	175
じゅうにんといろ(N1)	351
じゅうばこのすみをつつく(N1)	285
しゅうりしてもらう(N3)	54
しゅうりにだす(N2)	73
じゅぎょうがはじまる(N5)	17
じゅぎょうにでる(N2)	73
しゅくだいがおおい(N5)	17
しゅしゃせんたく(N1)	352
しゅっぴがかさむ(N1)	194
しゅっぴをおさえる(N1)	195
しゅどうけんをにぎる(N1)	195
しゅにまじわればあかくなる(N1)	285
しゅびいっかん(N1)	352
しゅびよくすすむ(N1)	150
じゅようがたかい(N2)	175
しゅるいがおおい(N3)	128
シュレッダーにかける(N2)	176
じゅんちょうなすべりだし(N1)	286
しゅんのあじをたのしむ(N1)	150
じゅんばんをまつ(N3)	55
じゅんびうんどうをする(N4)	37
じゅんぷうまんぱん(N1)	352
じょいかたつ(N1)	352
しょうぎょうしゅぎにのせられる(N1)	195
じょうきょうをかんがみる(N1)	195
しょうげきをうける(N1)	111
じょうけんにさゆうされる(N2)	74
しょうさんにあたいする(N1)	150
しょうじょうがあらわれる(N2)	74
じょうじょうだ(N1)	286
しょうしんしょうめい(N1)	352
じょうずてからみずがもれる(N1)	286
しょうてんがいがさびれる(N1)	195
しょうどうがいをする(N1)	86
じょうとうしゅだんをつかう(N1)	195

しょうねんおいやすくがくなりがたし(N1)	286
しょうねんばをむかえる(N1)	195
しょうびのきゅう(N1)	286
しょうひんがでまわる(N1)	196
しょうひんをほじゅうする(N1)	196
しょうぶはときのうん(N1)	286
じょうほうにふりまわされる(N1)	196
じょうほうをあくようする(N2)	74
じょうほうをえる(N2)	74
しようまっせつ(N1)	352
しょうゆをいれる(N4)	37
しょうりをおさめる(N2)	248
しょうをいんとほっすればまずうまをいよ(N1)	287
しょうをとる(N2)	74
しょくがすすむ(N2)	136
しょくじがすむ(N3)	55
しょくじにさそう(N3)	55
しょくじをたのしむ(N4)	37
しょくたくをかこむ(N2)	74
しょくよくがない(N3)	55
しょくをうしなう(N2)	176
しょしんわすべからず(N1)	287
じょちょうする(N1)	287
ショックをきゅうしゅうする(N2)	176
しょんぼりする(N2)	100
しらぬがほとけ(N1)	287
しらはのやがたつ(N1)	287
しりうまにのる(N1)	287
しりごみをする(N1)	111
しりすぼみになる(N1)	227
しりにひがつく(N1)	227
しりめつれつ(N1)	353
しりょうをつくりなおす(N3)	167
しりょうをはいふする(N2)	176
しるひとぞしる(N1)	288
ジレンマにおちいる(N1)	112
じわじわとひろがる(N2)	136
じんいんをへらす(N2)	176
しんきいってん(N1)	353
しんけいをつかう(N3)	55
しんけんしょうぶ(N1)	353
じんざいをつのる(N1)	196
じんざいをもとめる(N2)	176
しんしょうひつばつ(N1)	353
しんしょうぼうだい(N1)	353
しんじょうをとろする(N1)	288
じんじをつくしててんめいをまつ(N1)	288
しんずいをきわめる(N1)	150
しんせいせいがある(N1)	150
しんでもしにきれない(N1)	288
しんぱいをかける(N2)	74
しんぶんにのる(N2)	75
しんぶんをよむ(N5)	17

しんぼうえんりょ(N1)	353
しんみになる(N2)	136
しんらいかんけいがうすい(N1)	196
すいぎょのまじわり(N1)	288
すいぶんをたもつ(N2)	136
すいほうにきす(N1)	288
すいみんがたりない(N4)	122
すいもあまいもかみわける(N1)	289
すがたをあらわす(N1)	150
すがたをけす(N1)	150
スキーをする(N4)	37
すききらいがある(N3)	93
すきこそもののじょうずなれ(N1)	289
ずきずきする(N1)	151
すきをねらう(N1)	86
すくすくそだつ(N2)	136
ずけずけいう(N1)	112
ずさん(N1)	289
すじがとおる(N1)	289
すずめのなみだ(N1)	289
ずつうがする(N2)	136
すっきりする(N2)	100
すっとする(N2)	100
ストライキもじさない(N1)	196
ストレスがたまる(N4)	90
ストレスをかいしょうする(N2)	100
ずにのる(N1)	289
スポーツができる(N4)	37
スポーツをする(N5)	18
スポットライトをあびる(N1)	290
スポットをあてる(N1)	290
ズボンがだぶだぶになる(N2)	137
ズボンをはく(N5)	18
スマホがふきゅうする(N2)	176
すみにおけない(N1)	290
すみません(N4)	371
スムーズにすすむ(N1)	196
すめばみやこ(N1)	290
ずるずるとながびく(N1)	151
するするとひらく(N1)	151
ズレがしょうじる(N1)	151
すれすれにつく(N1)	151
すをかける(N3)	55
せいかつしゅうかんがみだれる(N2)	177
せいかつになれる(N4)	37
せいかつひをせつやくする(N2)	177
せいかつをおくる(N2)	55
せいけいをたてる(N2)	75
せいこううどく(N1)	354
せいこくをいる(N1)	290
せいざをする(N2)	75
せいさんがなんこうする(N1)	197
せいさんをちゅうしする(N2)	177

せいしんせいい(N1)	354
せいせいどうどう(N2)	339
せいせきをとる(N3)	56
せいてんがつづく(N3)	56
せいてんのへきれき(N1)	290
せいりょくをます(N2)	137
セーターをきる(N5)	18
セールにつられる(N1)	86
せがたかい(N4)	123
せがひくい(N4)	123
ぜがひでも(N1)	151
せきがあく(N4)	37
せきがでる(N4)	38
せきにあんないする(N4)	38
せきにすわる(N4)	38
せきにとおす(N2)	75
せきにんかんがつよい(N3)	93
せきにんをもつ(N3)	167
せきをあける(N3)	56
せきをつめる(N1)	86
せきをとる(N3)	56
せきをはずす(N2)	75
せきをゆずる(N3)	56
せけんしらず(N1)	197
せっさたくま(N1)	354
ぜったいぜつめい(N1)	354
せつどがある(N1)	290
せっとくりょくがある(N2)	100
せつびがととのう(N2)	177
せつめいかいをじっしする(N2)	177
せつめいをする(N4)	38
せびろをきる(N4)	38
せわになる(N3)	56
せわをする(N3)	56
せんきゃくばんらい(N1)	354
せんざいいちぐう(N1)	354
せんさばんべつ(N1)	355
せんしゅうらく(N1)	291
ぜんしんぜんれい(N1)	355
ぜんじんみとう(N1)	355
センスがある(N2)	100
せんせいにあう(N4)	38
せんせいにそうだんする(N4)	38
せんせいにちゅういされる(N4)	39
せんせんきょうきょう(N1)	355
ぜんだいみもん(N1)	355
せんたくをする(N4)	39
せんたくをせまられる(N1)	197
せんてひっしょう(N1)	355
せんてをうつ(N1)	291
せんとうにたつ(N2)	177
ぜんはいそげ(N1)	291
せんぺんばんか(N1)	356

ぜんめんにおしだす(N1)	197
ぜんもんのとらこうもんのおおかみ(N1)	291
せんもんをいかす(N2)	75
せんりつをおぼえる(N1)	291
せんりのみちもいっぽから(N1)	291
そういくふう(N1)	356
そうげんをくりかえす(N2)	177
そうごうをくずす(N1)	291
そうさがふくざつだ(N2)	75
そうじきをかける(N2)	76
そうしそうあい(N1)	356
そうじをする(N4)	39
そうだんにのる(N3)	57
そうりょうがかかる(N3)	167
そくいんのじょう(N1)	292
ぞくぞくする(N2)	101
そこをわる(N1)	197
そしきにしばられる(N1)	197
そじょうにのせる(N1)	292
そっちのけ(N1)	112
そっとしておく(N1)	86
そでのした(N1)	292
そでをみじかくする(N3)	128
そとがくらくなる(N5)	18
そなえあればうれいなし(N1)	292
そまつにあつかう(N1)	112
そりがあわない(N1)	292
それではまた(N5)	369
そんけいのねんをいだく(N1)	112
そんざいかんがある(N2)	76
そんしてとくとれ(N1)	292
そんぞくがあやぶまれる(N1)	197
ターゲットにする(N1)	198
ターゲットをしぼる(N1)	198
たいかいにでる(N3)	57
だいがくをそつぎょうする(N4)	39
だいがんじょうじゅ(N1)	356
たいがんのかじ(N1)	292
たいきばんせい(N1)	356
たいぎめいぶん(N1)	356
たいこうばとなる(N1)	198
たいこばんをおす(N1)	293
たいさくをとる(N2)	178
たいしたことはない(N1)	151
たいじゅうがふえる(N4)	39
たいしょうをしぼる(N1)	198
たいせつにする(N4)	90
だいだいてきにこうこくをする(N1)	198
だいたんふてき(N1)	356
たいちょうがすぐれない(N2)	137
たいちょうをくずす(N1)	227
だいどうしょうい(N1)	357
だいはしょうをかねる(N1)	293
たいふうがちかづく(N3)	128
たいへんきょうしゅくだ(N1)	112
タイミングをみはからう(N1)	293
たいりょうにつかう(N3)	57
たうえをする(N2)	76
たえずどりょくする(N2)	76
たががゆるむ(N1)	293
たかくかう(N1)	112
たかくつく(N1)	198
たかねのはな(N1)	293
たかみのけんぶつ(N1)	293
たからのもちぐされ(N1)	294
たかをくくる(N1)	294
たきにわたる(N1)	294
だきょうてんをみつける(N2)	178
たくさんある(N5)	18
タクシーをてはいする(N1)	198
タクシーをよぶ(N3)	57
たじたなん(N1)	357
たすけぶねをだす(N1)	294
ただいま(N4)	372
だだをこねる(N1)	294
たちうちできない(N1)	294
たつとりあとをにごさず(N1)	295
たていたにみず(N1)	295
たてものがふるい(N4)	123
たなからぼたもち(N1)	295
たなにあげる(N1)	295
たにんぎょうぎ(N1)	357
たのしみにする(N3)	93
たのんでおく(N4)	39
タバコをすう(N5)	18
たびはみちづれよはなさけ(N1)	295
タブーしする(N1)	199
たべてもあきない(N3)	93
たべものがくさる(N3)	57
たまみがかざればひかりなし(N1)	295
ためいきをつく(N2)	101
だめをおす(N1)	296
たよりにする(N2)	101
たよりのないのはよいたより(N1)	296
たらいまわしにする(N1)	296
たらたらとあせをながす(N2)	137
たりきほんがん(N1)	357
たんかをきる(N1)	296
たんきはそんき(N1)	296
ダンスをする(N5)	18
たんとうちょくにゅう(N1)	357
だんトツでたかい(N1)	152
ちいさくきる(N5)	19
ちえをしぼる(N2)	178
ちからがつよい(N4)	123
ちからがでる(N3)	129

ちからになる(N3)	168	つゆがあける(N3)	129
ちからをいれる(N3)	129	つるつるすべる(N1)	153
ちからをかす(N1)	296	つるのひとこえ(N1)	298
ちからをはっきする(N2)	178	つれていく(N3)	57
ちからをひきだす(N3)	168	つれてくる(N3)	57
ちくばのとも(N1)	297	てあたりしだいに(N1)	228
チケットをよやくする(N4)	39	ていこうをかんじる(N1)	113
ちどりあし(N1)	297	ていひょうがある(N1)	200
ちびちびとのむ(N1)	152	ていれをする(N2)	178
ちみつにぶんせきする(N1)	199	データにうらづけられる(N1)	200
ちもなみだもない(N1)	227	データをとる(N2)	178
ちゅういをかんきする(N1)	113	デートにさそう(N4)	40
ちゅういをはらう(N2)	101	テーブルをふく(N4)	40
ちゅうしゃ(注射)をする(N4)	40	テーマがきまる(N3)	58
ちゅうしゃ(駐車)をする(N4)	40	ておちがある(N1)	153
ちゅうにうく(N1)	152	てがあく(N2)	212
ちゅうもくがたかまる(N1)	152	てがこむ(N1)	228
ちゅうもくをあびる(N1)	297	てがまわらない(N1)	228
ちゅうもんがさっとうする(N1)	199	てがみをだす(N5)	19
ちゅうもんをとる(N3)	168	てきざいてきしょ(N1)	358
ちょうけしになる(N1)	199	てきしゃせいぞん(N1)	358
ちょうさけっかをはんえいする(N3)	168	できたてほやほや(N1)	153
ちょうしがもどる(N3)	129	てきにしおをおくる(N1)	298
ちょうしがわるい(N4)	40	てきぱきとかたづける(N1)	153
ちょうしょくをとる(N2)	76	できるかぎりやってみる(N2)	77
ちょうてんにたっする(N1)	199	てぎわがいい(N1)	153
ちょうはつにのる(N1)	199	てぐすねをひく(N1)	228
ちょこちょこあるく(N1)	152	テコいれをする(N1)	298
ちょっとしたゆだん(N1)	152	てごたえがある(N1)	228
ちょとつもうしん(N1)	357	デザインをかえる(N3)	58
チラシをくばる(N3)	168	てしおにかける(N1)	228
ちらちらふる(N2)	137	テストをうける(N4)	40
チラリとみる(N1)	152	テストをする(N5)	19
ちりもつもればやまとなる(N1)	297	てだすけする(N1)	228
ちんあげをおこなう(N1)	199	てだまにとる(N1)	229
ちんぎんをひきあげる(N2)	178	てつはあついうちにうて(N1)	299
ちんぷんかんぷんだ(N1)	153	てとりあしとり(N1)	229
ついていけない(N1)	86	てにあせにぎる(N1)	229
ついている(N2)	137	てにあまる(N1)	229
つかいものにならない(N1)	153	てにいれる(N3)	210
つかれがとれる(N3)	129	てにおえない(N1)	229
つかれをとる(N3)	129	テニスをする(N5)	19
つきとすっぽん(N1)	297	てにとる(N2)	213
つきものだ(N1)	86	てにはいる(N3)	211
つくえにむかう(N2)	76	てのひらをかえす(N1)	229
つごうがつかない(N2)	137	デパートにいく(N5)	19
つごうがわるい(N4)	123	てばなせない(N1)	230
つちをほる(N2)	76	てぶくろをする(N5)	19
つのをためてうしをころす(N1)	297	てまえみそをならべる(N1)	230
つばぜりあい(N1)	298	てまがかかる(N2)	213
つぶしがきく(N1)	298	てまひまかける(N1)	230
つみにがおちる(N1)	200	てまをとる(N1)	230
つめにひをともす(N1)	227	てもあしもでない(N1)	230

でるくいはうたれる(N1)	299
でるまくではない(N1)	299
テレビがこしょうする(N4)	40
テレビをけす(N5)	19
てをあらう(N4)	41
てをうつ(N1)	230
てをかす(N2)	213
てをかりる(N1)	230
てをきる(N3)	211
てをくわえる(N3)	211
てをだす(N2)	213
てをとめる(N1)	231
てをぬく(N1)	231
てをひく(N1)	231
てをひろげる(N2)	213
てをやく(N1)	231
てんいんをよぶ(N3)	58
てんきがいい(N5)	20
てんきがくずれる(N3)	129
てんきにびんかんだ(N1)	154
てんきよほうをみる(N3)	58
でんきをけす(N5)	20
でんきをつける(N5)	20
てんきをむかえる(N1)	200
でんこうせっか(N1)	358
てんこうにえいきょうされる(N2)	138
でんごんをたのむ(N3)	58
でんしゃがくる(N5)	20
でんしゃがこむ(N4)	123
でんしゃにのりおくれる(N2)	77
でんしゃにのる(N5)	20
てんしんらんまん(N1)	358
てんたかくうまゆるあき(N1)	299
でんちがきれる(N3)	58
てんぷらがおいしい(N5)	20
テンポがはやい(N3)	58
でんわがつながる(N2)	77
でんわにでる(N4)	41
でんわをかける(N5)	20
でんわをする(N4)	41
てんをつける(N4)	41
ドアがあく(N5)	21
ドアがしまる(N5)	21
どういたしまして(N5)	369
とうかくをあらわす(N1)	299
どうがをつくる(N2)	77
とうきょうにすむ(N5)	21
とうげをこえる(N1)	299
とうだいもとくらし(N1)	300
どうにいる(N1)	300
どきどきする(N3)	93
ときはかねなり(N1)	300
どくだんせんこう(N1)	358
どくりつどっぽ(N1)	358
としをとる(N3)	59
ドジをふむ(N1)	300
どたんばでぎゃくてんする(N1)	154
とちゅうけいかをほうこくする(N1)	200
とっかえひっかえする(N1)	300
トップにおどりでる(N1)	200
とてもじゃないけど(N2)	138
とどのつまり(N1)	300
となりにある(N5)	21
とびがたかをうむ(N1)	301
とぶとりをおとすいきおい(N1)	301
とぶようにうれる(N1)	200
とほうにくれる(N1)	301
とめどがない(N1)	154
ともだちとあそぶ(N5)	21
ともだちとはなす(N5)	21
ともだちにあやまる(N4)	41
ともだちをまつ(N5)	21
とらぬたぬきのかわざんよう(N1)	301
とらのいをかるきつね(N1)	301
トラブルをおこす(N2)	179
とりくみをおこなう(N1)	201
とりこしぐろう(N1)	302
とりつくしまがない(N1)	302
とりはだがたつ(N1)	302
どりょくをおこたる(N1)	201
どろなわしき(N1)	302
どろぼうがはいる(N4)	41
どんぐりのせいくらべ(N1)	302
とんでひにいるなつのむし(N1)	302
どんどんすすむ(N4)	123
とんとんたたく(N2)	138
とんとんになる(N1)	154
ないものねだりをする(N2)	101
ないようをとりいれる(N2)	179
なおさらのことだ(N1)	154
ながめでみる(N2)	213
なかがいい(N2)	101
なかがまるみえだ(N2)	138
なかなおりをする(N2)	101
なかにいれる(N5)	22
ながめがいい(N4)	41
ながれにぎゃっこうする(N1)	201
ながれにさおさす(N1)	303
ながれにのる(N2)	77
ながれをかえる(N2)	77
なきっつらにはち(N1)	303
なきねいり(N1)	303
なくことじとうにはかてぬ(N1)	303
なくてななくせ(N1)	303
なくてはならない(N4)	124
なごりおしい(N1)	113

なさけはひとのためならず(N1)	303
なさけをかける(N1)	113
なしのつぶて(N1)	304
なすすべがない(N1)	154
ななころびやおき(N1)	304
なにからなにまで(N1)	154
なにくわぬかお(N1)	231
なにはさておき(N1)	155
なによりだ(N1)	155
なのしれた(N1)	155
なふだをつける(N2)	77
なまえをかく(N5)	22
なまえをしっている(N4)	42
なまえをつける(N2)	78
なまえをよぶ(N4)	42
なまはんかなちしき(N1)	155
なみがあらい(N3)	130
なみだをのむ(N1)	304
なみなみならぬ(N1)	304
なやみのたね(N1)	113
なやみをうちあける(N1)	201
ならいせいとなる(N1)	304
ならうよりなれろ(N1)	304
なんてもんじゃない(N1)	155
ニーズにこたえる(N2)	179
においがする(N4)	124
においをけす(N3)	59
にかいからめぐすり(N1)	305
にがおもい(N1)	113
にがしたさかなはおおきい(N1)	305
にくまれっこよにはばかる(N1)	305
にげるがかち(N1)	305
にこにこわらう(N3)	93
にしゃたくいつ(N2)	339
にそくさんもん(N1)	359
にそくのわらじ(N1)	305
にたきをする(N1)	87
にたりよったりだ(N1)	155
にちじょうさはんじ(N1)	306
にちじをへんこうする(N3)	168
にっしんげっぽ(N1)	359
にっていをかくにんする(N2)	179
にっていをきめる(N3)	168
にっていをへんこうする(N3)	59
にどあることはさんどある(N1)	306
にとをおうものはいっとをもえず(N1)	306
ににんさんきゃく(N1)	357
にのあしをふむ(N1)	231
にのくがつげない(N1)	306
にのつぎ(N1)	306
にのまいをえんじる(N1)	306
にばんせんじ(N1)	307
にまいじたをつかう(N1)	231

にもつがとどく(N3)	130
にもつをうけとる(N3)	59
にもつをこんぽうする(N1)	201
にもつをのせる(N2)	179
にもつをもつ(N5)	22
にやにやする(N1)	113
にゅうかいをもうしこむ(N3)	59
にんきがある(N4)	42
にんきをあつめる(N4)	42
にんげんかんけいをじゅうしする(N1)	201
にんげんドックをうける(N1)	87
ぬかにくぎ(N1)	307
ぬけめがない(N1)	307
ぬるまゆにつかる(N1)	307
ぬれぎぬをきせられる(N1)	307
ぬれてにあわ(N1)	307
ねあげにふみきる(N1)	201
ねあげをする(N2)	179
ねがはる(N1)	202
ねがふかい(N1)	308
ねこなでごえ(N1)	308
ねこにかつおぶし(N1)	308
ねこにこばん(N1)	308
ねこのてもかりたい(N1)	308
ねこのひたい(N1)	308
ねこをかぶる(N1)	309
ねこんでしまう(N2)	138
ねじをまく(N2)	248
ネタがわれる(N1)	309
ねだんがじょうげする(N2)	179
ねだんがたかい(N4)	164
ねつがでる(N5)	22
ねつきがわるい(N3)	59
ねつをくわえる(N2)	78
ねてもさめても(N1)	309
ねばねばになる(N1)	155
ねぼうをする(N4)	42
ねほりはほりきく(N1)	309
ねみみにみず(N1)	232
ねもはもない(N1)	309
ねをあげる(N1)	309
ねんとうにおく(N1)	114
ねんにはねんをいれる(N1)	310
ねんのため(N2)	102
ねんりきいわをもとおす(N1)	310
ねんをおす(N1)	310
のうあるたかはつめをかくす(N1)	310
のうぎょうをいとなむ(N1)	202
ノートをコピーする(N5)	22
のどがいたい(N4)	124
のどがカラカラだ(N3)	130
のどがかわく(N2)	78
のどからてがでる(N1)	232

のどもとすぎればあつさをわすれる(N1)	232		ぱっとみる(N1)	114
のみこみがはやい(N1)	310		はっぽうびじん(N1)	359
のりかかったふね(N1)	310		はっぽうふさがり(N1)	312
のりをつける(N4)	42		はつみみ(N1)	233
ノルマをたっせいする(N1)	202		はてしなくひろがる(N1)	156
のれんにうでおし(N1)	311		はどめがかかる(N1)	233
のろのろとはしる(N2)	138		はながたかい(N1)	233
のんびりする(N3)	130		はなしあいがつく(N1)	202
ばあいではない(N1)	156		はなしがだっせんする(N1)	87
ばあたりてき(N1)	311		はなしがはずむ(N1)	114
パーティーをひらく(N4)	42		はなしじょうずのききべた(N1)	312
パーマをかける(N3)	59		はなしをすすめる(N2)	180
はいすいのじん(N1)	311		はなしをつめる(N2)	78
はいたつをたのむ(N3)	60		はなであしらう(N1)	233
はいってはいけない(N3)	130		はなにかける(N1)	233
バイトをさがす(N4)	43		はなにつく(N1)	234
バカうけする(N1)	202		はなびをうちあげる(N2)	78
バカがいする(N1)	202		はなみずがでる(N4)	124
はがしげる(N1)	156		はなみをする(N4)	43
はがたたない(N1)	232		はなもちならない(N1)	234
ばかにならない(N2)	138		はなよりだんご(N1)	312
ばかをいう(N2)	139		はなをあかす(N1)	234
はきけがする(N2)	78		はなをかざる(N3)	60
はぎしりをする(N1)	232		はなをもたせる(N1)	313
はきはきとはなす(N2)	139		ばにそぐわない(N1)	202
はぎれがわるい(N1)	232		はばをきかせる(N2)	139
はくしにもどす(N1)	311		はばをひろげる(N2)	180
はくしゃをかける(N1)	311		バブルがほうかいする(N1)	203
はくしゅをおくる(N2)	78		はめになる(N1)	313
ばくぜんとかんがえる(N1)	156		はめをはずす(N1)	313
ばけのかわがはがれる(N1)	311		はやおきはさんもんのとく(N1)	313
はごたえがある(N1)	233		はやくおきる(N5)	23
はこにつめる(N3)	60		はらがくろい(N1)	234
ばじとうふう(N1)	359		はらがすわる(N1)	234
はじめまして(N5)	369		はらがたつ(N2)	213
はじをかく(N2)	102		はらはらする(N3)	93
はじをさらす(N1)	312		ばらばらになる(N3)	130
はしをわたる(N5)	22		ばらばらよむ(N2)	139
バスがでる(N5)	22		はらをさぐる(N1)	234
パスワードをせっていする(N2)	180		はらをたてる(N1)	234
バスをおりる(N4)	43		はらをわる(N1)	235
パソコンにくわしい(N3)	130		バランスがくずれる(N3)	131
パソコンをかいかえる(N3)	60		はらんばんじょう(N1)	359
はだでかんじる(N1)	233		はりがうまれる(N1)	114
ばたばたする(N2)	139		はりがみをはる(N2)	79
ばたばたとおとをたてる(N2)	139		はれている(N5)	23
はたをふる(N1)	312		はれものにさわるように(N1)	313
ばちがあたる(N1)	312		はをみがく(N5)	23
はっきりいう(N4)	124		ばんごうをよぶ(N4)	43
はっそうをかえる(N2)	102		ハンコをおす(N3)	60
ばっちりきめる(N1)	156		はんざいをおかす(N3)	60
ぱっとしない(N1)	156		ばんじきゅうす(N1)	313
はっとする(N2)	102		はんしんはんぎ(N1)	360

はんにんをつかまえる(N2)	180	ひのうちどころがない(N1)	316
はんのうをみる(N2)	180	ひのくるま(N1)	316
はんばいがふるわない(N1)	203	ひのしまつをする(N1)	87
はんぱつをおぼえる(N1)	114	ひのないところにけむりはたたぬ(N1)	316
はんぱではない(N1)	156	ひはんをうける(N2)	79
はんぶんあげる(N5)	23	びびたるもの(N1)	316
はんをおす(N2)	180	ひぶたをきる(N1)	317
ひあたりがわるい(N2)	79	ひみつがもれる(N1)	157
ピアノがじょうずだ(N5)	23	ひめいをあげる(N1)	114
ピアノをえんそうする(N3)	60	ひゃくぶんはいっけんにしかず(N1)	317
ピアノをひく(N4)	43	ひゃっぱつひゃくちゅう(N1)	360
ピークをむかえる(N1)	203	ひやひやする(N1)	115
ひがあたる(N3)	131	ひようがかかる(N2)	181
ひがある(N1)	314	びょうきになる(N4)	124
ひがえりででかける(N3)	61	びょうきをなおす(N3)	131
ひがきえたようだ(N1)	314	ひょうざんのいっかく(N1)	317
ひがくれる(N4)	124	ひょうしがやぶれる(N3)	131
ひがしずむ(N2)	139	ひょうしぬけする(N1)	317
ひがとおる(N2)	79	ひょうたんからこまがでる(N1)	317
ひかりがもれる(N1)	157	ひょうばんがいい(N2)	181
ひきがね(N1)	314	ぴょんぴょんとはねる(N2)	140
ひげをそる(N3)	61	ひらひらととぶ(N2)	140
ひげをはやす(N2)	79	ひるねをする(N3)	61
ひざがわらう(N1)	235	ピンからキリまで(N1)	318
ひざしがつよい(N2)	140	ひんこうほうせい(N1)	360
ひざをうつ(N1)	235	ひんしつをいじする(N2)	181
ビジネスをたちあげる(N2)	180	ピンとこない(N1)	318
ひじょうしきにもほどがある(N1)	157	ひんぱんにとりあげられる(N1)	318
ひたいにあせする(N1)	235	ふあんがます(N1)	115
ひだねがくすぶる(N1)	314	ふあんをかんじる(N2)	102
ぴたりととまる(N2)	140	ふあんをまねく(N1)	115
ひだりにまがる(N5)	23	ふいをつく(N1)	318
ひっきりなしに(N1)	157	ふうぜんのともしび(N1)	318
びっくりする(N4)	91	プールでおよぐ(N5)	23
ひつようはははつめいのはは(N1)	314	ふえふけどもおどらず(N1)	318
ひとあしさきにげんちにつく(N1)	203	ぷかぷかうく(N1)	157
ひといきいれる(N1)	314	ふきゅうがすすむ(N2)	181
ひといきつく(N1)	315	ふくがぬれる(N3)	61
ひどいめにあう(N2)	248	ふくがよごれる(N4)	125
ひとすじなわではいかない(N1)	315	ふくすいぼんにかえらず(N1)	319
ひとでがたりない(N2)	181	ふくろのねずみ(N1)	319
ひとのうわさもしちじゅうごにち(N1)	315	ふくをきる(N5)	24
ひとのくちにとはたてられぬ(N1)	235	ふげんじっこう(N1)	360
ひとのふりみてわがふりなおせ(N1)	315	ふこうちゅうのさいわい(N1)	319
ひとばんとまる(N4)	43	ふしょうしゃがでる(N1)	157
ひとまわりおおきい(N3)	131	ふたつにわかれる(N2)	79
ひとみしりをする(N1)	114	ふたつへんじ(N1)	319
ひとめをひく(N1)	235	ぶたにしんじゅ(N1)	319
ひとりあるきする(N1)	315	ふたをする(N2)	80
ひとりじめする(N1)	315	ふたんがかかる(N2)	102
ひとをくったような(N1)	316	ふたんをかける(N2)	181
ひにあぶらをそそぐ(N1)	316	ぶつぎをかもす(N1)	319
ひにちがきまる(N2)	79	ぶつぶつという(N3)	131

ふでがたつ(N1)	319		ぼういんぼうしょく(N1)	361
ふところがあたたかい(N1)	320		ぼうじゃくぶじん(N1)	361
ふとってくる(N4)	43		ぼうしをかぶる(N5)	24
ふにおちない(N1)	320		ほうそうがながれる(N2)	81
ふびがある(N1)	203		ほうたいをまく(N3)	61
ふひょうをかう(N1)	320		ほうっておく(N2)	81
ぶひんがふそくする(N2)	140		ぼうにふる(N1)	321
ふへいふまん(N2)	339		ほうふくぜっとう(N1)	361
ふまんをもつ(N1)	115		ほおがおちる(N1)	236
ふみんふきゅう(N1)	360		ほかにみちはない(N2)	141
ぶらぶらさんぽする(N3)	131		ほかほかする(N1)	158
ふらふらする(N3)	132		ほこりにおもう(N2)	182
ふりがなをふる(N2)	80		ほじょきんがおりる(N1)	204
ふりだしにもどる(N1)	203		ポスターをはる(N3)	61
ふりをする(N2)	80		ボタンがとれる(N3)	62
ふるきをたずねてあたらしきをしる(N1)	320		ボタンをおす(N4)	44
ぶるぶるふるえる(N2)	140		ほったらかしにする(N1)	158
プレゼントをかう(N5)	24		ほっとする(N2)	102
プレゼントをつつむ(N4)	44		ボツになる(N1)	204
プレゼントをもらう(N5)	24		ホテルをさがす(N5)	25
プレッシャーをかける(N2)	80		ほとけのかおもさんどまで(N1)	321
ふろうふし(N1)	360		ほどなくかんせいする(N2)	141
プロがおまけのじつりょく(N1)	157		ほとぼりがさめる(N1)	321
プロなみ(N1)	158		ほどよい(N1)	159
ふわふわとうかぶ(N3)	132		ほねおりぞんのくたびれもうけ(N1)	236
ふわらいどう(N1)	361		ほねがおれる(N1)	236
ふんいきがいい(N3)	132		ほらをふく(N1)	321
ふんいきがもりあがる(N2)	80		ボリュームがある(N2)	81
ふんこつさいしん(N1)	361		ぼろぼろとなみだをながす(N1)	159
ぶんせきにとりかかる(N1)	203		ぼろぼろになる(N2)	141
ふんだりけったり(N1)	320		ほんごしをいれる(N1)	322
へいしんていとう(N1)	361		ほんだいにはいる(N1)	204
ページがぬける(N2)	140		ほんだなをくみたてる(N3)	62
ベストをつくす(N1)	320		ほんまつてんとう(N1)	362
へそでちゃをわかす(N1)	236		ほんやによる(N4)	44
へそをまげる(N1)	236		ほんをおく(N5)	25
へたなてっぽうもかずうちゃあたる(N1)	321		ほんをかえす(N5)	25
べたべたとはる(N1)	158		ほんをわたす(N5)	25
へたをする(N2)	80		まいきょにいとまがない(N1)	322
へやがきれいだ(N5)	24		まえだおしになる(N1)	204
へやがせまい(N4)	125		まえぶれ(N1)	322
へやがふさがっている(N1)	158		まえむきにかんがえる(N1)	204
へやをかたづける(N4)	44		まえをとおる(N5)	25
へやをよやくする(N3)	61		まかぬたねははえぬ(N1)	322
ペラペラになる(N4)	125		まがわるい(N1)	322
ベルがなる(N2)	80		まぎれもない(N1)	115
ベルがリンリンとなる(N1)	158		まくらをたかくしてねる(N1)	322
べんかいのよちがない(N1)	321		まけいぬのとおぼえ(N1)	323
べんきょうにしばりつける(N1)	158		まけおしみをいう(N1)	115
べんきょうをする(N5)	24		まけるがかち(N1)	323
ペンキをぬる(N2)	81		まごまごする(N3)	132
ペンをかす(N5)	24		まさるともおとらない(N1)	159
ポイントをおく(N2)	181		ますますしんぽする(N2)	141

またとないきかい(N1)	159		みつもりをだす(N2)	182
まちあわせをする(N3)	62		みにあまる(N1)	237
まっすぐいく(N5)	25		みにおぼえがない(N1)	237
まっぷたつにわれる(N2)	141		みにしみる(N1)	237
まつりがおこなわれる(N3)	62		みにつく(N1)	237
まてばかいろのひよりあり(N1)	323		みにつける(N1)	238
まとがはずれる(N1)	323		みにつける(N3)	62
まとめてかう(N2)	182		みのまわりのこと(N2)	214
まどをあける(N5)	25		みのるほどこうべをたれるいなほかな(N1)	325
まとをしぼる(N1)	323		みほんをおくる(N3)	169
まどをしめる(N5)	26		みみがいたい(N1)	238
まにうける(N2)	182		みみがはやい(N1)	238
まねをする(N1)	87		みみにする(N2)	214
まのあたりにする(N1)	236		みみにたこができる(N1)	238
マフラーをする(N5)	26		みみにはいる(N3)	211
まめにれんらくをいれる(N1)	204		みみをかたむける(N1)	238
まゆをひそめる(N1)	237		みりょくをかんじる(N2)	103
まるくおさまる(N2)	182		みをおく(N1)	238
まるごとたべる(N2)	141		みをけずる(N1)	238
まんなかにおく(N4)	44		みをたてる(N1)	237
マンネリかをふせぐ(N1)	204		みをのりだす(N1)	239
まんまとだまされる(N1)	159		みをむすぶ(N2)	182
みうごきができない(N1)	237		むいている(N2)	81
みえをはる(N1)	323		むかえにいく(N4)	45
みからでたさび(N1)	237		むがむちゅう(N1)	362
みぎかたあがり(N1)	205		むきになる(N1)	115
みぎにでるものはいない(N1)	159		むこうにつく(N2)	82
みこみがない(N1)	205		むしがいい(N1)	325
みずがこぼれる(N3)	62		むしがしらせる(N1)	325
みずがすむ(N1)	159		むしのいき(N1)	325
みずにながす(N1)	324		むしのいどころがわるい(N1)	326
みずのあわになる(N1)	324		むしゃくしゃする(N1)	116
みずをあける(N1)	324		むずむずする(N1)	160
みずをうったようだ(N1)	324		むだをはぶく(N2)	183
みずをえたうお(N1)	324		むちゅうになる(N3)	132
みずをさす(N1)	324		むねがいたむ(N1)	239
ミスをする(N2)	182		むねがいっぱいになる(N1)	239
みずをまく(N2)	81		むねがつまる(N1)	239
みずをやる(N4)	44		むねがムカムカする(N1)	160
みせができる(N4)	44		むねにきざむ(N1)	239
みせにはいる(N5)	26		むねにせまる(N1)	239
みぞう(N1)	324		むねにひめる(N1)	240
みだれがでる(N1)	205		むねをあつくする(N1)	240
みちがじゅうたいする(N2)	81		むねをなでおろす(N1)	240
みちがすべる(N4)	45		むねをはる(N1)	240
みちくさをくう(N1)	325		むびょうそくさい(N1)	362
みちにまよう(N3)	62		むみかんそう(N1)	362
みちをあるく(N5)	26		むようのちょうぶつ(N1)	326
みちをわたる(N5)	26		むりがとおればどうりひっこむ(N1)	326
みっかてんか(N1)	362		めいわくをかける(N3)	94
みっかぼうず(N1)	362		メールをかく(N5)	26
みつごのたましいひゃくまで(N1)	325		メールをする(N4)	45
みっせつにむすびつく(N1)	160		めがこえる(N1)	240

めがさえる(N1)	240
めがさめる(N1)	240
めがしらがあつくなる(N1)	241
めがでる(N2)	141
めがない(N1)	241
メガネをかける(N3)	63
メガネをはずす(N3)	63
めがまわる(N1)	241
めからはなにぬける(N1)	241
めきめきじょうたつする(N1)	160
めざましどけいがなる(N4)	125
めちゃくちゃになる(N2)	142
メッセージをこめる(N2)	82
めどがたつ(N1)	205
めとはなのさき(N1)	241
めにあまる(N1)	241
めにさわる(N1)	241
めにする(N1)	242
めにつく(N2)	214
めのうえのこぶ(N1)	242
めをさんかくにする(N1)	242
めをしろくろさせる(N1)	242
めをそむける(N1)	242
めをつける(N1)	242
めをつぶる(N2)	214
めをとおす(N2)	214
めをとじる(N3)	211
めをはなす(N1)	243
めをみはる(N1)	243
めんえきりょくがおちる(N1)	160
めんせつをとおる(N2)	183
めんどうをかける(N2)	103
めんどうをみる(N3)	63
もういちどはなす(N5)	26
もうしわけない(N2)	103
もうてんをつく(N1)	326
もうとうない(N1)	160
もちはこびがらくだ(N3)	169
もちはもちや(N1)	326
もってこいのばしょ(N1)	160
もってのほかだ(N1)	161
もとにもどす(N3)	63
もとのもくあみ(N1)	327
もともこもない(N1)	327
もぬけのから(N1)	327
ものごころがつく(N1)	116
ものになる(N1)	161
ものみゆさん(N1)	363
ものもいいようでかどがたつ(N1)	327
ものをいう(N1)	327
ものをすてる(N4)	45
もやもやする(N1)	116
もんくをいう(N3)	94
もんぜんのこぞうならわぬきょうをよむ(N1)	327
もんだいをクリアする(N1)	205
もんだいをひきおこす(N1)	205
やおちょう(N1)	328
やくそくをやぶる(N3)	63
やくづくりをくふうする(N1)	205
やくにたつ(N4)	125
やくにたてる(N2)	82
やくめをはたす(N2)	183
やくわりをはたす(N2)	183
やくわりをもつ(N3)	169
やけいしにみず(N1)	328
やさいがきらいだ(N5)	27
やじうま(N1)	328
やすあがりになる(N1)	206
やすくすむ(N2)	82
やすみをとる(N3)	63
やすものかいのぜにうしない(N1)	328
やせている(N4)	125
やちんがたかい(N3)	63
やっきになる(N1)	116
やのさいそく(N1)	328
やぶからぼう(N1)	328
やまいはきから(N1)	329
やまたかきがゆえにとうとからず(N1)	329
やまにのぼる(N4)	45
やまほどある(N2)	142
やまやまだ(N1)	329
やまをかける(N1)	329
やまをはる(N1)	329
やめたほうがいい(N4)	125
やもたてもたまらず(N1)	329
やりがいがある(N2)	103
やりとりする(N1)	206
やるきがうせる(N1)	116
やるきがでる(N2)	103
やるだけはやる(N2)	183
ゆいいつむに(N1)	363
ゆいがどくそん(N1)	363
ゆうしゅうのびをかざる(N1)	330
ゆうじゅうふだん(N1)	363
ゆうしょうれっぱい(N1)	363
ゆうずうがきく(N1)	116
ゆうびんきょくではたらく(N5)	27
ゆうべんはぎん、ちんもくはきん(N1)	330
ゆうめいむじつ(N2)	339
ゆきがつもる(N4)	126
ゆきがふる(N5)	27
ゆしゅつがふるわない(N1)	206
ゆだんたいてき(N1)	363
ゆっくりやすむ(N4)	45
ゆびをくわえる(N1)	243
ゆめうつつ(N1)	116

ゆめにもおもわない(N1)	117
ゆめをみる(N3)	64
ゆらゆらゆれる(N2)	142
よういしゅうとう(N1)	364
ようじがある(N4)	45
ようじができる(N3)	64
ようじがはいる(N3)	169
ようじをすませる(N3)	64
ようすをみる(N2)	82
ようりょうがいい(N1)	330
ようりょうをえない(N1)	330
ようをたす(N1)	330
よきんをおろす(N3)	64
よく、いらっしゃいました(N2)	376
よくおよぐものはおぼれる(N1)	330
よくがふかい(N2)	103
よくにている(N2)	142
よくわからない(N5)	120
よくをはる(N1)	117
よこぐるまをおす(N1)	331
よこになる(N2)	142
よこばいになる(N1)	206
よこやりをいれる(N1)	331
よさをアピールする(N2)	82
よしとする(N3)	94
よそうをうわまわる(N2)	183
よていにいれる(N3)	169
よていをせつめいする(N4)	164
よねんがない(N1)	331
よやくがいっぱいだ(N4)	164
よやくをうけたまわる(N1)	87
よやくをキャンセルする(N4)	46
よやくをとりけす(N3)	169
よゆうをもつ(N2)	103
よらばたいじゅのかげ(N1)	331
よるべない(N1)	331
よろしくおつたえください(N2)	376
よろしくおねがいします(N5)	369
よろよろあるく(N1)	161
よわきになる(N1)	117
よわみにつけこむ(N1)	206
よわりめにたたりめ(N1)	331
よをわたる(N2)	248
らいねんのことをいうとおにがわらう(N1)	332
らくあればくあり、くあればらくあり(N1)	332
らくいんをおされる(N1)	332
らちがあかない(N1)	332
らんこうげする(N1)	206
りがいとくしつ(N1)	364
りかいにくるしむ(N1)	117
りかいをふかめる(N2)	82
りかにかんむりをたださず(N1)	332
リクエストをする(N2)	83
リサイクルうんどうをすいしんする(N1)	206

りっしんしゅっせ(N1)	364
りにかなう(N1)	332
りふじんなようきゅう	207
りゅうこうをいしきする(N2)	104
りゅうとうだび(N1)	364
りょうがおおい(N3)	132
りょうきんをせいきゅうする(N2)	83
りょうしょうをえる(N1)	207
りょうやくはくちににがし(N1)	243
りょうりがとくいだ(N4)	46
りょうりがへただ(N5)	27
りょうりをつくる(N5)	27
りょかんにとまる(N2)	83
リラックスする(N2)	142
りろせいぜん(N1)	364
りんきおうへん(N1)	365
るいはともをよぶ(N1)	333
るすにする(N4)	46
れいぎさほうをみにつける(N1)	87
れいぞうこにいれる(N4)	46
レポートをだす(N4)	46
れんしゅうをかさねる(N2)	83
れんしゅうをする(N4)	46
れんたいかんがうまれる(N1)	117
れんらくをいれる(N2)	83
れんらくをとる(N3)	64
ろうきゅうかがすすむ(N1)	207
ろうにゃくなんにょ(N1)	365
ろくなことない(N1)	161
ろとうにまよう(N1)	333
ろんよりしょうこ(N1)	333
わがたにみずをひく(N1)	333
わがみをつねってひとのいたさをしれ(N1)	333
わさめもふらず(N1)	243
わくにはまる(N1)	161
ワクワクする(N3)	94
わこんようさい(N1)	365
わざわいをてんじてふくとなす(N1)	333
わすれものをする(N4)	46
わだいになる(N3)	169
わだいをよぶ(N2)	183
わたりふね(N1)	334
わたるせけんにおにはなし(N1)	334
わようせっちゅう(N1)	365
わらうかどにはふくきたる(N1)	334
わらにもすがる(N1)	334
わりあいをしめる(N2)	142
わりかんにする(N2)	83
わりにあう(N1)	334
われにかえる(N1)	335
われをわすれる(N2)	104
わをかける(N1)	335
わをもってとうしとなす(N1)	335

台灣廣廈國際出版集團
Taiwan Mansion International Group

國家圖書館出版品預行編目（CIP）資料

N5-N1新日檢慣用語大全 / 金星坤著. -- 初版. -- 新北市：
國際學村, 2024.12
　　面；　公分
　ISBN 978-986-454-397-7（平裝）
　1.CST: 日語　2.CST: 能力測驗

803.189　　　　　　　　　　　　　　　　113015310

國際學村

N5-N1新日檢慣用語大全
精選出題頻率最高的必考慣用表現，全級數一次通過！

作　　　者／金星坤	編輯中心編輯長／伍峻宏・編輯／王文強
監　　　修／尾崎達治	封面設計／何偉凱・內頁排版／東豪印刷事業有限公司
翻　　　譯／程麗娟	製版・印刷・裝訂／東豪・綋億・弼聖・秉成

行企研發中心總監／陳冠蒨　　線上學習中心總監／陳冠蒨
媒體公關組／陳柔彣　　　　　企製開發組／江季珊、張哲剛
綜合業務組／何欣穎

發　行　人／江媛珍
法律顧問／第一國際法律事務所 余淑杏律師・北辰著作權事務所 蕭雄淋律師
出　　　版／國際學村
發　　　行／台灣廣廈有聲圖書有限公司
　　　　　　地址：新北市235中和區中山路二段359巷7號2樓
　　　　　　電話：（886）2-2225-5777・傳真：（886）2-2225-8752
讀者服務信箱／cs@booknews.com.tw

代理印務・全球總經銷／知遠文化事業有限公司
　　　　　　地址：新北市222深坑區北深路三段155巷25號5樓
　　　　　　電話：（886）2-2664-8800・傳真：（886）2-2664-8801
郵政劃撥／劃撥帳號：18836722
　　　　　　劃撥戶名：知遠文化事業有限公司（※單次購書金額未達1000元，請另付70元郵資。）

■出版日期：2024年12月　　ISBN：978-986-454-397-7
　　　　　　　　　　　　　版權所有，未經同意不得重製、轉載、翻印。

JLPT 한권으로 끝내기 빈출표현 N5~N1
Copyright ©2023 by Kim Sung Gon
All rights reserved.
Original Korean edition published by Darakwon, Inc.
Chinese(traditional) Translation rights arranged with Darakwon, Inc.
Chinese(traditional) Translation Copyright ©2024 by Taiwan Mansion Publishing Co., Ltd.
through M.J. Agency, in Taipei.